Hannah Mary McKinnon

The Husband – Er will nur ihr Bestes

Hannah Mary McKinnon

The Husband

ER WILL NUR IHR BESTES

Thriller

Aus dem Englischen von Ulrike Clewing

PIPER

Mehr über unsere Autorinnen, Autoren und Bücher:
www.piper.de

Wenn Ihnen dieser Thriller gefallen hat, schreiben Sie uns unter Nennung des Titels »The Husband – Er will nur ihr Bestes« an *empfehlungen@piper.de*, und wir empfehlen Ihnen gerne vergleichbare Bücher.

Unser Versprechen für mehr Nachhaltigkeit
- Klimaneutrales Produkt
- FSC®-zertifiziertes Papier
- Hergestellt in Europa

MIX
Papier | Fördert gute Waldnutzung
FSC® C083411
www.fsc.org

ISBN 978-3-492-06436-1

Titel der kanadischen Originalausgabe: »Never Coming Home«,
Mira/Harlequin Enterprises ULC, 2022

Redaktion: Peter Hammans
Satz: Eberl & Koesel Studio, Kempten
Gesetzt aus der Freight
Druck und Bindung: CPI Books GmbH, Leck
Printed in the EU

Wenn du willst, dass man bestimmte Lügen glaubt,
dann gib ihnen den Anschein von Wahrheit.

Dänisches Sprichwort

SONNTAG

Kapitel 1

Das ständige Geräusch der antiken französischen Reiseuhr auf dem Kaminsims war irgendwie stärker geworden, ein rhythmisches »ticktack, ticktack«, das man normalerweise gar nicht bemerkte. Nach fast einer Stunde, in der ich in derselben Körperhaltung verharrt und meiner hinfälligen Schwiegermutter die Hand gehalten hatte, bohrte sich das unaufhörliche Ticken förmlich in mein Hirn, wo es an meinen Nerven nagte und Fantasien von Hämmern, verbogenen Kupferspulen und zerschmettertem Glas heraufbeschwor.

Nora sah wesentlich schlechter aus als bei meinem Besuch zu einem früheren Zeitpunkt in der Woche. Inmitten einer Vielzahl von Kopfkissen lag sie hochgelagert im Bett und hatte abgenommen, was der schmächtigen Statur, die sie vor der Krankheit gehabt hatte, nicht gut bekam. Ihre Knochen ragten hervor wie die Felsen einer Klippe, was einen Kuss auf die Wange zu einem extremen Unterfangen machte, bei dem man leicht auch ein Auge einbüßen konnte. Die geisterhafte Farbe ihres Gesichts erinnerte an die Kinder, die sich ein paar Tage zuvor an Halloween als Dämonen verkleidet hatten, und betonte die dunklen Ringe, die ihre Augen in kleine Trichter verwandelt hatten. Wie viel Zeit ihr noch blieb, war unklar. Ich war kein Mediziner, aber wir alle wussten, dass es nicht mehr lange dauern würde. Als sie mir vor kaum drei Wochen die Diagnose ihres Arztes mitgeteilt hatte, war noch von zwei Monaten die Rede gewesen, doch wenn man sich vor Augen führte, wie schnell Nora verfiel, wäre es keine große Überraschung gewesen, wenn es nur noch um Tage ging.

Ovarialkarzinom. Als zweiunddreißig Jahre alter Engländer, der nicht einmal halb so alt wie Nora war, hatte ich keine Ahnung gehabt, dass man diesen Krebs auch als »stillen Killer« bezeichnete, doch jetzt verstand ich, warum. Trotz des beträchtlichen Vermögens und des gesellschaftlichen Ansehens, das Nora in dem vornehmen, malerischen Städtchen Chelmswood unweit von Boston genoss, waren ihre lebenswichtigen Organe bereits beträchtlich in Mitleidenschaft gezogen, als sie wegen Rückenbeschwerden ärztliche Hilfe gesucht und man herausgefunden hatte, was tatsächlich vorlag. Die Krankheit war ein heimtückischer Gegner, ein Attentäter, der sich verstohlen anschlich und sie von innen heraus zerstörte, bevor sie überhaupt bemerkte, dass etwas nicht stimmte.

Wahrhaft eine Schande, denn Nora war die Einzige in der gesamten Familie Ward, die ich wirklich mochte. Zum Wohle meines Schwiegervaters hätte ich nicht so lange auf meinem Allerwertesten gesessen, bis er taub wurde, so viel steht fest. Wäre mir die Gelegenheit vergönnt gewesen, hätte ich ihn mit dem Kopfkissen erstickt, wenn die Krankenschwester mal nicht hingesehen hätte. Nicht aber Nora. Sie war warmherzig, liebenswürdig. Die Art Mensch, die im Stillen Zeit und Geld für eine Vielzahl von Anliegen und wohltätigen Zwecken aufwendete, ohne dafür auch nur die geringste Anerkennung zu erwarten. Manchmal stellte ich mir vor, dass meine Mutter wie Nora gewesen wäre, wenn sie noch leben würde, und fragte mich angelegentlich, was wohl aus mir geworden wäre, wenn sie nicht so jung gestorben wäre. Ob aus mir wohl ein guter Mensch geworden wäre.

Vorsichtig löste ich meine Hand von Noras und griff nach meinem Smartphone, um eine Partie oder auch zwei Backgammon zu spielen, bis sie aufwachte. Die letzten drei Runden hatte mich die App geschlagen, und jetzt war ich wieder dran, aber bevor ich meinen ersten Zug machen konnte, zuckten Noras Finger. Ich studierte ihre Stirn, die selbst im Schlaf schmerzvoll verzerrt zu sein schien. Nicht zum ersten Mal hoffte ich, dass der Sensenmann sein Werk eher schneller denn langsamer verrichten würde. Wäre ich der Tod, würde ich schnell vorgehen, effizient, barmherzig und würde keinen Prozess zulassen, der sich schmerzhaft in die Länge zog und Körper und Geist oder beide dahinsiechen ließ. Die Menschen sollten nicht leiden, wenn sie starben. Jedenfalls nicht alle.

»Lucas?«

Ich zuckte zusammen, als Diane, Noras Krankenschwester und meine Nachbarin, mir die Hand auf die Schulter legte. Sie hatte den Raum lediglich für ein paar Minuten verlassen, trug aber bei der Arbeit stets diese Schuhe mit weichen Sohlen, sodass ich sie erst kommen hörte, als sie schon fast neben mir stand. Ganz schön gewieft, wenn ich mir's recht überlegte. Ich beschloss, mich nicht mehr mit dem Rücken zur Tür hinzusetzen.

Als sie an mir vorbeiging, erfüllte das die Luft mit diesem typisch medizinischen Geruch nach Handdesinfektionsmittel und Antiseptikum. Ich hasste diesen Geruch. Zu viele schlechte Erinnerungen, die ich nicht abschütteln konnte. Diane stellte ein Glas Wasser auf den Nachttisch, überprüfte Noras Vitalwerte und drehte sich zu mir um. Mit den Händen auf den Hüften blickte sie aus ihren Augen in ein Meter achtzig Höhe auf mich herunter. Ihre dichten dunklen Locken baumelten dabei bis zum Unterkiefer herab wie eine Ansammlung winziger Korkenzieher.

»Du kannst jetzt nach Hause gehen. Ich übernehme ab hier.« Auch wenn sie das in einem freundlichen Ton sagte, gab es keinen Zweifel, dass dies eine Anordnung war, aber immerhin fügte sie hinzu: »Gönn dir etwas Ruhe. Du siehst weiß Gott so aus, als könntest du's gebrauchen.«

»Vielen Dank auch«, entgegnete ich in gespielter Entrüstung. »Du weißt einfach, wie man Männern schmeichelt.«

Diane neigte den Kopf zur Seite, verschränkte die Arme vor der Brust und bedachte mich mit einem intensiven Blick, den andere einschüchternd gefunden hätten. »Wie lange hast du nicht geschlafen? Ich meine, wirklich geschlafen.«

Ich wedelte mit der Hand. »Ist doch erst sieben Uhr.«

»Schon klar. Ich glaube, unter diesen Umständen würde ich auch nicht gerne alleine zu Hause sein.«

Ich sah weg. »Darum geht's nicht. Ich werde hierbleiben, bis Nora aufwacht, damit ich mich noch verabschieden kann. Du weißt schon, falls sie ...« Meine Stimme brach ein wenig bei diesen letzten Worten, und ich gab vor, husten zu müssen, während ich mir die Handballen auf die Augen presste.

»Wird sie nicht«, flüsterte Diane. »Heute Nacht nicht. Glaub mir. Sie ist noch nicht bereit abzutreten.«

Ich wusste, dass Diane zwanzig Jahre in einem Hospiz gearbeitet und mehr als den ihr gebührenden Anteil an Menschen zu sehen bekommen hatte, die ihren letzten Atemzug taten. Wenn sie sagte, dass es heute Nacht nicht geschähe, dann würde Nora morgen früh noch da sein.

»Ich verdrück mich bald. Wenn sie aufgewacht ist.«

Diane seufzte schicksalsergeben und setzte sich auf den Stuhl am gegenüberliegenden Ende des Bettes. Eine angenehme Stille machte sich zwischen uns breit, und das, obwohl wir uns nicht besonders gut kannten. Ich hatte Diane und ihre Frau Karina, beide in ihren Vierzigern, kennengelernt, weil die beiden meine Frau Michelle und mich angesprochen hatten, als wir vor drei Jahren in unser Haus auf der anderen Seite von Chelmswood gezogen waren. Wegen der Tage, an denen die Müllabfuhr kam, und wegen der Vorschriften für Recycling, glaube ich. Dieses profane Gespräch hätte zu zahlreichen Drinks, gemeinsamen Essen und dem Austausch von Geschichten aus unserer Kindheit führen können, doch wir waren alle das, was Michelle »schwer beschäftigte Berufstätige« genannt hatte, mit (Zitat) »vollgestopften Terminplänen, was die Pflege neuer Freundschaften erschwerte.« Der Subtext ihres Kommentars lief daher auf »Haben gerade keine Zeit« hinaus, weshalb wir vier den Schritt von schlichten Nachbarn zu guten Freunden nie vollzogen hatten.

Abgesehen von gelegentlichen Einladungen zu Sommerpartys oder wenn es um das Versorgen der Wohnung ging, wenn wir wegfuhren – Post aus dem Briefkasten holen, Blumen gießen, solche Sachen –, sahen wir uns nur flüchtig. Dennoch hinterließ Karina bei unserer Rückkehr regelmäßig eine »Willkommen-zu-Hause«-Karte auf der Arbeitsplatte in unserer Küche, zusammen mit einem Blumenstrauß aus ihrem Garten und einer Flasche Wein. Weil sie sich nicht gerne übertreffen ließ, handhabte es Michelle genauso, wobei sie stets noch üppigere Sträuße und ausgefallenere Weine wählte. Der insgeheime Wettstreit meiner Frau, den ich nach Kräften ignorierte, war mir immer unglaublich peinlich, doch als Nora krank und Diane eine ihrer Pflegerinnen wurde, war ich erleichtert, dass es jemand war, den ich kannte und dem ich vertraute.

»Was du da durchmachen musst, tut mir leid«, sagte Diane und schreckte mich aus meinen Erinnerungen eines Ehegatten auf. »Das ist nicht fair. Ich meine, es ist nie fair, klar, aber das noch zusätzlich zu dem, was du sowieso schon wegen Michelle mitmachst. Mag ich mir gar nicht vorstellen. Das ist so schrecklich ...«

Was sie ungesagt ließ, quittierte ich mit einem Kopfnicken. Es gab nichts, was wir über die Situation mit meiner Frau nicht schon gesagt, wieder und wieder gesagt, aufgeschlüsselt und rekonstruiert hatten – um dann wieder von vorne anzufangen. Wir hatten das Rätsel, wo sie sich aufhielt, weder gelöst noch weitere Hinweise gefunden. Nichts Neues, nichts Nützliches, nichts, was Hoffnung versprach. Wir würden es niemals herausfinden.

Wieder trat Schweigen zwischen uns ein. Die pompöse Reiseuhr tickte vor sich hin und belebte aufs Neue die Fantasien von mir mit dem Hammer in der Hand, als plötzlich die Türglocke diese Vorstellung übertönte.

»Ich geh schon«, murmelte Diane, und bevor ich überhaupt die Chance hatte aufzustehen, war sie schon hinaus aus dem Zimmer und schloss die Tür. Ich fragte mich natürlich, ob ihr schnelles Entschwinden möglicherweise etwas damit zu tun hatte, dass sie wegwollte von mir, von dem Mann, der sich in den letzten Wochen fast täglich an ihrer Schulter ausgeheult hatte. Ich beschloss, es etwas weniger dramatisch anzugehen. Niemand wollte, egal unter welchen Umständen, die ganze Zeit eine exaltierte Heulsuse um sich haben.

Ich versuchte, Stimmen zu erkennen, hörte aber keine, obwohl ich mir in Richtung Tür fast den Hals verrenkte. Starke Bewegungen konnte ich nicht riskieren, damit ich Nora nicht weckte. Ihr Körper versagte seine Dienste, aber ihr Verstand war weiterhin messerscharf. Sie würde sich fragen, was ich vorhatte, wenn sie sähe, wie ich mein Ohr gegen das Mahagonipaneel presste. *Massives* Mahagoniholz. Das beste Holz, was dank des in dritter Generation bestehenden Bauimperiums der Familie Ward für Geld zu haben war. In diesem Haus gab es kein billiges Baumaterial, darauf hatte mein Schwiegervater gleich beim ersten Mal hingewiesen, als er mir die sechs Schlafzimmer, vier Empfangssalons, die Küchen im Innern des Hauses und draußen (die scheußlich kalten Winter in Boston kümmern uns nicht) sowie das vorführte, was nur als *Außenanlagen* zu beschreiben war, weil der Begriff *Garten* voraussetzt, dass man es mit einem Handrasenmäher schon hinkriegt.

»Für meine Familie nur das Beste«, hatte Gideon auf seine charakteristische, polternde und pompöse Art gesagt, während er sich ein weiteres Glas Laphroaig hinter die Binde kippte, wobei sich mit jedem gierigen Schluck der breite Ostküstenakzent, den er immer zu verbergen trachtete, stärker bemerkbar machte. »Kein MDF, kein Vinyl, kein Laminatschrott – nein, danke. Dafür bin ich nicht der Typ. Überhaupt nicht.«

Das ist nur in den Häusern, die du für andere baust, dachte ich, als ich eine kaum zu verstehende Antwort grummelte, die er zweifellos als Zustimmung missverstehen würde, weil man ihm nur selten widersprach. Als ich mein Glas hob, erwähnte ich jedenfalls die städtischen Sozialbauten nicht, in denen ich aufgewachsen war und die Gideon immer als »die unschöne Seite des Teichs« abtat. Und auch nicht die vielen Male, die Dad und ich aus unseren schäbigen Löchern geflogen waren, weil er wieder mal die Miete nicht zahlen konnte, sodass wir auf der Straße landeten. Meine Kindheit war äußerst anders gewesen als die meiner Frau. Ich stellte mir immer mit Vergnügen vor, wie Gideon die Augen aus dem Kopf träten, wenn ich einmal das Elend beschreiben würde, in dem ich gelebt hatte, und er daraufhin begreifen würde, dass mein sozialer Hintergrund meilenweit entfernt war von der elitären Hochglanzversion, die ich allen als die Wahrheit weisgemacht hatte. Ich malte mir mein Lachen aus, wenn ihm klar würde, wie tief unter ihrem Stand seine perfekte Tochter geheiratet hatte. Sie hätte mich genauso gut wie eine Karotte aus dem Dreck ziehen können. Allerdings keine teure mit Biosiegel.

Natürlich hatte ich ihm nie etwas davon gesagt. Ich hatte mir einen weiteren Schluck von dem schottischen Whisky genehmigt, den ich nicht mochte, und hatte ansonsten meinen Mund gehalten. Auch wenn es durchaus seinen Reiz gehabt hätte: Dass mein Schwiegervater die Wahrheit über meine Herkunft erfuhr, hatte nie zu meinen längerfristigen Plänen gehört. Dennoch lief, Gideons Bemühungen zum Trotz, alles nach Plan. Besser noch sogar. Denn der eingebildete Fatzke war tot.

Und da war er nicht der Einzige.

Kapitel 2

Erneut zuckte die Hand meiner Schwiegermutter und zog die Aufmerksamkeit auf sich, fort von den Erinnerungen an ihren verstorbenen Mann. Als Nora flatterhaft die Augen aufschlug, wartete ich erst noch eine Weile ab, bis sie sich orientiert hatte. Wie war das wohl in diesem Bruchteil einer Sekunde nach dem Aufwachen, fragte ich mich, bevor ihr wieder einfiel, dass sie im Sterben lag und Michelle nicht da war? Möglicherweise fand sie ein wenig Trost in dem Gedanken, dass ihr Elend bald ein Ende haben würde. Vielleicht war sie froh, dass ihr Kampf zu Ende ging.

»Ich bin wohl wieder eingeschlafen«, sagte sie, als sich unsere Blicke trafen, mit krächzender Stimme, der selbst nach Jahrzehnten in den USA noch immer der Akzent aus dem Südwesten Englands anhaftete. »Ich bin bestimmt nicht die beste Gesellschaft, oder? Du hättest nach Hause gehen sollen.«

Als sie sich das kurze silberne Haar zurechtstrich, erinnerte mich die dünne, runzlige Haut auf dem Rücken ihrer zittrigen Hand an das Krepppapier, das wir immer beim Basteln in der

Schule verwendeten, als ich ein Kind war. Das Bild einer Spinne ging mir durch den Kopf. Dreiecke aus Goldpapier, sorgsam nacheinander ausgeschnitten und an eine Konstruktion aus Pfeifenreinigern geklebt. Als ich mein Kunstwerk stolz nach Hause trug, um es Dad zu zeigen, hatte es sich ein bulliger Junge namens Tony gekrallt, das Ganze in eine Pfütze geschmissen und mit seinen Füßen in Schuhgröße 42 alles zertrampelt. Das blaue Auge und die kahle Stelle auf dem Kopf, die ich ihm daraufhin verpasst hatte, verhalfen mir bei meinen Klassenkameraden zu hohem Ansehen, brachten mir aber einen Verweis der Rektorin ein, die mich für drei Tage vom Unterricht suspendierte. Beides war es wert gewesen, doch es war auch eines der letzten Male, bei denen ich öffentlich Hand an jemanden gelegt hatte.

»Ich wollte noch nicht gehen«, sagte ich. »So leicht wirst du mich nicht los.«

»Offensichtlich nicht.« Nora versuchte es mit einem Lächeln, das jedoch eher einer Grimasse ähnelte, während sie mit ihren blutunterlaufenen, wässrigen Augen das Zimmer absuchte. »Wo ist Diane?«, sagte sie mit leichter Panik in der Stimme. »Sie ist doch nicht gegangen, oder?«

»Nein, da war nur jemand an der ...«

Wie bestellt öffnete sich die Schlafzimmertür. Als Diane mit Detective Anjali Dubal im Schlepptau wieder hereinkam, setzte ich mich kerzengerade hin. Nora riss die Augen auf. Sie versuchte, sich im Bett aufzurichten, und ich ergriff ihren Arm, um sie zu stützen, doch sie schüttelte den Kopf.

»Detective«, keuchte sie, »haben Sie Neuigkeiten für mich?«

Anjali, die von Anfang an darauf bestanden hatte, dass wir sie beim Vornamen nannten, ging zum Fußende des Bettes. Das lange schwarze Haar fiel ihr über die Schultern. Sie war Mitte/Ende dreißig, ungefähr einen Kopf kleiner als ich und die Sorte

Mensch, die ihre Körpergröße, oder eben das, was daran fehlte, niemals als Hindernis empfunden hatte. Sie war ehrgeizig und entschlossen. Man musste sie auf der Rechnung haben.

»Ich dachte, es wäre am besten, wenn ich mal kurz reinschaue«, meinte sie. »Schön, Sie beide zu sehen. Wie geht's?«

Nora fasste nach meiner Hand, Knochen gruben sich in meine Handfläche.

»Ach, geht so, nicht wahr?«

»Na ja.« Ich stand auf und wandte mich zu Anjali um, bevor ich die Frage meiner Schwiegermutter wiederholte, wenn auch in weitaus zackigerem Ton. »Gibt's Neuigkeiten?«

Detective Anjali stopfte die Hände tief in die Taschen ihres knielangen anthrazitfarbenen Mantels, die Füße hüftbreit auseinander. Aus unseren Unterredungen mit Anjali wusste ich, dass sie Single und kinderlos war und in den vergangenen beinahe zwei Jahren nicht mehr als eine Woche Urlaub genommen hatte. Sie hatte sich nicht beklagt. Sie liebte ihren Job, war erfolgreich und schien völlig in ihrem Element zu sein, wie sie da selbstbewusst in Noras Schlafzimmer stand, die Pistole im Hüftholster. Zweifellos waren ihre Instinkte und Fähigkeiten beeindruckend. Sie waren nur einfach nicht gut genug.

»Die gerichtsmedizinische Untersuchung des gestohlenen Lieferwagens ist jetzt abgeschlossen.« Anjalis Gesicht nahm apologetische Züge an. Mir war schon länger aufgefallen, dass ihr Gesichtsausdruck weniger einem offenen Buch glich denn einer öffentlichen Bibliothek, und ich hoffte in ihrem eigenen Interesse, dass sie nie Poker spielte. Dennoch ließen ihre Worte meine Neugier anwachsen. Auch ein wenig Beklemmung war dabei, wenn ich ehrlich bin.

»Was haben Sie herausgefunden?«, erkundigte ich mich und versuchte, den Atem nicht anzuhalten, während ich ihre Antwort erwartete.

Sie schüttelte den Kopf. »Nichts, was uns weiterhelfen würde, bedauerlicherweise.«

»*Nichts?*«, fragte ich, während mir das Herz bis zum Hals schlug. »In dem ganzen Lieferwagen? Wie das?«

»Wir wussten ja gleich, dass es schwierig werden würde, als wir gesehen haben, dass der Wagen ausgebrannt war«, entgegnete Anjali. »Leider hat der Brand alle DNA-Spuren vernichtet. Keine verwertbaren Fingerabdrücke, und auch keine Fußabdrücke. Nicht mal ein einzelnes Haar oder irgendeine Faser.« Sie vergrub die Hände so tief in den Manteltaschen, dass ich schon überlegte, wohin ihr Selbstbewusstsein sich verflüchtigt hatte und ob sie dort drinnen vielleicht irgendeine magische Fluchtgelegenheit suchte. »Es tut mir außerordentlich leid, das sagen zu müssen, aber nach Auswertung aller Spuren stecken wir fest. Es gibt keine Aufnahmen aus Überwachungskameras oder anderes Beweismaterial, das wir nicht bereits geprüft hätten.«

»Und immer noch keine Zeugen?«, flüsterte Nora.

»Nein«, sagte Anjali. »Wer auch immer Michelle entführt haben mag, wusste genau, was er tat.«

»Profis«, bemerkte Diane, und die Ermittlerin stimmte ihr zu.

Noras Stimme wurde zittrig. »Haben Sie Hoffnung, dass Michelle lebend wieder nach Hause kommt?«

Anjali machte einen Schritt nach vorne und wartete einen Moment, bevor sie antwortete. »Ich habe von Anfang an versprochen, dass ich nicht lügen werde. Die Tatsache, dass ihr Entführer zur Lösegeldübergabe nicht erschienen ist, kann vieles heißen. Kalte Füße zum Beispiel.«

»Aber Sie sagen doch auch, dass es Profis waren«, wandte ich ein.

»Ja, aber es könnte auch logistische Gründe geben ...«

»Logistische Gründe?«, blaffte ich. »Michelle ist doch nicht irgendein bescheuertes Amazon-Paket. Sie wussten doch, dass Sie da sein würden, dass die Polizei alles beobachten würde.« Als Anjali ihren Mund aufmachte, legte ich gleich nach. »In ihrer Lösegeldforderung hatten sie ja deutlich gesagt, dass ich Sie außen vor lassen sollte, aber *Sie* haben darauf bestanden und gesagt, was Sie vorhatten, und dass Sie alles unter Kontrolle hätten.«

»Lucas, bitte«, schaltete Diane sich ein. »Wir ziehen hier alle am selben Strang.«

»Schon möglich.« Ich biss mir auf die Lippen, um mich wieder in die Gewalt zu bekommen. »Aber was ist, wenn ... wenn sie ihr etwas getan haben, weil ich nicht auf ihre Forderungen eingegangen bin? Hätte ich das nicht gemacht, wäre sie möglicherweise hier unter uns.«

Anjali hob die Hand. »Wir können doch nicht ...«

»Es ist jetzt einunddreißig Tage her, seit Michelle entführt worden ist. *Einunddreißig.*« Zweifellos konnte jeder die wachsende Anspannung spüren, wie sich die an- und abschwellende Frustration in meiner Stimme zu einem heranrollenden Crescendo, ja, zu einem entfesselten verbalen Tsunami verdichtete. »Und achtundzwanzig Tage, seit die Lösegeldübergabe schiefging, aus Gründen, die niemand erklären kann oder auch nur willens ist, zu erklären.«

»Verstehe«, meinte Anjali.

»Wirklich? Ist die Liebe Ihres Lebens vielleicht mal entführt worden?«

»Das nicht, Lucas. Aber ich verspreche, dass wir ...«

»Hart arbeiten werden?« Ich stieß ein bitteres Lachen aus. »Sie haben das schon so oft gesagt, dass ich inzwischen den Überblick verloren habe. Und mittlerweile läuft Michelle und uns die Zeit davon ...« Ich kniff mich in den Nasenrücken, doch es war zu spät. Alle wussten, wen ich meinte. Ich atmete tief aus und schüttelte den Kopf. »Sie haben Noras Frage noch nicht beantwortet. Haben Sie wirklich Hoffnung, dass Michelle *lebend* wieder nach Hause kommt? Und reden Sie diesmal nicht irgend so einen Blödsinn von Logistik daher!«

Anjali senkte den Blick, und als sie den Kopf zur Seite neigte, machte ich mich auf die Antwort gefasst, von der ich wusste, dass sie kommen würde. »Stellt man sich der Tatsache, dass wir von den Entführern keine Nachricht erhalten haben und seit vier Wochen auch keine Forderungen erhoben worden sind ... nun ja, dann spricht die Statistik gegen uns.«

Nora stieß einen schwachen Schrei aus, als sie wieder in ihre Kissen zurücksank, während Diane ihre Hände so heftig rang, dass ich schon befürchtete, es würden gleich Flammen züngeln. Ich blinzelte dreimal, und die Muskeln meines Unterkiefers verkrampften sich vor Anstrengung, als ich auf mich wirken ließ, was die Ermittlerin gerade gesagt hatte.

»Wir dürfen die Hoffnung nicht aufgeben.« Nacheinander sah Anjali jedem von uns direkt in die Augen. »Ist mir schon klar, dass ich das schon mal gesagt habe, aber Michelle zu finden hat für mich oberste Priorität, und das wird auch so bleiben. Ich wollte diesen Fall unbedingt und habe dafür gekämpft. Und ich gebe Ihnen mein Wort, dass ich auch weiterhin kämpfen werde.«

»Danke, Anjali, wir sind Ihnen dankbar dafür.« Noras Enttäuschung war mit Händen zu greifen. »Können Sie uns sonst noch irgendetwas sagen?«

»Nein.« Anjali schüttelte kaum merklich den Kopf. »Ich wünschte, ich hätte bessere Nachrichten.«

Nora schob das Kinn nach vorn und demonstrierte auf diese britische Art ihren Willen, sich nicht erschüttern zu lassen. Ihrer warmherzigen Art zum Trotz war meine Schwiegermutter nicht der Typ Mensch, der seine Gefühle öffentlich zur Schau stellte. Außer an dem Tag, an dem ich Michelle geheiratet hatte. Damals blieb kein Auge trocken, auch bei mir nicht, obwohl meine Miniwasserspiele aus anderen Gründen erfolgten.

»Diane«, sagte Nora ruhig, »wären Sie so freundlich, Detective Dubal zur Tür zu begleiten? Ich brauche etwas Zeit mit Lucas allein.«

Diane zögerte, aber nachdem Anjali sich verabschiedet hatte und man hörte, wie sie die Treppe hinunter in die Diele gingen, sah Nora mich entschlossen an. Sie deutete auf einen Stuhl neben sich und wartete ab, bis ich dort Platz genommen hatte, bevor sie wieder etwas sagte.

»Du bist immer der perfekte Schwiegersohn gewesen.«

Ich zog eine Grimasse und rutschte auf dem Stuhl hin und her. »Oh, ich glaube nicht ...«

»Doch, warst du. Du kennst das nicht, weil du noch nicht Vater geworden ist, aber wenn du Kinder hast, machst du dir immer Sorgen, du könntest vielleicht nicht die richtigen Entscheidungen treffen. Zu hart oder zu weich sein, ihnen zu viel Freiheit lassen oder auch nicht.«

»Und sich dann ihre Beschwerden anhören müssen, egal was du tust?«

»Genau. Du versuchst nach Kräften, ihnen ein guter Ratgeber zu sein, aber dennoch ziehst du dir bei jedem Fehler, den sie machen, selbst den Schuh an.« Sie legte eine Pause ein, um Atem zu schöpfen. «Aber als du geheiratet hast, wusste ich, dass ich diesmal etwas richtig gemacht hatte. Dass sie eine gute Wahl getroffen hatte. Wir hätten es uns nicht besser wünschen können.«

»Wie kannst du so was sagen?« Ich ließ meinen Blick zu Boden sinken. »Wenn ich in der Woche, in der Michelle entführt worden ist, nicht in England gewesen wäre, wenn ich hier gewesen wäre oder wenn ich der Polizei die Lösegeldforderung nicht übergeben hätte, dann vielleicht ...«

»Mach dir deswegen keine Vorwürfe«, sagte Nora überraschend ernst. »Wag es nicht, deine Zeit und Energie an Schuldgefühle zu verschwenden. Ich brauch dich schließlich hier, damit du die Polizei vor dir hertreibst.« Sie ergriff meine Hand. »Lucas, du musst alles tun, was in deiner Macht steht, damit Michelle heil wieder nach Hause kommt.«

»Natürlich.«

»Koste es, was es wolle. Wenn du Geld brauchst ...«

»Brauche ich nicht, alles in Ordnung.« Ich ließ die Schultern hängen und brummelte: »Finanziell jedenfalls.«

Nora beugte sich leicht zu mir herüber. »Da ist noch etwas anderes, um das ich dich bitten möchte.«

»Ja?«

»Kümmere dich bitte um Travis, wenn ich nicht mehr da bin. Er wird sich mehr denn je auf dich verlassen.«

»Das freie Zimmer gehört ihm, solange er es haben will oder es braucht.«

»Was ich sehr zu schätzen weiß. Glaub mir, ich weiß, was für eine Belastung mein Sohn sein kann. Sein Rückfall ist ein großes Problem, deshalb musst du nach ihm schauen. Bring ihn dazu, die Reha wieder aufzunehmen. Hilf ihm dabei, sich wieder einzukriegen. Er hat das schon mal geschafft, ich zähle auf dich. Du wirst dafür alle Mittel bekommen, die du brauchst ...«

»Ich brauche kein Geld, Nora.«

»Du vielleicht nicht, aber Travis.« Sie hielt inne. »Vielleicht sollte ich ihm sagen, dass ich Organisationen für Suchtbekämpfung den Großteil seines Erbes spenden werde, wenn er nicht mitmacht.«

Ich riss die Augen auf. »Oh?«

»Nicht alles, aber einen ordentlichen Batzen, denke ich mal.

Darüber habe ich auch, ganz im Vertrauen, vor einiger Zeit mit Michelle schon gesprochen, bevor ...« Sie presste die Lippen aufeinander und kniff die Augen halb zu. Ich tat es ihr nach. Meine Frau hatte mir nichts davon gesagt. »Jedenfalls glaube ich nicht, dass ich ihm Geld hinterlassen werde, jedenfalls nicht direkt. Seinen Rückfällen in jüngster Zeit nach zu urteilen, würde er es schneller wegschnupfen, als du das Wort Drogenmissbrauch aussprechen kannst.« Sie schloss die Augen. Ihr kleiner Energieausbruch war schon wieder im Schwinden begriffen, und ich wartete, bis sie sich wieder stark genug fühlte, um weiterzusprechen. »Ich denke daran, Michelle und dich als Treuhänder für seinen Vermögensfonds und sein Erbe einzusetzen. Ich möchte nicht, dass irgendjemand anonym Entscheidungen über sein Geld trifft, wenn er selbst dazu nicht in der Lage ist. So etwas muss in der Familie bleiben. Aber du, Lucas, und ... und Michelle, wenn sie wieder da ist, ihr müsst ihm helfen. Kann ich darauf vertrauen, dass du das für mich tun wirst?«

»Versprochen«, sagte ich, während mir der Kopf schwirrte. »Ich gebe dir mein Wort, dass ich immer tun werde, was am besten ist.«

Sie sank zurück und seufzte. »Danke, danke. Ich wusste, dass ich auf dich zählen kann.«

»Jederzeit. Hat Travis dich heute schon besucht?«

»Nein.«

Ihre Antwort überraschte mich nicht. Travis hatte seine Mutter nach ihrer Diagnose so ziemlich im Stich gelassen. Mit einiger Regelmäßigkeit und Zuverlässigkeit tauchte er lediglich auf, wenn er etwas ganz Bestimmtes brauchte – nämlich ihr Geld. Gut zu wissen, dass er es nicht länger in die Finger bekäme, ohne vorher bei mir auflaufen zu müssen – ein Problem, das er dann nicht umgehen konnte. Noras Idee mit der

Treuhänderschaft war perfekt, und es hatte dazu nicht mehr gebraucht, als, vor Monaten schon Andeutungen zu streuen, auf die Travis schließlich Bezug nahm, verbunden mit subtilen Hinweisen an die Adresse meiner Schwiegermutter, was sie denn zu tun gedenke, wenn ihr Sohn wieder mit Drogen in Berührung käme. Von Spenden an Wohlfahrtsorganisationen hatte ich allerdings nichts gesagt, und dieser Gedanke missfiel mir. Absolut.

Nach ein wenig mehr Small Talk mit Nora und Diane verließ ich kurze Zeit später das Haus und zog die drei Meter hohe, eigens angefertigte Eingangstür hinter mir ins Schloss. Nicht zum ersten Mal fragte ich mich dabei, ob deren Größe möglicherweise etwas mit einem Gefühl männlicher Unzulänglichkeit zu tun hatte, das Gideon insgeheim hegte.

Die frische, kühle Novemberluft barg bereits das Versprechen eines weiteren langen Winters. Hoffentlich mein letzter an der Ostküste. Wenn ich in einem Jahr etwas mit Schnee, Eis und schweinekalten Außentemperaturen zu tun haben wollte, dann würde dies aus freien Stücken geschehen, und dann sicher auch an einem aufregenderen Ort. Aspen, Chamonix, Verbier, Whistler. Hol's der Teufel, ich würde das Alphabet der schönsten Skiorte der Welt ausbuchstabieren.

Optimistisch gestimmt von diesen Gedanken an meine nicht allzu ferne Zukunft, spürte ich, wie sich mein Lächeln regelrecht in ein leises Lachen verwandelte. Winterurlaube nach meinem Geschmack waren keineswegs Fantasiegebilde, reine Spekulation oder Wunschdenken. Sie waren Gewissheit. Bald schon würde ich das Geld meiner Frau für alles, was mir vorschwebte, ausgeben können. Denn weil ich getan hatte, was ich getan hatte, wusste ich bereits, dass Michelle niemals wieder nach Hause käme.

Kapitel 3

Es kostete mich etwas Anstrengung, meine Schritte nicht ganz so federnd wirken zu lassen, während ich zu meinem Auto ging, einem brandneuen Mercedes-Coupé der C-Klasse, mit dem mich Michelle an meinem letzten Geburtstag überrascht hatte. Es war kein besonderer Geburtstag gewesen, sodass ich protestiert und darauf bestanden hatte, dass ich doch zufrieden wäre mit dem gebrauchten Audi, den ich ein paar Jahre zuvor gekauft hatte, als ich in die USA kam. Der neue Wagen sei zu extravagant, hatte ich gesagt, der Preis geradezu obszön, und ich meinte das ernst. Aber Michelle hatte einfach nur den Kopf in den Nacken geworfen und gelacht.

»Extravagant und obszön, genau das sind Treuhandfonds nun mal, mein Schatz.« Sie drückte mir die Schlüssel in die Hand, während ich mir *sehr viel* Mühe gab, zu ignorieren, dass damit wieder eine beträchtliche Summe von ihrem Konto verschwand, obwohl ich ja wusste, dass es eine ihrer letzten teuren Transaktionen sein würde. Meine Pläne waren zu diesem Zeitpunkt bereits angestoßen worden. Der Countdown lief.

»Darf ich dich daran erinnern«, fuhr sie in jener ausdrucksstarken Stimmlage fort, mit der sie ihre Gegner in der Regel in die Knie zwang, »dass man einem geschenkten Gaul nicht ins Maul schauen, geschweige denn ihm eine Kugel in den Kopf jagen sollte? Ja, schon richtig, ich bin in letzter Zeit vielleicht nicht die Pflegeleichteste gewesen. Aber ich hoffe doch, dass dich das dafür entschädigen kann, mal ganz abgesehen von anderen Sachen, die ich auch noch geplant habe ...«

Mit einem durchtriebenen Lächeln auf den herzförmigen Lippen schlang sie mir die Arme um den Hals. Es war die Art Umarmung, von der ich wusste, dass sie uns ins Schlafzimmer, auf die Sofalehne oder den Küchenfußboden führen würde. Ich küsste sie heftig, nicht nur weil Sex winkte, der immer spektakulär war. Ich kam auf diese Weise auch drum herum auszusprechen, dass sie nicht nur *in letzter Zeit* eine furchtbare Nervensäge gewesen war, sondern von Anfang an, seit wir uns kennengelernt hatten.

Und das Auto ... Mein lieber Schwan, das war schon ein unglaubliches Kaliber. Als die Tür mit ihrem typischen, schweren metallischen Klacken zufiel und die Erinnerungen an den Geburtstag draußen im Fahrtwind zerstoben, hatte ich meine Freude daran, die meisterhaft konstruierte, ruhige Fahrerkabine für mich allein zu haben. Nachdem ich mir die Freiheit genommen hatte, noch eine Weile friedlich in Noras Auffahrt stehen zu bleiben, schmiss ich den Motor an und tastete im Handschuhfach nach der Packung Marlboro, die ich dort deponiert hatte.

Michelle hatte Rauchen verabscheut und immer gesagt, dass allein schon der Geruch ihr den Magen umdrehte. Sie hatte jedoch nie geahnt, dass es sich um eines meiner Laster handelte und ich ihm oft frönte. Ich war gut darin, Dinge zu verbergen – meine Geschichte, meine wahren Gedanken, Gefühle und Gewohnheiten. Es gab sehr viele Dinge, die meine Frau von mir nicht wusste.

Als ich aus dem Anwesen der Familie Ward mit seinem gusseisernen Tor herausfuhr, zog ich zufrieden ein weiteres Mal an meiner Zigarette und grinste bei dem Gedanken, dass ich jetzt nie mehr Handschuhe tragen musste, um den Geruch zu kaschieren, wenn ich eine geraucht hatte, mir nicht mehr jedes Mal Michelles Missfallensbekundungen anhören musste, wenn wir an jemandem vorbeikamen, der gerade eine Zigarettenpause machte. Den bösen Blick ertragen, den zuzuwerfen sie sich anmaßte, wobei sie dabei regelmäßig den Kopf so nach hinten verdrehte, dass es einem Wunder gleichkam, wenn die Angesprochenen nicht auf der Stelle zu Stein erstarrten.

Nicht dass ich Michelle *gehasst* hätte, das sollte ich an dieser Stelle wahrscheinlich einmal ganz klar sagen. Wie hätte ich das tun können, wo sie mir doch alles gab, was ich mir je gewünscht hatte? Außerdem hatte mein Vater, als ich noch ein Kind war, immer gesagt: »Hass ist ein starkes Wort, mein Sohn«, und es hatte in meinem Leben ein paar ganz andere Leute gegeben, die diese Emotion weitaus stärker und auch schneller heraufbeschworen hatten als Michelle. Nein, ich habe sie nicht *gehasst,* aber ich habe sie mit Sicherheit auch nicht besonders *gemocht.* Um es mal vorsichtig auszudrücken: Meine Frau ist mir tierisch auf die Eier gegangen.

Ich wette, das ist bei Ihrem Partner nicht anders. Oder wollen Sie mir wirklich erzählen, dass Sie in einem dunklen, sehr privaten Moment, zum Beispiel nach einem wieder mal heftigen Streit wegen grundloser Eifersucht, wegen der Aufteilung der Hausarbeit, des Zustands der Familienfinanzen oder nach einem erneuten hinterfotzigen Kompliment der verschwägerten Verwandten, sich niemals vorgestellt haben, Ihre bessere Hälfte wäre ... *weg*?

Na schön, Sie müssen sich ja nicht gleich vornehmen, sie mit einem Santoku-Messer im Schlaf in Scheiben zu schneiden. Vielleicht tun Sie's ja doch, aber wer bin ich, darüber zu richten? Und es gibt ja auch Dinge, die sich der eigenen Kontrolle entziehen. Ein unglückliches *Vorkommnis*. Etwa wenn der eigene Partner nach einem Herzanfall im Supermarkt plötzlich zusammensackt und mit dem Gesicht in den tiefgefrorenen Erbsen landet. Wenn das Auto unvermutet auf Blitzeis gerät und sich um eine Hunderte Jahre alte Eiche wickelt. Vielleicht gehen Sie auch eher wie in einer Comedy vor – ein Klavier oder ein Amboss stürzt aus heiterem Himmel herab, damit es sich nicht so machiavellistisch anfühlt. Wie auch immer, natürlich waren alle diese Szenarien tragisch – aber nach einer angemessenen Zeit der Trauer wären Sie frei, Ihr Leben genauso zu führen, wie es Ihnen vorschwebt. Keine Marotten mehr, die einen in den Wahnsinn treiben und mit denen man sich herumschlagen muss. Keine Überempfindlichkeiten, bei denen man die Zähne zusammenbeißen muss. Keine hässliche Scheidung mit Wucheralimenten und hitzigem Streit darüber, wer denn nun die Katze bekommt.

Das ist Ihnen nie in den Sinn gekommen? Nicht ein einziges Mal? Tja, habe ich auch gedacht.

Meine Frau war Kuratorin in einer Kunstgalerie im Stadtteil Back Bay in Boston. Die Art von überkandideltem Viertel, wo dann aufwendige *Vernissagen* stattfinden, bei denen sich alle Luftküsschen geben und die man wegen der fingerhutgroßen Kanapees mit mehr Hunger verlässt, als man mitgebracht hat, auf denen man teuren Champagner schlürft, während man sich den Kopf darüber zerbricht, was der aktuelle Liebling der Kunstwelt mit seinen abstrakten Kreationen wohl zum Ausdruck bringen wollte. »Her mit deiner Knete« war die Botschaft, die ich dabei stets empfing und der die Schickeria nur allzu willig huldigte. Sie würden mit den Beträgen prahlen, die sie ihren Brieftaschen dafür entnommen hatten, darüber spekulieren, wie viel ihre Kunstsammlungen Jahr für Jahr an Wert zugelegt hatten, und sich gegenseitig zu übertreffen suchen, aus purem Zeitvertreib.

Im Gegensatz dazu warb ich für den IT-Bereich neue Mitarbeiter an. Deutlich weniger glamourös, zweifellos, aber dennoch lukrativ, wenn man sich reinhängte. Da gab es genauso viele Angeber, und es konnte sogar noch tausend Prozent gnadenloser zugehen, was hieß, dass mein Besteckkasten mit den virtuellen Messern immer scharf geschliffen blieb.

Ich war schon Jahre in dem Geschäft gewesen. Die Fluktuation beim Personal war enorm, weil viele mit dem Konkurrenzkampf, dem Termindruck, der Frustration wegen unzuverlässiger Kandidaten und all den exzentrischen Team- und Personalleitern nicht zurechtkamen. Und ich? Für mich war das ein ideales Terrain. Alles änderte sich ständig und wurde zunehmend schwierig. Aber langweilig war es nie. Anders als die Kollegen, denen ich es überließ, mir den Dreck hinterherzuräumen, scherte ich mich nicht um Work-Life-Balance, um das, was mein Arbeitgeber in Sachen Flexibilität sonst noch so zu bieten hatte, oder um kostenloses Essen. Mir ging es ums Gewinnen, mein schärfster Konkurrent war mein früheres Ich – und ich brillierte.

Michelle hat nie verstanden, warum ich es so toll fand.

Als wir uns kennenlernten, hatte ich gedacht, wir würden eine ganze Weile länger verheiratet bleiben, wenigstens ein paar Jahre mehr. In einer Beziehung zu stecken, in der sie Geld im Überfluss und auch keine Scheu hatte, es auszugeben, hatte seine Vorteile, aber es gab natürlich auch eine Kehrseite. Mit verschwenderischen Geschenken überhäuft zu werden, machte Spaß, genauso wie ich mir das anfangs vorgestellt hatte, aber keinen Zugang zu den Finanzen zu haben, zehrte an meinen Nerven, ebenso, dass Michelle das Geld leichtfertig ausgab. Seit wir in unser Haus gezogen waren, hatten wir schon zweimal ein neues Sofa gekauft, obwohl an keinem etwas zu beanstanden war. Das Design und auch der graue Farbton waren praktisch identisch gewesen, aber meine Frau hatte gemeint, es sähe *irgendwie nicht gut* aus. Es gab neue Autos, neuen Schmuck, teure Menüs und, großer Gott, ständig neue *Schuhe*. Wie viele Paar genau gleiche schwarze Stöckelschuhe brauchte man denn? Es war ja nicht so, dass meine Frau noch weitere Paar Füße übrig gehabt hätte, mit denen sie die Dinger hätte spazieren führen können.

Die ganze Chose mit dem Ehering, den man ihr auf den Finger steckt, diente ja lediglich dazu, an das Geld zu kommen. Eigentlich hatte ich von Anfang an eine Scheidung eingeplant, aber die Dinge hatten sich einfach nicht so entwickelt dank eines wasserdichten Ehevertrags, den zu unterzeichnen aufdringliche Berater sie genötigt hatten. Ich musste meine Strategie daraufhin überdenken, mir alles noch einmal durch den Kopf gehen lassen, bevor ich mich in eine andere, weniger wünschenswerte Richtung orientierte. Hätte ich das nicht getan, wäre möglicherweise nicht mehr genug Geld übrig geblieben, das meinen Einsatz noch gelohnt hätte.

Ich überlegte eine Weile hin und her, wie ich alles ins Laufen bringen könnte, und debattierte mit mir selbst darüber, ob ich es wirklich durchziehen konnte. Einesteils hatte ich in Erwägung gezogen, das Geld einfach zu stehlen und damit zu verschwinden, doch ich wollte für den Rest meines Lebens nicht ständig verstohlene Blicke über die Schulter werfen müssen. Ich wollte frei sein. Und reich. Nicht irgendwo herumkauern und darauf warten, dass mich die Behörden doch noch kriegten. Was ich getan hatte, war keiner Laune entsprungen. Ich hatte eine Ewigkeit damit verbracht, zahlreiche Szenarien durchzuspielen, eines befremdlicher als das andere, damit es nicht in die Hose ging, aber dann war die Pandemie, die Mutter aller Brandbeschleuniger, über meine Pläne hereingebrochen.

Michelle und ich hatten lange Stunden auf der Arbeit in unterschiedlichen Stadtteilen zugebracht, und als unsere jeweiligen Chefs schließlich Maßnahmen zum Abstandhalten umsetzten und Homeoffice anordneten, schien es zunächst so, als hätten wir richtig Glück. Unsere Jobs waren sicher, die Arbeitsplätze zu Hause schon eingerichtet, unsere stürmische Romanze bildete den Stoff für Legenden in unserem kleinen Freundeskreis, der ausschließlich aus Menschen aus Michelles Umfeld bestand. Wir waren das perfekte, von allen bewunderte Paar, von dem alle wussten, dass in Wirklichkeit meine Frau die Hosen anhatte, während sie mich in dem Glauben ließ, es wäre anders. Dachten sie jedenfalls.

Doch die Pandemie erschöpfte meine Geduld beinahe restlos. Mal ehrlich, du verbringst endlose Monate zusammengepfercht in einem Haus mit jemandem, dem du Liebe vorgegaukelt hast, und zugleich regt es deine Fantasie an. Du stellst dir eine Menge Dinge vor, nicht zuletzt die Musik, die bei der Beerdigung des anderen gespielt wird.

Nicht dass wir Michelle schon beerdigt hätten. Es gab keine Leiche, die man hätte bestatten können, denn wir hatten ja noch *Hoffnung* (hier jetzt bitte verlassen dreinblickende, glänzende Hundeaugen einblenden). Außerdem, o Mann, Beerdigungen sind ganz schön teuer, und wenn wir denn irgendwann mal eine haben werden, nachdem man Michelle offiziell für tot erklärt hat, muss ich so ziemlich aufs Ganze gehen. Wahrscheinlich geht es nicht ohne einen kostspieligen, wenn auch leeren Sarg, um der Trauerfeier einen Anstrich von Normalität zu geben. Für Blumen müsste gesorgt sein und zweifellos auch für einen opulenten Leichenschmaus für ihre Schickimicki-Truppe von der Galerie. Es wäre natürlich alles eine Show, aber ein symbolisches Behältnis, mit Alufolie umhüllt und einem billigen Strauß von der Tankstelle obendrauf, mag ich mir auch nicht vorstellen. Wenn ich damit durchkäme, würde ich's natürlich machen, klar.

Ich rauchte meine Zigarette zu Ende und warf die Kippe aus dem Autofenster, als ich in die Sackgasse einbog und vor dem letzten Haus dort vorfuhr, ein Hochzeitsgeschenk von Gideon und Nora. Natürlich nicht für mich, denn mein Name stand nicht auf der notariellen Urkunde, aber Michelle hatte immer in der Nähe ihrer Eltern leben wollen. Niemals wäre es ihr in den Sinn gekommen, irgendwo anders zu wohnen als in dem lauschigen Vorort Chelmswood.

Außer im Schlafzimmer hatte meine Frau nie Freude daran gehabt, etwas Neues auszuprobieren. In Urlaub fuhren wir üblicherweise ein oder zwei Wochen in ein Fünfsternehotel irgendwo in der Karibik, wo sie sich am Strand aalte, mit den Fingern die Bedienung herbeischnippte und an ihrer Bräune arbeitete, während ich das gesamte Sportangebot testete. Sie war nicht der spontane Abenteurertyp, weshalb meine Stichelei, wir könnten doch mal einen Backpacker-Trip nach Asien und Australien machen, mit verächtlichem Schnauben quittiert wurde, weil sie annahm, es sollte ein Witz sein.

»Mit dem Rucksack?«, sagte sie und zog die Brauen hoch. »Warum das denn? Sag nicht, du möchtest als Nächstes in einer dieser wanzenverseuchten Jugendherbergen absteigen. Eklig! Da kannst du mich gleich umbringen.«

Oh, schön wär's.

Ich schob meine Reisevorstellungen beiseite und parkte den Wagen vor dem Haus statt in der Garage, in der für drei Autos Platz war. Michelle hätte das beanstandet. Wir waren gleich alt, ihre Teenagerjahre lagen deshalb noch nicht so lange zurück, doch sie schien anzunehmen, dass die örtlichen Jugendlichen, wenn man sie denn ließe, bestenfalls einfach mit dem Wagen losfahren, ihn schlimmstenfalls stehlen und in seine Einzelteile zerlegen würden, um diese dann bis zum Morgengrauen schon verkauft zu haben. Geschenkt, dass der Wagen eine schicke Diebstahlsperre hatte, unsere Wohnanlage bewacht war und sich deren stolze Bürgerwehr einmal im Monat traf, um bei Cocktails lieber ein Pläuschchen zu halten statt über die Einbruchsrate zu sprechen – denn da hätte es nichts zu besprechen gegeben. Die Kids in Chelmswood brauchten das Geld nicht, das sie für so eine protzige Karre bekommen hätten. Gott noch mal, die meisten von ihnen standen bereits auf der Anmeldeliste für eine Eliteuniversität, bevor sie überhaupt gezeugt waren.

Ich hab das Michelle nie gesagt, aber wärst du mit meinem Mercedes zu meiner alten Wohnung in Manchester gefahren, hätte wahrscheinlich jemand versucht, mir noch im Fahren die Reifen abzumontieren. Um zu beweisen, dass ich recht hatte, stieg ich aus, schloss den Wagen nicht ab und war schon an der Haustür, als ich es mir anders überlegte. Ich hatte das Schicksal in letzter Zeit genug herausgefordert, und man sollte den Bogen nicht überspannen. Nicht solange es immer noch so viele Unwägbarkeiten gab.

Kapitel 4

Ich ging den Weg zu unserem Haus hinauf, einem zweistöckigen Anwesen im Kolonialstil mit vier Schlafzimmern und vier Bädern, das für uns völlig ausgereicht hatte, aber unter Michelles Ägide, meine Zustimmung stillschweigend immer vorausgesetzt, neu gestaltet und renoviert worden war. Das äußere Erscheinungsbild hatte der magischen Runderneuerung nicht entkommen können – »der erste Eindruck ist so wichtig, Liebling«, hatte sie gesagt. An dem von Landschaftsgärtnern gestalteten Weg standen zu beiden Seiten fachmännisch beschnittene japanische Ahorngehölze Wache, ein kleiner Vorgeschmack auf die exquisite Innenarchitektur. Ein wirklich schönes Haus, wenn man so etwas mochte, was bei mir der Fall war, besonders wenn ich daran dachte, was auf dem Markt dafür einmal zu erzielen sein dürfte. So gesehen würde jeder Dollar, der für die Neugestaltung ausgegeben wurde, den Weg zurück in meine Tasche finden, plus fünfundzwanzig Prozent obendrauf. Ich wusste, was eine gute Investition ist ... das Haus ... und meine Frau.

Ich hoffte, dass Travis jetzt nicht da sein würde. Die Außenbeleuchtung war jedenfalls nicht an, und auch sein BMW war nicht zu sehen. Was beides nichts heißen musste. Vielleicht hatte er den Wagen verkauft, ihn bei einer Wette verloren oder war mit einem Taco-Truck zusammengestoßen. Es wäre nicht das erste Mal, hatte es alles schon gegeben.

Zwar hatte ich Nora gesagt, ihr Sohn könne so lange bei mir wohnen, wie er wolle, aber das stimmte so nicht. Mein Mitbewohner hatte ein Limit, das in direkter Verbindung stand mit der Zeit, die seine Mutter noch zu leben hatte. Ich würde es mit Travis nur diese Zeitspanne aushalten, bevor ich dann eine Stelle suchen musste, an der ich die Leiche entsorgen konnte. Na ja, ich mach bloß Spaß. Aber andererseits wäre es schließlich nicht das erste Mal, dass ich jemanden *loswerden* musste. Natürlich würde es auch meinen Heldenstatus beschädigen, wenn Travis etwas zustieße, obwohl ich doch versprochen hatte, ihn wieder in die Reha zu schaffen. Aber er würde erneut einen Rückfall erleiden, dafür würde ich schon sorgen. Wenn ich vorher versucht hatte, ihn von der Reha zu überzeugen, würde mich das gut aussehen lassen, und ich war ja auch ehrlich gewesen, als ich Nora gesagt hatte, dass ich tun würde, was das Beste wäre. *Für mich* das Beste selbstverständlich.

Und warum zum Teufel auch nicht? Ich verspürte keinerlei Verpflichtung gegenüber dem Kerl.

Obwohl durchaus belesen, war Travis der heutige Inbegriff von Faulheit und Unzuverlässigkeit. Ein Neunundzwanzigjähriger, der, ganz ähnlich wie Michelle, so privilegiert aufgewachsen war, dass er dieses Privileg nicht sah und es auch nicht nutzbringend umsetzte. Er benutzte mein Gästezimmer nach Gusto, kam und ging, wie es ihm beliebte. Pflichtschuldigst spielte ich den hilfsbereiten Schwager, obwohl ich ihn am liebsten mit den schmutzigen Socken, die er überall herumliegen ließ, erschlagen hätte. Er sah nicht ein, mal aufzuräumen oder auch nur eine Tasse zu spülen, weil irgendein Bediensteter es stets für ihn getan hatte. Es hätte mich auch nicht gewundert, wenn ein Lakai ihm den Pimmel gehalten hätte, wenn er mal pinkeln musste.

Glücklicherweise war von ihm nichts zu sehen, als ich die Tür aufstieß. Auch kein Hauch von seinem beißenden Aftershave, ein Geruch, den ich besonders unangenehm fand, der aber Frauen offenbar nicht gleichermaßen abschreckte. Stattdessen sprang mich ein rauflustiger Fellballen an, bellte und wedelte mit dem Schwanz.

»Na, Roger, wie sieht's aus?«, sagte ich, beugte mich vor und tätschelte ihm den riesengroßen Schädel.

Der Hund warf sich zu Boden und streckte mir seine Vorderpfote entgegen, sein Maul verzerrt zu etwas, das man nur als lachhaftes Grinsen beschreiben kann. Die Zunge hing zur Seite heraus, während er darum bettelte, den Bauch gestreichelt zu bekommen. Ich hockte mich neben ihn, kam der Bitte nach und schimpfte ihn einen blöden Hund, was ihn nicht davon abhielt, mir die Hände zu lecken.

Roger war ein Mischling mit unklaren Anteilen. Grob gesagt, hätte ich geschätzt, dass einige seiner Vorfahren wohl Wolfshunde gewesen waren, weil er etwas Zotteliges und Verlottertes an sich hatte, aber welcher Linie auch immer er angehören mochte, sie war jedenfalls ordentlich verwässert. Ich hatte ihn in der Woche, bevor Michelle verschwand, um unser Haus und auch hinten in unserem Garten, der an eine Schlucht grenzte, herumschleichen sehen. Er musste ganz unübersehbar dringend mal geschrubbt und gebürstet werden, brauchte auch was Ordentliches zu fressen, doch als Michelle mich dann mit einem Teller veganem Bacon in der Hand zur Hintertür hinaushuschen sah, war sie nicht sonderlich begeistert gewesen.

»Untersteh dich! Wenn du ihn fütterst, werden wir ihn nicht mehr los. Ich ruf das Tierheim an.«

»Ich will ihm doch nur etwas Gutes tun, Michelle«, hatte ich widersprochen.

»Wie bitte?«

»Die werden ihn einschläfern, Schatz.«

Sie zuckte mit den Schultern, schnalzte mit der Zunge und strich sich durch ihr blondes, kinnlanges Haar, mit dem sie jeden Morgen eine halbe Stunde beschäftigt war, bis sie jede einzelne Strähne glatt gekämmt und gestriegelt hatte. Es war von Natur aus wellig, was ich liebte, sie aber hasste. Meine Frau war atemberaubend schön, keine Frage, und das war schon immer so gewesen. Von Geburt an eine klassische Schönheit. Und nicht das leiseste befremdliche Anzeichen von Schlaksigkeit, dicken Bäckchen und Mausgesichtigkeit, als sie in die Pubertät kam. Ich hatte Fotos gesehen.

»Euthanasie wäre das Beste für ihn«, meinte sie, als sie das Telefon in die Hand nahm und zu mir herüberkam, um mich in die Wange zu kneifen. »Jetzt mal ehrlich, wer braucht denn so einen Köter?«

Ich blickte zum Fenster hinaus. Der Hund saß draußen und sah mich an, den Kopf zur Seite geneigt und mit einem Ausdruck, den ich unzählige Male selber zu sehen bekommen hatte, wenn ich als Teenager zufällig mal in den Spiegel blickte. Die hässliche Fresse eines Außenseiters, eines Ausgestoßenen. Von jemandem, den alle für einen Verlierer hielten. Von jemandem, von dem alle eine einschlägige Meinung hatten und den sie unterschätzten. Von jemandem, der lange Zeit unsicher gewesen war, sich wertlos gefühlt hatte, herabgewürdigt. Nun nicht mehr.

»Da nimmt niemand ab«, sagte Michelle und ließ das Telefon in ihrer Handtasche verschwinden. »Ich muss los, aber das

Viech könnte krank sein, die Tollwut haben oder so was, also ruf bitte die Hundefänger an. Ja? Wenn, dann darfst du mich heute Abend auch schon früh ins Bettchen bringen ...«

Ihr Kuss verweilte zart auf meiner Wange. Vielsagend. Erst vor Kurzem hatte meine Frau mich mit einem brandneuen Wagen beglückt und gemeint, einem geschenkten Gaul sollte ich nicht ins Maul schauen, deshalb, nein, ich habe die Hundefänger nicht angerufen, und, ja, ich habe sie angelogen.

Die Woche über sah ich den Hund nicht mehr, aber wenige Tage nach Michelles Verschwinden und meiner Rückkehr aus England tauchte Roger wieder auf. Es war verblüffend, fast so, als hätte er gewusst, dass sie weg und mit ihr die Gefahr einer tödlichen Spritze verschwunden war. Schlaues Kerlchen.

Er hatte sich in den vergangenen Wochen gut herausgemacht. Ein Besuch beim Hundefriseur, einer beim Tierarzt, ein paar Impfungen plus Entwurmung. Klare Rechnung in Sachen Gesundheit. Roger war eine bessere Gesellschaft als viele meiner Mitmenschen. Und auch loyaler. Jedes Mal, wenn ich einen Anflug von Schuld wegen meiner Tat verspürte oder wenn ich die Gesellschaft meiner Gattin in dem großen Haus vermisste, in dem ich meistens alleine herumhing, rief ich mir ins Gedächtnis, dass sie seinen Tod wollte.

»Wie wär's mit einem Spaziergang?«, sagte ich zu Roger und freute mich, dass er alles gut überstanden hatte.

Bevor ich ihn fest an der Leine halten konnte, bellte er plötzlich laut, kurz nachdem wir aus der Tür getreten waren. Die Straße war leer, die meisten Nachbarn hatten sich für den Abend bereits in ihre Häuser zurückgezogen, die protzigen Limousinen standen in der Auffahrt. Offenkundig waren sie nicht so schrecklich misstrauisch wie meine Frau. Das Licht aus den Wohnzimmern ergoss sich mit goldenem, üppigem Glanz auf den perfekt getrimmten Rasen und die Ziersträucher.

In einiger Entfernung sah ich unsere Zeitungsbotin, einen Teenager namens Katie, die immer ein fluoreszierendes Käppi trug. Sie war ein paar Häuser vor uns und zog ihr voll beladenes rot-grünes Wägelchen hinter sich her, sodass ich meine Schritte verlangsamte und hinter ihr blieb, weil mir nicht nach einer Unterhaltung war.

Soweit ich wusste, war Katie zwölf und hatte uns seit zwei Jahren bei jedem Wetter die kostenlose, wöchentlich erscheinende Lokalzeitung und etliche Prospekte gebracht. Ihre Eltern hatten ihr Vermögen nicht ererbt, wie so viele andere bei uns in der Straße, sondern waren reich geworden, nachdem sie mal mit einer Saftbar angefangen hatten. Aus dem Konzept hatten sie dann ein Franchise-Unternehmen gemacht, das sie noch vor der Pandemie für etliche Millionen verkauft hatten.

Auf irgendeiner Gartenparty hatte ich mitbekommen, dass sie erzählten, sie seien ganz vom alten Schlag und hätten Katie deshalb gesagt, sie müsse fürs College schon mal sparen, damit sie nach dem Examen nicht bis über die Ohren verschuldet sei. Also habe das Kind beschlossen, gleich damit anzufangen. Michelle hielt das für drakonisch und scherzte, sie müsste eigentlich das Jugendamt verständigen, was ihr ähnlich gesehen hätte, aber mir leuchtete dieser Standpunkt ein. In Katies Alter hatte ich ebenfalls bereits Geld verdient, viel mehr sogar, so wie die Dinge lagen, hauptsächlich indem ich mich in die Computer meiner Lehrer hackte, die Klassenarbeiten herunterlud und sie für einen Fünfer pro Stück verkaufte. Ein solides Geschäftsmodell, das auch nie aufflog. Dafür war ich zu schlau, denn ich vertrieb die Dinger über eine anonyme Website, die ich in wenigen Stunden erstellt hatte, verkaufte sie also nicht persönlich. Das war mein erster kleiner Schritt in das Leben als Schwindler und notorischer Krimineller gewesen. Ich mag es ja vielleicht nicht auf die Uni geschafft haben, aber ich hatte immer Unternehmergeist, egal, wo ich ihn walten ließ.

Ich ging weiter die Straße hinunter und hielt ab und zu an, damit Roger schnüffeln und durch Pinkeln sein Revier markieren konnte, wenn ihm danach war. Um den Spannern unter den Nachbarn etwas zu bieten, setzte ich mich auf dem kleinen Spielplatz an der Ecke, dem mit der geschwungenen gelben Rutsche und einem Piratenschiff, auf eine Bank, ließ den Kopf hängen und schirmte die Augen mit den Händen ab. Jeder, der die Szene beobachtete, würde annehmen, dass ich weinte und versuchte, die Fassung wiederzugewinnen. Sollte die Polizei sie befragen, würden alle sicherlich bestätigen, dass ich mitgenommen wirkte, verhärmt und sorgenvoll – ganz so, wie ich eben war seit Michelles Verschwinden.

Zweifellos mein größter, wichtigster Auftritt seit Langem. In den Augen meiner Mitmenschen hatte ich mit der Schauspielerei aufgehört, als ich im Alter von zehn Jahren bei einem Krippenspiel in der Grundschule einen Esel darstellte und Stevie Pritchard von der Bühne schubste, nachdem der kleine Scheißer mir sein Plastikschwert fünfmal in den Rücken gestoßen hatte. Die Auseinandersetzung hatte mir eine weitere Suspendierung vom Unterricht eingebracht und war ein Wendepunkt gewesen. Niemand hatte bemerkt, was Stevie gemacht hatte, und während ich zweihundertfünfzig Mal »Schubsen gehört sich nicht« schrieb, eine Strafarbeit meines Vaters, war ich zu dem Schluss gekommen, dass ich raffiniertere und auch diskretere Methoden entwickeln musste, um in Zukunft mit Problemen zurechtzukommen.

Während ich also da auf dem Spielplatz saß, war mir klar, dass meine Rolle diesmal komplizierter war, als einfach nur zu nicken, iah zu rufen und Stevie hinunter in die Menge zu befördern. Meine Verkörperung eines Mannes, dessen Ehepartnerin entführt worden war und der sich Vorwürfe machte, weil er nicht in der Lage gewesen war, sie zu beschützen, musste stimmig bleiben. Wenn die Frau verschwand, richtete sich der Verdacht anfänglich, und statistisch gesehen auch aus guten Gründen, stets gegen den Ehemann. Auch in diesem Fall hatte die Statistik recht, nur kannte eben niemand außer mir die ganze Geschichte rund um Michelles Verschwinden, und wenn es nach mir ging, sollte das auch so bleiben.

Kapitel 5

Ich bin ja kein Trottel. Natürlich war mir klar, dass Detective Anjali Dubal und ihre Kollegen mich durchleuchtet hatten, wahrscheinlich immer noch dabei waren. Zwar gaben sie vor, auf meiner Seite zu stehen, doch dessen ungeachtet hatten sie meinen gesamten Hintergrund und meine finanzielle Vergangenheit abgecheckt. Viel Vergnügen dabei, denn ich wusste schließlich, wie der Hase lief. Die letzten zehn Jahre hatte ich darauf verwendet, mich neu zu erfinden und Spuren zu verwischen, was hieß, dass sie nur das zu sehen bekamen, was ich für sie übrig gelassen hatte. War zwar noch nicht so lange her, dass ich auf meinem Geburtstagskuchen zweiunddreißig Kerzen ausgepustet hatte, aber ich war ihnen weit voraus und Lichtjahre davon entfernt, naiv zu sein.

Hatte ich in ihren Augen ein Motiv, Michelle umzubringen? Alle sagten, was für ein tolles Paar wir doch waren. Niemals Streit, kaum mal eine Meinungsverschiedenheit, und betrogen hatte ich sie auch nie. Oberflächlich betrachtet schien also alles gut zu sein mit uns – doch wie sah es beim Thema Geld aus? Michelle besaß viel mehr als ich, was natürlich ein Motiv ergab, sogar eines der stärksten. War also möglich. Aber gab es auch Gelegenheit dazu?

In der Nacht, als Michelle verschwand, war ich in England, um meinen Vater zu besuchen, war also nicht einmal in den USA, und ich hatte dafür gesorgt, dass es reichlich Zeugen gab, die das bestätigen konnten, von den Reisedokumenten ganz zu schweigen. Als wäre es kein ausreichendes Alibi, den Behörden aufzuzeigen, dass ich mit dem Verschwinden meiner Frau nichts zu tun hatte, hatte die Polizei auch noch das Haus und die Autos gefilzt, unsere Laptops, iPhones und iPads durchsucht, die ich dafür bereitwillig zur Verfügung gestellt hatte, doch gefunden hatten sie nichts. Nicht einen einzigen Riss in der Fassade unserer perfekten Ehe. Einen Rechtsanwalt hatte ich nicht angeheuert, weil es dafür keinen Bedarf gab. Ich wollte einfach nicht den Eindruck erwecken, als hätte ich etwas zu verbergen oder würde jemand anderem mit dem Geld meiner Frau die Taschen füllen. Nein danke.

Ich hatte sogar angeboten, einen Test mit dem Lügendetektor zu machen, damit sie mich als Verdächtigen ausschließen und sich auf den wahren Verbrecher konzentrieren konnten, und bestand ihn nicht nur überzeugend, sondern wie ein Trapezkünstler geradezu mit Todesverachtung, Glanz und Gloria. Es ist nicht besonders schwer, diese Geräte auszutricksen, vorausgesetzt man weiß, was man tut.

Und dann waren da ja noch meine einleuchtende Story und mein in sich schlüssiges Verhalten. Beides hatte ich Monate im Voraus geplant und eingeübt. Ach was, Jahre. Ermittler suchen nun mal nach Mustern, bohren bei allen Ungereimtheiten nach, doch bei mir fanden sie keine. Meine Gewohnheiten waren berechenbarer als die Schweizer Eisenbahn. Hinzu kamen die vorbildliche Beziehung, die ich zu Nora pflegte und die ich zu Gideon gehabt hatte, vor seinem *Unfall*, die Unterstützung, die ich Travis gewährte, sowie all die kleinen Dinge und Gesten, die ich über die ganzen dreieinhalb Jahre, die Michelle und ich zusammen gewesen waren, an den Tag gelegt hatte ... Da hatte es für die Behörden schlicht und einfach nichts gegeben, wo sie hätten einhaken können.

Hatte die Polizei mich verdächtigt? Hundertprozentig war ich ganz oben auf ihrer wunderbaren schwarzen Liste gelandet. War ich Verdächtiger Nummer eins geblieben? Keine Chance.

»Na los«, sagte ich zu Roger, als ich mich erhob, weil ich beschlossen hatte, dass ich allen, die uns heute Abend zufällig beobachtet haben sollten, ein hinreichendes Schauspiel geboten hatte. »Ich frier mir die Eier ab, lass uns nach Hause gehen.«

Er bellte kurz, was ich als Zustimmung wertete, und wir gingen die Straße wieder zurück, wobei ich umherschaute, um mich zu vergewissern, dass Katie weg war. Sie war ein nettes Mädchen, aber ich sah keine Veranlassung, mich zur Bestellung von weiteren Kartons mit je einem halben Dutzend Packungen Schokomintkeksen und Lemon-Up-Plätzchen breitschlagen zu lassen. Ich hatte bei der letzten Lieferung keine Probleme gehabt, die Dinger wegzufuttern, musste mich dann aber zwingen, zusätzliche Joggingmeilen zu absolvieren, um die Kalorien wieder zu verbrennen.

Zu Hause angekommen, als ich dann, wie es bald heißen würde, vor *meiner* Haustür stand, griff ich mir das Zeitungsbündel, das Katie hinterlassen hatte. Michelle hatte eigentlich nie Zeitung gelesen und die ganzen Reklamezettel nicht angerührt. Ob etwas im Angebot war oder auch nicht, interessierte sie nicht. Wenn sie etwas haben wollte, kaufte sie es, wobei ihr gleichgültig war, ob sie es deutlich günstiger bekam, wenn sie eine Woche wartete. Ich hatte mal angeregt, dass wir das Geld, das wir mit Coupons gespart hätten, ja für wohltätige Zwecke spenden könnten. Nie hätte ich gedacht, dass sie darauf eingehen würde, aber der Blick, mit dem sie mich deswegen bedacht hatte ... als hätte ich ihr gesagt, sie solle sich von oben bis unten mit Honig einschmieren und anschließend durch einen Wald spazieren, in dem es vor Bären nur so wimmelte. Sie hatte mir zugeblinzelt, gelacht und gesagt: »Wie alle normalen Leute werde ich einen Scheck ausstellen. Ich habe weder die Zeit noch die Energie, um irgendetwas zu feilschen. Ich hab Besseres zu tun in meinem Leben.«

Die lächerliche Angewohnheit meiner Gattin, Geld zu verprassen, war jetzt nicht mehr von Bedeutung, doch als ich reinging und meinen Mantel an die Garderobe hängte, ging mir das immer noch auf den Wecker. Coupons auszuschneiden und die Wochenangebote zu studieren, als wären sie der heilige Gral, war über Jahre hinweg mein Leben gewesen, die einzige Möglichkeit, damit Dad und ich genug zu essen hatten und wir nicht wieder auf der Straße landeten. Es war eine der vielen Fertigkeiten, die ich mir als Kind angeeignet hatte und die mir später zupass kamen, als ich mir, obwohl minderjährig, Zutritt zu Bars erquatschte oder ein Päckchen Zigaretten für Dad klaute, und die mich dann irgendwann ausmachten.

Ich hatte noch lebhaft den stürmischen Heiligabend vor Augen, an dem wir endlich, als ich elf war, in eine Sozialwohnung in einer von Manchesters zwielichtigsten Ecken zogen. Es roch nach einer Mischung aus kaltem Braten und Katzenpisse. Der Tiefe der Kratzspuren im Laminatboden in dem winzigen, übel riechenden Flur nach zu urteilen, hatten die Vormieter wahrscheinlich einen Löwen als Schoßtier gehabt.

Die Sozialarbeiterin hatte Dad die Schlüssel in die Hand gedrückt und sich eilends davongemacht, zweifellos in der Absicht, das Fest mit ihrer Familie zu feiern und sich den

Bauch mit Truthahn, Röstkartoffeln und Brandypudding vollzuschlagen, während ich noch kurz zum Imbiss an der Ecke ging, um ein paar Instantnudeln zu holen. Dad und ich hatten uns in der neuen Küche, deren wacklige, schwarz-weiß gemusterte Schranktüren einem glatt einen epileptischen Anfall bescheren konnten, auf den Boden gesetzt und sie gegessen. Manche Schranktüren hingen dermaßen lose in ihren Scharnieren, dass ich mich fragte, ob ich mir wohl den Zeh brechen würde, wenn sie runterfielen und ihn trafen. Also hockte ich mich auf meine Unterschenkel und versuchte, mich zu erinnern, ob wir irgendwo einen Schraubenzieher hatten.

Auch sonst war die Wohnung in keinem besseren Zustand. Im Schlafzimmer hatte Schimmel die Wände mit einem abstrakten Muster überzogen, von dem Dad behauptete, das sei »nichts, das man mit ein wenig Bleiche nicht wegbekäme«. Auch die Fenster ließen sich anfangs nicht öffnen, weil die Rahmen mit Farbe zugekleistert worden waren. Aber es fühlte sich sicher an. Zum ersten Mal seit Jahren hatte ich ein eigenes Zimmer, und jede Nacht drückte ich mir selbst die Daumen, dass es diesmal von Dauer sein möge. Dass ich nicht mehr in Dads Auto oder auf irgendjemandes Sofa pennen musste, meine gesamte Habe in ein paar Plastiktüten von Tesco verstaut. Dass ich es nicht mehr mit Klassenkameraden zu tun bekam, die sich die Nase zuhielten und sich lautstark über meinen in der vergangenen Woche entstandenen Körpergeruch beklagten. Als ich in dieser ersten Nacht in meinem Bett lag, wünschte ich mir nicht etwa haufenweise Geschenke am nächsten Morgen. Vielmehr wollte ich vor allem, dass die Zeit endlich vorbei war, in der ich mich heimlich in der Schule unter die Dusche schleichen und anschließend lügen musste, dass meine Haare wegen des Schwimmclubs, den wir uns nie leisten konnten, noch nass seien.

Am Tag nach unserem Einzug hatte ich bei Nachbarn vor der Haustür einen kleinen Weihnachtsbaum aus Plastik geklaut und Dad angeflunkert, ich hätte ihn auf dem Müll gefunden. Wir hatten die Wohnung über die Feiertage nicht besonders herausgeputzt, erst nach der nächsten nächtlichen Eskapade meines Vaters im Pub, die damit endete, dass er im Badezimmer, das mit Teppichboden ausgelegt war, die Kontrolle über seine Blase verlor. Ich hatte geheult, als ich ihn in Stücke reißen musste, und geflucht, als eine der selbst klebenden unechten Fliesen, die ich gekauft hatte, an der Kloschüssel haften blieb. Es waren nicht gerade schöne Zeiten, doch sie stärkten mein Rückgrat und stählten meine Entschlossenheit. Heutzutage beging ich keine Ladendiebstähle mehr, aber wenn ich in den Geschäften auf die Spendenbüchsen der Kinderhilfswerke stieß, steckte ich jedes Mal ein paar Dollar rein. Meine Art von Wiedergutmachung angesichts der Vergangenheit und massenhaften Fehlverhaltens meinerseits. Und *nicht ganz so* fehlgeleiteten Verhaltens in jüngster Zeit.

Nachdem ich mit Roger im Schlepptau die riesige Diele meines Hauses in Chelmswood betreten hatte, checkte ich auf dem Anrufbeantworter und dem Handy, ob ich Nachrichten bekommen hatte, und löschte die Anfrage eines Freundes, der wissen wollte, ob es mir gut ging. In den vergangenen Wochen hatte ich immer wieder signalisiert, dass ich zu einer Unterhaltung schlicht nicht in der Lage sei und mich melden würde, wenn es in Michelles Fall Neuigkeiten gebe. Die meisten ließen mich daraufhin in Ruhe. Sie hielten sich von dem Kummer fern, den ich ihnen vorspielte. Vielleicht hielten sie ihn für ansteckend und waren erleichtert, sich von dem abschotten zu können, was meiner Frau passiert war, und auch von dem, was sie glaubten, dass ich zu durchleiden hatte. Sie irrten sich, doch ich hatte nicht erwartet, dass ich Michelle tatsächlich manchmal vermissen würde. Obwohl mich der Gedanke erfreut hatte, das Kingsizebett nun für mich allein zu haben, machte es mir nicht besonders viel Spaß, alleine zu schlafen. Da zog ich es dann doch vor, die Wärme eines anderen Körpers neben meinem zu spüren. Wären die Umstände andere gewesen, wäre *sie* anders gewesen, hätten wir vielleicht, jedenfalls fragte ich mich das manchmal, etwas daraus machen können.

Doch dafür war es nun ein bisschen spät.

Ich schlenderte in unsere – *meine* – schicke Küche, die Michelle mit allerlei Gerät aus rostfreiem Stahl und Fliesen mit U-Bahn-Charme bestückt hatte. Weil mir der Magen knurrte, holte ich die Reste des Gemüseauflaufs aus dem Kühlschrank, den Karina tags zuvor vorbeigebracht hatte. Ich stopfte sie in die Mikrowelle und machte eine Dose Hundefutter auf. Roger setzte sich hinter mich, hechelte und wartete geduldig auf seine Speisung. Ich hatte keine Klimmzüge gemacht, um herauszufinden, wem er gehörte. Ich hatte einfach beschlossen, dass es mein Hund war. Der Tierarzt sagte, dass man sich gut um ihn gekümmert hatte, bevor man ihn dann unlängst aussetzte, was vor den großen Ferien nicht selten vorkam.

»Bitte schön, Kumpel«, sagte ich und stellte ihm den Napf hin. »Dann lass uns mal reinhauen.«

Ich machte es mir am Esstisch gemütlich und blätterte die Werbezettel mit ihren Angeboten für neue Fernseher und Whirlpools durch. Beim Anblick der Preise für Rindfleisch rollte ich mit den Augen und war froh, dass ich mich beim Fleisch nicht mehr auf einmal die Woche beschränken musste wie in den Zeiten, als ich noch bei meinem Vater wohnte. Jahrelang hatte ich mich vor allem von Fast Food ernährt, weil es billig war. Kein Wunder, dass ich mit vierzehn selbst in XL-Klamotten kaum noch reingepasst hatte, mich die Hose in der

Taille zwackte und der Schweiß mir den Rücken hinunterlief, wenn ich von der Schule wieder nach Hause ging. Bergab. Ich werde nie vergessen, wie einer meiner allseits beliebten Mitschüler sich ein Lied darüber ausgedacht hatte, in dem es darum ging, dass ich einen BH brauchte, und versuchte, mich in einen Spind hineinzuquetschen, wobei er sich jedes Mal köstlich darüber amüsierte, wenn ich nicht hineinpasste. Ich verprügelte ihn nicht, drückte seinen Kopf nicht in der Toilette unter Wasser und trat ihm auch nicht in die Kniekehlen, schwor mir aber, auf die perfekte Gelegenheit für Rache zu warten. Jahre später traf ich den arroganten Wichser in einer Bar in London wieder. Er kam mit seiner Freundin. Mit mir ging sie wieder.

Ich grinste, als ich mein Spiegelbild, mit der Gabel in der Luft, im Glasschrank sah. Wie sich doch alles verändert hatte. »Wie gemeißelt« hatte ich eine Freundin von Michelle einmal auf einer Party über mich sagen hören. Michelle hatte gekichert und geantwortet: »Von oben bis unten. *Besonders unten.*«

Verdammt knackig, ja, das war ich. Und ich hatte hart dafür gearbeitet, zig Stunden mit Jogging und dem Stemmen von Gewichten im Park zugebracht, weil ich mir eine Mitgliedschaft im Fitnessstudio nicht leisten konnte, die optimale Ernährung herausgefunden und überhaupt meinen ganzen Lebensstil der Gesundheit untergeordnet. All meine Anstrengung war darauf gerichtet, den pummeligen, pickligen Typen, der ich einmal gewesen war, hinter mir zu lassen. Auch um sicherzustellen, dass man mich niemals finden würde. Sonst noch? Nun ja, in dieser oberflächlichen Welt lässt sich eben aufgrund eines bestimmten äußeren Erscheinungsbilds und in Verbindung mit einem gewissen Charme viel schneller all das erreichen, was du willst – und auch, wo du sein willst –, auch wenn alle immer sagen, dass es auf das Aussehen nicht ankommt. Ich hatte nicht vergessen, wo ich herkam und wer ich gewesen war. Der unsichere Jugendliche, den ich immer im Spiegel sah, ließ das nicht zu.

Ich sah noch ein paar andere Reklamezettel an und wollte sie schon alle zusammen in den Papiermüll stopfen, nahm mir vor, den Müll noch rauszubringen, bevor ich ins Bett ging, doch als ich den Stapel in die Hand nahm, rutschte eine einzelne postkartengroße Werbeanzeige heraus und fiel zu Boden.

Roger, der sein Futter heruntergeschlungen hatte, bevor ich auch nur drei Löffel gegessen hatte, hob leicht den Kopf. Sein Interesse ließ jedoch schnell nach, und als er den Kopf wieder auf die Vorderpfoten legte, nahm ich die Karte und drehte sie um. Es war keine Reklamekarte, jedenfalls keine richtige. Mit keinem Wort wurde auch nur irgendetwas beworben, nicht einmal eine Website, eine Social-Media-Adresse oder eine Telefonnummer. Stattdessen war ausschnittweise ein undeutliches, körniges Schwarz-Weiß-Foto zu sehen, das fast abstrakt wirkte. Als handelte es sich um ein künstlerisches Projekt, das meine Frau verzückt, mir hingegen ein Gähnen entlockt hätte.

Auf der Rückseite stand lediglich, mit dickem, schwarzem Filzstift hingeschmiert, das Wort ICH. Ich drehte die Karte wieder um, auf die Vorderseite, und wollte sie gerade wieder dem Wegwerfstapel hinzufügen, als sich mein Gesicht zu einer hässlichen Grimasse verzog. Als ich begriff, was ich da wahrscheinlich gesehen hatte, krochen mir lange, spindeldürre Finger den Rücken hoch, in meinem Ohr ein Flüstern, mich besser noch einmal zu vergewissern.

Ich kniff ein paarmal die Augen zusammen, in der Hoffnung, es wäre nur Einbildung, aber dem war nicht so. Das Foto zeigte ausschnitthaft einen Hals und ein Ohrläppchen. Das Haar war nicht zu sehen, doch anhand der Form und der Rundung des Kiefers konnte ich erkennen, dass es sich um eine Frau handelte. Nicht um irgendeine.

Michelle.

Kapitel 6

Ich starrte die Karte an, drehte sie um, als wäre ich ein Zauberer, der seine Fingerfertigkeit demonstrieren möchte, und tat so, als könnte ich nicht sehen oder spüren, wie meine Finger zitterten. Mein Herz schlug wie wild. Ich hielt mir die Karte vors Gesicht, dann wieder auf Armeslänge entfernt, bewegte sie hin und her und versuchte, zu einem Entschluss zu kommen, ob das nun wirklich der Hals und das Ohrläppchen meiner Frau waren oder ob mir hier meine Fantasie einen Streich spielte.

Der Ohrring schien zu dem Paar zu passen, das ich ihr zu Weihnachten geschenkt hatte, und ich erinnerte mich gut daran, denn Michelle hatte vorher eine plumpe Anspielung nach der anderen gemacht. Sie hatte ein Foto der Ohrringe auf meinem Browser geöffnet gelassen, nachdem sie unter dem Vorwand, ihrer stürze ständig ab, meinen Rechner benutzt hatte. Als ich ihren Laptop gecheckt hatte, war jedoch alles in Ordnung gewesen. Eine Woche später hatte Michelle Karina Komplimente zu ihrem Schmuck gemacht, als wir sie draußen vor dem Haus zufällig getroffen hatten, und die Bemerkung fallen lassen, dass sie beinahe einen ihrer Ohrringe im Schnee verloren hätte.

Das gehörte zu den Widersprüchlichkeiten meiner Frau. Sie war reich, gebildet und selbstbewusst, hätte in jeden Laden gehen und sich selbst ein Dutzend Paar Ohrringe kaufen können, doch sie wollte auch, dass man sich um sie kümmerte, hinsah – wenn es gerade passte. Doch wann der richtige Zeitpunkt war, blieb ebenso rätselhaft wie das Bermudadreieck. Kein Wunder, wenn Männer sagen, dass sie Frauen einfach nicht verstehen. Nicht nur für Kinder braucht man ein Handbuch.

Da meine Frau es gewohnt war, auch zu bekommen, was sie sich wünschte, hatte ich es als meine vordringliche Aufgabc angesehen, sie glücklich zu machen, obwohl ich hinter vorgehaltener Hand an ihren Wünschen herumnörgelte. Also hatte ich ihr am nächsten Tag die sehnlichst herbeigewünschten Ohrringe gekauft. Am Weihnachtsmorgen hatte ich mich in ihrem Entzücken geaalt, als ich ihr das aufwendig verpackte Päckchen überreichte, und sie wieder einmal in dem Glauben gelassen, dass sie mich dazu gebracht hätte, wo es doch in Wirklichkeit genau andersherum war. Hat mich dreieinhalb Riesen gekostet. Jawohl. Dreieinhalbtausend für ein Paar beschissene Diamantohrringe von Tiffany, die sich, um ehrlich zu sein, nicht allzu sehr von den zahlreichen anderen Schmuckstücken unterschieden, die meine Frau bereits in ihrer überquellenden, glitzernden Schmuckschatulle aufbewahrte. Ohne dass sie mich darum gebeten hätte, hatte ich ihr zu Weihnachten auch gleich eine größere verehrt. »Für all die schönen Sachen, die noch hinzukommen werden«, hatte ich gesagt und sie auf den Mund geküsst, wobei ich ihr Gesicht mit meinen Händen umfasste und mich fragte, was wohl passieren würde, wenn diese jetzt ein Stück weiter nach unten rutschten, ich sie um ihren anmutigen Hals legen und zudrücken würde.

Michelle hatte keinen Schimmer, aber der Schmuck war in gewisser Weise mein Abschiedsgeschenk, etwas, das ich ja, so hatte ich es mir zurechtgelegt, später wieder verkaufen könnte, wenn sie fortgeschafft worden war. Nur dass ich die Ohrringe nirgendwo im Haus entdecken konnte, sodass ich annahm, dass sie sie wohl in der Nacht, in der sie entführt wurde, getragen hatte. Das hatte ich unter »Murphys Gesetz« abgehakt, weil das Geld dann eben verloren war. Doch hier waren sie nun. Jedenfalls auf einem Erinnerungsfoto, aus dem heraus sie mich schwarz auf weiß anstarrten, nachdem sie irgendwie in meinen wöchentlichen Stapel an Reklamezetteln gerutscht waren.

Erneut betrachtete ich das Foto, um zu ergründen, ob es auch wirklich Michelle war. Weil es verschwommen und herangezoomt war, konnte ich darauf jedoch nichts anderes erkennen. Als ich einen weiteren Blick darauf warf, ließ ich angesichts der Offensichtlichkeit dessen, was ich sah, die Schultern hängen.

Natürlich war das nicht Michelle. Dieser Eindruck war lediglich meinem überreizten Verstand zu verdanken, der gefährlich in Richtung Paranoia abdriftete. Ich hatte die Vorstellung gehabt, im Bett neben ihr zu liegen, und da hatte mein Gehirn einen Gang höher geschaltet. Der Zettel war ein Fehldruck gewesen, ein Herstellungsfehler, der versehentlich in meine Reklamesammlung gerutscht war. Zum Teufel auch, wahrscheinlich hatte jeder Haushalt in der Straße einen bekommen, weil es eine Anzeigenkampagne war.

»Dann hätten wir das ja geklärt«, sagte ich und schob restliche Zweifel beiseite. Ich riss den fehlproduzierten Zettel in zwei Hälften und warf ihn zusammen mit den anderen Werbeanzeigen in den Papiermüll.

Anschließend ging ich ins Wohnzimmer und pflanzte mich den restlichen Abend aufs Sofa, um mir eine Spionageserie reinzuziehen, die Michelle lahm gefunden, ich aber noch auf dem Zettel hatte. Sie hatte stattdessen eher eine gewisse Besessenheit von True-Crime-Stoffen entwickelt. Und ich hatte natürlich so getan, als gefielen sie mir ebenso gut wie ihr.

Meine Auszeit dauerte nicht lange. Der verdammte Zettel sengte sich einfach durch die Tür des Küchenschranks hindurch und bohrte ein tiefes Loch mitten in meinen Hinterkopf hinein.

Das brauchte ich wirklich nicht. Ich wollte nicht an Michelles Ohrringe oder etwas anderes von ihr erinnert werden. Es war schlimm genug, dass all ihre Sachen noch im Haus waren, und das würde auch noch eine ganze Zeit so bleiben, wie ich wusste. Ich hatte im Augenblick keine andere Wahl, als alles so zu lassen, wie es war, als wäre es ein Schrein, um den Anschein aufrechtzuerhalten, dass ich mir nichts sehnlicher wünschte als ihre unversehrte Rückkehr. Alle würden es unangebracht finden, deutlich verfrüht, um nicht zu sagen, äußerst verdächtig, wenn ich auch nur anzudeuten wagte, mich ihrer Sachen zu entledigen. Sie waren alle der Meinung, dass sie noch lebend gefunden werden könnte, und klammerten sich an diese Hoffnung, je mehr sie ihnen zwischen den Fingern zerrann und zu Staub wurde. Dem prachtvollen Körper meiner Frau nicht ganz unähnlich, wie ich mir vorstellte.

Auch wenn ich große Anstrengungen unternahm, mich wegen dieses blöden Werbezettels nicht verrückt zu machen, gewann der Gedanke an Michelle und an all ihre Sachen um mich herum schließlich die Oberhand. Mit einem Grunzen stemmte ich mich hoch. Roger trottete hinter mir her, als ich in die riesige Küche zurückging, um die Postkarte wieder aus dem Müll zu fischen. Ich holte ein Feuerzeug aus der Schublade neben dem Gasherd mit den sechs Platten und setzte die Papierstücke im Spülbecken in Brand.

Als Sie sich am Rand schwarz färbten und einrollten, fragte ich mich kurz, wie man wohl meine Frau beseitigt hatte. Es war kein Gedanke, mit dem ich mich länger befassen wollte, und auch wenn ich durchaus die Möglichkeit gehabt hätte, zu erfahren, wo genau sie war, hatte ich dieser Versuchung bislang nicht nachgegeben. Bis zu einem gewissen Grad plagte mich zwar eine morbide Neugier, aber je weniger ich wusste, desto besser. Mein Unwissen hatte dazu beigetragen, den Test mit dem Lügendetektor zu bestehen, und ich hatte nicht die Absicht, mich schnappen zu lassen, nur weil ich die strengen Regeln, die ich mir von Anfang an selbst auferlegt hatte, nicht befolgte.

Mancher mag sich fragen, wie ich sie denn nun umgebracht habe, wo ich doch nicht wusste, wo Michelles Leiche abgeblieben war und ich an dem Tag, an dem sie entführt wurde, auch nicht im Lande war. Ich hab sie ja auch nicht umgebracht. Jedenfalls nicht direkt. Was mit dem Spruch ist, dass man sich nicht selbst anbellen soll, wenn man einen Hund hat? Nun, ich habe einen Hund, und ich meine nicht Roger.

Es ist überraschend, wie leicht es ist, jemanden aufzutreiben, der willens ist, einen anderen Menschen verschwinden zu lassen. Zudem relativ preiswert, was weniger erstaunlich als erschreckend ist. Seien Sie gewarnt, diese Tatsache kann durchaus schlaflose Nächte bereiten. Just in diesem Moment könnten nämlich der verärgerte Kollege, der so sicher war, dass er die große Beförderung, die dann an Sie ging, verdient hatte, die zu Wutausbrüchen neigende Ex, die Sie für eine bessere Partie verlassen haben, ja, selbst der Nachbar, mit dem Sie sich einen heftigen Streit über die Reparaturkosten für den Zaun zwischen ihren beiden Grundstücken liefern – jeder Einzelne von ihnen könnte gerade für eine Handvoll Riesen oder sogar weniger Ihr Ableben planen, und das sind nur diejenigen, die Sie einfach mal so aus dem Stegreif aufzuzählen vermögen.

Würden Sie das selbst in die Hand nehmen? Wahrscheinlich nicht, aber das heißt ja nicht, dass Sie dafür nicht jemanden fänden. Wir leben in ernsten Zeiten, und viele sind verzweifelt, was einige dazu bringen könnte, für ein wenig Geld auf die Hand so ziemlich alles zu tun, einschließlich der Beseitigung der Nemesis anderer Menschen. Um ehrlich zu sein, habe ich Michelle jedoch nie als solche betrachtet. Ja, es ist geschmacklos, aber sie war mein Bratkartoffelverhältnis, Mittel zum Zweck, die goldene Gans und dergleichen Klischees mehr. Es war nicht persönlich gemeint, sondern rein geschäftlich. Als sie eines Abends in mein Leben stolperte, wusste ich sofort, dass sie diejenige war, auf die ich gewartet hatte, wenn auch nicht aus den Gründen, die ich ihr vormachte.

Wir haben uns in einer Galerie kennengelernt, an einem außergewöhnlich warmen Abend Ende Mai. Auf einer privaten Party in London, in die ich mich hineingemogelt hatte. Es war so ein spontanes Ding gewesen, als ich gerade an einem Gebäude vorbeikam, an dessen Eingang zwei Männer in maßgeschneiderten Anzügen und mit weißen Handschuhen die schwarz-goldenen Einladungskarten der Gäste in Empfang nahmen. Die Karten wirkten schick, teuer, und ich betrachtete das Ganze als Herausforderung. Ich war gut angezogen und hatte Hunger, also beschloss ich, reinzugehen und mitzunehmen, was zu holen war. Ich hatte nichts Besseres vor, und mich als jemand anderer auszugeben, mir so nebenbei eine neue Identität zuzulegen, war immer ein großer Spaß. Es machte Freude, herauszufinden, wie weit ich gehen konnte und womit ich so durchkam. Sagt man etwas mit Überzeugung und ernster Miene, ist es geradezu unglaublich, was die Leute alles schlucken. Mit einem gewissen Kitzel im Bauch stellte ich mich hinten an der Schlange an.

Eine gertenschlanke Frau vor mir, die ein kurvenbetontes, smaragdgrünes Cocktailkleid aus Seide mit Spaghettiträgern trug, stritt sich dezent mit ihrem Partner, einem stämmigen Mann, der arg unter Schuppen zu leiden hatte. Er hatte sein Jackett ausgezogen und es über die Schulter geworfen, die obere Ecke der schwarz-goldenen Einladung lugte verräterisch aus einer Tasche. Im Nu war eine der aufwendigen Karten in meine Hand und in mein Jackett hinein entschwunden. Keiner von beiden hatte etwas bemerkt. Zu sehr waren sie damit beschäftigt, sich darüber zu streiten, wer nun etwas trinken dürfe und wer fahren solle. Die Smaragdfrau war wohl erst spät von der Arbeit nach Hause gekommen, und der Schuppenträger hatte seinerseits vergessen, den Babysitter abzuholen. Als wir uns der Einlasskontrolle näherten, ließ ich ein paar Neuankömmlingen den Vortritt und bestand drauf, dass ich lieber noch auf meine Begleitung wartete. Smaragdfrau und Schuppenträger hielten hingegen den ganzen Laden auf.

»Du hast doch gesagt, du hättest beide Einladungen dabei«, sagte sie mit schriller Stimme.

Mit rotem Kopf durchwühlte Schuppenträger seine Taschen. »Hatte ich ja auch.«

»Na ja, offenbar nicht. Hast du die andere Karte vielleicht im Auto gelassen?«

»Weiß nicht. Vielleicht.«

»Gott noch mal, also ehrlich. Ich hab dir doch gesagt, du sollst sie in meine Handtasche tun.«

»Da hätte doch noch nicht mal mehr eine Briefmarke reingepasst«, maulte Schuppenträger und wandte sich an einen der Herren mit den weißen Handschuhen am Eingang. »Unsere

Namen stehen auf der Gästeliste. Wären Sie so freundlich, dort einmal nachzusehen, mein Herr?«

»Ich fürchte, wir benötigen die Einladungskarten, damit ...«

»Wie bitte? Jetzt hören Sie mal, ich bin ...«

»Um Himmels willen, jetzt mach hier keine Szene, die Leute warten.« Smaragdfrau schubste Schuppenträger vom Eingang weg. »Du gehst zum Auto, und ich warte hier. Mit diesen Absätzen werde ich jetzt nicht zum Auto hin- und wieder zurücklaufen.«

Wenig später befand ich mich in der Galerie, wo ich die Karte unauffällig in das Jackett eines anderen Mannes steckte, falls es weitere Kontrollen geben sollte, und ging weiter in den spärlich erleuchteten Raum. Die Ausstellung bestand aus gerahmten Skizzen von Leuten, die sich sportlich betätigten, in unterschiedlichen Stadien der Entkleidung, sowie aus abstrakten Skulpturen aus Draht, die man auf vergoldeten Säulen platziert hatte. Ich wanderte von Ausstellungsstück zu Ausstellungsstück, nahm von dem einen Kellner einen Kelch mit Champagner entgegen, von dem anderen ein quadratisches Bruschetta-Kanapee, wobei weder das Sprudelige noch das Handfestere besonders animierend waren.

Ich war schon fast am Ende des Raumes angelangt, da sah ich sie. Eine Frau in einem langen scharlachroten Kleid, das blonde Haar zurückgekämmt und in der Halsbeuge zu einem kleinen Dutt gebunden. Sie war von einer Schar Leute umringt, die meisten von ihnen Männer, die sich alle köstlich über etwas amüsierten, das sie gesagt hatte. Intuition und Erfahrung sagten mir, dass sie Geld hatte, und ich fragte mich, wer sie war. Eine Prominente vielleicht oder auch der neueste Liebling der Filmwelt. Hinreißend. Definitiv vermögend.

Ich ging außen um die Exponate herum und bewegte mich Stück für Stück auf die Frau in Rot zu. Als ich in Hörweite war, bemerkte ich, dass sie einen amerikanischen Akzent hatte. Er war nicht so ausgeprägt, dass ich hätte sagen können, aus welchem Teil der USA. Obwohl ich qua Geburt amerikanischer Staatsbürger bin – meine Mutter und mein Vater besuchten gerade den Grand Canyon, als ich kurz entschlossen acht Wochen vor dem Termin auf der Bildfläche erschien –, war ich nur einmal für ein paar Tage in New York gewesen.

Ich bewegte mich weiter auf die Gruppe zu und beobachtete sie ein wenig länger, sah, wie sie den Kopf beim Lachen in den Nacken warf, wie ihre Augen beim Sprechen funkelten und wie sie sich ihren Gesprächspartnern zuneigte, sie auf diese Weise ins Zentrum der Aufmerksamkeit rückte. Ich fragte mich, ob sie vielleicht im Verkauf arbeitete, dachte mir, dass sie dort genau richtig wäre, bis ich sah, wie sie sich ein Getränk von einem der Tabletts nahm, das ihr von einer Servicekraft entgegengestreckt wurde. Sie ergriff das Glas, ohne den Mann auch nur eines Blickes zu würdigen oder Danke zu sagen, und setzte die Unterhaltung mit ihren Bewunderern fort, als wäre es ihr gottgegebenes Recht, bedient zu werden, und derjenige unsichtbar. Ich fügte meiner Beschreibung dieser Frau das Wörtchen »anspruchsberechtigt« hinzu, ein wichtiger Charakterzug, den es zu beachten gilt, wenn man ohnehin schon darüber nachdenkt, wie man jemanden am besten manipuliert.

Bei genauerer Betrachtung bemerkte ich auch die Schar Sommersprossen auf ihrer linken Schulter, die zusammen die Form eines Winddrachens ergaben, und beschloss, ihr zu sagen, dass sie an einen Diamanten erinnerten, wobei ich nicht zu dick auftragen wollte. Sie schien mir nicht der Typ zu sein, der auf Schmeicheleien so leicht hereinfiel. Diese Frau würde richtig Arbeit verlangen.

Sie war eine Herausforderung für mich.

Sollte sie in Großbritannien Urlaub machen oder auf Geschäftsreise sein, wäre sie, wie ich wusste, ein wesentlich leichteres Ziel. Touristen und Anzugträger von außerhalb, fand ich, waren viel eher bereit zu einem One-Night-Stand als Einheimische. Das Risiko, sich noch einmal über den Weg zu laufen, war deutlich geringer, was besser für beide Seiten war.

War diese Frau verheiratet? Sie trug keinen Ring, was natürlich nicht viel zu besagen hatte. Hatte sie einen Ehemann oder Partner, würde das die Situation einerseits komplizierter machen, andererseits aber auch leichter. In der Vergangenheit hatte ich bereits mehrfach reiche verheiratete Frauen ins Visier genommen, und im Allgemeinen waren sie die Ersten gewesen, die vorschlugen, in die Kiste zu steigen. Bevor der Morgen anbrach, verdrückte ich mich, und als sie wach wurden, stellten sie dann fest, dass ich mit ihrem Geld, ihren Wertgegenständen oder mit beidem verschwunden war. Ich bin damit immer durchgekommen. Verständlicherweise verständigten sie nicht die Polizei, weil das bedeutet hätte, eine Affäre einzuräumen. Ich habe nie so viel gestohlen, dass es für die Frauen einen Sinn ergeben hätte, einzugestehen, dass sie untreu gewesen und hereingelegt worden waren.

Ich beobachtete die Frau in Rot weiterhin und hoffte, dass dabei mehr herauskommen könnte als schnelles Geld. Eine Weile schon brütete ich über einem neuen Plan, der mich mein Leben lang versorgen und mir erlauben würde, mich angemessen um meinen Vater zu kümmern. Er war schon seit ein paar Jahren pflegebedürftig, nachdem er einen schweren Schlaganfall erlitten hatte oder, genauer, so weit gebracht wurde, einen solchen zu erleiden. Erst kürzlich hatte ich etwas über experimentelle Behandlungsmethoden gelesen, die in nicht allzu ferner Zukunft auf den Markt kommen sollten. Teure Therapien, die Hunderttausende von Dollars kosteten und die es nur in Kliniken in der Schweiz und Singapur gab, waren etwas, das ich mir von dem Geld, das ich mit Personalvermittlung und meinen gesetzeswidrigen Nebengeschäften verdiente, nicht leisten konnte. Wenn ich meinen Vater absichern wollte, musste ich jemanden mit Geld auftreiben, am besten einer ganzen Tonne davon. Mal eben eine Goldader auftun.

Als ich mitbekam, wie die Frau sich entschuldigte und die Toilette ansteuerte, griff ich mir ein mit Champagner gefülltes Glas und postierte mich um die Ecke herum, tat so, als würde ich eines der Exponate bewundern. Als sie zurückkam und an mir vorbeigehen wollte, machte ich einen Schritt zurück, sodass sie direkt in mich hineinlief und sich das kühle Nass auf mein Hemd ergoss.

Nach etlichen Minuten ausführlichster Entschuldigungen (meinerseits, nicht von ihr) waren wir in eine angeregte Unterhaltung vertieft. Die übrigen Verehrer schmollten und waren längst vergessen, sobald ich das bestanden hatte, was ich als ihren »Lohnt es sich, mit ihm zu reden?«-Test diagnostizierte. Diese unterhaltsamen zehn Minuten waren ein kaum bemänteltes Abklopfen meiner Verhältnisse – woher meine Familie kam, was und wo ich studiert hatte und womit ich so meinen Lebensunterhalt verdiente. Es fühlte sich eher an wie ein Kreuzverhör unter den Vorzeichen einer Klassengesellschaft statt wie der übliche Austausch von Nettigkeiten, aber ich sorgte dafür, dass ich als perfekter Kandidat daraus hervorging. Ich erzählte ihr genau das, was sie hören wollte, und senkte meine Angelhaken mit den sorgfältig präparierten Ködern tief in ihre mit Geld gefüllten Taschen.

Später in der Nacht, als Michelle und ich in ihrem Hotelzimmer nackt nebeneinanderlagen, ihr Kopf auf meiner Brust, erhärtete ich meine Pläne: wie ich sie heiraten und mich wieder scheiden lassen würde, nicht ohne bei dem Vergleich einen ordentlichen Batzen Geld abzuräumen. Früher am Abend, als ich den Umriss ihrer diamantenförmigen Sommersprossen mit dem Finger nachzeichnete, hatte sie gesagt, dass unser Zusammentreffen in der Kunstgalerie eine glückliche Fügung gewesen sei. Bis zum heutigen Tag war das eines der wenigen Dinge, über die wir einer Meinung waren.

Kapitel 7

Ganz egal, wie sehr man eine bestimmte Person verabscheut und sie weghaben möchte, die Suche nach jemandem, der diesen Job erledigt, sollte man nicht überstürzen. Kommt natürlich vor. Ungeduld ist das Vorrecht derer, die die Rechnung zahlen, aber sie ist auch oft gleichbedeutend mit Dummheit. Vielleicht sparst du ein paar Kröten, wenn du deine Auftragskiller auf der Straße aufliest, aber was nützt es dir, wenn sie geschnappt werden und dich schneller verpfeifen, als du Jumpsuit sagen kannst. Wer nicht genug Zeit und Mühe darauf verwendet, den Besten für den Job zu finden, sollte sich mal lieber fragen, ob schamrot vielleicht seine liebste Gesichtsfarbe werden könnte.

Ich hatte mich zuerst im Darknet auf die Suche begeben. Ein größtenteils ekliger, abscheulicher Ort für alle möglichen ruchlosen Taten und Offerten: Drogen, Waffen, Computerviren, Hardcore-Pornografie und Menschenhandel. Man möchte sich dort, jedenfalls wenn man bei Verstand ist, eigentlich nicht aufhalten, aber ich musste richtig tief hinein.

Und das Darknet war nicht das einzige Metier, in dem ich so meine Erfahrungen machte. Wenn sie nicht völlig schlafmützig sind, haben die meisten von uns schon mal etwas von digitalen, schwer nachzuverfolgenden Kryptowährungen gehört. Nicht dass ich jemandem einen Vorwurf machen würde, wenn er sich darum in jüngster Vergangenheit nicht geschert hat, denn die allermeisten Informationen darüber waren überaus deprimierend. Aber wie auch immer: Das Darknet und die Kryptowährungen zusammengenommen gaben dir nicht nur ansonsten verbotene Ressourcen an die Hand, sondern boten auch Anonymität, vorausgesetzt man hatte die Traute und den Willen, herauszufinden, wie das alles funktionierte. Und war abgebrüht genug, sich nicht erwischen zu lassen.

Es war nicht leicht. Wie gesagt, es gibt genügend Spinner dort, die die Drecksarbeit für dich machen wollen, aber meine Wahl musste todsicher sein, das Auswahlverfahren präzise und peinlich genau durchdacht, überprüft und vierfach getestet. Wer will schon einen Versager anheuern? Bei Lichte besehen war die Suche nach einem Auftragsmörder eine extreme Form der Personalauswahl. Wir haben vielleicht nicht unbedingt über Fertigkeiten geredet, die sich auf eingehende Kenntnisse bezüglich Investorenschutz, Cloud Computing oder auch darauf erstreckten, dass jemand perfekt Mandarin sprach, aber die Auswahlkriterien waren im Prinzip die gleichen. Und es stellte sich auch heraus, dass meine Arbeitserfahrungen äußerst wandlungsfähig waren.

Dennoch brauchte es Monate akribischer Planung, genauester Auslese und verschlüsselter Chats und Nachrichten in diversen Foren. Auch überraschte mich sehr, dass es im Darknet ein Bewertungssystem mit positivem und negativem Feedback für Anbieter und Käufer gab, das dem von eBay ähnelte. Außerdem erwies es sich als ziemlich nützlich, dass auf diese

Weise jeder auf einer schwarzen Liste landete, der irgendwie mit Gesetzesvollzug in Verbindung gebracht werden konnte. Jede noch so kleine Information war hilfreich. Ich konnte schließlich nicht vorsichtig genug sein.

Die ganze Recherche spielte sich meilenweit entfernt von zu Hause ab, auf einem Laptop, den ich ein Jahr, bevor ich mit der Suche begann, in Großbritannien bar bezahlt hatte. In der Zwischenzeit hatte ich ihn im Schließfach eines Busbahnhofs deponiert, in dem es keine Videoüberwachung gab. Sparmaßnahmen im Haushalt von Kleinstädten hatten so ihre Vorteile für mich. Zusätzlich hatte ich ein paar Wegwerfhandys erworben, von denen ich jedes nur ein einziges Mal benutzte. Stimmverzerrung gehörte ebenfalls zu meinem Arsenal, doch auch das reichte noch nicht. Bei den seltenen Gelegenheiten, zu denen ich überhaupt mit jemandem sprach und die ich auf ein Minimum beschränkte, redete ich jedes Mal in einem anderen Tonfall, ließ unterschiedliche Dialekte anklingen und variierte die Tonhöhe. Und keinesfalls verwendete ich britischen Slang.

Mir war klar, dass die Technik, so vorteilhaft sie in vielerlei Hinsicht ist, auch mein Untergang sein könnte, denn sie ist überall. Allerorten sind Kameras installiert und registrieren jede Bewegung. Wir glauben, wir würden ihnen aus dem Weg gehen, bis jemand arglos ein Selfie macht – und schon ist unser Gesicht im Hintergrund an einem Ort zu sehen, den wir angeblich nie besucht haben, von Gesichtserkennungssoftware mal ganz zu schweigen. Also war Verkleiden ganz praktisch. Wenn ich mir ein neues Wegwerfhandy besorgte oder zum Busbahnhof ging, trug ich immer unterschiedliche Sachen und Hüte. Eine seltsame Perücke, ein unechtes oder abwaschbares Tattoo – Dinge, die man leicht wieder loswurde. Ich konnte sie nicht im Haus lassen, weil sie sonst vielleicht die

Polizei oder Michelle gefunden hätte, noch bevor sie verschwand.

Das letzte Element meines falschen Spiels bestand darin, ein bisschen anders zu gehen, die Art und Weise zu verändern, wie ich mich bewegte, bis hin zu einer bewussten Modifikation meines Gangs. Ist gar nicht so einfach, wie es sich anhört.

Sämtliche Anstrengungen verfolgten das Ziel, allen, die ihre Aufmerksamkeit auf mich richteten, meilenweit voraus zu sein, meine Spuren zu verwischen (am besten erst gar keine zu hinterlassen), und sie waren mir eine Mahnung, niemals etwas in Eile zu tun. Schnelligkeit erzeugt Sorglosigkeit. Nennen Sie mir irgendein Gefängnis, und ich zeige Ihnen sofort eine Reihe von Leuten, die besser nicht so impulsiv agiert hätten. Deshalb ließ ich mir mit der Auswahl meines Auftragskillers Zeit. Strich die Angeber und die Knackis von der Liste möglicher Kandidaten. Darauf verwendete ich, um ehrlich zu sein, die meiste Aktivität. Viele Leute waren Voyeure oder Dummschwätzer, wie man so sagt, darum dauerte es eine ganze Weile, bis sich der perfekte Killer herauskristallisierte: Woods47. Der Einfachheit halber nannte ich ihn schlicht Woods.

Woods hatte keine Ahnung, wer ich war, und umgekehrt. Ich kannte das Geschlecht nicht, was schließlich auch egal war. Ich brauchte einfach den oder die Beste für den Job. Bezahlt wurde, die Hälfte vorher, die Hälfte nachher, in einer obskuren Kryptowährung aus ein paar Fonds, die ich schon heimlich angelegt hatte, als Michelle und ich uns noch gar nicht kannten. Obwohl auch der Wert dieser Fonds sich vervielfacht hatte, war es nur ein Bruchteil der Wertsteigerung von Bitcoin, aber vor allen Dingen war es etwas, das den Finanzbehörden verborgen geblieben war. Genug, um das Honorar zu decken, das hoch war, aber dennoch weniger als das, was der Mercedes gekostet hatte, den Michelle mir gekauft hatte.

Die Einzelheiten – welcher Wochentag, welche Uhrzeit und welcher Ort – überließ ich zwar ganz Woods, doch die restlichen Anweisungen hatte ich glasklar gestaltet. Lass es wie eine Entführung aussehen. Sorg dafür, dass Michelles Ableben schnell und schmerzlos vonstattengeht. Ich war hinter ihrem Geld her, schon richtig, aber deswegen war ich noch lange kein komplettes Ungeheuer.

Weshalb diese ganzen Umstände, wenn ich für meine Frau genauso gut auch einen Unfall hätte arrangieren können? Vielleicht auch einen Unfall mit Fahrerflucht, einen Sturz die steile Treppe hinunter, einen Badeunfall oder das berühmte Klavier, das vom Himmel herabstürzt (kleiner Scherz, das wäre wohl ein bisschen kompliziert geworden, schließlich hängt dabei alles vom Timing ab). Alles Mögliche, das damit enden würde, dass man ihre Leiche findet.

Warum keine dieser Optionen? *Wegen der Optik.*

Wie ich schon gesagt habe, war mir von Anfang an klar, dass ich der Hauptverdächtige wäre. Deshalb durfte es niemals Beweise geben, und außerdem wollte ich ihre Zweifel an mir nach und nach zerstreuen. Michelle war entführt worden, aber ihre Leiche würde nie gefunden werden. Sicherlich konnte es deshalb Jahre dauern, bis sie offiziell für tot erklärt wurde, was hieß, dass es eine lange Wartezeit geben würde, bis ich ihr Geld erbte.

Die meisten, die es auf das Geld ihres Partners abgesehen haben, sind nicht bereit zu warten. Sie werden gierig und ungeduldig. Sie glauben, dass sie die Lebensversicherungspolice ihres Ehepartners mal eben aufstocken, diesen kurz darauf von einer Klippe stoßen können – und damit davonkommen werden. Ich nicht. Ich habe weiterhin den Horizont im Blick behalten, mich langsam und akribisch in diese Richtung vorgearbeitet und alle Überraschungen auf dem Weg dorthin gemeistert.

Als ich meine Planungen in Sachen Michelle vorantrieb, hatte ich mich beispielsweise nach allen Richtungen hin vergewissert, dass Nora mir irgendwann einen kleinen Teil ihres Vermögens vermachen würde, und dabei durchaus einkalkuliert, dass meine Schwiegermutter noch lange leben würde. Niemals hatte ich die Absicht, Nora wehzutun, denn, wie gesagt, ich *mochte* sie, weshalb ich jeden Betrag, der von ihr fließen würde, als ansehnlichen zukünftigen Bonus betrachtete und nicht als etwas, mit dem ich fest rechnete. Vor ihrer Krebsdiagnose hatte ich wirklich keine Ahnung, dass mir plötzlich noch eine weitere große Erbschaft ins Haus stand. Als Gideon starb, hatte ich eigentlich gehofft, dass Nora noch einmal jemanden kennenlernen würde, der sie schätzte, doch nun würde sie unglücklicherweise dahinscheiden, bevor man Michelle für tot erklärte, sodass die Hälfte des Geldes erst einmal an meine Frau ging. Und sollte Travis nicht lange nach Nora zufällig vor seinen Schöpfer treten, würde meine vermisste Gattin sein ganzes Geld erben. Ein dreifacher Volltreffer, der letztendlich mir zugutekäme.

Was lange währt, wird endlich gut – totaler Blödsinn. Was lange währt, wird endlich gut für diejenigen, die das Gute herbeiführen ... und dann abwarten, dass es sich auszahlt. Meine Auszahlung war auf einem guten Weg.

Kapitel 8

Ich stand in der Küche am Spülbecken und betrachtete die verkohlten Überreste des fehlgedruckten Zettels. Das Papier war längst zu Asche geworden. Ich spülte die Ascheschnipsel den Abfluss hinunter und beschloss, dass ich aufhören musste, mir Sorgen über den bizarren Fehldruck zu machen, der vor meiner Tür gelandet war. Selbst wenn es kein Herstellungsfehler war, sondern ein richtiges Foto von irgendjemandem – viele Leute hatten solche Ohrringe. Wenn ich darüber nachdachte, konnte das Bild eigentlich jeden zeigen, der genug Geld in der Tasche hatte, um bei Tiffany's shoppen zu gehen. Allein in unserem Viertel deshalb so gut wie jeder.

Ich drückte die Schulterblätter zusammen und streckte mich. Es gab keinen Anlass zur Sorge. Ich war auf Kurs, und wie lange es auch dauern mochte, bis ich die amtliche Bestätigung des Todes meiner Frau in Händen hielt, die Zeit würde gut angelegt sein, um den trauernden Ehemann zu spielen. Ich ging davon aus, dass Detective Anjali Dubal seit Langem Mitschnitte meiner Telefongespräche vorlagen, mein Handy angezapft war und auch das Festnetz, wenn das FBI mit im Boot war, was angeblich nicht der Fall war, und dass ich schon seit einiger Zeit beschattet wurde.

Ich stellte mir vor, dass sie mitten in der Nacht meinen Müll, auch die Tonne für die Wiederverwertung, durchwühlten, in der Hoffnung, irgendwelches Beweismaterial zu finden, vielleicht Hinweise auf eine Geliebte oder auch darauf, dass Michelle einen Lover hatte. Keine Chance. Ich war treu gewesen, und sie auch. Mir ging es um Michelles Geld, und ich war nie so blöd gewesen, das zu riskieren, indem ich herumvögelte. Wie ich schon gesagt habe, war mit unserem Sexleben so weit alles in Ordnung. Sie zu betrügen und ihren Tod zu planen, hätte mein Dasein als Arschloch auf eine ganz neue Stufe gehoben.

Ich genehmigte mir einen Gin Tonic und schaltete den Fernseher ein, die klare Flüssigkeit schwappte in meinem Bauch herum und wärmte mich von innen. Eine halbe Stunde später hatte der Drink meinen restlichen Bammel kaum gedämpft. Jetzt wünschte ich mir, ich hätte den Zettel nicht verbrannt, dann hätte ich noch mal einen Blick darauf werfen können. Ich hätte die Form des Kinns mit einem anderen Foto von Michelle vergleichen, das Paar Ohrringe, das sich noch in dem Schmuckkästchen oben in dem begehbaren Kleiderschrank befand, hervorholen können. Ich schnaubte. Begehbar? Eher könnte man sagen: »Schick einen Suchtrupp, wenn ich in ’ner Stunde nicht wieder aufgetaucht sein sollte.« Das beschissene Teil war gigantisch.

Ich ging ins Wohnzimmer, ließ aber das Licht aus und betrachtete die Auffahrt des Hauses von Diane und Karina. Dianes Auto stand nicht da, doch ich sah Karina mit einem Stapel alter Zeitungen den Weg zum Haus herunterkommen. Sie warf den Packen in die Recyclingtonne und ging wieder zur Haustür zurück.

»Wie wär's noch mal mit 'nem Spaziergang?«, sagte ich zu Roger. Er winselte und rollte sich auf die Seite. »Los, du Faulpelz, ich brauch dich. Komm schon.«

Nachdem ich unsere Mülltonnen am Straßenrand abgestellt hatte, gingen wir weiter in Richtung Spielplatz, kehrten aber nach fünfundsiebzig Metern um. Roger machte seine mangelnde Begeisterung zu Beginn jetzt dadurch wett, dass er wild an der Leine zerrte, weil er ein Eichhörnchen verfolgen wollte. Als wir uns unserem Zuhause näherten, starrte ich auf meinen Handybildschirm und begab mich auf einen direkten Kollisionskurs mit den Abfalltonnen von Diane und Karina, schmiss zwei von ihnen um.

Meine Trotteligkeit lautstark verfluchend, bückte ich mich und hob die Flaschen, Dosen und alten Zeitungen auf, die sich auf den Bordstein ergossen hatten. Karina hatte die Zeitungen und Reklamezettel obenauf gelassen, hatte nicht einmal das blaue Gummiband entfernt, von dem das Ganze zusammengehalten wurde. Was dann ich besorgte, sodass die Zettel zu Boden flatterten.

Beim Aufheben sah ich alles kurz durch und schüttelte das Papier, um zu sehen, ob sich die gleiche grobkörnige Postkarte nicht auch in diesem Stapel fand. Sollte sich eine solche finden, würde ich sofort reingehen und das Ganze auf sich beruhen lassen. Vielleicht würde ich mir dann sogar einmal fünf Stunden Schlaf statt der üblichen vier gönnen. Nicht dass ich Not gehabt hätte, länger zu schlafen, aber ich stellte den altmodischen Wecker mit dem Superman-Logo, den ich einmal von meinem Vater bekommen hatte, das einzige Überbleibsel aus Kindertagen, immer auf frühmorgens. Ausgeruht zu erscheinen, würde nicht gut kommen, wo doch meine Frau vermisst wurde. Ich brauchte diese dunklen Ringe unter den Augen und die Tränensäcke, um die Illusion aufrechtzuerhalten, dass es mir so ans Herz ging, wie die Leute dachten.

Ich hörte, wie eine Tür aufging, und sah Karina aus ihrem Haus kommen und auf mich zugehen. Sie trug eine karierte Pyjamahose und ein T-Shirt mit einem Foto von Ripley aus dem Film *Alien*. Während sie näher kam, machte sie die grüne Strickjacke zu.

Karina stammte ursprünglich aus Südafrika und arbeitete dort als Maskenbildnerin beim Film und für Promis. Nachdem sie bei den Besten gelernt hatte, arbeitete sie mit den Besten und war schließlich selbst eine der Besten. In den vergangenen fünfzehn Jahren hatte sie ein Vermögen verdient, weil ihr Können stark nachgefragt wurde und sie Kunden hatte, die bereit waren, dafür enorme Summen auf den Tisch zu legen. Sie war eine kluge, gewiefte Geschäftsfrau, und ich bewunderte sie sehr und mochte sie sogar noch lieber, als ich einmal mitbekam, wie sie sagte, dass meine Frau »durchaus eine Art Karen« sein könnte. Mir war nicht ganz klar, wie Karina in Boston gelandet war. Wegen ihrer Verflossenen, glaube ich, doch dann hatte sie Diane bei einem Blind Date kennengelernt. Es war Liebe auf den ersten Blick gewesen.

»Brrr, ganz schön kühl«, sagte sie mit ihrer unverwechselbaren rauen Stimme und beugte sich nach unten, um Roger zu streicheln. »Ich hab dich gesehen. Ist alles in Ordnung?«

Ich stopfte die Hände in die Taschen, wippte auf dem Absatz und nickte auf diese spezielle Art, das universelle Signal für »Ich bin okay.« »Ich bin gegen deine Mülltonnen gerannt«, sagte ich und rollte dabei abschätzig mit den Augen. »Hab einfach nicht aufgepasst, wo ich langgelaufen bin.«

»Ich helf dir.« Karina bückte sich nach den letzten beiden Reklamezetteln und legte sie oben auf den Stapel, aber keiner der beiden war das, wonach ich suchte. »Diane hat mir eine

SMS geschickt und gesagt, dass die Ermittlerin bei Nora war. Ich nehme an, es gibt noch immer keine Anhaltspunkte.«

Ich schloss kurz die Augen. »Nein. Nichts.«

»Wenn wir irgendetwas für dich tun können ...«

»Schön wär's, aber Diane und du, ihr wart sowieso ganz toll.« Ich meinte das auch so. Die Großzügigkeit und das Mitgefühl der beiden, seit Michelle vermisst wurde, waren ganz außerordentlich. Essen, Gesellschaft, Trost. Sie hatten für mich ausgeliehene Bücher in die Bibliothek zurückgebracht und angeboten, sich um Roger zu kümmern, falls ich es einfach nicht schaffen würde, und ich wusste, dass keine von beiden ein Hundefan war. Seltsamerweise brachte mich das auf den Gedanken, dass auf diese Weise, jedenfalls ein Stück weit, ein allgemeines Gleichgewicht wiederhergestellt worden war. Ihre überbordende Freundlichkeit wog meine dunklen Taten auf.

»Ihr habt schon so viel gemacht«, sagte ich. »Danke.«

Karina machte eine wegwerfende Handbewegung. »Ich glaube nicht, dass wir genug gemacht haben.«

»Doch.« Wieder nickte ich. »Was macht die Arbeit?« Ich sagte das, weil gute Nachbarn eben so etwas fragen. »Hast du nicht gesagt, du müsstest nach Frankreich? Oder irgendwo da hin?«

»Monaco. Das wäre schön gewesen um diese Jahreszeit, aber der Drehbeginn für den Film hat sich verschoben. Clooney hat sich den Knöchel gebrochen, der Arme.«

»Oh, blöd.«

»Sag's nicht weiter, aber ich bin ganz dankbar für die Freizeit. Ein paar Wochen zu Hause bleiben und bei Diane sein. Zusammen kochen. Wo wir gerade davon sprechen: Ich sollte mal besser wieder reingehen. Ich brate Zwiebeln für eine Cottage Pie an und möchte nicht, dass sie anbrennen. Ich bring dir eine Portion vorbei, ist vegan.«

Die bloße Erwähnung von Soße und Kartoffeln ließ meinen Magen knurren. Ich hatte bewusst zehn Pfund abgenommen, seit Michelle verschwunden war, und hatte verdammt noch mal die Schnauze voll davon, immer an Salatblättern und Äpfeln zu knabbern wie ein überdimensionales Kaninchen. Dennoch stand mir weiterhin der schwarz-weiße Reklamezettel vor Augen – ein Warnsignal meiner verstorbenen Gattin, eine Erinnerung daran, nicht zu selbstgefällig zu werden. Die Show war noch nicht vorbei.

Ich ließ den Kopf hängen. »Danke, aber mein Appetit ist auch nicht mehr das, was er mal war.«

»Verstehe. Aber du kannst es ja auch einfrieren.«

Sie ging zum Haus zurück, und ich blieb stehen und wartete, bis sie die Tür hinter sich geschlossen hatte. Als ich mich umdrehte, bemerkte ich, dass die Seitenpforte, die in den Garten hinter meinem Haus führte, ein paar Zentimeter weit offen stand. Meine Stirn kräuselte sich, denn ich war mir sicher, dass sie geschlossen gewesen war, als ich früher am Abend aus meinem Mercedes stieg. Manchmal, wenn sie nicht richtig eingerastet war, ging sie bei starkem Wind auf, doch heute war es windstill, nicht der Hauch eines Luftzugs. Ich ging hinüber und machte die Pforte ganz auf, spähte angestrengt den Weg entlang in die Dunkelheit hinein, ob sich irgendetwas regte.

Der Garten war dreißig Meter lang, und von meinem Standpunkt aus konnte ich nicht erkennen, wo die ersten Bäume standen. Ich schaltete bei meinem Handy die Taschenlampe an und ging mit Roger an meiner Seite hinten um das Haus herum auf die hölzerne Veranda, löste dabei die mithilfe von Bewegungsmeldern gesteuerte Beleuchtung aus. Von links nach rechts ließ ich meinen Blick über den ganzen Garten schweifen. Und da sah ich es. Bei den Bäumen beginnend, an der linken Seite des Zauns entlang bis zur Pforte war der Rasen niedergetreten, der Form nach waren es Fußabdrücke. Bis zum Nacken lief mir ein Kribbeln den Rücken hinauf und ließ jedes einzelne Haar zu Berge stehen.

Irgendjemand war hinter dem Haus gewesen. Irgendjemand beobachtete mich.

Kapitel 9

Keine Minute später war ich mit Roger im Haus. Auch wenn mir niemand aufgefallen war, der einem Polizisten oder Ermittler ähnlich gesehen hätte, hieß das ja nicht, dass da draußen keine waren. Für den Fall, dass jemand versuchte, mich von außen durch den Blick ins erleuchtete Innere des Hauses auszuspionieren, schaltete ich die Automatik für die Jalousien und die Vorhänge im Wohnzimmer ein, versuchte, sie schneller zuzuziehen, und wünschte mir, es könnte einfach von Hand gehen.

Wachsam zu sein, war für meinen Plan von überragender Bedeutung, aber offenbar war ich nicht wachsam genug gewesen. Zu den vorbereitenden Maßnahmen, bevor ich bei Michelle zuschlug, zählte, dass ich genau Buch geführt hatte über die Autos, die in unserer Straße ankamen und von dort wegfuhren, auch über die Automarke, das Modell und das Kennzeichen, damit ich Besucher und Anwohner unterscheiden konnte. Da wir in einer Sackgasse wohnten, war das nicht schwierig, zumal ich ein ausgesprochen gutes visuelles Gedächtnis habe. Mit anderen Gerätschaften, die ich im Internet aufgetrieben hatte, verbesserte ich die Überwachung noch. Es war wirklich unglaublich, wie viel Informationen man sammeln konnte, wenn man nur willens war, sich ein wenig reinzuknien. Nur leider brachte mich nichts davon der Antwort auf die Frage näher, wer zum Teufel über meinen Rasen gestapft war.

Vielleicht war es ein Wanderer gewesen, der unten aus der Schlucht eine Abkürzung genommen hatte. Das war schon ein paarmal passiert, aber ich konnte mir nicht vorstellen, dass es die Schuhabdrücke von jemandem waren, der mit Blasen an den Füßen mal eben über den Zaun gehüpft war. In den vergangenen Wochen war ich ganz zuversichtlich gewesen, dass die Bullen sich jetzt völlig darauf eingeschossen hatten, den Unbekannten zu finden, der Michelle entführt hatte. Anfangs war Anjali immer in Begleitung mindestens eines anderen Beamten gekommen. Wenn sie mich nun aufsuchte, kam sie allein, ein sicheres Indiz dafür, dass sie mich nicht als potenzielle Bedrohung betrachtete. Dennoch konnte ich nicht ausschließen, dass sie möglicherweise um mein Haus herumschlichen.

Vielleicht schnüffelte auch jemand von der Lebensversicherung herum. Das war zwar unwahrscheinlich in dieser frühen Phase des Spiels, aber irgend so ein überambitionierter Jungspund könnte natürlich versucht haben, seine Nase dort hineinzustecken, wo sie nicht hingehörte. Letztlich war es egal, denn sie würden eine herbe Enttäuschung erfahren. Zwar würden sie herausfinden, dass sich die Police auf generöse zwei Millionen belief, doch als Michelle und ich heirateten, hatten wir diesen Betrag bereits entnommen und uns jeweils gegenseitig als Begünstigte eingesetzt, wobei sie immer dachte, das wäre auf ihre Initiative hin geschehen. Ursprünglich wollte sie mal auf fünf Millionen abschließen, aber da hatte ich ihr gesagt, der Betrag wäre zu hoch. Ein Fehler, doch zu meiner Verteidigung sei gesagt, dass ich damals an Scheidung und nicht an Mord gedacht habe. Wie auch immer, meine Frau war bisher nicht für tot erklärt worden, also gab es für mich keinen Grund, die Police abzurufen, was natürlich ebenfalls nicht hieß, dass nicht gewiefte Ermittler der Versicherung auf der Pirsch waren.

Michelles Entführung hatte bei uns überall in der Zeitung gestanden. Wenn die Versicherer nicht schon von den allgegenwärtigen Berichten aufgestachelt wurden, dann dürften aber spätestens die Alarmglocken geschrillt haben, als sie von den Ermittlern angesprochen wurden, was wohl mit Sicherheit geschehen war, wenn diese auch nur die geringste Ahnung von ihrem Job hatten. Diese Gespräche dürften dann zu einer weiteren ergebnislosen Suche nach Fakten geführt haben. Ich hatte es nicht eilig, die Police zu kassieren. Vor der Auszahlung von Geldern benötigte die Versicherung Michelles Totenschein. Der würde nicht ausgestellt werden, bevor nicht die Gerichte dem stattgegeben hatten, und ich war mir sicher, *das* würde noch eine ganze Zeit in Anspruch nehmen. Bis ich die Gewissheit hatte, dass alle Verdachtsmomente gegen mich endgültig vom Tisch waren. Der einzige Umstand, der diese Pläne über den Haufen werfen könnte, wäre, wenn man Michelles Leiche fand, was niemals der Fall sein würde, wie mir Woods versichert hatte.

Wer auch immer Woods war, ich bewunderte sein handwerkliches Geschick und seine Vorgehensweise. Strukturiert, gründlich und genau geplant. Wenn auch nicht mit allzu viel Humor. Als ich ihn gefragt hatte, ob unser Deal auch eine »Bei Nichtgefallen Geld zurück«-Klausel beinhaltete, war er nicht besonders amüsiert darüber. Der Personaler in mir fragte sich natürlich, ob er Leute an der Hand hatte, die haupt- oder nebenberuflich für ihn arbeiteten, und wenn das der Fall war, was er dann selbst wohl im Hauptberuf machte. Meine Vermutung war etwas äußerst Kleinteiliges, Durchorganisiertes und furchtbar Langweiliges. Buchhaltung oder Risikomanagement vielleicht. Ich stellte mir vor, dass er jeden Morgen seine Stifte auf dem Schreibtisch in einer Reihe nebeneinander anordnete. Wahrscheinlich fing er mit der Arbeit auch nicht an, bevor er nicht seinen Kaffee und ausreichend Verdauung gehabt hatte.

Welchen Beruf er auch immer ausübte, Woods war einfallsreich und machte mich mit einer App namens *what3words* vertraut. Sie war simpel genug: eine Weltkarte, heruntergebrochen auf kleine Quadrate mit einer Kantenlänge von jeweils 2,70 Metern. Jedem Quadrat waren drei beliebige Wörter zugeordnet, die mit der genauen geografischen Position zu tun hatten. So ungefähr wie GPS-Koordinaten, nur wesentlich leichter zu merken, besonders unter Stress. Wanderer, die sich verirrt hatten, waren mit dieser App schon aufgespürt worden; das Leben von Unfallopfern konnte gerettet werden, weil die Rettungskräfte sie viel schneller auffinden konnten. Wirklich gut gemacht, obwohl Woods und ich sie für weniger noble Zwecke nutzten. Schon gut, also für verabscheuenswerte, üble Zwecke.

Mithilfe der App hatte ich Woods genaue Informationen darüber geschickt, wo die Zielperson wohnte (und zugleich sichergestellt, dass er nicht annahm, ich sei das Opfer, was natürlich ein Rohrkrepierer geworden wäre). Sobald alles erledigt war, hatte er mir seinerseits die Position der Leiche mitgeteilt. Ich prägte mir die drei Wörter ein und markierte sie für alle Fälle in einem von Michelles Romanen. Je weniger ich wusste, desto besser. Ich hielt mich nicht oft an das Sprichwort »Unwissenheit ist ein Segen«, aber diesmal konnte ich nichts dagegen einwenden.

Ehrlich gesagt, hatte ich nicht gewusst, was mich erwartete, als ich in den Flieger stieg, um in England meinen Vater zu besuchen. Ich wusste nur, dass Michelle für immer von uns gegangen sein würde, wenn ich nach Boston zurückkehrte. Auf dem Rückflug stieß ich mit ein paar Gin Tonics auf ihr Ableben an. Nach vier Tagen auf Reisen ging meine Frau nicht mehr ans Telefon. Ich hatte immer großen Wert darauf gelegt, meine Frau anzurufen, wenn einer von uns beiden unterwegs war, was bei mir nicht so häufig vorkam, wohl aber bei ihr. Sobald ich aufwachte, schickte ich ihr immer die gleiche Nachricht:

Guten Morgen, mein Sonnenschein!

Stets fügte ich zwei Sonnen-Emojis – er und sie – hinzu. Ich fand das furchtbar kitschig, aber sie und ihre Freundinnen fanden es bezaubernd, also machte ich es immer so. Michelle antwortete immer mit Herzchen und einem Smiley, aber aufgrund des Zeitunterschieds von fünf Stunden erwartete ich keine direkte Antwort. Als sie um 8:00 Uhr Eastern Time noch nicht geantwortet hatte, spürte ich in meiner Brust die Flügel der Freiheit schlagen. Zwei Stunden später schickte ich noch einmal eine Nachricht, die Spannung stieg.

Hallo, Süße! Alles in Ordnung?

Nichts.

Ich wartete noch etwas ab, bevor ich die Kunstgalerie anrief. Michelles Assistentin sagte mir, dass sie auch nichts von ihr gehört und schon darüber gesprochen hätten, mich anzurufen.

»Ja, das hättet ihr tun sollen!«, blaffte ich zurück und unterlegte meine Stimme mit einem sorgenvollen Ausdruck.

Nicht zur Arbeit zu erscheinen, war nicht Michelles Art. Sie war sehr stolz darauf, seit Jahren nicht einen einzigen Tag wegen Krankheit gefehlt zu haben, und ging vor der Pandemie einmal sogar, trotz mahnender Worte ihres Ehemanns, sie solle doch lieber zu Hause bleiben, mit einer schweren Erkältung hin. Dass sie alle anderen mit ihren Keimen beglückte, einschließlich derer, die keine so gute Krankenversicherung hatten, störte sie nicht groß.

»Ich kann ihnen doch kein Alibi dafür liefern, weniger ranzuklotzen. Ich muss mit gutem Beispiel vorangehen«, sagte sie einmal zu mir mit roten Augen und Triefnase. Egal, was ich sagte, sie war von ihrer Meinung nicht abzubringen. Michelle dachte, es würde soldatischen Geist demonstrieren, wenn sie in die Galerie fuhr, auch wenn es sich eher so anhörte, als würde sie sich gerade die Lunge aus dem Leib husten. Deswegen war es reichlich unwahrscheinlich, dass sie zu Hause im Bett lag und Tee mit Honig trank. Es war etwas passiert.

Ich fragte mich, ob es vielleicht ein Problem mit dem Auto gab. Ob sie mit einer Panne irgendwo am Straßenrand lag, doch da hätte sie schließlich auf meine Textnachrichten geantwortet und auf der Arbeit angerufen, dass sie später käme. Niemals hätte sie sich einen Tag freigenommen, ohne ihre Assistentin davon in Kenntnis zu setzen. Auch so etwas, das ganz oben auf ihrer Liste der sieben Todsünden im Büro stand. Ich hatte auch nicht vergessen, dass sie mir mal erzählte, wie sie jemanden gefeuert hatte, der auf dem Bürokopierer Handzettel vervielfältigte. Für eine Benefizveranstaltung zugunsten von Multiple-Sklerose-Opfern.

»Sie hätte ja mal fragen können«, meinte Michelle. »Wir haben hier in der Firma schließlich unsere Regeln. Gib ihnen den kleinen Finger, und sie nehmen die ganze Hand. Du kennst das. Die Leute sollten wissen, welchen Platz sie innehaben, und sich daran halten.«

Die Leute halten mich für kaltherzig. Im Vergleich dazu wäre meine Frau geradezu ein Gletscher. Ich wette, dass der ein oder andere einen Seufzer der Erleichterung ausgestoßen hat, als sie verschwand. So gesehen habe ich ihnen sogar einen Gefallen getan. Ding dong, die Hex ist tot, und so weiter.

Ungelogen wurden meine Laune und auch meine Nerven nach dem Anruf bei ihrer Kollegin spürbar besser. Nach Großbritannien gefahren zu sein, während Woods seinen Job erledigte, war die beste Entscheidung überhaupt gewesen. Das bescherte mir nicht nur ein felsenfestes Alibi, sondern in der Zeit konnte ich auch meine Reaktion einüben, nun, da der Plan aufzugehen schien. Meine Nachrichten auf Michelles Anrufbeantworter wurden zunehmend besorgter, und ich hatte keinen Zweifel, dass sie echt klangen, weil ich einfach unbedingt wissen wollte, ob sie verschwunden war.

Aber ich musste noch einen Anruf erledigen, und ich wusste von Anfang an, dass mir davor grauen würde. Nora. Meine Schwiegermutter hatte wirklich nicht verdient, was nun über sie hereinbrechen würde, und ich hatte Schuldgefühle deswegen, aber mein Vater ging nun mal vor, und so wischte ich sie weg. Wenn meine Frau ein Gletscher war, so war ich die Antarktis vor dem Klimawandel, würde ich sagen.

»Was soll das heißen, sie geht nicht ans Telefon?«, sagte Nora, als ich sie schließlich anrief. »Wir haben gestern Abend noch miteinander gesprochen. Sie wollte zu ihrem Zumbakurs. Was ist los?«

»Ich ... ich weiß nicht, wo sie ist«, entgegnete ich, während eines meiner Wegwerfhandys vibrierte, weil gerade von einer Privatnummer eine Nachricht hereinkam. Ich glotzte die drei zufällig gewählten Wörter unter einem Foto an. Meine Frau lag mit geschlossenen Augen auf dem Rücken, in ihren Klamotten, das Gesicht leichenblass. Um ihren Kopf herum lagen Blätter. Woods hatte seinen Teil des Deals erledigt.

Es ist schwierig zu erklären, was ich fühlte. Schuld, gewiss, unbezweifelbar gefolgt von tosender Erleichterung, in die sich Angst mischte. Ich hatte das alles von langer Hand geplant, aber dennoch fragte ich mich sofort, ob Woods auch alles richtig gemacht hatte. Klar, ich hatte Nachforschungen angestellt. Und nein, dies war nicht das erste Mal, Zitat, »dass er so einen Auftrag erledigte«, aber Menschen machen nun einmal Fehler, vertun sich, irren sich, und auf seinen Part hatte ich absolut keinen Einfluss – und ich mochte es einfach nicht, wenn ich nicht die Kontrolle hatte.

»Lucas?«, sagte Nora. Ihre Stimme war durch die Leitung bis zu mir gedrungen und riss mich aus meinen Gedanken. »Bist du noch da?«

»Ich weiß nicht, was los ist, aber ich ruf jetzt die Polizei an.« Meine Stimme hatte gezittert, als ich begriff, dass mein Plan nun weiter umgesetzt werden musste. Es gab kein Zurück, egal wie ich mich fühlte. »Und dann nehme ich den ersten Flieger zurück nach Boston.«

Es überraschte mich nicht, dass die Polizei den Fall anfänglich nicht ernst nahm. Man sagte uns, dass andauernd Menschen verschwänden, viele von ihnen mit voller Absicht. In der Gegend von Boston passierten dauernd üble Geschichten, und die Kapazitäten für Ermittlungen seien nun einmal begrenzt. Doch als dann Michelles Auto auf dem Parkplatz in der Nähe des Fitnessstudios verlassen aufgefunden wurde, wuchs die Wissbegier der Polizei rasant an.

Leute wurden befragt, die Aufnahmen von Überwachungskameras durchgesehen, und als Detective Anjali dann Nora, Travis und mich in einen Raum beorderte, um uns Aufnahmen zu präsentieren, auf denen zu sehen war, wie ein maskierter Mann Michelle in einen dunklen Lieferwagen ohne Kennzeichen zerrte, waren wir alle, nun, sagen wir, überrascht. Ich hatte meine Reaktion so gut wie möglich eingeübt, aber obwohl ich mich darauf eingestimmt hatte, war es dennoch *seltsam*, zu wissen, dass ich meine Frau zum letzten Mal sah.

Drei Tage nach ihrem Verschwinden erreichte mich eine Lösegeldforderung, in der ein Tag, die Uhrzeit und ein Ort genannt wurden und in der es außerdem hieß:

$ 500 000 Dollar, dann kehrt Michelle unversehrt zurück

Es war eine dieser altmodischen Mitteilungen, aus Worten und Buchstaben zusammengeschnipselt, die man aus der Zeitung und aus Zeitschriften ausgeschnitten hatte, wie in den Filmklassikern der Achtzigerjahre, die ich zusammen mit Dad angeschaut hatte, als ich ein Kind war. Solche Filme gibt es heute nicht mehr, sie sind fast so etwas wie eine ausgestorbene Kunstform, weshalb ich mir schon einen Monat, bevor sie zum Einsatz kam, die Zeit genommen hatte, eine solche Mitteilung zusammenzubasteln. Mein Vater sagte immer, sie wirkten so unheilvoll, weshalb es mich tatsächlich in eine gewisse Nostalgie versetzte, eine solche Mitteilung aufzusetzen. Alle Materialien, die ich gebraucht und die ich dafür eigens gekauft und nicht im Haus aufbewahrt hatte, warf ich weg. Ich schmiss sie in unterschiedliche Müllcontainer vor jeweils anderen Schulen, sodass sie inmitten der anderen Materialien, die nach dem Kunstunterricht entsorgt wurden, nicht auffielen. Genauso machte ich es mit der Packung Umschläge, von denen ich nur einen gebraucht hatte. Dutzendware, wie es sie überall zu kaufen gab, nichts, was sich jemals zurückverfolgen ließ.

Eine halbe Million Kröten für Michelles unversehrte Rückkehr, das wirkte vernünftig. Eine ordentliche, aber keineswegs übertriebene Summe, und überdies eine, die zusammenzubekommen Nora und mich nicht Tage kosten würde.

»Wir müssen die Polizei verständigen«, bettelte sie, obwohl die Mitteilung eindeutig besagte, die Polizei außen vor zu lassen. Nachdem ich mich zunächst pflichtschuldigst geweigert hatte, gab ich nach.

Unglücklicherweise tauchte der Entführer niemals auf, hatte sich seitdem nie wieder gemeldet, weshalb die Spekulationen, der Erpresserbrief sei möglicherweise nicht echt gewesen, die Bullen hätten den Kidnapper verschreckt oder vor der Lösegeldübergabe sei Michelle etwas Schreckliches zugestoßen, immer neue Blüten trieben. Wie auch immer, das Geld – Nora hatte darauf bestanden, es in bar von einem ihrer Sparkonten abzuheben – kam jedenfalls wohlbehalten wieder zurück. Niemandem war ein finanzieller Schaden entstanden, was ich ganz tröstlich fand.

Bis jetzt, fast einen Monat später, waren keine weiteren Lösegeldforderungen eingegangen. Würden sie auch in Zukunft nicht. Ich hatte die zweite Kryptozahlung geleistet, nachdem Woods mir das Foto von Michelle auf das Wegwerfhandy geschickt hatte. Der Job war erledigt, der Deal abgeschlossen. Wenn man ihn nicht schnappte, was eigentlich auch nicht weiter bedrohlich wäre, würden sich unsere Wege niemals wieder kreuzen. Woods könnte bei der Polizei singen, was das Zeug hielt, die Ermittlungen dazu, wer ihn angeheuert hatte, könnten andauern, ja, ich könnte inoffiziell sogar wieder in die erste Reihe der Verdächtigen aufrücken. Dennoch würden sie niemals etwas bis zu mir zurückverfolgen können. Ich würde nach außen hin in Perfektion die Rolle des unschuldigen, schockierten, trauernden Ehemanns spielen, im Zuschauerraum den Prozess gegen Woods verfolgen und zusehen, wie man ihn für einen Mord verurteilte, den er ja auch tatsächlich begangen hatte. Vielleicht wäre das gar nicht mal das Schlechteste.

Meine Absicht war es immer gewesen, einen Menschen zu beseitigen. Sicherlich hatten die Umstände dazu geführt, dass meine Pläne sich verändert hatten, aber ein Serienkiller war ich wohl kaum. Andererseits bestritt Woods damit seinen Lebensunterhalt. Das brachte mich auf einen Gedanken ... War er es gewesen, der mich zu Hause ausspioniert hatte? Beim trauernden Ehepartner herumgeschnüffelt hatte, weil ihm das einen bizarren Kick verschaffte?

Wir hatten keine Sicherheitskameras, mit deren Hilfe ich den Eindringling identifizieren konnte. Ganz und gar mein Fehler, denn ich hielt diese private Überwachung für ein Ärgernis, ein zweischneidiges Schwert. Michelle hatte dafür plädiert, die Auffahrt zu überwachen, als sie mir den Mercedes gekauft hatte. Ich hatte sie hingehalten und versprochen, dass ich selbst ein Auge darauf haben würde, hatte auf Zeit gespielt und es hinausgeschoben, solange es überhaupt nur ging, hatte ihr gelegentlich auch demonstriert, dass ich mich kümmerte, indem ich die mutmaßlich besten Möglichkeiten erörterte. Denn die Sache war ja die, dass Kameras eben nicht nur aufnahmen, was andere taten, sondern auch alles, was ihre Eigentümer so trieben. Wenn die Leute die Kameras installierten, schienen sie daran überhaupt nicht zu denken – im Gegensatz zu mir. Deswegen also keine Videoaufnahmen, eine Entscheidung, für die ich mich jetzt in den Arsch beißen könnte.

Ich versuchte, das unkomfortable Gefühl zu ignorieren, das sich in meinem Magen allmählich breitmachte, aber es setzte sich fest und weigerte sich, den Abgang zu machen. Der Zettel und die Fußabdrücke in meinem Garten waren eine ungute Kombination. Eine, die Ärger verhieß.

MONTAG

Kapitel 10

Als Roger laut gähnte und sich streckte, warf ich einen Blick auf die Uhr. Es war kurz nach Mitternacht, und auch wenn ich es dem Hund gerne gleichgetan und mich für die Nacht hingehauen hätte, hielt mich meine nervöse Energie davon ab. Das war gar nicht so schlecht. Ich musste noch ein wenig aufbleiben, damit ich auch weiterhin scheiße aussah. Ich hatte herausgefunden, dass sich ein Work-out gut dafür eignete, nicht einzuschlafen, und die Tatsache, dass ich in den letzten Jahren geradezu süchtig danach geworden war, fit zu bleiben, war dabei von Vorteil.

Doch erst als ich mich vor zehn Jahren aus Manchester verabschiedet hatte und nach London gezogen war, hatte ich langsam abgenommen. Zuerst war das eher zufällig geschehen. Ich konnte mir öffentliche Verkehrsmittel nicht immer leisten und war überallhin zu Fuß gegangen, sodass ich allmählich etliche Pfunde verlor. Ich musste mir einen Gürtel kaufen, schwitzte nicht mehr so ausufernd, und als ich eines Morgens zur Arbeit ging und an einer Gruppe Jogger vorbeikam, schwor ich mir, dass ich in nicht allzu ferner Zukunft dabei sein würde. Ich schwöre, dass ich fast einen Herzinfarkt bekam, als ich dann zum ersten Mal mitmachte, aber allmählich hatte es sich von einer Nahtoderfahrung über eine Distanz von zwanzig Metern bis zu meinen regelmäßigen zehn Kilometern jeden Morgen an fünf Tagen in der Woche fast das ganze Jahr über weiterentwickelt, trotz meines Lasters mit dem Rauchen. Allerdings nicht in Chelmswood. Die kalten Temperaturen und der Schnee hielten mich einen gut Teil des Winters, manchmal sogar bis in den Frühling hinein, davon ab, in meinen Sneakers die Straßen entlangzulaufen, also musste ich eine andere Lösung finden.

Michelle hatte keine Lust, im Homeoffice zu arbeiten, was sie während der Pandemie auch lautstark kundtat, weil so nicht genug *soziale Zeit*, gemeinhin als Ratschen bekannt, zustande käme, deshalb hatte ich mir einen von diesen Ruderergometern gekauft, und dieses Gerät war schnell zu meinem Liebling avanciert, selbst im Sommer. Jetzt hatte es den Vorteil, dass ich ganz für mich trainieren konnte, ganz ohne das mitfühlende Lächeln oder die voreingenommenen Blicke, mit denen man mich draußen bedachte. Ich meine, deine Frau verschwindet, und du stemmst im Fitnessstudio weiterhin Gewichte? Trottel-Alarm!

Ich ging nach oben, um mich umzuziehen, vorbei an den anderen drei Schlafzimmern in unseres. Abgesehen von dem begehbaren Kleiderschrank war es mit einem eigenen Bad ausgestattet, das genauso groß war wie die Sozialwohnung, in der Dad und ich gelebt hatten. Frei stehende Badewanne auf Füßen, überdimensionale Dusche mit Regenbrause und die besten Ganzkörper-Massagedüsen, die es für Geld zu kaufen gab. Michelle und ich hatten sie auch regelmäßig zusammen genutzt, sodass es erst mal »dirty« zuging, bevor wir dann sauber wurden. Gute Zeiten alles in allem, obwohl das Haus viel zu groß für zwei war und ich es eigentlich nicht abwarten konnte, es zu verkaufen, um in ein Apartment zu ziehen. Oder auch in zwei Apartments. Vielleicht sogar in drei. Kleiner, aber eben in verschiedenen Ländern, wo ich das ganze Jahr über meine zehn Kilometer am Tag herunterspulen konnte.

Dad schien nicht viel mitzukriegen, wenn ich ihn besuchte, aber ich besuchte ihn regelmäßig, egal in welche Privatklinik ich ihn gerade befördert hatte. Es war das Mindeste, was ich tun konnte. Sonst besuchte ihn niemand. Er war ein Einzelkind, und nach dem Tod meiner Mutter hatte er den Rest der Verwandtschaft vergrault. Wir hatten sie seit Jahren nicht gesehen.

Schon früh ereignete sich bei uns eine Tragödie, als Mum bei der Geburt meiner kleinen Schwester starb, die dann aufgrund von Komplikationen zwei Tage später ebenfalls verschied. Das trieb Dad in den Suff. Ich war sechs, und von einer glücklichen, bald vierköpfigen Familie war nur noch ein Scherbenhaufen geblieben, wobei Dad mit seiner Alkohol- und Spielsucht unsere verwundeten Seelen in ein noch tieferes finanzielles und emotionales Loch stürzte.

Ich erzähle das alles nicht, um Sympathie zu erzeugen. Wir haben alle unsere Dämonen. Unsere Gründe dafür, dass wir so sind, wie wir sind, oder tun, was wir tun. Jeder von uns hat seine Geheimnisse. Jeder hat mindestens ein paar Sachen gemacht, auf die er nicht stolz ist. Geschichten, über die er lieber den Mantel des Schweigens breiten würde, weil es den Job kosten, die Familie oder den Ruf zerstören könnte, oder auch alles drei, vielleicht sogar eine Gefängnisstrafe nach sich ziehen könnte. Das Böse herrscht ein wenig in uns allen. Verschiedene Grautöne, je nach den Umständen, dem jeweiligen Charakter oder aufgrund von Veranlagung.

»Eine Tragödie verändert dich«, hatte Michelle einmal gesagt und weise genickt. Als hätte sie jemals selbst eine erlebt. Fast hätte ich erwidert, dass es nicht zu den Tragödien zählte, wenn ihr Sittich die Gelegenheit zur Flucht aus seinem Käfig nutzte und sich durch das offene Schlafzimmerfenster in die Freiheit davonmachte, aber sie hatte nicht ganz unrecht. Meine Mutter zu verlieren und auch ein Geschwisterchen, selbst wenn ich es gar nicht zu Gesicht bekommen hatte, konnte nicht folgenlos bleiben. Ich hatte Michelle gegenüber nicht gelogen, hatte ihr gesagt, was geschehen war, aber ich sprach nur selten darüber. Es war etwas Privates, Persönliches. Sie würde das nie verstehen.

Während ich meine Work-out-Klamotten anzog, kam mir der Gedanke, das Pflegeheim anzurufen, um mich zu erkundigen, wie es Dad ging. Über den Zustand, in den ihn der Schlaganfall versetzt hatte, sollte man lieber nicht zu viel nachdenken, und deshalb vermied ich solche Anrufe meistens. Ich gab mir große Mühe, die Vorstellung auszublenden, dass er rund um die Uhr Pflege brauchte, auf den Rollstuhl angewiesen und bettlägerig war, noch bevor er fünfundfünfzig wurde. Wobei ihm ja klar war, dass er noch viele Jahre vor sich hatte, in denen er nichts alleine bewältigen konnte, nicht einmal ein Toastbrot in die Hand nehmen, sich auf die Seite drehen oder sich den Hintern abwischen, geschweige denn eine Unterhaltung führen, weil sein Sprachvermögen und auch sein Gedächtnis weitgehend dahin waren. Nach Dads Schlaganfall hatte ich gelobt, finanziell für ihn aufzukommen, insbesondere weil ich nicht persönlich vor Ort sein konnte, und ich hatte Wort gehalten. Ich war ein Schwindler, ein Dieb, ein Gauner und Lügner. Ein Mörder. Aber wenn es um diesen Schwur ging, so war es das einzige Versprechen, das ich niemals brechen würde. Ich musste tun, was in meiner Macht stand, um alles versöhnlich zu gestalten.

Ich wollte gerade die Treppe in unseren heimischen Fitnessraum hinuntergehen, als ich aus einer Laune heraus kehrtmachte und in Michelles begehbaren Kleiderschrank ging. Er war gesteckt voll mit Kleidungsstücken, nicht alles Designermode, was mich zu der Zeit, als wir uns kennenlernten, überrascht hatte. In manch anderer Hinsicht mochte Michelle ein Snob sein, aber wenn sie in einem Schaufenster etwas sah, das ihr gefiel, war ihr egal, wenn es keine Luxusmarke war. Schmuck war eine ganz andere Sache. Da gab es nichts, was nicht echt gewesen wäre, weder Kostümstücke noch Kunstperlen. Wenn es darum ging, ihren Hals zu behängen und die Ohrläppchen oder Handgelenke zu verzieren, hatte meine Frau in der Tat einen erlesenen Geschmack.

Ich betrachtete eingehend die unterschiedlichen Stücke, mein Blick glitt über Silber, Gold und Platin, farbenprächtige Saphire, Rubine und Smaragde. Ringe, Halsketten, Armreife, deren Wert mehr als genügte, um dem Bruttoinlandsprodukt eines kleinen Landes Konkurrenz zu machen. Schließlich blieb mein Blick an einem mit Diamanten verzierten Anhänger in Form eines Jaguars hängen, und mein Magen krampfte sich zusammen. Nicht nach dem Motto »O Gott, wie sehr vermisse ich doch meine Frau«, sondern weil er mich an einen Zeitpunkt erinnerte, zu dem ich etwas offener zu Michelle war, nachdem ich mit einer der Schwestern in Dads Pflegeheim gesprochen hatte, als es ihm einmal richtig schlecht ging.

»Ich wünschte, ich könnte ihn nach Boston holen«, sagte ich zu ihr. »Dann könnte ich ihn öfter besuchen.«

»Das kannst du dir aber nicht leisten. Ich denke mal, du solltest dankbar für die kleinen Dinge sein. Nach dem, was du mir erzählt hast, würde dein Vater den Unterschied sowieso nicht bemerken.«

Da hatte sie recht. Aufgrund der Pflegekosten hier konnte

ich es mir tatsächlich nicht erlauben, meinen Vater in die USA zu holen, aber ich erinnere mich, dass ich diesen bescheuerten Jaguar-Anhänger anstarrte, für den sie das Geld mit vollen Händen hingeblättert hatte, einfach nur, *weil sie es konnte.* Ich hatte nie von ihr erwartet, dass sie mir einen Blankoscheck ausstellte, hätte ihn auch nicht angenommen, weil ich Bedenken hatte, wie das wohl aussähe, aber der Geldwert allein dieser verdammten Katze hätte ausgereicht, Dads Pflegekosten für einen oder zwei Monate zu decken, doch sie hatte mir nie auch nur einen Cent angeboten. Mein Vater war ihr einfach nicht wichtig. Sie war ihm nie begegnet und hatte auch kein Interesse daran. Im Unterschied zu Nora, deren Spenden für wohltätige Zwecke diskret getätigt und von niemandem bemerkt wurden, der nicht direkt daran beteiligt war, musste Geld, das meine Frau egal wofür ausgab, stets *gesehen werden.* Mein Vater war unsichtbar für Michelle, und ich hasste sie dafür.

Ich schüttelte die Erinnerung ab, zog eine weitere Schublade auf, die Michelles umfangreiche Kollektion an Ohrringen enthielt, und suchte das Paar, das auf dem Zettel, den ich gefunden hatte, zu sehen war. Nichts.

Manchmal ließ meine Frau ihren Schmuck am Rand unserer doppelten Waschbecken liegen, offenbar nicht allzu sehr besorgt darüber, dass zwei Karat oder so mal eben im Abfluss verschwinden könnten, obwohl mir das mittlerweile aufgefallen wäre. Dennoch ging ich ins Bad, um nachzusehen, aber auch in den Schränkchen unter oder über den Waschbecken fand sich nicht die geringste Spur der Ohrringe.

Ich sah auch auf meiner Seite nach, falls die Putzfrau sie vertauscht hatte, aber auch das führte zu keinem Ergebnis. Ich bemerkte, dass mein Kamm und mein Rasierer in einem etwas anderen Winkel zueinander standen, aber das war immer so nach dem Saubermachen. Michelle hatte da genaue Vorstellungen. Es durfte nicht um die Gegenstände herum Staub geputzt werden. Vielmehr musste man sie hochheben, sie selbst mussten abgewischt und auch darunter musste geputzt werden. Zweimal die Woche, wenn Gäste da waren auch dreimal.

Ich ging ins Gästezimmer, das jetzt Travis bewohnte, und sah mich um. Irgendwann musste er heute mal da gewesen sein, weil auf dem Fußboden ein paar zerknitterte Sachen von ihm herumlagen, was einem Stinkefinger für die Reinigungskräfte gleichkam. Wie manche reiche Leute andere behandelten, erschreckte mich. Travis war da keine Ausnahme. Ebenso wie meine Frau war er einfach ein verzogenes Früchtchen aus reichem Hause, dem alles und alle egal waren. Nur er selbst zählte. *Meistens jedenfalls,* denn er war zusammengebrochen, als er das Videomaterial von der Entführung seiner Schwester gesehen hatte, und noch einmal, als Nora ihm sagte, sie hätte Eierstockkrebs. Tagelang weinte er wie ein kleines Kind.

Als ich mich vergewissert hatte, dass in Travis' Zimmer nichts von Interesse zu finden war, ging ich in den Fitnessraum im Keller und wollte mich schon auf den Rudergometer setzen. Doch da streikte meine Nase. Wenn Travis mal nicht high war, entwickelte er gelegentlich einen Gesundheitsfimmel, der zwar niemals von Dauer war, aber diesmal könnte er hier drinnen trainiert, wie ein Schwein geschwitzt, nicht aber sauber gemacht haben. Man konnte nicht wissen, was er mit seinen feuchten Händen alles angefasst und wo er mit seinem verschwitzten Hintern gesessen hatte.

Ich marschierte zum Vorratsschrank für Reinigungsmittel und Papierhandtücher und war beglückt, als ich feststellte, dass die Sprühvorrichtung auf der Flasche locker saß. Vielleicht hatte Travis doch ein wenig sauber gemacht. Schade, dass er das Zeug nicht gleich getrunken hatte. Unweigerlich musste ich grinsen. Auf lange Sicht hätte das alles einfacher gemacht.

Für uns beide.

Kapitel 11

Nach einer guten halben Stunde Rudern hatte ich meinen Rhythmus gefunden und war zu den Klängen meiner Playlist ordentlich ins Schwitzen geraten, als das Licht im Treppenhaus anging. Ich verlangsamte das Tempo, nahm einen der beiden Ohrhörer heraus und verfolgte die Schritte. Schwerfällig, mühsam und fast stolpernd, der Klassiker bei Travis. Ich musste ihn gar nicht erst sehen, um zu wissen, dass er entweder high, betrunken oder beides war.

»Du bist ja noch spät auf«, sagte er, als er in den Raum wankte, begleitet von dem stechenden Geruch von schalem Schnaps und Dope. Wenn sie hier gewesen wäre, hätte Michelle jetzt ihren großen Auftritt gehabt. Sie hätte ihn die Treppe hochgescheucht und unter die Dusche gesteckt, bevor er auch nur die Schuhe hätte ausziehen können. Meine Frau hatte irgendwann gar nicht mehr mitzählen können, wie oft wir schon versucht hatten, Travis auszunüchtern. *Wir* ist wohl etwas übertrieben. *Sie* versuchte es. *Ich* mischte mit, indem ich Travis Arbeitskollegen vorstellte, von denen ich wusste, dass sie es krachen ließen und zu den gleichen Lastern neigten. Meinetwegen hatte er auch schon ein paar Jobs verloren, kürzlich einen als Geschäftsführer eines Nobelrestaurants, obwohl alle dachten, er hätte dort die Kurve gekriegt. Leider waren die Spirituosen zu verführerisch, und ich hatte natürlich auch etwas nachgeholfen.

Ich stieg aus dem Ruderergometer und tätschelte Travis die Schulter, ohne weiter zur Kenntnis zu nehmen, dass er kaum noch die Augen offen halten konnte. »Wie geht's? Wie war's heute auf der Arbeit?« Ich sah auf die Uhr. »Na ja, gestern.«

Travis schniefte und rümpfte die Nase. »Man hat mich gefeuert.«

Schockierend. »Was? Warum? Wann?«

»Gleich, als ich zur Arbeit kam. Es hieß, ich wäre viermal zu spät gekommen und deswegen wäre ich raus.« Er schniefte wieder und fuhr mit dem Finger unter den Nasenlöchern entlang. »Es hat sie nicht interessiert, als ich meinte, ich hätte ewig nach meinen Autoschlüsseln gesucht. War nicht meine Schuld.«

Auch wenn Travis die Schuld an allem, was ihm widerfuhr, stets bei anderen suchte und nie bei sich selbst, hatte er diesmal recht. Es war wirklich nicht seine Schuld, dass er seine Schlüssel verloren hatte – sondern meine. Denn ich hatte sie hinter das Sideboard im Eingangsbereich gesteckt, während ich vorgab, ihm suchen zu helfen, als er wie ein Minitornado auf Speed alles auf den Kopf stellte.

Es war ein taktischer Schachzug meinerseits gewesen. Ich hatte gewusst, dass der Fast-Food-Laden dem Grundsatz »Verantwortlichkeit durch strikte Regeln« folgte. Und war insofern im Bilde, als ich ein paarmal dort angerufen hatte, nachdem ich ihren Aushang mit dem handgeschriebenen Zettel UNTERSTÜTZUNG GESUCHT im Fenster gesehen hatte. Ich hatte so getan, als wäre ich ein Helikoptervater, der für seine fünfzehnjährige Tochter, die schon mal anfangen wollte, fürs College zu sparen, und entschlossen war, den Kampf gegen ihre Krebserkrankung aufzunehmen, einen Job suchte. Tisch den Leuten eine gute Geschichte auf, und sie erzählen dir so gut wie alles.

»Pünktlichkeit ist ein Zeichen von Respekt«, hatte der Eigentümer gesagt. »Wir nehmen Zuspätkommen nicht auf die leichte Schulter. Meinen letzten Geschäftsführer habe ich deswegen entlassen.«

Das hatte ich mir gemerkt. Ich brachte Travis dazu, wegen des Postens anzurufen, was mich in einem guten Licht erscheinen ließ, und später dann wusste ich, wie man es mit der Kündigung anstellen musste, sodass er entgleiste. Ich hatte wegen meiner Sabotagepläne kein so ganz schlechtes Gewissen, weil der gute Junge zuerst nicht anrufen wollte. Er hatte die Nase gerümpft und gesagt, der Laden sei »unter seiner Würde«, aber schließlich hatte er keine andere Wahl gehabt. Seine Arbeitszeugnisse waren Schrott, und Nora sagte, er müsse dort anfangen oder sie würde ihm die Bezüge streichen.

Nach einem Blick voll kalkulierter Sympathie seufzte ich nun tief, verschränkte die Arme vor der Brust und sagte in der Tonlage besorgter Eltern, von der ich wusste, dass er sie hasste: »Oho, die haben dich vor, was, sechzehn Stunden entlassen? Wo bist du gewesen?«

»Unterwegs.«

»Sieht man. Wo?«

»Geht dich nichts an.«

Er mochte ja neunundzwanzig sein, aber mit dieser Kombination aus trotzig vorgerecktem Kinn und säuerlicher Miene wäre er unschwer als jemand durchgegangen, der halb so alt war. Ich hätte ihm am liebsten eine gescheuert. Stattdessen stieß ich einen diesmal echten, tiefen Seufzer aus.

»Erzähl mir keinen Scheiß, Travis, mein Herz. Man sieht, dass du getrunken hast. Was hast du sonst noch genommen?« Als er nicht gleich antwortete, rang ich die Hände. »Du hast gesagt, du würdest aufhören. Wie oft müssen wir das noch mitmachen? Für deine Mutter ist es die Hölle. Kannst du nicht mal eine Sekunde Rücksicht auf sie nehmen?«

Was Nora betraf, meinte ich es absolut ernst. Seit Jahren schon hatte sie Travis angefleht, mit dem Missbrauch zahlreicher Drogen aufzuhören, bis er es endlich schaffte – doch genau dann kam ich. Es hatte mit nichts so besonders Schlimmem angefangen, hatte mir Michelle mal eines Nachts erzählt, als wir zusammen im Bett lagen, sie mit dem Kopf auf meiner Brust. Eigentlich hätte ich sie am liebsten weggeschubst, weil mein Arm taub geworden war, aber meine Frau kuschelte gerne nach dem Sex, und sensibel, wie ich zu sein vorgab, ließ ich es zu und ignorierte nach Kräften die ganzen Haarnadeln und -klammern.

»Meistens hat er Wein oder Bier getrunken und manchmal ein bisschen Gras geraucht«, meinte sie. »Ziemlich typisch für einen Teenager, vor allem wenn man bedenkt, wie viel Geld er in den Fingern hatte und in welcher Gesellschaft er sich befand. Erst als er ungefähr siebzehn war, wurde es richtig übel.«

Sie irrte sich, aber ich sagte nichts dazu. Travis hatte mir einmal im Vertrauen gesagt, dass er im zarten Alter von dreizehn das erste Mal Kokain genommen habe, und auf seiner Privatschule war fast jede Droge zu haben gewesen.

»Egal, was ich haben wollte, zu jeder Tages- und Nachtzeit«, hatte er mit einem verschmitzten Lächeln gemeint. »In bester Qualität.«

Er hatte keinen Universitätsabschluss gemacht, sondern auf Kosten seiner Eltern hingeschmissen und den Studiengang gewechselt, wie es ihm gefiel, bis er dann ganz aufhörte. Es machte mich nicht in erster Linie wütend, eher nahm ich es ihm übel. Der Mann hatte sein Leben sprichwörtlich auf dem Silbertablett serviert bekommen und alles versaut. Ein selbstsüchtiges Arschloch, in der Tat.

»Denk doch zur Abwechslung mal an deine Mutter«, sagte ich und kam wieder auf den Punkt.

»Lass mich doch damit in Ruhe, Mann«, erwiderte er, aber an seinem Gesichtsausdruck ließ sich ablesen, dass die Schuldgefühle ihn fest im Griff hatten.

Es gab immer noch Überreste des hübschen jungen Mannes, der er vor seinem Rückfall einmal gewesen war. Blond, blaue Augen. Ein Surfertyp. Mit markanten Gesichtszügen, einem nun weniger ausgeprägten, aber beidseitig immer noch ordentlichen Bizeps und Bauchmuskeln, die er trotz seiner Freizeitaktivitäten weiterhin hatte. Eine von diesen Sportskanonen, die mich in der Highschool stets verachtet und meine lahmen Versuche verhöhnt hatten, mit meinem schwabbeligen Körper und den mickrigen Ärmchen ein Seil hochzuklettern.

Wir hatten beide gewisse Umbauten hinter uns. Bei mir zum Besseren, während es mit ihm seit Jahren langsam bergab ging. Michelle versuchte, ihm zu helfen, so gut sie konnte. Sie hatte ihn angefleht, ihn bestochen und ihm gedroht, ihn mit Liebe überschüttet oder ihm ihre Zuneigung verweigert, um ihn zum Entzug zu überreden. Doch weder Nora noch Gideon konnten wiedergutmachen, was sie zuvor bei ihrem Sohn verabsäumt hatten. So hatte es meine Schwiegermutter formuliert, nicht ich, während Gideon niemals auch nur die geringste Verantwortung für Travis' Lebenswandel übernommen hatte, schon gar nicht nach außen hin, und auch unsere Beziehung war zu keinem Zeitpunkt so, dass dies der Diskussion eines dermaßen persönlichen Themas förderlich gewesen wäre. In der relativ kurzen Zeit, die ich ihn gekannt hatte, hatte Gideon sich als unfähig erwiesen, auch nur das kleinste Anzeichen von Verletzlichkeit zu zeigen.

Ich wusste, dass die Sucht ein wirklich übles Biest war, hatte lange genug mit ihm gerungen, als Dad noch in der Lage gewesen war, genug Sprit in sich hineinzuschütten, um eine Brennerei zu fluten. Mein Vater hatte mich geliebt, so wie Travis auch Nora und Michelle liebte. Aber beide liebten es noch mehr, high zu sein.

»Ich mache mir Sorgen um dich«, sagte ich. »Und meine Sorge entspringt nur den besten Absichten.«

»Du musst dir keine *Sorgen* machen. Mir geht's gut, hab ich ja schon gesagt.«

»Wie sieht's mit deinen Finanzen aus?« Der abrupte Themenwechsel ließ ihn ein noch finstereres Gesicht machen. Ich hatte einen wunden Punkt getroffen. Ich machte einen Schritt auf ihn zu und drang so in seine persönliche Sphäre ein. »Ich muss dich mal was fragen. Es ist wichtig, also reg dich nicht auf.«

»Was?«

»Ich weiß, dass du knapp bei Kasse bist, aber …« Ich machte eine Handbewegung und ging wieder einen Schritt zurück. »Nein, schon gut.«

»Was?« Dass ich das leidige Geld ansprach, hatte Travis' Neugier erregt. Vielleicht dachte er, dass ich ihm welches anbieten würde, sodass er seine Mutter nicht darum bitten musste. Eine gute Gelegenheit, auf der Suche nach der Wahrheit weitere Knöpfe zu drücken.

»Okay … also, hast du vielleicht etwas von Michelles Schmuck genommen?«

»Meinst du etwa, ich hätte davon was gestohlen?«

»Und, hast du?«

Travis ging in die Luft. »Spinnst du oder was? Warum beschuldigst du mich, ich hätte da ...«

»Versteh ich doch, wenn du das gemacht hast«, erwiderte ich schnell und legte ihm eine Hand auf die Schulter, die er aber sofort abschüttelte. »Ich bin ja nicht blind. Vielleicht hast du ein paar Sachen in die Pfandleihe gebracht, um schnell an Geld zu kommen.« Ich zog eine Grimasse, um so wenig anklagend wie möglich zu erscheinen, während ich anscheinend um Worte rang. »Es ist, na ja, also ... Ich kann die Diamantohrringe nicht finden, die ich ihr letztes Jahr zu Weihnachten geschenkt habe, und ...«

»Ich hab sie nicht angerührt.«

»Falls doch ...«

»*Hab ich nicht.*«

»*Falls doch,* sag's mir einfach, damit wir sie wiederkriegen können. Sie bedeuten mir viel.« Ich kniff ein paarmal die Augen zusammen. »Es war eines der letzten Geschenke, die ich ihr gemacht habe.«

»Ich hab doch schon gesagt, dass ich sie nicht angerührt habe.« Travis stand jetzt so dicht vor mir, dass mir von seinem ranzigen Atem übel wurde. »Das hätte ich nie gemacht, und das finde ich richtig scheiße, wenn du so was denkst.«

Aus Erfahrung wusste ich, dass Travis ein schlechter Lügner war. Deshalb war ich mir diesmal fast sicher, dass er die Wahrheit sagte. Wenn er sie nicht an sich genommen hatte, musste Michelle sie am Tag ihres Verschwindens getragen haben. Das Bild dieses beknackten Stücks Zettel hatte ich immer noch vor Augen. Ich wollte sichergehen, und die Tatsache, dass ich keine Gewissheit hatte, ließ erneut Ärger in mir hochsteigen. Das machte ich mir zunutze, um Travis eine weitere verbale Abreibung zu verpassen.

»Ich weiß nicht, ob ich das glauben soll.«

»Mir doch egal. Ich hau wieder ab.«

»In diesem Zustand kannst du unmöglich raus, Travis. Es ist schon spät. Jetzt bleib hier, und schlaf dich aus.«

»Bist du meine Mutter oder was?«

Kaum hatte er das gesagt, sah ich, wie ihm die Gesichtszüge entglitten. Er stieß ein kaltes Lachen und eine Reihe von Flüchen aus und verließ den Raum. Ich folgte ihm die Treppe hinauf in den Flur, am Wohnzimmer vorbei, aus dem heraus Roger uns mit einem Auge beobachtete, und bestand erneut darauf, dass Travis zu Hause blieb. Er ignorierte mich und nahm sich die Schlüssel, doch ich marschierte an ihm vorbei, stellte mich vor die Haustür und streckte ihm einen Arm entgegen.

»Gib mir die«, befahl ich. »So fährst du nicht, du wirst noch jemanden umbringen.«

Er machte den Mund auf, wahrscheinlich schon mit der nächsten Salve von Flüchen auf der Zunge, überlegte es sich dann aber anders. Selbst in seinem benebelten Kopf musste ihm klar gewesen sein, dass er mich als Verbündeten brauchte, insbesondere falls Nora ihm angedeutet hatte, dass er finanziell den Gürtel enger schnallen musste. Sie hatte ihn unter Druck gesetzt, in ihrer Nähe zu bleiben, wobei ich natürlich wusste, dass er das nicht wollte, und diese Hütte hier war das, was einer Komfortzone für ihn am nächsten kam. Ohne ein weiteres Wort oder auch nur ein ersticktes Grunzen drückte er mir die Autoschlüssel in die Hand und grinste. Mit einem lupenreinen Charme, der den ganzen Drogenmissbrauch aus seinem Gesicht hinwegzauberte.

»Ich seh mal zu, dass ich einen Uber erwische«, sagte er. »Bis dann, Opa. Wart nicht auf mich.«

Ich ließ ihn vorbei. Er machte die Tür auf und schlüpfte hinaus, wobei seine Finger bereits eifrig auf seinem Handy herumtippten. Der zur Schau getragenen Nonchalance zum Trotz war mir klar, dass er noch immer aufgebracht war, und das hieß, dass es spät werden würde und er sich wieder einmal in Schwierigkeiten bringen dürfte. Hätte ich keine Moral oder ethische Grundsätze gehabt, dann hätte ich ihn mit seinem Wagen fahren lassen, aber ich hatte es ernst gemeint, als ich sagte, dass er jemanden töten könnte, was völlig inakzeptabel gewesen wäre. Wäre er vor Nora gestorben, hätte das außerdem bedeutet, dass sein Geld an sie zurückgeflossen wäre, und sie hätte sich vielleicht entschlossen, es zu spenden.

Ich sah ihn gehen und hielt Zwiesprache mit mir, ob ich ihn nun ins Haus zurückbeordern sollte. »Hey!«, rief ich ihm stattdessen hinterher. »Warst du heute vielleicht im Garten?«

Travis drehte sich um. »Hä? Wieso das denn?«

»Vergiss es.«

Nachdem er in der Dunkelheit verschwunden war, schloss ich die Haustür und lehnte mich mit der Stirn dagegen. Während es um mich herum still wurde im Haus, versuchte ich dem Flüstern, dass etwas nicht ganz stimme, keine weitere Beachtung zu schenken, und konzentrierte mich auf den Versuch, mich davon zu überzeugen, dass ich mir keine Sorgen machen müsse.

Kapitel 12

Als an diesem Morgen ein paar Stunden später mein Superman-Wecker erschallte, spielte ich mit dem Gedanken, ihn quer durch den Raum zu schleudern, bis mir wieder einfiel, dass ich ja erschöpft aussehen wollte. Ich quälte mich hoch und taumelte ins Bad, wo ich mir eiskaltes Wasser ins Gesicht schaufelte und die Zähne putzte. Anschließend zog ich mir eine Trainingshose und ein T-Shirt an.

Als ich den Flur betrat, brauchte ich nicht mehr als eine Nanosekunde, um zu erkennen, dass Travis zu Hause war. Der achtlos oben neben der Treppe hingeworfene Pulli und andere Kleidungsstücke waren ein erstes Indiz, sein dröhnendes Schnarchen ein weiteres. Der Geruch abgestandener Luft, der mir in die Nase kroch, als ich mich der Tür seines Zimmers näherte, sagte mir, dass er schon vor einiger Zeit zurückgekommen sein musste. Ich war nicht glücklich darüber, dass ich ihn nicht gehört hatte, aber ob er wirklich unversehrt zurückgekehrt war, stand auf einem anderen Blatt.

Ich warf einen Blick in sein Zimmer und bereute es auf der

Stelle. Er hatte die Nachttischlampe angelassen und lag mit den Händen über dem Kopf auf dem Rücken, der splitterfasernackte Körper hingefläzt auf die Bettdecke, was jedes anatomische Detail seines Körpers bestens zur Schau stellte.

»Mann-o-mann«, murmelte ich vor mich hin und warf die Tür zu in der Hoffnung, dass ihn das aufwecken würde. Keine Chance. Den vergangenen Wochen nach zu urteilen, dürfte Travis bis weit nach Mittag ausgeknockt sein. Möglicherweise war er immer noch im Bett, wenn ich heute Abend von der Arbeit zurückkam. War ja auch schon egal. Wenigstens wäre ich dann zu Hause, wenn er wie üblich seiner Gewohnheit frönte, überall herumzuschnüffeln.

Er würde einen lausigen Einbrecher abgeben. Ich konnte immer genau sehen, wo er gewesen war und was er gemacht hatte, wenn ich nach Hause kam. Von den offen gelassenen Küchenschränken über die leere Müslischachtel auf dem Tresen bis hin zu dem rundum auf dem Boden verstreuten dreckigen Geschirr, das seinen Weg zum Fernseher im Arbeitszimmer markierte, den auszuschalten er sich nicht bemüßigt fühlte, hinterließ Travis eine Spur der Verwüstung.

Ich hatte ihm verboten, außer dem Bad, das zu seinem Schlafzimmer gehörte, noch irgendeines der anderen Bäder zu benutzen. Über die drastischen Einzelheiten, die mich dazu gebracht haben, diese Entscheidung so zu treffen, möchte ich mich lieber nicht auslassen. Ich bin immer ein ordentlicher Mensch gewesen. Der ein oder andere Seelenklempner würde wahrscheinlich sagen, dass es mir darum ging, die Kontrolle zu behalten, die psychologische Endmoräne der Zeit, als ich Dad immer alles hinterherräumen musste. Ich würde dem entgegenhalten, dass ich ganz einfach eben kein Schwein bin. Michelle machte sich stets darüber lustig, dass ich keine Ruhe geben konnte, bis die Küche nach dem Essen wieder makellos sauber war, während sie keine Schwierigkeiten hatte, den Dreck stehen zu lassen, bis die Putzfrauen das nächste Mal kamen, was mich wahnsinnig machte.

Würde ich noch jemanden ins Haus lassen, ganz egal, wo ich dann sein würde, wenn ich mal Michelles Geld und den Rest von Noras Vermögen geerbt hatte? Ja, aber ich würde meine Tassen dann trotzdem noch selber in die Spülmaschine stellen, Herrgott noch mal, und das war deutlich mehr, als Travis jemals zustande brächte. Er hätte das olle Gerät ja selbst dann nicht mal erkannt, wenn es auf den Boden geknallt und ihm auf die Eier gefallen wäre.

Nachdem er mit pubertärem Ungestüm gestern Abend aus dem Haus gestürmt war, hatte ich überlegt, ob ich Michelles Schmuck jetzt vielleicht besser in den Safe räumen sollte, falls ich ihn auf die Idee gebracht hatte, wie er schnell Geld in seine dreckigen Pfoten bekommen könnte. Aber ich hatte mich dagegen entschieden. Auch wenn ich bestimmt sauer wäre, wenn er sich davon irgendetwas unter den Nagel riss, würde es mir andererseits eine Steilvorlage liefern, falls er es tat. Selbst wenn er Michelles ganze Kollektion abräumte, wäre das nur eine kleine Delle angesichts der Masse an Geld, die ich bekäme, wenn man sie für tot erklärte.

Außerdem hatte es noch andere Vorteile, wenn ich ihn das Schmuckkästchen seiner vermissten, mutmaßlich toten Schwester plündern ließ. Er würde das ganze Geld natürlich in Drogen umsetzen. Dass er in letzter Zeit fast immer high gewesen war, machte ihn unzuverlässig, nicht nur was Geld anging. Dass wiederum dürfte es unwahrscheinlicher machen, dass Nora ihren Wunsch, ich solle ihre Angelegenheiten regeln, noch einmal überdachte. Auch konnte ich es als Hebel nutzen und Travis androhen, Nora alles zu erzählen, was er ausgefressen hatte, und bei der Gelegenheit den Vorschlag zu machen, sie möge doch die Spende für wohltätige Zwecke verdoppeln, die sie plante. Das würde ihn handzahm machen, auch wenn er beleidigt wäre.

Ich räumte den Teller und die Erdnussbutter weg, die Travis auf dem Tresen hatte stehen lassen, und schüttete den Rest Milch, eine halb volle Packung, die warm geworden war und verdorben roch, ins Spülbecken. Dabei verfluchte ich ihn für die Verschwendung und die Vergeudung von Geld, für das viele von uns eine bessere Verwendung gehabt hätten.

Was mich anging, so würde ich, wenn ich Michelles Vermögen bekam, dafür sorgen, dass Dad die beste Pflege bekam, die es für Geld zu kaufen gab. Niemals wieder müsste ich mir Gedanken machen, wie die monatlichen Zahlungen für sein Pflegeheim zu bestreiten waren. Er würde den Blick auf die Alpen lieben, und ich fände es auch cool, in die Schweiz zu ziehen. Als ich in London arbeitete, hatte ich einen Haufen IT-Vertragsarbeiter nach Zürich, Lausanne und Genf geschickt, und viele von ihnen waren geblieben. Ich schloss die Augen, stellte mir die Berge vor, die saubere Luft, das Skifahren. Das wäre perfekt für einen gut Teil des Jahres, und ich wäre in Dads Nähe. Ich könnte versuchen, wiedergutzumachen, was ihm geschehen war. Und wofür ich verantwortlich war.

Ich zwang mich, nicht mehr an die Zukunft und auch nicht an die Vergangenheit zu denken, und räumte den Rest von Travis' Hinterlassenschaft weg. Nachdem ich Roger trotz seines melodramatischen Bellens und bei überschaubarer Begeisterung Gassi geführt hatte, vergewisserte ich mich, dass die Nebenpforte geschlossen war, und suchte den Garten nach weiteren Fußabdrücken ab, fand aber nichts. Wieder im Haus, machte ich mir mit der schicken eingebauten Maschine eine Tasse Kaffee und setzte mich an die marmorne Kücheninsel, um auf meinem Handy die Nachrichten zu checken.

Keine Neuigkeiten zu Michelles Verschwinden. Seit zwei Wochen hatte der Fall jetzt keine Erwähnung mehr gefunden, die Öffentlichkeit war zu aktuelleren Ereignissen übergegangen, hielt sich an größere Skandale und genoss Klatsch mit saftigeren Details. Beim gegenwärtigen Zustand der Welt mit ihrem Überfluss an Nachrichten fesselte die vermeintliche Entführung einer reichen Frau aus einem Vorort die Aufmerksamkeit der Leute nicht allzu lange, insbesondere wenn die Spur kalt geworden war.

In den Tagen nach Michelles Entführung hatte ich im Radio und im Fernsehen alle Interviews gegeben, die bei mir angefragt wurden. Erstaunlicherweise waren es gar nicht so viele. Ich hatte sogar um mehr Interviews gebeten, um den Fall so lange wie möglich im Fokus der Öffentlichkeit zu halten. Es war ein kalkuliertes Risiko gewesen, ein strategischer Schachzug, um meine Kooperationsbereitschaft zum Wohle aller Interessierten zu demonstrieren. Vor allem aber war es eine Show für Detective Anjali.

Wenn ich jetzt, einen Monat später, E-Mails und Nachrichten über die sozialen Medien an die Lokalzeitungen und überregionalen Blätter schickte, anbot, darüber zu sprechen, und um eine Aktualisierung bat, trafen meine Anfragen entweder auf Schweigen oder verhaltenes Desinteresse. Wenn ich nichts mit Michelles Situation zu tun gehabt hätte, wären meine Abscheu und mein Ärger, ganz ehrlich, echt gewesen, denn weder die Presse noch die Öffentlichkeit scherten sich groß darum.

Ich surfte eine Weile im Netz und vertrieb mir die Zeit mit einem weiteren Kaffee und ein paar Scheiben Weizentoast. Kurz vor halb neun stand ich vor der Haustür, zog meinen Mantel an und tätschelte Roger den Kopf.

»Bis nachher«, sagte ich. »Du hältst hier für mich die Stellung, und lass dich von dem Chaoten da oben nicht aufmischen. Beiß ihm in den Arsch, wenn's nicht anders geht.« Als Roger daraufhin herzhaft knurrte, musste ich kichern. Bevor ich rausging, griff ich mir meine Schlüssel und die Sporttasche, doch als ich mich meinem Mercedes näherte, verging mir die Jovialität.

Über die ganze Breite der Fahrertür zog sich, von links nach rechts, ein tiefer wellenförmiger Kratzer, eine hässliche metallene Furche.

»Ach komm!« Meine Stimme hallte von der Garagentür zurück in Richtung Straße. Ich fluchte erneut und hockte mich hin, um den Schaden in Augenschein zu nehmen. Meine Zweifel, dass es die örtlichen Teenager gewesen waren, über die sich Michelle immer aufgeregt hatte, wuchsen. Wäre ich jemand, der regelmäßig wettet, hätte ich mein ganzes zukünftiges Vermögen auf den Schuldigen gesetzt, der oben in meinem Gästezimmer lag, mit den nackten Arschbacken auf meinen Laken aus ägyptischer Baumwolle mit ihrer astronomisch hohen Fadenzahl und dem entsprechenden Preisschild. Wenn er aus dem Haus war, würde ich sie dennoch verbrennen.

Travis war gestern Abend dreimal an meinem Wagen vorbeigelaufen, also hatte er diese Markierung hinterlassen, weil er entweder besoffen oder schlecht gelaunt war. Ich war dermaßen am Schäumen, dass ich am liebsten reingegangen wäre und den rachsüchtigen Scheißkerl erwürgt hätte, ob nun im Adamskostüm oder nicht.

Aber was hätte es genützt? Er war sowieso völlig zu und würde nicht kapieren, warum ich ihn anschrie, und außerdem wurde es Zeit, dass ich zur Arbeit ging. Ich wollte heute Abend rechtzeitig Feierabend machen, damit ich in meinem Fitnessclub noch schwimmen gehen konnte. Und ich wollte den Tag jetzt nicht mit einem sinnlosen, einseitigen Streit mit Travis beginnen. Ich musste konzentriert bleiben. Am Vormittag hatte ich einen Termin mit einem meiner wichtigsten Kunden wegen einer neuen Software, die implementiert werden musste. Es hatte mehr als sechs Monate gedauert, bis ich die Firma als Kunden an Land gezogen hatte, und ich wollte einen kühlen Kopf bewahren. Es war kein Geheimnis, dass etliche Konkurrenten auf diesen Deal scharf gewesen waren, und ich hatte keine Lust, mich von Travis um den Erfolg bringen zu lassen.

Ich überlegte, ob ich jetzt besser mit dem Motorrad fahren sollte, einer Triumph Bonneville von 1980, die ich restauriert und mit einem viel leiseren Auspuff nachgerüstet hatte. Ich war ganz erpicht darauf, sie noch ein paarmal zum Einsatz zu bringen, bevor es dafür zu kalt wurde. Schwere dunkle Wolken, die sich auftürmten und am Himmel herumwaberten, ließen mich jedoch davon Abstand nehmen. Unterwegs klitschnass zu werden, war das Letzte, was ich jetzt brauchen konnte. Wenn mir das passierte, wäre ich noch saurer als ohnehin schon, und das wiederum könnte ausreichend sein, damit ich umkehrte, um Travis ordentlich in die Eier zu treten.

Um kurz nach neun kam ich im Büro an, wo Agnes, unsere kurz vor der Rente stehende Empfangsdame, große Augen machte und mich zu sich winkte. »Ich wollte Sie gerade anrufen«, meinte sie, packte mich am Arm und zog mich zur Seite. Sie machte in einer Theatergruppe mit, und abgesehen von ihrem babyblauen Twinset mochte sie nichts lieber, als ihre schauspielerischen Fähigkeiten im Büro unter Beweis zu stellen. Das machte sie ja auch nicht schlecht. Ich hatte einmal mitbekommen, wie sie noch jede griechische Tragödie übertraf, als sie sich an Papier geschnitten hatte.

»Jeffreys ist schon da«, raunte sie mir zu.

»Was? So früh? Der Termin ist doch erst in einer halben Stunde.«

Wieder wurden ihre Augen ganz groß, verstärkt noch durch ihre riesige (ebenfalls babyblaue) Brille. »Er hat gesagt, dass der Termin für neun Uhr angesetzt war. Offenbar haben Sie dem vor zwei Wochen zugestimmt.«

»Nein, hab ich nicht.« Ich wischte mit dem Finger über mein Smartphone: Agnes hatte recht. Der Termin *war* für neun Uhr anberaumt. Ich musste mich vertan haben, als ich das letzte Mal auf meinen Kalender geschaut hatte. Scheiße. Ich kam nie zu spät, tatsächlich kam ich grundsätzlich immer zu früh. Wenn man zu spät kam, hieß das, dass man sich erst einmal entschuldigen musste, was die eigene Position von vornherein schwächte. Kam man hingegen zu früh, hatte das den Vorteil, dass man sich aussuchen konnte, wo man saß. Ich setzte mich immer mit dem Rücken zum Fenster, sodass das Licht auf das Gesicht meines Gegenübers fiel und man die Gesichtszüge lesen konnte, während meines eher undeutlich blieb, weil die einfallende Helligkeit blendete. Einer der ältesten Tricks aus dem Lehrbuch. Und zugleich einer der effektivsten.

Als ich den Konferenzraum betrat, stand Victor Jeffreys am Fenster und sah hinaus. Er war einziger Eigentümer und Erbe eines beinahe hundert Jahre alten Imperiums im Sporteinzelhandel, das seine Großmutter Elsie Jeffreys einmal gegründet hatte. Obwohl viele Millionen wert, hatte das Unternehmen definitiv Hilfe beim Thema IT-Sicherheit nötig, was bedeutete, dass Jeffreys ein versiertes Spezialistenteam brauchte. Ich arbeitete daran, ihn davon zu überzeugen, dass nur ich ein solches beschaffen konnte.

Jeffreys war ein großer Mann mit einer wilden Mähne dichten grauen Haars. Er hatte es nicht so mit Süßem, wenn ich mir den Teller mit Kopenhagener Gebäck so ansah, den Agnes ihm hingestellt, den er aber nicht angerührt hatte. Mein Blick glitt über die Sitzgelegenheiten und entdeckte eine halb volle

Tasse Kaffee ohne Milch, eine Aktentasche und ein Smartphone an genau dem Platz, den ich haben wollte.

»Guten Morgen, Mr Jeffreys. Ich …«

»Sparen Sie sich Ihre Entschuldigungen, Lucas«, sagte er, obwohl ich noch keine vorgebracht hatte. Er hob eine Hand, und noch immer mit dem Rücken zu mir, fuhr er fort: »Ich bin ein viel beschäftigter Mann und erwarte, dass Sie meine Zeit wertschätzen.«

»Ich verstehe.« Ich versuchte, nicht allzu sehr mit den Zähnen zu knirschen. »Als ihr zukünftiger Partner im Bereich Human Resources …«

Er schmunzelte und drehte sich mit einem irritierten, herablassenden Lächeln auf den Lippen zu mir um. »Werden Sie nicht überheblich. Sie können es mit Ihren modischen Businessbegriffen nennen, wie Sie wollen, mein Sohn, aber für mich sind Sie einfach ein Anbieter. Ich frage eine Dienstleistung nach. Sie liefern. Vorausgesetzt, Sie besitzen die Güte, es pünktlich zu tun.«

Sein Tonfall erinnerte mich so sehr an Gideon, dass ich ihm am liebsten gesagt hätte, er könne mich mal – oder zu ihm rübergegangen wäre und ihn zum Fenster hinausgeworfen hätte. Vielleicht hätte ich das tatsächlich ernsthaft in Betracht gezogen, wenn unsere Büroräume nicht im Erdgeschoss gelegen hätten. Aber, verdammt, ich war mir fast siegessicher. Ich wollte diesen Kunden, wollte im Glanz des Siegers erstrahlen und am Ende auch den entsprechenden Bonus einstreichen. Nun, da die Herausforderung größer geworden war, musste ich ihn erst recht an Land ziehen.

Ich nickte. »Entschuldigen Sie mein Zuspätkommen. Nehmen Sie doch Platz.«

Wir setzten uns an den Tisch, und ich stellte mich darauf ein, Kreide fressen zu müssen, woran ich in der Tat schwer zu schlucken hatte. Also ließ ich ihn über sein Geschäft schwadronieren, hörte mir an, welche Gebiete er nicht alle *total beherrschte,* besonders was Wandern, Camping und Skiausrüstung anging. Wie sie einen Schwerpunkt beim Onlinegeschäft gesetzt hatten und deswegen die Pandemie nicht nur gut überstanden hätten, sondern in dieser Zeit sogar gewachsen wären, während ihre Konkurrenten den Bach runtergingen und sie sich nachher die Filetstücke herauspicken könnten.

»Ich habe jetzt mit einer ganzen Reihe von Anbietern wie Ihnen gesprochen«, sagte er. »Es kommt mir allerdings so vor, als könnten schon Ihre Mitbewerber den Arsch nicht vom Ellbogen unterscheiden, und ich habe so meine Zweifel, dass dies hier anders sein wird.«

Und er ging gleich in die nächste Runde. Ich ließ ihn reden, hörte aufmerksam zu, unterbrach ihn nicht ein einziges Mal. Das ist etwas, das Leute aus dem Verkauf oft nicht genug beachten. *Zuhören.* Dabei ist es doch eine der einfachsten Methoden, Erfolg zu haben. Ich ließ die angehenden Kunden ausreden, damit sie mir genau sagten, was sie wollten. Darüber musste ich mir dann nicht den Kopf zerbrechen. Und dafür brauchte ich nur ein offenes Ohr. Jeffreys taute deswegen zusehends auf, das merkte ich. Gegen Ende unseres Gesprächs waren wir zwar noch nicht so weit, gleich ein Bier trinken zu gehen, aber ich wusste, dass ich ihn im Sack hatte. Zeit für den finalen Schlag.

»Sagen wir mal so.« Ich beugte mich vor und spiegelte seine Körpersprache. »Sie haben mit Taylor and Strong Recruitment noch nicht zusammengearbeitet, und mir ist klar, dass Sie auch andere *Anbieter* haben.« Ich lächelte ihn an so wie er mich. Arschgesicht. »Setzen Sie uns einfach mit auf die Liste, und vergleichen Sie uns mit ihnen. Nach dem zu urteilen, was Sie mir gesagt haben, werden wir es besser machen. Das garantiere ich Ihnen. Und wenn es nicht so sein sollte …«, ich pochte mit dem Finger auf die Tischplatte, »… dürfen Sie mit Fug und Recht behaupten: ›Ich hab's Ihnen ja gesagt.‹«

»Irgendetwas sagt mir, dass Sie nicht der Typ sind, der es so weit kommen lässt«, brummte er in seinen Bart.

»Das will ich nicht bestreiten.«

Das mochte ich an meinem Job am liebsten. Den Abschluss, wenn man wieder einmal einen dicken Fisch an Land zog, auf den sich die Kundenbetreuer stürzen konnten. Jeffreys würde die Verträge, um deren Ausstellung ich Agnes bereits am Freitag gebeten hatte, innerhalb der nächsten vierundzwanzig Stunden unterschreiben, vielleicht sogar noch früher.

Jäger wie ich waren eine seltene Spezies. Die meisten meiner Kollegen waren Farmer, gut darin, sich in einer Firma auszubreiten wie ein Buschfeuer, hatte man sie erst einmal hineingelassen, aber sie hassten es, den Aufschlag zu machen, die Kaltakquise am Telefon, die damit oft verbundene Zurückweisung. Während ich das geradezu liebte. Scharf darauf war. Ich machte mir einen Plan, welche Firma ich als nächste angraben sollte, und tat alles, was nötig war, um mir Zugang zu verschaffen. Je schwieriger, desto besser. Es ging mir auch nicht um das zögerliche Lob von Richard, meinem Chef. Ich scherte mich nicht weiter darum. Ich mochte die Reputation und das Geld, das Beste aber war die reine, unverfälschte Befriedigung, wenn ich etwas zuwege brachte, von dem es hieß, das wäre unmöglich. »Verschwende deine Zeit nicht darauf«, hatte Richard gemeint, als ich ihm gesagt hatte, dass ich hinter Jeffreys her war. »Der wird niemals mit uns zusammenarbeiten. Vergiss es.« Wer musste jetzt wohl Abbitte leisten?

Nachdem ich meinen so gut wie sicheren neuen Klienten zurück zum Empfang begleitet hatte, wo wir uns die Hände schüttelten und er mir überschwänglich dankte, ging ich in mein Büro im hinteren Teil des Gebäudes. Unterwegs unterhielt ich mich mit ein paar Kollegen darüber, was sie am Wochenende gemacht hatten oder nach welchen besonderen IT-Profilen sie gerade suchten. Zwar hielten sie durchaus ein Schwätzchen mit mir, aber dennoch wusste ich, dass sie mich nicht als einen der ihren betrachteten, weil ich gleich auf der oberen Schiene eingestiegen war, als ich nach Boston zog. Manche fragten, wie es mir denn gehe, aber mir war klar, dass sie nur um den heißen Brei herumredeten und insgeheim hofften, dass ich aufgrund von Michelles Verschwinden einknicken und abhauen würde, sodass sie meinen Geschäftsbereich untereinander aufteilen konnten. In dieser Hinsicht hatte sich die Kundenakquise in den beinahe zehn Jahren, die ich nun im Geschäft war, nicht groß verändert. Hattest du nicht aufgepasst, wurdest du gerne mal zum Frühstück verspeist. Heute nicht, meine lieben Freunde, dachte ich, heute nicht. Und auch morgen nicht. Oder übermorgen.

Ich rieb mir die Hände, straffte die Schultern und stellte mich darauf ein, dass ich heute keinen Finger mehr krumm machen musste. Als ich mich an meinen Schreibtisch setzte und den Computer anschalten wollte, bemerkte ich einen kleinen orangefarbenen Umschlag oben auf meiner Briefpost. Er war an mich adressiert, hatte aber weder Briefmarke noch Poststempel, was hieß, dass er persönlich abgegeben worden sein musste. Der Absender hatte ihn als VERTRAULICH klassifiziert.

Ich war neugierig und öffnete den Brief. Er enthielt ein einzelnes Blatt in Postkartengröße. Die schwarz-weiße, grobkörnige, vergrößerte Teilansicht einer Frau. Nicht das gleiche Foto, das ich gestern Abend zusammen mit den Reklamezetteln erhalten hatte. Diesmal war es die untere linke Seite des Gesichts dieser Frau.

Das Blut rauschte mir in den Ohren. Ich drehte das Blatt um

und las das Wort, das mit dickem schwarzem Filzstift geschrieben worden war. Fünf Buchstaben, die mir das Blut in den Adern gefrieren ließen.

WEISS.

Kapitel 13

Ich ließ das Foto fallen und schnellte zurück. Meine Füße suchten verzweifelt Halt, während mein Bürostuhl über den Boden schlitterte und in das Bücherregal hinter mir krachte. Der Aufprall brachte die Verkäufer-des-Jahres-Trophäe, die obendrauf stand, ins Wanken. Es war immer noch nicht genug Abstand. Mit Herzrasen sprang ich auf und fuhr mir mit verschwitzten Händen durch die Haare und übers Gesicht.

Wieder und wieder las ich das Wort WEISS.

Mein Puls überschlug sich, mein Herz raste so sehr, dass ich den Eindruck hatte, es würde mir gleich aus dem Brustkorb springen. Mit geschlossenen Augen, festgeklammert an den Armstützen des Bürostuhls, zwang ich mich, durch die Nase ein- und durch den Mund wieder auszuatmen. Noch einmal. Und noch einmal.

»Hey, Lucas, wie ist es gelaufen mit Jeffreys?«

Agnes' Stimme schreckte mich auf. Ich hatte sie weder hereinkommen noch klopfen hören. Ich riss die Augen auf, während sie ein paar Schritte ins Büro hinein machte.

»Geht es Ihnen gut?«

»Alles gut«, krächzte ich und schob schnell ein paar Papiere über das Foto. »Mir geht's gut.«

Agnes stemmte die Hände in die Hüften. »Sie sehen aber nicht gut aus. Ich hole Ihnen ein Glas ...«

»Ich hab's doch gerade gesagt: Mir geht's gut«, blaffte ich, und diesmal war es Agnes, die zusammenzuckte. Nie zuvor hatte ich in der Firma meine Stimme gehoben, weder ihr noch sonst jemandem gegenüber. Nicht einmal, als der Neue einem Kunden versehentlich den falschen Vertrag schickte oder mir, wenige Minuten vor einem Kundentermin, seinen Spezialkaffee, der Albtraum jedes Baristas, über das nagelneue Hemd und die Krawatte schüttete, habe ich ihn gefeuert. Nicht einmal angeschrien habe ich ihn. Lucas Forester bekam keine Wutanfälle.

»Tut mir leid, Agnes.«

»Vergessen Sie's.« Sie senkte die Stimme. »Aber Sie stehen stark unter Stress, mein Guter. Vielleicht sollten Sie lieber nicht ins Büro kommen. Sie haben nicht viel Urlaub gehabt seit ... Sie wissen schon.«

»Der Termin mit Jeffreys war gut. Der Deal ist unter Dach und Fach.«

Agnes nickte gemächlich, schenkte mir ein neutrales Lächeln und gab mir so zu verstehen, dass sie mein Bestreben, alles, was sich gerade abspielte, unter den sprichwörtlichen Teppich zu kehren, nachvollziehen konnte. »Warum überrascht es mich nicht, dass Sie ihn bekehren konnten?«, sagte sie. »Glückwunsch, fabelhaft. Brauchen Sie sonst noch etwas? Kann ich Ihnen irgendwie behilflich sein?« Als ich verneinte, fügte sie hinzu: »Ich lasse Sie dann allein. Sie versprechen mir, dass Sie gut auf sich aufpassen, ja? Wir brauchen Sie hier.«

Es gab nicht viele Leute, die ich vermissen würde, wenn ich Boston den Rücken kehrte, aber Agnes war eine von ihnen. Sie arbeitete hart, sollte eigentlich schon in Rente sein, um ihre Freude an wöchentlichen Pool-Billard-Turnieren und dem Astronomieclub zu haben, aber als ihr Mann sie für eine andere Frau verließ, hatte er zusammen mit seinen Klamotten leider auch das gemeinsame Konto mitsamt den Ersparnissen abgeräumt. Agnes hatte keine Ahnung, wo er wohnte, aber beim Mittagessen hatte sie mir mal erzählt, dass sie ihm Rattengift ins Essen mischen würde, sollte sie es herausfinden. Beinahe hätte ich ihr vorgeschlagen, sie mit Woods in Kontakt zu bringen. Stattdessen würde ich ihr, bevor ich ging, aus eigener Tasche einen Bonus zahlen.

»Mach ich«, sagte ich.

Als sie sich umdrehte, um mein Büro zu verlassen, streifte mein Blick den Schreibtisch, wo eine Ecke des Fotos unter den Papieren hervorlugte, die ich darübergelegt hatte. Ich schluckte, rief Agnes, und als sie herumwirbelte, zwang ich meine Stimme zurück auf ein normales Niveau. »Wissen Sie, wo heute Morgen dieser orange Umschlag herkam?«

»Ich war schon da, als er eintraf. Irgendjemand hat ihn unter der Tür durchgeschoben. Wieso? Was ist damit?«

»Oh, also, möglicherweise eine Dankesnote von einem potenziellen Kunden, dessen Handschrift ich nicht so richtig entziffern kann.«

Sie streckte die Hand aus. »Lassen Sie mich mal sehen.«

»Lassen Sie mal, ich glaube, ich weiß schon, von wem es ist.« Ich zog mein Handy aus der Tasche und sah mit einem vorgetäuschten Stirnrunzeln auf das dunkle Display. »Ich muss hier drangehen. Komme später wieder auf Sie zu.«

Sobald sie die Tür hinter sich zugezogen hatte, ließ ich mein Smartphone auf den Schreibtisch fallen und sank auf den Stuhl. Als ich das Foto in die Hand nahm, ging mein Puls wieder nach oben. Es war Michelle, daran gab es nicht den geringsten Zweifel. Die Form ihres Kinns würde ich überall wiedererkennen. Das Foto umzudrehen, schlug mir auf den Magen. Keines der beiden Fotos, die ich erhalten hatte, gehörte zu irgendeiner Werbung. Und es waren auch keine Fehldrucke. Es war geplant, mit voller Absicht. Und das Foto gestern beinhaltete das Wort »Ich« und war Teil einer Botschaft.

ICH WEISS.

Jemand Bestimmtes hatte mir beide Fotos gebracht. Aber wer? Und was glaubte er oder sie zu wissen? Egal, ich musste das Foto jedenfalls sofort loswerden. Ich sprang auf, stopfte mir das Foto in die Jackentasche und ging zum Kopierraum, wo ich die Teilansicht von Michelle in den Schredder stecken und zusehen wollte, wie es in winzige Stücke zerrissen wurde. Bevor ich den Raum erreichte, machte ich jedoch einen Umweg über die Toilette, wo ich mich in eine Kabine setzte und die Stirn an die kühle gekachelte Wand lehnte.

Ich musste Ruhe bewahren. Dieses *Problem* zu Hause lösen. Ich durfte jetzt nicht in Panik geraten, jetzt nicht, und womöglich Beweismaterial herumliegen lassen. Ich konnte mir Schlampigkeit nicht erlauben.

Mir schwirrte der Kopf, als ich in mein Büro zurückging. Davinder, einer der aufstrebenden Kundenberater, der mich offen herausforderte, rief mich, sodass ich stehen blieb. Er musste meinen Namen allerdings mindestens dreimal rufen, bevor ich es bemerkte. Es war so wie unter Wasser, als könnte ich nicht richtig hören. Ich verfolgte seine Mundbewegungen, musste seine Worte erst in eine logische Reihenfolge bringen, bevor sie mein Gehirn erreichten, als entstammten sie einem durcheinandergeratenen Zeitplan.

»Sie sind doch für Jeffreys zuständig«, sagte er, was wie eine Gratulation klingen sollte, es indessen nicht war. Unter normalen Umständen hätte ich ihm dafür einen reingewürgt, eine

Bemerkung darüber gemacht, dass ich ihm ein paar Brosamen hinwerfen würde, wenn es denn so weit war, doch ich brachte kaum ein Kopfschütteln zustande.

Zurück an meinem Schreibtisch preschte mein Gehirn weiterhin vor, versuchte, sich die Einzelheiten zusammenzureimen, die Spur zu demjenigen zurückzuverfolgen, der die Fotos geschickt hatte. Was hatte das zu bedeuten? Was würde ich tun, wenn ein weiteres Foto kam? Welches Wort würde als nächstes auf der Rückseite stehen? Wie konnte der Jemand, der sie schickte, etwas *wissen?* Ich befahl mir, noch einmal von vorne anzufangen. Es bedurfte eines Auswahlverfahrens. Wer hatte ein Motiv, die Mittel und auch Gelegenheit dazu?

Ein Gedanke geisterte mir im Kopf herum. »Es ist immer der Ehemann.«

Die Polizei hatte keine Beweise gegen mich. Dessen war ich mir sicher, weil ich Michelles Verschwinden entsprechend orchestriert hatte. Darknet, Nachrichtenverschlüsselung, Bezahlung per Kryptowährung, Laptop vernichtet, Wegwerfhandys. Alles monatelang geplant, weshalb das Umsetzen in die Tat noch mehr Zeit beanspruchte. Auslandsaufenthalt, als es passierte. Lügendetektortest bestanden. Sie hatten *nichts.*

Dann sprang mich ein anderer Gedanke an. Detective Anjali. Hatte sie das getan? Eine Theorie begann sich zu formen, und ein Teil der erdrückenden Last wurde mir von den Schultern genommen. War das ihre Art, mich aus der Fassung zu bringen? Mich zu einem Fehler zu verleiten, sodass sie sehen konnte, ob ich schuldig war, oder so etwas in der Art?

Ich lehnte mich zurück und überlegte, ob ich ihr nicht dieses Foto geben sollte, um ganz offen zu zeigen, dass ich nichts zu verbergen hatte. Aber es passte nicht so richtig. Schließlich dachten sie, dass ich glaubte, sie hätten die Lösegeldübergabe vermasselt, und außerdem würde ich mir damit den Schuh des verzweifelten Ehemanns anziehen. Würde er damit zur Polizei gehen oder nicht doch eher abwarten, ob eine weitere Nachricht des Erpressers kam?

Ich zog die Stirn kraus und überlegte, dass dies eine sehr reale Möglichkeit war. Es könnte auch auf Zufall beruhen, von jemandem ins Werk gesetzt sein, der sich als Entführer ausgab und versuchte, schnelles Geld zu machen. So etwas hatte es schon gegeben. Witterung vom Unglück eines anderen Menschen aufzunehmen, konnte Menschen in Tiere verwandeln. Doch warum die Botschaft auf der Rückseite? Vielleicht würde daraus ja ICH WEISS WO SIE IST. Ja, das ergab Sinn. Statt Michelle stückweise zu zeigen – hier einen Finger, da einen Zeh –, hatten sie ein Foto verwendet, um plausibel zu machen, dass sie die Entführer waren und sie noch immer in ihrer Gewalt war.

Ganz gleich, ob dies nun Anjali war, die versuchte, mich aus dem Konzept zu bringen, oder irgendein zwielichtiges Pack, das darauf hoffte, Kasse zu machen, ich entschloss mich, der Polizei das Foto nicht zu zeigen. Ich mochte den Gedanken nicht, abzuwarten, ob noch ein Foto kam, aber es war die bessere Strategie. In der Zwischenzeit würde ich dieses hier vernichten, falls die Polizei zwar nicht dahintersteckte, aber Wind davon bekam.

»Verdammte Scheiße«, flüsterte ich vor mich hin, als ich mir vorstellte, die Polizei könnte eine Kopie des Fotos in die Finger bekommen. Nein. Falls dem so sein sollte, wäre Anjali aber bestimmt schon längst in meinem Büro aufgekreuzt und hätte mir mit vor Aufregung geröteten Wangen von der neuen Spur berichtet.

Als Nächstes dachte ich an Travis, genauer gesagt, erinnerte ich mich an eine der ersten Nächte, die er nach Michelles Verschwinden im Haus zugebracht hatte. Über einige Monate hinweg hatte er zunehmend die Kontrolle über sich verloren, und in dieser Nacht hatte er sich praktisch bewusstlos gesoffen, bevor er schließlich verkündete, zu Nora zurückzufahren, wo er wohnte, seit man ihn aus seinem Apartment geschmissen hatte, weil er die Miete nicht zahlen konnte. Es war nicht das erste Mal, dass ich ihm die Autoschlüssel abgenommen hatte, und nachdem er mich zwei Minuten lang offenbar mit den schlimmsten Kombinationen von Schimpfwörtern eingedeckt hatte, die er sich denken konnte, beschloss er seine Tirade mit: »Mein Vater hat immer gesagt, du wärst nicht gut genug für Michelle.« Dazu rülpste er laut und fuhr dann, einen Finger ausgestreckt auf mich gerichtet, verschliffen fort: »Würde er noch leben, hätte er bestimmt gesagt, dass du etwas damit zu tun hast.«

»Ich hab das jetzt mal nicht gehört«, hatte ich gesagt, Travis am Arm gepackt, ihn die Treppe hochgezerrt und ins Gästezimmer verfrachtet. »Jetzt hau dich hin, und schlaf deinen Rausch aus.«

Am nächsten Morgen war er mit einem kolossalen Kater aufgewacht und hatte nie mehr erwähnt, was er gesagt hatte, und auch ich hatte es nicht mehr angesprochen. Das hieß nicht, dass er es vergessen hatte. War es möglich, dass er mich tatsächlich verdächtigte, in Michelles Entführung verwickelt zu sein? Hatte er mir diese beiden Fotos geschickt, um die Wahrheit herauszufinden, oder damit er einen Hebel hatte, um mich zu erpressen, weil er pleite war? Ich schnaubte. Nein. Dafür war er nicht gewieft genug.

Doch das Grinsen verging mir. Vielleicht hatten die Bullen ihn dazu überredet, bei ihrer List mitzumachen. Doch wozu sich einlassen auf einen derart unzuverlässigen Mann wie Travis? Schließlich konnte jeder den Umschlag bei der Arbeit abgeliefert haben. Als ich gestern Abend mit Roger im Park spazieren war, hatte der Stapel mit den Papieren mindestens zwanzig Minuten lang vor der Haustür gelegen. Geradezu eine Einladung zur Selbstbedienung, aber Travis war nicht zu Hause gewesen. Sicherlich würde Anjali ihm bei allem, was ein bestimmtes Maß an Effizienz oder Diskretion erforderte, nicht über den Weg trauen.

Ich nahm mein Smartphone zur Hand und scrollte durch die Unterhaltung mit Nora. Vor ungefähr fünf Monaten hatten Michelle und ich sie zum Essen ausgeführt. Beim Nachtisch hatte meine Schwiegermutter ein Trackingprogramm für Digitaltelefone erwähnt. Eine Frau, die ihren Ex-Mann stalkte, hatte auf dessen Phone eine App installiert, die sie in die Lage versetzte, heimlich sein Mikrofon und seine Kamera einzuschalten, sodass sie seine Anrufe mithören und jede Bewegung verfolgen konnte.

»Sechs Monate lang hat sie das gemacht«, sagte Nora und schüttelte den Kopf. »Und er hat nichts gemerkt.«

»Was für eine ekelhafte Verletzung der Privatsphäre«, meinte Michelle. »Nicht wahr, Lucas?«

»Schrecklich«, hatte ich dazu bemerkt.

»Ich kann es mir einfach nicht vorstellen«, fuhr Nora fort. »Sie wusste zu jedem Zeitpunkt, wo er war, hörte alle seine Privatgespräche mit. Was für eine widerwärtige Person.«

»Komm bloß nicht auf die Idee, so etwas mit mir zu machen«, witzelte Michelle. »Du weißt schon, ich schneid dir die Eier ab.«

»*Michelle*«, sagte Nora mahnend und sah sich um. »Das ist jetzt vielleicht doch ein bisschen sehr flapsig.«

Ich kniff meine Frau ins Bein und grinste. »Wie weit ist es gekommen mit der Welt? Wie wäre es denn mit dem ehrlichen, guten alten Vertrauen? Ich wusste ja nicht mal, dass es diese Apps überhaupt gibt.«

Eine glatte Lüge. Ich wusste alles über sie, hatte auch mit dem Gedanken gespielt, auf Michelles Smartphone eine zu installieren, die Idee dann aber verworfen. Da Woods sich der Angelegenheit annahm, bestand keine Notwendigkeit, ihr auf Schritt und Tritt zu folgen, und wäre die App dann entdeckt worden – was mit ziemlicher Sicherheit der Fall gewesen wäre, sobald die Bullen ihr Smartphone durchforstet hätten –, hätten alle mit dem Finger auf mich gezeigt. Ich musste gar nicht erst wissen, was Michelle gerade machte, wen sie traf oder mit wem sie sprach, weil es keine Rolle spielte. Allerdings wünschte ich, ich hätte eine solche App auf Travis' Phone installiert.

Ich musste mit ihm sprechen, damit ich ihn von der Liste der Verdächtigen streichen konnte, aber damit das gelang, musste ich ihn überrumpeln und herausfinden, ob er etwas mit diesen Fotos zu tun hatte. Ich nahm meinen Mantel und ging zum Empfang.

»Sie haben recht!«, rief ich Agnes im Vorübergehen zu. »Mir geht's nicht so gut, ich werde von zu Hause aus arbeiten. Sagen Sie allen, die anrufen, sie sollen es auf dem Handy versuchen.«

»Mach ich. Und vergessen Sie nicht, was ich gesagt habe. Bleiben Sie locker.«

Bleiben Sie locker.

Je nach dem, was ich als Nächstes herausfand, war ich mir gar nicht so sicher, wann ich alles wieder locker nehmen konnte.

Kapitel 14

Als ich nach draußen in den Nieselregen trat, schlug ich den Mantelkragen bis zu den Ohren hoch, lief schnell zum Auto und ballte die Fäuste, als ich den Kratzer in der Tür sah. Und ballte sogar noch mehr die Fäuste, als ich ein weiteres Problem bemerkte. Auf der Fahrerseite hinten war der Reifen platt.

»Scheiße«, sagte ich und ging näher heran.

Als hätte jemand einen Schalter umgelegt, öffneten sich die Schleusen des Himmels. Der leichte Regen verwandelte sich umgehend in einen Platzregen, aus dem ein eiskaltes Bächlein entstand, das mir den Rücken herunterlief. Ein weiteres Schimpfwort entschlüpfte meinen Lippen, lauter diesmal. Mit übermenschlicher Anstrengung konnte ich mich gerade noch davon abhalten, so heftig gegen das Hinterrad zu treten, dass ich mir bestimmt sämtliche Zehen gebrochen hätte. Ich rief mir in Erinnerung, dass ich schon einmal einen Reifen gewechselt hatte, keine große Sache, und wollte mich, den Mantelkragen noch weiter hochgezogen, schon an die Arbeit machen, als mir einfiel, dass dieses Modell keinen Ersatzreifen hatte.

Mir blieben also zwei Möglichkeiten: mit dem Auto bis zur nächsten Werkstatt zu fahren oder den Pannendienst anzurufen. Ersteres würde den Schaden wahrscheinlich vergrößern und zusätzlich Zeit in Anspruch nehmen, und ganz gleich, was ich tat, hieß das sowieso, dass die Aufklärung von Travis' möglicher Beteiligung an der Fotoattacke nun warten musste. Die Entscheidung war gefallen. Bis auf die Haut durchnässt, stieg ich in meinen Wagen, holte mein Smartphone heraus und suchte nach der Notfallnummer für Pannen.

Der Mann im Callcenter sagte mir, dass es ungefähr fünfundvierzig Minuten dauern würde, bis jemand käme, also versuchte ich in der Zwischenzeit, mich zu beruhigen, und lauschte der Sinfonie des Regens und ihrem Rhythmus auf der Windschutzscheibe. In der einen Hand hatte ich eine Zigarette, während mein Geist Pirouetten drehte. Ich konnte an nichts anderes denken als daran, wer mir diese Fotos geschickt hatte, ob die Fußabdrücke im Garten etwas damit zu tun hatten und was zum Teufel wohl als Nächstes passieren würde. Die Erfahrung sagte mir, dass es sich selten um Zufälle handelte. Ich glaubte daran ungefähr so sehr wie an den Weihnachtsmann, daran, dass die Liebe schon alles richten werde, oder an Gespenster.

Ich musste etwas tun, um mich abzulenken in der Zeit, die ich auf den Pannendienst wartete. Ich kam auf die Idee, das Pflegeheim meines Vaters anzurufen, um mich nach dem Stand der Dinge zu erkundigen, war mir aber sicher, dass die Schwester lediglich »Nichts Neues« sagen würde, und das in einem so aufgeweckten Ton, als wolle sie verkünden, dass ich den Hauptgewinn im Lotto gemacht hätte.

Da ich Zeit überbrücken musste, ließ ich die Gedanken schweifen. Das einzig Gute an der Situation meines Vaters, ging mir auf, war die Tatsache, dass er nicht wusste, was aus mir geworden war. Zweifellos hätte er sich eine Teilschuld für meine Heldentaten gegeben.

Leute mit Kindern könnten mir jetzt vorwerfen, Schwachsinn daherzureden, weil ich keine Kinder habe, aber ich bin kein Verfechter der Logik, dass Eltern bis in alle Ewigkeit für die Fehler ihrer Sprösslinge verantwortlich sind. Ja, gut, wenn sie klein sind und noch keine Disziplin haben, und das ganze Zeug von wegen »Der Apfel fällt nicht weit vom Stamm«, aber können wir Erwachsene wirklich jede schlechte Entscheidung, die wir getroffen haben, auf die Erziehung schieben, die wir genossen haben? Sollte ich meinem Vater die Schuld dafür geben, dass ich meinen Kindertraum aufgegeben habe und nicht Arzt geworden bin? Immerhin habe ich mit sehr guten Noten, für die ich mich nicht besonders anstrengen musste, die Mittlere Reife gemacht, hätte also Abitur machen und auf die Uni gehen können, aber das hätte Geld gekostet, und wir hatten nun mal keines. Schon vor Dads Schlaganfall musste ich arbeiten gehen, um uns beide über die Runden zu bringen, zumal er sich an den meisten Tagen bis zur Besinnungslosigkeit betrank.

Vielleicht hätte ich ihm die Schuld geben sollen, aber ich habe es nicht getan. Es war meine Entscheidung, die Schule hinzuschmeißen. Auch hatte ich mich gefragt, ob ich wirklich der Typ für stupides Büffeln war, dafür, einen ordentlichen Job zu ergattern und die Karriereleiter zu erklimmen. Ich war mir nicht sicher, ob ich das Zeug dazu hatte. Mir hatte es immer gefallen, ein Spiel zu spielen, diesen Nervenkitzel zu erleben, mit etwas durchzukommen. Das war schon so, als ich mein erstes Päckchen Kaugummi geklaut habe, und das war wahrscheinlich auch der Grund, weshalb ich nicht groß überlegt habe, mich auf Bobby Boyle, Manchesters Eigengewächs in Sachen Gangster, einzulassen.

Wer noch nichts von Bobby Boyle gehört hatte, konnte sich glücklich schätzen. Ein wirklich fieser Typ. Wer das Vergnügen gehabt hatte, seine Bekanntschaft zu machen, lebte nicht immer lange genug, um das von ganzem Herzen zu bereuen, insbesondere wenn man ihn auf dem falschen Fuß erwischte. Was mich betraf, zehn Jahre später, so wünschte ich immer noch, ich wäre ihm niemals unter die Augen gekommen, hätte niemals mit ihm gesprochen, geschweige denn den Job angenommen, den er mir anbot.

Das erste Mal bin ich Bobby begegnet, als ich zwanzig war und für Wright Space arbeitete, eine Firma unweit der Wohnung, in der ich mit Dad hauste, bei der man Sachen einlagern konnte. Die Eigentümerin, Justine Wright, hatte schließlich nachgegeben und mich angeheuert, nachdem ich ihr drei Wochen lang jeden Tag wegen eines Jobs auf die Nerven gegangen war.

Anfangs war ich ihr Lakai. Ich machte Besorgungen für sie, ging ans Telefon und reinigte Schließfächer. Nach ein paar Wochen hatte sie nicht nur kapiert, dass ich Stillschweigen wahren würde über die vielen Deals, die sie unter der Hand mit Bargeld abwickelte, sondern auch, dass ich ein *begnadetes Mundwerk* hatte. Sie irrte sich nicht. Verkaufen war immer mein Ding gewesen, seit ich als Zehnjähriger in der Schule ein Geschäft aufgezogen hatte. Ich sparte das Geld, das mir meine Großmutter bei unserer letzten Begegnung gegeben hatte, und versteckte es vor meinem Vater. Davon kaufte ich massenweise Schokoriegel, Limo und Kartoffelchips im Supermarkt und verkaufte dann alles zum doppelten Preis.

Die Kids waren ganz aus dem Häuschen und liefen mir jeden Tag hinterher. Ein Heuschreckenschwarm, der auf dem Gang über mich herfiel, um zu fragen, ob ich nicht einen Riegel Mars im Ärmel stecken hätte. Mein kleines Süßigkeitenreich wuchs, sodass ich ein paar Freunde ins Boot holte, die Zweigstellen aufmachten. Ein Drittel ihrer Gewinne ging an mich. Über Wochen hinweg ging das so, ich konnte mit der Nachfrage kaum Schritt halten. Die glorreiche Zeit endete, als Eltern mich bei der Schuldirektorin verpetzten und ich mein neu gegründetes Unternehmen schließen musste. Ich habe nie vergessen, wie Mrs Martin mich zunächst über die in der Schule geltenden strengen Regeln belehrte, um dann in sanfterem Tonfall, eine Augenbraue hochgezogen, zu bemerken: »Irgendwann wirst du wohl über eine Karriere im Verkauf nachdenken, junger Mann.«

Hier stand ich also nun ein paar Jahre später und verkaufte für Wright Space Mietverträge für Schließfächer, als ein großer Typ mit dichtem schwarzem Haar und einem Gesicht, das eigentlich in eine Calvin-Klein-Anzeige gehörte, hereinspazierte. Er war von Kopf bis Fuß schwarz gekleidet, abgesehen von einem braunen Lederjackett, das er über die Schulter geworfen hatte. Ich schätzte ihn auf ungefähr vierzig, und als er sich darüber beschwerte, dass er nicht an sein Fach käme, weil irgend so ein Idiot drei schwere Holzkisten direkt davor abgestellt hätte, hielt ich ihn gleich für einen eingebildeten Fatzke. Doch weil Mrs Wright mir eingeschärft hatte, dass der Kunde König sei, hatte ich im Nu herausgefunden, wer die drei Kisten zu verantworten hatte, und den Betreffenden aufgefordert, sie unverzüglich zu entfernen. Zugleich hatte ich mich über den Beschwerdeführer schlaugemacht und erfahren, dass er Bobby Boyle hieß. Ich hatte noch nie etwas von ihm gehört.

»Der Mann, dem die Kisten gehören, ist auf dem Weg, Mr Boyle«, sagte ich und legte den Hörer auf. Bobby war etwa eine Sekunde lang beeindruckt, bis ich ihm sagte, dass es ungefähr eine halbe Stunde dauern würde, die Kisten wegzuschaffen.

»Willst du mich verscheißern?«, blaffte Bobby und bleckte dabei die Zähne so grimmig, dass ich unwillkürlich einen

Schritt zurückwich, weil ich dachte, er würde mir vielleicht einen Kopfstoß verpassen, wenn ich mich nicht in Bewegung setzte. »Wie wäre es, wenn ich die Dinger einfach in Brand setzen würde? Und dich gleich noch obendrauf setze, weil du 'ne unnütze kleine Schwuchtel bist? 'ne beschissene halbe Stunde? Mach mich nicht schwach.«

Um darauf zurückzukommen, was ich vorhin gesagt habe, nämlich dass Eltern nicht verantwortlich sind für das Verhalten ihrer Sprösslinge: Es gibt natürlich doch ein paar Ausnahmen von dieser Regel. Obwohl ich es damals nicht wusste, hatte Bobbys Besessenheit davon, obszöne Begriffe durch andere Ausdrücke zu ersetzen – Doofi, Klappe, Schwuchtel –, direkt mit seiner Mutter zu tun, die ihm als Jungen immer mit einem Holzlöffel auf die Knöchel geschlagen hatte, wenn ihm zufällig ein Schimpfwort entschlüpfte.

Kurze Zeit später habe ich sie zufällig einmal getroffen. Eine reizende ältere Dame mit weißem Haar, die mich zu Tee und Gurkensandwiches einlud (»Wenn du die Kruste abschneidest, mein Lieber, schmecken sie noch viel besser«), als Bobby mir zeigte, wo man in ihrer makellos sauberen Garage am besten eine Schachtel mit *Stoff* unterbrachte. Und ich schwöre, dass Beverley Boyle der einzige Mensch auf der Welt war, der mich dazu gebracht hat, instinktiv von meinem üblichen gedehnten *Yeah* zum distinguierteren, knappen *Yes* zu wechseln.

Wie auch immer, um Bobby Boyle davon abzuhalten, die im Weg stehenden Kisten in Brand zu setzen und dabei womöglich die ganze Lagerhalle abzufackeln, servierte ich ihm eine Tasse Tee mit zwei Schokokeksen, ließ ihn im Wartebereich Platz nehmen und versicherte ihm, dass ich die besagten Kisten selbst entfernen würde.

»Lass gut sein, Kleiner, du wirst dir nur 'nen Bandscheibenvorfall holen.« Bobby gab mir mit einer Geste zu verstehen, dass ich mich ihm gegenüber auf den Plastikstuhl setzen sollte. Es war weniger eine Bitte denn ein Befehl. Ich verstand damals seinen *schillernden Hintergrund* zwar noch nicht so ganz, tat aber, was er mir sagte. Er war dieser Typ Mensch. Man machte bestimmte Sachen einfach nur, weil er mal Luft geholt hatte.

Also ließ ich mich auf den Stuhl fallen und machte eine Bemerkung über das Wetter und das Footballmatch vom gestrigen Abend, bevor ich darauf zu sprechen kam, ob er nicht ein Schließfach am Rand anmieten wolle.

»Das dürfte die Chance, dass jemand Benachbartes sein Zeug vor Ihrem Fach abstellt, deutlich verringern«, meinte ich. »Und ich weiß nun mal, dass das Fach am Ende der Reihe bald frei wird. Es ist größer als Ihres jetzt, und ich kann Ihnen ein gutes Angebot machen.«

Ein Grinsen zog sich über sein Gesicht. Er hob die Arme und gestikulierte in Richtung des schmalen Zugangswegs, als hielte er Hof. »So wahr ich hier stehe und Luft hole, du versuchst doch gerade, mir was aufzuschwatzen. Du bist genau der Bursche, von dem Justine mir erzählt hat.«

Ich zuckte mit den Schultern und tat so, als würde es mich überhaupt nicht erstaunen, dass er wusste, wer ich war. Ich hatte Dad immer beim Kartenspielen zugesehen und auf diese Weise einiges über Gesichtsausdrücke gelernt. Und schnell gelernt hatte ich schon immer. »Ich würde bei der Entscheidung jetzt nicht herumtrödeln. Die Schließfächer gehen schnell weg, es gibt sogar eine Warteliste. Aber ich kann mich gut erinnern, dass ich Sie schon vor ewigen Zeiten auf die Liste gesetzt habe. Mittlerweile müssten Sie eigentlich bis nach oben vorgerückt sein …«

Ich kann immer noch nicht begreifen, warum ich ihm aus freien Stücken einen so deutlichen Wink gab. Ich fand das besonders schlau von mir und dachte, Mrs Wright würde das nicht weiter auffallen, weil ich die Tabelle verwaltete. Ich würde ein bisschen mehr Provision bekommen, was Dad und ich bitter nötig hatten, damit wir regelmäßig etwas zu essen hatten.

Rückblickend würde ich sagen, dass es das einzige Mal in meinem Leben war, dass ich mich verrechnet und jemanden völlig falsch eingeschätzt habe. Bobby Boyle diesen Deal anzubieten, erwies sich als der größte Fehler meines Lebens.

Als der Pannendienst endlich eintraf, schüttelte ich einmal kräftig den Kopf, um die Erinnerungen loszuwerden. Der Reifenwechsel nahm viel Zeit in Anspruch, und bis ich nach Hause kam, war es bereits Mittag. Travis' Auto stand nicht mehr in der Auffahrt.

Während ich Roger mit einem kleinen Spaziergang eine Freude machte, rief ich Travis auf dem Smartphone an, aber er ging nicht ran. Also versuchte ich es bei Nora, aber wie ich schon vermutet hatte, war er auch dort nicht. Es war nicht sonderlich schwer auszurechnen, wo er wohl sein könnte. Neuerdings frönte Travis dem Besuch von Stripclubs, weshalb ich mal im Netz nachforschte und sah, dass nicht wenige bereits offen hatten.

Die Jagd war eröffnet.

Kapitel 15

Ich machte mich auf den Weg zum nächstgelegenen Club, aber Travis' Auto war nirgends zu sehen. Nach weiteren erfolglosen Stopps und einige Meilen weiter südwestlich kam ich zu einem Laden namens *Eden*. Volltreffer! Travis' BMW stand quer über zwei Parkplätze, was einmal mehr zeigte, dass sein Fahrstil ungefähr genauso unausstehlich und fies war, wie der Mann selbst es sein konnte.

Ich stellte meinen Mercedes ab und ging hinein. Meine Augen mussten sich erst an das Dämmerlicht gewöhnen. Ich reckte den Hals, um alles nach meinem Schwager abzusuchen, und hoffte, dass er nicht gerade in einen Lapdance verwickelt war. Obwohl es nicht unbedingt ein Etablissement war, das ich schätzte, hatte mir Travis mal vom *Eden* erzählt, dass eine Gruppe von ehemaligen Stripperinnen es übernommen hatte, die es leid war, dass der Besitzer sie ständig betatschte. Sie ließen ihn wegen seiner sexuellen Übergriffe festnehmen, kauften seinen Laden auf und räumten mal ordentlich auf. Mittlerweile hatte das *Eden* einen guten Ruf wegen seiner talentierten

Tänzerinnen, seiner strikten »Grabschen ist nicht«-Regeln und gehobenen Klientel.

Stripclubs waren nie mein Ding gewesen. Natürlich hatte es eine erotische Wirkung, wenn man einer Frau dabei zusehen konnte, wie sie sich auszog, aber dass sie das für Geld tat, verdarb die Stimmung. Es war geradezu absurd, dass die meisten Männer dachten, sie hätten die Kontrolle, wo es sich doch genau andersherum verhielt und sie lediglich dazu animiert wurden, ihre Brieftaschen zu leeren. Ich respektierte die Frauen dort und das, was sie taten. Schließlich hatte ich meine Identität mehrfach gewechselt und mein Verhalten entsprechend angepasst, um zu bekommen, was ich wollte, und ich hatte dabei meine Kleidung auch nicht immer anbehalten.

Das *Eden* war innen ganz mit purpurfarbener Samttapete und Dekor aus Goldlaminat ausgekleidet, etwa ein Viertel der insgesamt zwei Dutzend Tische war besetzt. Ich musste meinen Blick ein paarmal durch den Raum schweifen lassen, um Travis zu entdecken, der direkt vor der Bühne saß. Der viertel vollen Flasche Bier vor ihm und dem Funkeln nach zu urteilen, das ihm beim Betrachten des ranken, mit Glitzer bedeckten Körpers der Frau in den Augen stand, die sich etwa einen Meter von ihm entfernt rekelte, hatte er gerade keinen Sinn für die Außenwelt, sah noch nicht einmal zur Seite, als ich mich auf den Stuhl ihm gegenüber sinken ließ.

»Was zum ... *Lucas?*« Er besaß den Anstand zu erröten. »Was machst du denn hier?«

»Ich bin überall in der Stadt herumgefahren und habe dich gesucht.« Ich kniff die Augen zusammen, um seine Reaktion auf mein plötzliches Erscheinen abzuschätzen. Obwohl sich durchaus eine gewisse Überraschung und auch Betretenheit in seinem Gesicht zeigten, schien er nicht im Geringsten nervös zu sein. Ich forschte nach kleinsten Regungen, die ein Indiz dafür sein könnten, dass er heute Morgen in meinem Büro unvermutet einen Umschlag hinterlassen oder sich gestern Abend mit meiner Zeitung beschäftigt hatte, sei es aus freien Stücken oder im Auftrag von jemand anderem. Ich konnte es nicht sagen und fragte mich, ob er ein besserer Lügner war, als ich gedacht hätte.

»Du hast mich gesucht? Wegen Mom?«

»Nein, der geht's gut. Ich habe versucht, dich anzurufen.«

»Der Akku ist leer. Hab vergessen, ihn aufzuladen.«

Er schlug sich auf die Brust und rülpste, während sein Blick zurück zur Bühne wanderte, wo eine neue Frau auf über zehn Zentimeter hohen durchsichtigen High Heels um die Stange herumturnte. Ihre Bauchmuskeln konnten es glatt mit meinen aufnehmen, und ihre Turnkünste, ihre Ausdauer und Hingabe waren erstaunlich. Als Travis meine Verwunderung bemerkte, blinzelte er mir zu.

»Heiß, oder?«, sagte er, leerte sein Bierglas und zog eine Grimasse. »Ein Bier gegen den Kater hilft nicht immer, richtig? Vielleicht wird's beim nächsten besser.« Er gab der Bedienung ein Zeichen, ich schüttelte den Kopf. Dass er nicht wieder nachfragte, warum ich hergekommen war, und einfach über unseren Streit letzten Abend hinwegging, war keineswegs überraschend. Travis ging Konflikten ebenso aus dem Weg wie regulärer Arbeit. Ich musste ihn nach draußen kriegen, wo ich sein Gesicht und seine Reaktionen besser sehen konnte. Ich stand auf und packte ihn am Arm.

»Du hast genug intus. Zeit, wieder nüchtern zu werden. Ich fahre.«

Er schüttelte mich ab. »Nee.«

Herrgott noch mal, zog er jetzt wieder einen Flunsch? Vergiss das Katerbier, jetzt waren erst mal ein paar Gläser Schuldcocktail angesagt. »Nora hat mich gebeten, ein Auge auf dich zu haben ...«, ich verschränkte die Arme vor der Brust und baute mich vor ihm auf, »... und du warst schon seit Tagen nicht mehr bei ihr. Also werde ich später noch mit dir hinfahren, was heißt, dass du dich jetzt erst mal ausnüchtern musst. So viel Respekt könntest du ihr schon noch entgegenbringen.«

Diesmal ließ ihn die Erwähnung seiner Mutter aufhorchen. Travis stand auf, machte vor der Bühne einen Diener und hauchte den Tänzerinnen mit blumiger Geste wacklig eine Reihe von Küssen zu. Eine tat so, als würde sie einen dieser Küsse auffangen und ans Herz drücken. Ich schob Travis Richtung Ausgang, und das graue Licht traf uns mit voller Wucht. Wir kniffen beide die Augen zu, während ich ihn zur Fahrerseite des Autos bugsierte.

»Wie? Du lässt mich fahren?«, meinte er.

Ich deutete auf den tiefen Kratzer an der Tür. »Weißt du etwas darüber?«

Er sah mich an. »Was?«

»Na, das!« Meine Geduld war dermaßen am Ende, dass ich schon überlegte, Travis ein paarmal mit dem Kopf gegen die Tür zu schmettern. Nicht dass ihn das unbedingt zur Vernunft gebracht hätte. »Ist das dein Machwerk?«

»Warum gibt mir eigentlich jeder für alles Mögliche die Schuld? In der Kasse fehlt Geld. Travis war's. Michelles Ohrringe sind verschwunden. Travis ist schuld. Ein Kratzer an der Autotür. Natürlich wieder Travis. *Wer auch sonst?*« Er warf die Hände in die Luft und verlor fast das Gleichgewicht dabei.

»Du warst das nicht? Bist du sicher? Vielleicht ist es ja einfach im Vorübergehen passiert.«

»Glaub ich nicht«, brummelte er. »Jedenfalls nicht mit Absicht.«

»Und? Warst du vielleicht in meinem Büro oder irgendwo in der Nähe?«

»Hä?« Er verzog das Gesicht. Travis war kein besonders guter Schauspieler, insbesondere nicht, wenn er schon ein paar Bier getrunken hatte zusätzlich zu dem, was er sowieso schon intus hatte. Hätte er den Umschlag mit dem Foto überbracht, wüsste ich es inzwischen hundertprozentig.

»Steig ein.«

»Können wir irgendwo was frühstücken gehen?«, fragte er und machte einen Schritt zurück.

»Wir haben Mittag.«

»Dann nenn's halt Mittagessen. Ich hab Hunger. Wie sieht's mit Pancakes aus? Oder Waffeln?«

Ich kniff mich in die Nase. »Travis – steig – jetzt – ein!«

Als wir zu Hause waren, ging er sofort ins Bad, um zu duschen. Ich ließ ihn, in der Hoffnung, dass es ihn nüchterner machen würde. Auch wollte ich das zu meinem Vorteil nutzen. Nachdem das Wasser oben eine Zeit lang gelaufen war, suchte ich in der Jacke, die er im Flur achtlos zu Boden geworfen hatte, nach weiteren Ausschnitten von Michelles Foto. Nichts. Frustriert schlich ich mich in sein Zimmer und durchwühlte seine Jeans. Aber auch hier fand ich nichts weiter als ein paar zerknüllte Telefonnummern.

Ich schlüpfte hinaus, als er die Dusche abstellte, und wartete darauf, dass er nach unten kam. Weil ich Travis kannte, wusste ich, dass er sofort in die Küche gehen und nach etwas Essbarem suchen würde. Ich hörte das Rascheln von Tüten und das Klimpern von Besteck. Sobald aus dem Wohnzimmer das Geräusch des Fernsehers herüberdrang, ging ich in sein Bad, um nach weiteren Hinweisen zu forschen.

Außer Alkohol, Drogen und Frauen schätzte Travis auch eine heiße Dusche, was am Dampf, der im Bad hing, unschwer abzulesen war. Ich sah im Abfallbehälter nach, fand nichts, erstarrte dann aber, als ich mich wieder aufrichtete.

In die rechte obere Ecke des Spiegels hatte jemand einen Smiley gemalt. Einen gottverdammten *Smiley.* Michelle hatte immer einen gezeichnet, wenn ich geduscht hatte. Genau an dieser Stelle, oben rechts.

»Das ist meine Art, dir zu zeigen, dass ich an dich denke«, hatte sie gesagt.

Ehrlich gesagt, hatte ich es eher als Zeichen dafür gesehen, dass diese Frau keine Grenzen respektierte, doch natürlich hatte ich sie umarmt und für sie beim nächsten Mal auch einen gezeichnet.

Aber dieses Bad hatten wir ohnehin kaum benutzt.

Ich starrte den Smiley an und sagte mir, dass er wohl schon eine ganze Weile dort gewesen sein musste. Es sei denn, Travis hatte ihn gezeichnet. Ich griff mir ein Handtuch, versuchte, nicht daran zu denken, mit welchen von Travis' Körperteilen es zuletzt in Berührung gekommen war, und wischte den Smiley weg, bevor ich hinunterging, wo ich ihm einige weitere Fragen stellen wollte. Zu spät. Er lag mit offenem Mund auf dem Sofa und schnarchte, eine halb leere Schale mit Müsli gefährlich auf dem Bauch balancierend.

Ich nahm die Müslischale und packte ihn am Arm. »Hey.«

»Was?« Er schlug nach mir, öffnete und schloss ein paarmal die Augen, blinzelte.

»*Travis.*« Ich schüttelte ihn noch einmal. »Mein Gott, hast du schon wieder was genommen, seit wir zurückgekommen sind?«

Er machte ein schmatzendes Geräusch mit den Lippen. »Kann schon sein.«

Wenn er jetzt high war, konnte ich der Wahrheit vielleicht näher kommen. Ich packte ihn am Kragen. »Wach auf.«

Er stöhnte leicht. »Ja, Mann. Was willst'n du?«

»Hast du etwas in meine Zeitung getan?«

»Les' keine Zeitung.«

»Was hast du bei mir im Büro hinterlassen?«

Ein schwaches Kopfschütteln, ein Genuschel. »Bin nie bei dir im Büro gewesen.«

»Hast du etwas oben auf den Spiegel gemalt?«

»Hä?«

Ich ballte die Fäuste und fragte mich, ob es hilfreich wäre, wenn ich ihm die Nase brach. »Hast du einen Smiley gemalt?«

»Michelle macht das.« Er drehte sich um und vergrub den Kopf an der Lehne, sodass kaum zu verstehen war, was er sagte. »Hab ich immer gemacht, als wir noch klein waren.«

Ich stand da und sah ihn an. Mein Kiefer machte winzige, ruckartige Bewegungen, und ich spürte meinen Herzschlag bis hoch in die Stirn. Das brachte jetzt nichts mehr. Je nachdem, was Travis genommen hatte, wäre er die nächsten Stunden über nicht zu gebrauchen und auch nicht in der Lage, ein Gespräch zu führen. Ich trat ein paar Schritte zurück und ging in die Küche, setzte mich dort an die Kochinsel und überlegte, mir einen Wodka zu genehmigen, entschied mich aber dagegen.

Die Logik behielt die Oberhand. Es sah nicht so aus, als stammten die Fotos von Michelle von Travis, und was den Smiley betraf, so gab es eine Erklärung dafür: Meine Frau hatte ihn gemalt, bei einer der wenigen Gelegenheiten, an denen wir dieses Bad benutzt hatten, oder vielleicht auch für Travis, als er noch bei uns wohnte, bevor sie entführt worden war. Es blieb zu hoffen, dass sie es nicht getan hatte, als er unter der Dusche stand. Wahrscheinlich aber hatte er den Smiley selbst gemalt. Offenbar hatten die Putzfrauen den Spiegel nicht gründlich geputzt. Die Zeichnung stammte sicherlich nicht von Michelle und war auch nicht neueren Datums. Jedenfalls nicht, solange ich nicht anfing, an Gespenster zu glauben.

Kapitel 16

Trotz meines Spotts über Zeichen aus dem Jenseits durchfuhr mich ein Schauder. Ich ging zum Schrank, holte die Flasche Wodka heraus, die ich hinter dem Behältnis für organisches Quinoa versteckt hatte, und goss mir einen hinter die Binde. Den Smiley konnte ich abhaken, aber das Rätsel der Fotos bedurfte einer Erklärung. Wenn meine andere Theorie stimmte, dass die Polizei eine Reaktion provozieren wollte, musste ich Ruhe bewahren und ihr vorenthalten, worauf sie hoffte. Sollte es aber nicht die Polizei sein ...

Ich schraubte die Flasche wieder zu und stellte den Schnaps weg. Meine Kiefermuskeln verspannten sich, als ich mir vorstellte, dass Woods vielleicht herausgefunden hatte, wer ich war. Möglicherweise machte er das immer so, dass er seine Klienten aufspürte und sie erpresste, um zweimal zu kassieren. Vielleicht stand ich als Nächster auf der Liste, wenn ich nicht mit dem Geld rüberkam, das er forderte. Andererseits: Woher wollte er sicher wissen, dass ich seine Dienste geordert hatte? Er musste wohl raten, eine andere Möglichkeit gab es nicht.

Ich saß zu Hause in meinem Arbeitszimmer und verbrachte den restlichen Nachmittag damit, die Wand anzustarren oder durch ständiges Auf-und-ab-Gehen den Teppich zu verschleißen. Gleichzeitig überlegte ich, was ich als Nächstes machen sollte. Die Zeit schien langsamer zu verlaufen – wie zäher Sirup auf einem eiskalten Löffel –, während ich mir jedes nur mögliche Szenario und dessen Ergebnis ausmalte. Ich ging noch einmal jeden Austausch durch, den ich mit Woods gehabt hatte, vergegenwärtigte mir alle Einzelheiten, und dann noch einmal von vorne. Ich hatte keinen Fehler gemacht, hatte nichts versäumt und meine Identität preisgegeben. Es war unmöglich. Ich hatte Michelles Missgeschick minutiös geplant, und bei jedem einzelnen Schritt hatte ich die Kommunikation, ob nun verschlüsselt oder nicht, mindestens fünfmal überprüft, bevor ich eine Nachricht schickte, um sicherzugehen, dass nichts jemals zu mir zurückverfolgt werden konnte.

Im Darknet war Anonymität alles. Doch meine Privatsphäre war nur so sicher wie meine letzte Interaktion. Ein einziger Fehltritt konnte alles schneller zum Einsturz bringen als ein Kartenhaus in einem Hurrikan. Menschen sind Gewohnheitstiere, und je bequemer wir werden, desto weniger passen wir auf. Viele Leute haben es nicht so mit der Unannehmlichkeit unterschiedlicher Passwörter für die verschiedenen Websites, auf denen sie sich einloggen, oder bei den Apps, die sie verwenden, auch wenn das allgemein empfohlen wird. Viele lassen einfach das 123456 aus der Voreinstellung stehen und glauben, dass das schon reichen wird, und je mehr wir uns an die Technologie gewöhnen, desto schlampiger und fauler werden wir, verwenden allzu oft dieselben Logins und Benutzernamen und hinterlassen dabei Hinweise für jeden, der weiß, wonach wir suchen.

Ich nicht. Schlampig und faul war ich nicht, im Darknet keinesfalls. Woods konnte meine Identität nicht entschlüsselt haben, was hieß, dass er auf Risiko spielte. Jedenfalls, wenn er hinter alldem steckte. Was wiederum hieß, dass er nicht zur Polizei gehen würde. Wir hatten eine Belohnung von fünfzig Riesen für Hinweise auf Michelles Verbleib ausgesetzt. Wenn Woods jetzt mehr Geld mit dieser Geschichte machen wollte, könnte er wohl kaum ins Polizeirevier spazieren und darum bitten, dass sie ihm mal eben einen Scheck ausstellten. Sie mochten zwar keine verwertbaren Spuren in dem Van gefunden haben, den Wood abgefackelt hatte, aber was wäre, wenn er ihnen als wachsamer Bürger einen Hinweis geben würde, der die Polizei zur Leiche führte, und sie dort dann seine DNA oder Fingerabdrücke fänden? Dieses Risiko würde er nicht eingehen, jedenfalls nicht, wenn er so gewieft war, wie ich annahm.

Ich nahm einen grünen Stressball aus Gummi zur Hand und presste ihn so fest zusammen, wie es nur ging, während ich mir vor Augen hielt, was ich eigentlich wusste – und das war frustrierend wenig. Vielleicht war es ja auch gar nicht Woods, sondern irgendein anderer Flachwichser, der sich für besonders schlau hielt und dachte, er könne mich nebenbei mal kurz erpressen, indem er vorgab, dass Michelle noch am Leben sei.

Ihr Foto war schließlich in allen Medien gewesen, die Leute wussten, dass sie vermisst wurde – und auch, dass sie reich war. Bei Fällen wie diesem krochen immer alle möglichen Spinner aus ihren Löchern. Da brauchte es nicht viel Fantasie, um sich einen pickelgesichtigen Jugendlichen mit Hoodie in irgendeinem Keller vorzustellen, der sich die Hände rieb, weil er hoffte, den Jackpot geknackt zu haben.

Tief einatmen! Wenn das hier gespielt und eine Lösegeldforderung gestellt wurde, würde ich mitmachen und den geknickten Ehemann mimen müssen, der dafür plädierte, die Forderung zu erfüllen, ganz egal, was die Bullen davon hielten. Nora und ich konnten ohne Probleme genug Bargeld beschaffen. Selbst wenn sie viermal so viel forderten wie ich zur Täuschung ursprünglich, konnten wir diesen Betrag innerhalb von vierundzwanzig Stunden oder sogar noch schneller beschaffen. Noras Banker stand seit der Entführung Gewehr bei Fuß. Aber da ich schließlich die Lösegeldforderung verfasst hatte, war mir natürlich klar, dass kein Geld fließen würde, und ich weigerte mich schlicht und ergreifend, Geld herauszurücken, das letztlich *mir* zugutekommen sollte.

Ich schleuderte den Stressball gegen die Wand und wiederholte den Vorgang wieder und wieder, fester und fester. Beim nächsten Mal warf ich so ziellos, dass der Ball schräg abprallte und in unser gerahmtes Hochzeitsfoto krachte, sodass es zu Boden fiel und das Glas zersplitterte.

Ich hob das Foto auf und betrachtete es genau. Professionell gemacht, fachkundig in Szene gesetzt. Michelle in einem langen weißen Kleid, das ihre Kurven betonte, ich im schwarzen Smoking zu einem Preis, der mir Tränen in die Augen getrieben hatte. Wir hatten einen schönen Hochzeitstag. Ein sonniger Samstag Anfang November, fast auf den Tag genau vor drei Jahren. Michelle hatte keine riesige Veranstaltung gewollt, worauf wir uns schnell geeinigt hatten. Ebenso hatten wir uns auf eine Zeremonie bei Nora und Gideon zu Hause geeinigt. Ein großes Zelt, Catering und etwa fünfzig Gäste, von denen ich die meisten nicht kannte. Gideon hatte eigentlich, ohne Zweifel und wenig überraschend, etwas viel Größeres im Sinn gehabt, um seinen Reichtum zu demonstrieren, aber Michelle hatte das abgelehnt, und Nora hatte ihr den Rücken gestärkt.

Man hatte mich in die Planungen nur am Rande einbezogen, und ich war auch froh gewesen, Michelle den Vortritt zu lassen, hatte lediglich ausreichend Anregungen gegeben, um interessiert zu erscheinen, aber nicht so viel, dass ich ihren Wünschen in die Quere gekommen wäre. Am Tag unserer Heirat sah sie perfekt aus. Sie sah jeden Tag perfekt aus, um ehrlich zu sein, selbst wenn sie eine Erkältung hatte. Also log ich mich durch die Gelübde und versprach, sie in guten wie in schlechten Zeiten gleichermaßen zu lieben, obwohl ich nicht die Absicht hatte, weder das eine noch das andere zu tun, und die ganze Zeit einen Entschluss zu fassen versuchte, wie ich an ihr Geld kommen könnte, jetzt, da Gideon alles vermasselt hatte.

Als ich die Redewendung »bis dass der Tod uns scheidet« von mir gab, versuchte ich, nicht an die offensichtliche Lösung zu denken, wiewohl eine Stimme in meinem Kopf mir zuflüsterte, dass es doch keine Probleme gäbe, wenn sie tot wäre. Ich schob den Gedanken beiseite und sagte mir, dass ich das nicht könne. Aber die Lage hatte sich verändert. Dad brauchte innovative Pflege. Die Pandemie schlug zu. Meine Geduld war am Ende.

Jeder hat eine Sollbruchstelle. Jeder hat einen Preis. Ich denke mal, dass sich bei mir beides herausgestellt hatte.

Die Wahrheit war: Als ich Michelle an jenem lauschigen Frühlingsabend in der Kunstgalerie kennengelernt hatte, brauchte ich nicht lange, um mir zu überlegen, wie der Hase laufen sollte. Es stellte sich heraus, dass ihr Trip nach London eine Mischung aus Geschäfts- und Urlaubsreise war und sie noch eine Woche blieb. Wir verbrachten jede freie Minute miteinander, und bevor sie den Flieger zurück bestieg, hatte sie mich schon nach Boston eingeladen. Wir telefonierten jeden Abend miteinander, und als ich sie wenige Wochen später mit einem unangekündigten Besuch überraschte, hatte ich den Ring schon in der Tasche.

»Noch nie habe ich so tief für jemanden empfunden«, sagte ich, als ich in dem kleinen italienischen Restaurant, in das ich sie ausgeführt hatte und von dem ich wusste, dass sie es am liebsten mochte, weil ich bei unserer ersten Begegnung gut zugehört hatte, auf die Knie sank. Außerdem hatte ich ihre Social-Media-Aktivitäten durchforstet, um mir Anregungen zu holen, wie ich ihr am besten einen Heiratsantrag machte. »Ich weiß, das ist jetzt überfallartig, aber möchtest du ...« Ich hatte den Satz noch gar nicht zu Ende gesprochen, da schlang Michelle ihre Arme um mich, und im Lokal brandete tosender Applaus auf.

Bereits vor unserer Heirat vier Monate später hatte ich herausgefunden, dass Michelle sich nicht sicher war, ob sie Kinder wollte. Wenn, sagte sie, wäre das sicher nicht vor Mitte dreißig der Fall. Das passte mir gut ins Konzept. Ich hatte kein Interesse daran, Vater zu werden und die Situation damit komplizierter zu machen. Ich entschied mich, den richtigen Zeitpunkt abzuwarten, sagte mir aber, dass wir mindestens vier oder fünf Jahre verheiratet bleiben sollten, bevor ich ihr sagte, dass ich die Scheidung wollte. Das würde reichen, um einen ordentlichen Batzen Geld mitzunehmen. Ich könnte natürlich auch jeden Monat etwas beiseiteschaffen, um schon mal ein finanzielles Polster anzulegen.

Diebstahl und Scheidung waren ursprünglich mein Plan gewesen und nicht Mord, aber wie ich schon sagte, die Dinge ändern sich, und wenn das so ist, bleibst du entweder vorne mit dabei und legst einen Gang zu, oder du kommst unter die Räder.

Ich weiß auch nicht so genau, was meinen Schwiegervater davon überzeugt hatte, dass Michelle und ich einen Ehevertrag brauchten. Er war mit allen Wassern gewaschen, das muss man ihm lassen. Könnte einfach nur ein Bauchgefühl gewesen sein, denn im Laufe seiner langen Karriere im Baugewerbe war er bestimmt so einigen Schwindlern und Gaunern begegnet, aber ich hatte so meine Zweifel, dass er jemals einem Chamäleon wie mir begegnet war. Wie hätte er das wissen können?

Vielleicht hatte sein Vorschlag mit einem Misstrauen dem Engländer gegenüber zu tun, der seine Tochter während ihrer Europareise verführt hatte, und auch gegenüber der sich rasend schnell entwickelnden Romanze, die gleich auf einen Heiratsantrag hinausgelaufen war. Möglicherweise war er auch misstrauisch, weil ich keinen Sack voller Geld hatte, obwohl er glaubte, dass ich ursprünglich aus vermögenden Verhältnissen stammte. Ich war vorausschauend genug gewesen, die ein oder andere Wahrheit einzustreuen. Was zum Beispiel den Tod meiner Mutter und meiner Schwester betraf, hatte ich nicht gelogen, aber darüber, wie mein reicher Vater sein ganzes Geld in einem Schneeballsystem verloren und dann auch noch einen Schlaganfall erlitten hatte, sodass er im Pflegeheim landete, habe ich mir ein ziemliches Garn zusammengesponnen. Wer sollte mir widersprechen? Michelle hatte sich niemals dazu herabgelassen, meinen Vater zu besuchen, und selbst wenn, hätte er ihr ja nichts anderes mehr erzählen können.

Welche Gründe auch immer Gideon für seine Skepsis gehabt haben mochte, drei Wochen vor der Hochzeit sprach Michelle mich darauf an, »weil wir reden müssen«. Meiner Erfahrung nach selten ein gutes Vorzeichen.

»Dad sagt, wir brauchen einen Ehevertrag«, sagte sie in nüchternem Ton. Ich zwang mich, ein interessiertes Gesicht zu machen. Als ich ihr zunickte, fuhr sie fort: »Grundsätzlich sollten alle Vermögenswerte, die in die Ehe eingebracht werden, unser jeweiliges Eigentum bleiben. Das gilt auch für Vermögenszuwächse, die in der Zeit der Ehe mit dem Geld erwirtschaftet werden. Gleiches gilt für alle Erbschaften. Eine klare

Trennung von seinem und ihrem.« Sie sah mich an, als suche sie eine abwehrende Reaktion. Doch sie stellte keine fest. »Das ist ja nur für den Fall einer Scheidung, mein Schatz. Eine reine Formalität.«

»Natürlich, Liebling. Aber ... sollten wir uns darum überhaupt kümmern?«

Sie zuckte mit den Schultern. »Dad sagt, dass es klug wäre, weißt du. Insbesondere weil ich den Treuhandfonds habe und irgendwann einen Teil des Unternehmens erben werde. Zur Absicherung, sagt er.« Sie schlang die Arme um mich, zog mich zu sich heran und strich mir mit den Händen über die Brust. »Sein Anwalt, ein Typ namens Philippe Danton, setzt den Vertrag auf. Ich kenne Philippe, er ist nett.«

»Klingt, als wäre alles unter Kontrolle.«

Michelle küsste mich lange und anhaltend. »Ich wusste, dass es dich nicht stören würde.«

Es störte mich. Ganz verdammt sogar. Besonders als ich den Vertrag sah, der so wasserdicht war, dass er selbst die *Titanic* über Wasser gehalten hätte. Ich hätte Michelle verlassen können. Alles abbrechen und mich an das Vermögen einer anderen Frau heranmachen können. Aber meine zukünftige Frau war reich und ich nah dran. *Unglaublich nah dran.*

Ich hatte gedacht, dass es noch einen anderen Weg geben musste, um ihr Geld in die Finger zu bekommen, hatte allerdings noch nicht ganz begriffen, wie geradezu zwanghaft versessen sie auf ihr Geld war. Sie gab es gerne aus, aber sie führte auch eine Excel-Tabelle darüber, wozu, und überprüfte jede einzelne Zahlung und Buchung. Auch so etwas, das auf Gideons Mist gewachsen war, der sich offenbar überall einmischte. So viel zur Abschöpfung von ein paar Dollars. Es wäre ihr aufgefallen, auch wenn es nur das Geld für eine Boston Cream Pie gewesen wäre.

Während also meine vor Glück strahlende Braut den Gang hinunter auf mich zukam, schwirrte mir der Kopf vor lauter Nachdenken darüber, wie ich an mein Geld käme. Und als ich dann die Formel »bis dass der Tod euch scheidet« nachsprach, wurde das Geflüster in meinem Kopf nur noch stärker.

Ich werde mich jetzt nicht mit denen anlegen, die mich kübelweise mit Dreck bewerfen. Ich wusste genau, was ich da tat, und wollte auch niemandes Zeit verschwenden, indem ich eine höhere Moral für mich in Anspruch nahm. Es war nicht in Ordnung, von mir aus. Diejenigen mit dem ausgestreckten Zeigefinger sollten aber eines nicht vergessen: Die Leute heiraten wegen des Geldes. Die – ganze – Zeit. Sie verbringen Stunden damit, Dating-Apps nach dem perfekten, reichen Fang zu durchforsten. Und meine Situation unterschied sich davon nicht wesentlich.

Während all diese Gedanken über Michelle, Gideon, unseren Hochzeitstag und den vermaledeiten Ehevertrag in meinem Kopf herumschwirrten, tigerte ich immer noch in meinem Arbeitszimmer auf und ab und versuchte, den zerbrochenen Bilderrahmen unseres Hochzeitsfotos zu ignorieren. Ich musste mich selbst mal ordentlich in den Hintern treten. Irgendwas tun, um mich aus der misslichen Lage zu befreien, in der ich mich wiederfand.

Ich sah auf den Computerbildschirm, und mich überkam plötzlich das Bedürfnis, herauszufinden, wo und wann das Foto von Michelle, das ich nun stückweise geliefert bekam, eigentlich entstanden war. Wenn der Absender es im Netz gefunden hatte, würde das die Dinge etwas vereinfachen, insbesondere falls Michelle bei ihren Posts die Einstellungen zur Privatsphäre eng gefasst hatte. Immer vorausgesetzt, es ließe sich eingrenzen, man hätte es an andere verschicken können und so weiter, aber jedenfalls war das besser, als einen Stressball zusammenzudrücken oder im Kreis herumzulaufen.

Mein eigenes Profil bei den sozialen Medien war mit Absicht fast nicht existent, aber ich wusste, wie man mit den Plattformen umging, und machte mich bei ihrem Twitter-Account an die Arbeit. Ich scrollte herunter und las quer. Sie hatte die App nicht besonders oft verwendet. Ihre Tweets bestanden meistens aus Retweets oder kurzen Antworten, manche waren auch mit einem lustigen GIF versehen. Viele waren scharf und witzig formuliert, sodass ich kichern musste. Das überraschte mich weniger als das, was danach kam – ein kleiner, plötzlicher Stich, irgendwo tief in meinen Eingeweiden. Unangenehm. Beinahe völlig unerwartet. Kaum zu glauben. Eine Sekunde lang *vermisste* ich sie tatsächlich.

»Bist du bescheuert?«, sagte ich mir und schüttelte den Kopf. Das Letzte, was ich gebrauchen konnte, war, jetzt hier herumzusitzen und den guten alten Zeiten nachzutrauern, mir einzureden, unsere Ehe sei auch noch etwas anderes gewesen als mein Sparschwein für die Zukunft, mal abgesehen von dem Spaß, den wir sonst noch gehabt hatten.

Ich konzentrierte mich wieder auf das Wesentliche, und nachdem ich fast eine Stunde lang gesucht und gescrollt und nichts gefunden hatte, wandte ich mich Facebook zu. Ich gab ihre Log-in-Daten ein und wollte gerade auf »Enter« drücken, damit ich all ihre Fotos und Nachrichten sehen konnte, da hielt ich plötzlich inne. Meine Finger waren nur Millimeter davon entfernt, den ersten kapitalen Fehler zu machen.

Natürlich kannte ich sämtliche Passwörter von Michelle für alle Social-Media-Plattformen. Der Polizei hatte ich allerdings gesagt, ich hätte keine Ahnung. Während unserer Gespräche hatte ich mich anfangs förmlich überschlagen vor lauter Mutmaßungen, vermeintlich in dem Versuch, irgendwie zu helfen.

Ich wollte ihnen nicht verraten, dass ich bestens über alle Einzelheiten informiert war, an die ich heimlich herangekommen war. Ich hatte nicht die Absicht, den Eindruck zu erwecken, ich sei ein Kontrollfreak, der die Oberhoheit über Michelles Onlineaktivitäten für sich in Anspruch nahm. Diese Entscheidung bedingte, dass ich mich nicht an ihrer Stelle einloggen konnte. Die Bullen hatten ein Auge darauf, wer sich einloggte – und von wo aus. Es würde ihnen nicht reichen, dass dies von mir zu Hause aus geschehen war. Folglich würde ich nur sehen können, was sie gepostet und öffentlich gemacht oder mit Onlinefreunden geteilt hatte, nicht aber das, was sie weiteren Zugangsbeschränkungen unterworfen oder über Messenger geschickt hatte.

Ich brummte mir ein paar erlesene Worte in den Bart und machte mich wieder an die Arbeit. Diesmal kam ich langsamer voran. Ihren Facebook-Account und ihre dort angelegten Fotoalben durchzusehen, dauerte ewig. Aber auch nachdem mein Rücken steif geworden war und meine Beine beinahe eingeschlafen waren, hatte ich immer noch keinen Anhaltspunkt für das Foto gefunden, sodass meine Frustration zunahm.

Zeit für einen neuen Anlauf. Nach einem Abstecher auf die Toilette, einem eiligen Spaziergang mit Roger, der mir Gelegenheit bot, eine zu rauchen, und einer Visite bei Travis, der immer noch weggetreten im Wohnzimmer auf der Couch lag und von meiner schlechten Laune nichts mitbekam, ging ich wieder in mein Arbeitszimmer. Runde drei, Instagram.

Ihr letzter Post zeigte uns beide, das Selfie eines netten Paares, die Gesichter eng aneinander, damit sie aufs Bild passten. Eine ihrer Hände lag auf meiner Brust, während ich mit beiden Händen ihre schmale Hüfte umfasste. Alles sorgsam inszeniert mit Schwarz-Weiß-Filter und der Bildunterschrift:

Für immer dein, für immer mein #madeforeachother #soulmates.

Ich musste zugeben, dass wir gut aussahen zusammen, und wenn es nach den Kommentaren ihrer Follower ging, sahen diese es ganz genauso.

OMG. Ihr beiden!

Ihr zwei seid wie gemacht füreinander.

Ihr Wellensittiche!

Eifersüchtig!

Geschmückt waren diese Kommentare mit zahlreichen Herz-Emojis, High Fives und Smile-Emojis. Sobald Michelle vermisst wurde, hatten sich diese Kommentare in flehentliche Botschaften verwandelt, in denen ihre sichere Rückkehr erbeten wurde, und auch, dass sie noch am Leben sein möge.

Du liebe Zeit, war das ein anderer dieser Stiche, die ich in den Eingeweiden verspürte? Was rief sie hervor? Einsamkeit? Vielleicht. Bedauern? Besser nicht, sagte ich mir und vergrub das Gefühl noch stärker in mir. Alles war sowieso schon jenseits von Gut und Böse.

Ich scrollte weiter. Michelle benutzte am allermeisten Instagram und postete mindestens zweimal am Tag. Welche Bücher sie las. Was sie gerade aß. Den Coffeeshop, den sie gerade aufsuchte. Work-outs bei Sonnenaufgang. Ihre abendlichen Treffs. Ein vollständiges Tagebuch ihrer alltäglichen Aktivitäten und Aufenthaltsorte, prominent herausgestellt, damit es auch alle sahen. Für Stalker das Paradies, und ich wette, dass all diese Informationen nützlich für Woods gewesen waren, als es darum ging, sich für den Ort zu entscheiden, an dem er sie sich schnappen würde.

Noch einmal zwanzig Minuten Scrollen und Zoomen, und meine Hand verharrte bei einer zweiten Schwarz-Weiß-Aufnahme meiner Frau. Ich holte das Foto hervor, das ich heute Vormittag im Büro erhalten hatte, und war froh, dass ich es nicht schon entsorgt hatte, hielt es neben den Bildschirm. Exakte Übereinstimmung. Doch statt dass sich nun angesichts meiner erfolgreichen Schatzsuche Euphorie breitgemacht hätte, ließ ich die Schultern hängen. Dass ich auf Instagram gefunden hatte, was ich suchte, hieß, dass auch jeder beliebige andere es hätte herunterladen können. Die Anzahl der Leute, die das Foto möglicherweise verwendeten, um an Geld zu kommen, stieg exponentiell.

Nicht zum ersten Mal fluchte ich, als das Telefon klingelte. Detective Anjali. Meine Gedanken liefen auf Hochtouren. Wusste sie, dass ich Michelles Social Media durchsuchte? Gab es mittlerweile eine Truppe, die sich auf mich konzentrierte? Ich hatte eine Webcam mit Kameraabdeckung gekauft, also konnten sie mich wenigstens nicht auf diese Art ausspionieren. Auch wenn sie irgendwie nachverfolgen konnten, welche Tasten ich an meinem Computer betätigte, waren meine Aktivitäten einfach zu erklären. »Ich vermisse Michelle, Detective«, würde ich sagen und die Hände ringen. »Ich vermisse sie unendlich. Ihre Social-Media-Posts lassen mich ihre Nähe spüren.« Ich fragte mich, ob ich vielleicht erwähnen sollte, was ich diesen Nachmittag gemacht hatte, entschied mich dann aber, erst einmal abzuwarten, was Anjali zu sagen hatte.

»Detective.« Meine Stimme war ausdruckslos, fast schon ängstlich. Der Ehemann, der das Beste hofft, aber das Schlechteste erwartet. »Haben Sie neue Erkenntnisse?«

Sie ließ sich eine Sekunde Zeit, und ich hörte, wie sie tief Luft holte. »Ich fürchte, nein. Ich wollte Sie nur wissen lassen, dass wir weiterhin tun, was wir können. Und mal hören, was Sie so machen. Geht es Ihnen gut?«

Ich dachte an die gestückelten Fotos und die mysteriösen

Unterschriften, an den Kratzer an meinem Auto, das Treffen mit Jeffreys, das beinahe in die Hose gegangen wäre, den platten Reifen und den Smiley auf dem Spiegel und biss die Zähne zusammen. »Nicht so besonders«, erwiderte ich und war froh, dass sie mein Gesicht nicht sehen konnte.

»Ich kann mir schon denken, dass es für Sie wirklich schwer ist jetzt.«

Klopfte sie auf den Busch? Erwartete sie, dass ich auf die Fotos zu sprechen kam, weil sie von ihr auf den Weg gebracht wurden? Ich wusste es nicht. Sie redete unterdessen weiter über den Fall und dass sie mir persönlich garantiere, sie werde so lange dranbleiben, bis man Michelle gefunden habe. Ich gab die richtigen Verlautbarungen ab und sagte an den richtigen Stellen Danke. Ich wollte ihr eigentlich sagen, dass ich nun einen Kundentermin hätte, oder mir eine andere Entschuldigung ausdenken, um unser Gespräch abzukürzen. Andererseits würde es mir nichts nützen, wenn ich ihr den Eindruck vermittelte, es eilig zu haben. Als wir uns schließlich voneinander verabschiedeten und das Gespräch beendeten, fragte ich mich immer noch, warum sie eigentlich angerufen hatte.

Im Arbeitszimmer sank ich anschließend auf meinen Bürostuhl und ließ die Fakten Revue passieren. Ich atmete scharf ein, als mir klar wurde, dass ich meinen ersten Fehler gemacht hatte. Der orangefarbene Umschlag – ich hatte Agnes danach gefragt. Nicht nur das. Ich hatte auch noch gelogen und so getan, als hätte er eine unleserliche Karte enthalten. Ich machte mir im Geiste eine Notiz. Wenn man mich fragte, würde ich sagen, ich sei geschockt gewesen und hätte mich nicht überwinden können, Agnes Bescheid zu geben, dass der Inhalt etwas mit Michelle zu tun hatte. Ich sei sprachlos gewesen und hätte Angst gehabt. Deshalb hätte ich mein Büro verlassen und wäre nach Hause gefahren.

Ich nahm das Teilfoto von Michelle, ging in die Küche, zündete es an und ließ es in die Spüle fallen. Während ich es brennen sah, schwor ich, dass derjenige, der es mir zugesteckt hatte und sich selbst offenkundig für so viel schlauer hielt als mich, das noch bereuen würde. Sollte er dann noch am Leben sein.

DIENSTAG

Kapitel 17

Um halb sechs am nächsten Morgen war mein Stresspegel nicht wesentlich gesunken, sodass ich beschloss, rauszugehen, weil ich dringend etwas tun musste, das mich in der Spur und bei geistiger Gesundheit hielt. Seit Michelle weg war, wäre es das erste Mal wieder im Fitnessstudio, und auch die Routine von viermal die Woche schwimmen gehen hatte ich vermisst. Ich würde mir jetzt wieder ein paar Trainings pro Woche genehmigen, verfügte ich, aber das war es dann auch. Mehr würde kein gutes Licht auf mich werfen. Ein maßvolles Programm hingegen könnte ein Zeichen dafür sein, dass ich versuchte, wenigstens eine gewisse Kontrolle über meine hoffnungslose Situation zu erlangen, indem ich alte Gewohnheiten wieder aufnahm.

Ich brauchte eine Viertelstunde bis zum Fitnessstudio, parkte den Wagen und blickte hinauf an der braunen Steinfassade bis zu den funkelnden, fast drei Meter hohen silbernen Lettern, die »Invicta« verkündeten. Der Club war so prätentiös, wie der Name klang, und, wenn Sie mich fragen, totale

Geldverschwendung. Aber nun ja, für Leute, die so viel Geld hatten, dass sie mal eben ein paar Tausend Dollar hinblätterten, um eine Location zu haben, an der sie mit ihrem neuesten Lululemon-Outfit angeben konnten, war das nun auch wieder nicht so ausschweifend.

Michelle und ich waren ein paar Monate, bevor die Pandemie ausbrach und alles zum Erliegen brachte, eingetreten. Als der Club wieder aufmachte, hatte sie mich trotz unseres voll ausgestatteten heimischen Fitnessstudios davon überzeugt, Mitglied zu bleiben, damit wir zusammen trainieren konnten. Dem hatte ich zugestimmt, nicht etwa weil ich einen schweißtreibenden Work-out mit meiner Frau im Sinn hatte oder sie glücklich machen wollte, sondern wegen des Pools. Fünfundzwanzig-Meter-Becken, brandneu und kaum jemand drin zu jeder Tageszeit, vormittags erst recht nicht. Michelle hatte niemals auch nur einen Zeh ins Wasser gesteckt. Ihr war das Wasser zu kalt, sie konnte es nicht ausstehen, vom Chlor rote, verschwollene Augen zu bekommen, und es war ihr zu nervig, sich danach für die Arbeit fertig zu machen.

Ich grüßte den neuen Typen am Tresen in dem schnieken Empfangsbereich aus weißem Granit. André, so stand auf seinem glänzenden rotsilbernen Namensschild zu lesen. Ich legte stets Wert darauf, alle mit Vornamen anzusprechen, nicht nur weil es gutes Benehmen war, sondern auch weil man nie wusste, was einem Leute, mit denen man sich anfreundete, und sei es auch nur oberflächlich, an Nützlichem so alles erzählten. Ich hatte schon ein paarmal gute Deals gemacht, weil ich aus Unterhaltungen im Club so einiges erfahren hatte.

André schenkte mir ein breites Lächeln und wünschte mir einen guten Morgen, als ich mich erkundigte, wie sich sein Tag so anließ. Ich aktivierte die Mitgliedskarte auf meiner Club-App, hielt sie an den Scanner und wäre fast gegen die blickdichte Glastür gerannt, die sich nicht öffnete. Ich versuchte es wieder und noch einmal, nachdem ich das Smartphone am Ärmel meiner Jacke abgewischt hatte.

»Lass mich mal sehen.« Andrés tiefe, rumpelige Stimme kam irgendwo hinten aus seinem bulligen Hals. Wenn sein Körper ein Indiz war, verbrachte er seine Freizeit im Club. Ich hatte allerdings gehört, dass die Angestellten nicht in den Stoßzeiten trainieren durften, damit sich die Elite nicht gestört fühlte.

»Wahrscheinlich mal wieder der Fehlerteufel«, meinte ich.

»Ich geb die Daten einfach per Hand ein. Würden Sie mir bitte Ihre Mitgliedsnummer nennen?« Seine Finger flitzten über das Tablet, als ich die Zahlen herunterratterte, doch nach einem Blick auf den Bildschirm sagte er: »Tut mir leid, Sir.«

»Lucas.«

»Lucas, ja. Also, ich fürchte, Ihre Mitgliedschaft wurde gekündigt.«

»Wie?« Ich schüttelte den Kopf, als ob diese Bewegung mein Hörvermögen automatisch verbessern würde. »Nein. Kann nicht sein. Wann denn?«

Er verzog das Gesicht, drehte das Tablet zu mir hin und zeigte auf den Bildschirm. »Vor zehn Tagen.«

»Ich habe aber nicht gekündigt.«

»Muss ein Fehler sein. Ich schau mal, was passiert ist. Dauert nicht lange, bitte entschuldigen Sie die Unannehmlichkeiten, Mr Forester. Darf ich Ihnen so lange einen Energydrink anbieten? Geht aufs Haus.«

Ich lehnte dankend ab und blätterte, während ich im Eingangsbereich wartete, die aktuelle Ausgabe von *Men's Health* durch. Nach einiger Zeit kam André zurück.

»Offenbar haben wir eine Mail von Ihnen mit der Kündigung bekommen.«

»Kann nicht sein. Habe ich nie geschickt, und gilt dafür nicht eine Frist von einem Monat oder so?«

»Für unsere Triple-Platin-Klienten gilt die nicht.«

»Ah, ja, ich erinnere mich. Können Sie mir die Mail zeigen?«

»Ich kann die Mail selbst in meinem System nicht sehen, lediglich, dass sie eingegangen ist.«

»Nur dass ich sie eben nicht geschickt habe.«

»Ja, na ja, Sie haben ein Jahr im Voraus bezahlt, und der Restbetrag wird gerade zurücküberwiesen. Müsste jetzt jeden Tag auf Ihrem Konto sein.«

»Ich will aber keine Rückzahlung«, sagte ich sanftmütig. »Ich würde einfach nur gerne schwimmen gehen.«

»Ich werde alles rückgängig machen, während Sie Ihr Training machen«, sagte André, sichtlich erleichtert, dass ich nicht ausflippte. Ich fragte mich, wie viele Clubmitglieder ihn entweder schlicht ignorierten oder ihn einfach fertigmachten, weil ihr Energydrink nicht exakt die Mischung darstellte, die sie bestellt hatten. Ich hatte keinen Schimmer, was André in der Woche so etwa verdiente, aber zweifellos war es nur ein Bruchteil dessen, was jedes Mitglied, Triple-Platin hin oder her, an Einkommen vorzuweisen hatte. Wie viele Male pro Woche hätte er bestimmten Leuten wohl am liebsten gesagt, dass sie ihn mal könnten?

»Das weiß ich zu schätzen, Kumpel«, sagte ich. »Danke.«

André drückte einen Knopf, und die Eingangstür öffnete sich. »Angenehmes Training, Sir.«

Ein paar Minuten später durchschnitt ich das Wasser – ohne Ohrstöpsel, ohne Musik, null Ablenkung –, um die übliche Ruhe wiederzufinden, die mir in den letzten beiden Tagen abhandengekommen war. Mein Hirn wollte davon aber nichts wissen und jagte die Gedanken in vielfältige Richtungen, egal, wie sehr ich mich auch anstrengte, alles zu ignorieren, oder mich körperlich verausgabte.

Gestern Abend war die Farce, so zu tun, als wäre alles normal, für meinen eigenen Gemütszustand ungefähr das Gleiche gewesen, wie gegen die Erwartung desjenigen anzukämpfen, der die Fotos von Michelle geschickt hatte. Wer auch immer es war, insbesondere wenn es Travis *war*, was ich ohne den Beweis des Gegenteils nicht völlig ausschließen konnte – ich würde ihnen gegenüber keine Reaktion zeigen. Nachdem ich mir zwei weitere Wodka genehmigt hatte, rief ich Nora an und sagte ihr, dass ich jetzt doch nicht mit Travis vorbeikommen würde, weil er gerade seinen Job verloren hätte und sich in keinem guten Zustand befände.

Er brauchte unheimlich lange, um das durch Schlaf wettzumachen, was er da eingeworfen hatte. Also ließ ich ihn im Arbeitszimmer zurück und ging eine Runde mit Roger spazieren, um den Kopf freizubekommen. Es hatte aber nicht funktioniert. Der Clou des Abends war die Installierung einer Ortungs-App auf Travis' Handy. Er war so dermaßen weggetreten, dass er gar nicht merkte, wie ich seine Finger löste, um mir sein Smartphone zu nehmen, und jetzt konnte ich jeden seiner Schritte verfolgen.

Die App funktionierte reibungslos, und obwohl ich keinen Hunger hatte, kochte ich genug für uns zwei. Ich aß eine Portion und bestellte mir ein Uber-Fahrzeug, um Travis' Auto abzuholen, das er vor dem Stripclub stehen gelassen hatte. Als ich um halb neun wieder zurückkehrte, war er auf, saß in der Küche am Tisch und bediente sich an dem Curry, das ich gemacht hatte. Von der Soße hatte er einen gelben Rand um den Mund.

»Hey, Lucas.« Er zog den Kopf ein und wischte sich den Mund mit einer Serviette ab, um daraufhin in die übliche Suada von Entschuldigungen zu verfallen. Er sagte, dass es ihm leidtue, versprach, nichts mehr zu nehmen, sich Hilfe zu holen und Ende des Jahres clean zu sein. Das habe er vorher schon gemacht – und er würde es wieder tun.

Auf einer gewissen Ebene, die in größerer Tiefe als der Marianengraben lag, war ich mir sicher, dass er das sogar ernst meinte. Aber zugleich wusste er auch, dass er es niemals durchziehen würde. Und das würde ich auch nicht zulassen.

»Eigentlich hätten wir heute bei deiner Mutter vorbeikommen sollen«, sagte ich und legte die Autoschlüssel auf den Tisch.

Seine Miene erstarrte, und ein Klecks Soße lief zurück auf den Teller. »Jaaa.«

»Ich habe schon mit Diane gesprochen. Heute war kein guter Tag.«

»Was heißt das?«

»Deiner Mum geht's nicht gut. Sie hat Schmerzen. Ich habe zugesagt, dass wir morgen kommen.«

Travis schob den Teller weg. »Diesmal vermassel ich's nicht. Versprochen.«

»Gut, wir sehen uns dann dort. Punkt fünf Uhr.«

Bis ich ins Bett ging, sprachen wir kein Wort mehr miteinander. Ich überließ es Travis, sich den ganzen restlichen Abend durch den Berg an Schuldgefühlen zu fressen, und wünschte ihm, dass er daran ersticken möge.

Im Pool am Ende der Bahn angekommen, machte ich eine Wende und erhöhte das Tempo, Arme und Lunge brannten. Die Chancen standen gut, dass Travis Nora zusammen mit mir auch heute nicht besuchen würde. Er hatte es bestimmt vor, aber statt hinzufahren oder Bewerbungen zu schreiben, wie er es versprochen hatte, würde er wieder in irgendeiner Spelunke oder einem Stripclub landen und tief ins Glas gucken, um dort angesichts all der Absagen Trost zu finden. Er würde sich voll die Kante geben und das Gefühl für Zeit und Geld verlieren, von dem nicht mehr allzu viel übrig sein dürfte. Er konnte nicht umgehen mit Noras Schicksal, und das verstand ich nur zu gut. Die meisten ertragen es nicht, ihre Eltern leiden zu sehen.

Als Dad seinen Schlaganfall erlitt, dachte ich auch, ich wäre dem nicht gewachsen, vor allem weil es meine Schuld gewesen war, und ich sage das nicht einfach nur so. Es ging auf meinen zweiundzwanzigsten Geburtstag zu, und ich arbeitete seit gut anderthalb Jahren für Bobby Boyle, seit er damals bei Wright Space hereinspaziert gekommen war und ich ihm ein größeres Schließfach angedreht hatte. Ich wusste nicht so genau Bescheid über seine Aktivitäten, hatte aber schnell begriffen, dass meine Wahrnehmung nicht entfernt so brutal war wie die Wirklichkeit. Er war ein berechnender, eiskalter Schweinehund und sorgte dafür, dass es auch alle wussten, machte sich nichts daraus, Leuten mit einem Fleischklopfer das Handgelenk zu brechen oder mit einem Baseballschläger die Kniescheibe zu zertrümmern, wenn sie ihm in die Quere kamen.

Ich hatte mal die Schreie eines Typen mitbekommen, der seinen Teil des krummen Geschäfts zwischen Bobby und ihm nicht eingehalten hatte. Man hatte mir gesagt, ich solle draußen Wache stehen, aber durch die Tür konnte man den Mann um Gnade winseln und um sein Leben betteln hören. Als die Schreie endlich aufgehört hatten, war Bobby mit einem Grinsen auf dem Gesicht aus dem Raum gekommen, als wäre er gerade bei einem sonntäglichen Picknick gewesen. Ich habe den Mann, der so geschrien hatte, nie mehr gesehen. Die meiste Zeit redete ich mir ein, er hätte bestimmt seine Schulden bezahlt und sich damit aus der Schusslinie gebracht. Mein Boss versetzte mich gleichermaßen in Schrecken wie in Erstaunen.

Solange ich in seiner Gunst stand, würde niemand mich anrühren, glaubte ich.

Bobby hatte seine Finger in mehr Sachen drin, als er selbst Finger hatte, und ich war sein Laufbursche. Ich überbrachte Mitteilungen, holte Päckchen für ihn bei seinem Steuerberater ab oder von der Reinigung und erledigte verschiedene andere Dinge, von denen ich annahm, dass sie nicht unbedingt legal waren. Doch ich stellte keine Fragen.

»Es hat keinen Sinn, alles auf ein Pferd zu setzen«, sagte er einmal zu mir, als ich von einer meiner Runden zurückkam. »Man muss sein Portfolio diversifizieren, mein Junge. Das kannst du bei mir lernen.«

Ich wusste, dass Bobby nicht von Aktien, Anleihen und Edelmetallen redete. Er steckte bis über die Ohren im Drogengeschäft, handelte mit gestohlenen Autos, investierte in Glücksspiel, betrieb Geldwäsche, um nur ein paar seiner *Pferdchen* zu nennen. Er klang so viel erfahrener als die vierzig Jahre oder so, die er alt war, und ich hing an seinen Lippen und wünschte, mein Vater wäre so schlau wie er, verachtete meinen alten Herrn sogar ein wenig, weil er irgendwann im Laufe seines Lebens kein Rückgrat mehr besessen hatte.

Trotz seines einschlägigen Rufs, einer der Härtesten zu sein, konnte Bobby innerhalb einer Nanosekunde seinen Charme wirken lassen. Wenn er ein Grinsen im Gesicht hatte, sah er überhaupt nicht aus wie der skrupellose Kriminelle, als den wir ihn alle kannten. Wenn er aber sauer auf dich war und dir direkt in die Augen sah, versetzte mich das in Angst und Schrecken. Nicht weil er zu allem fähig war, sondern weil er keine Seele zu haben schien. Das war ihm auch völlig egal, denn eine Seele zu haben, hätte ja Gefühl bedeutet. Wie Bobby es sah, kam man ihm jedoch nicht einfach nur geschäftlich in die Quere, sondern überhaupt, weil man am Leben war.

Er hatte bereits der Metropolregion Manchester seinen Stempel aufgeprägt, unübersehbar. Seine Geschäfte waren geradezu explosionsartig gewachsen, und es hieß, dass sein Vermögen mittlerweile so groß war, dass er sich schon längst hätte zur Ruhe setzen können. Aber Bobby wollte sich aus dem Spiel nicht zurückziehen. Er liebte das Geld, aber eigentlich ging es ihm um die damit verbundene Macht, und deshalb betrieb er die Ausweitung seines Geschäfts weit über Manchester hinaus. Bobby bereitete es großes Vergnügen, jedem, der ihm über den Weg lief, zu verstehen zu geben, dass sie sich ihm entweder unterwerfen oder zur Seite treten sollten und vor allen Dingen immer, *immer* die Schnauze zu halten hatten. Niemand widersprach, und wenn, dann nicht lange.

Da ich all dies über Bobby wusste, überraschte es mich umso mehr, zu erfahren, dass er auch Skrupel hatte. Heinz, Bobbys Stellvertreter, der mich unter seine Fittiche genommen hatte, hatte mich einmal wissen lassen, dass es drei Dinge gab, von denen Bobby bei seinen Unternehmungen die Finger ließ: Kinderpornografie, Gewalt gegen Frauen und Prostitution. Ersteres betrachte Bobby aus offensichtlichen Gründen als *den letzten Dreck auf Erden*. Die letzteren beiden hatten mit Bobbys älterer Schwester zu tun, die vor zehn Jahren in dem Gewerbe tätig gewesen war und der ein Freier die Kehle aufgeschlitzt hatte.

Heinz hatte mir all das einmal eines Abends erzählt, als wir hinter der Reinigung eine geraucht hatten und auf Bobby warteten, der Rauchen nirgendwo duldete, weil seine Großmutter an einem Lungenemphysem gestorben war.

»Moment mal, willst du mir etwa sagen, dass seine Schwester ermordet worden ist?«, meinte ich. »Und was ist mit dem Freier passiert?«

Heinz lächelte, präsentierte dabei seine perfekt hergerichteten Zähne und nahm einen Zug. Er war Deutscher, sprach einen heftigen Akzent, hatte eine ganze Landkarte voller Narben im Gesicht, einen muskulösen Körper und ein Schlangentattoo, das an seinem kleinen Finger begann und sich den ganzen Arm bis zur Brust hochrankte. Außerdem hatte er es sehr mit Meditieren und ägyptischer Geschichte. Letzteres so dermaßen obsessiv, dass er den Namen, den Geburtstag und die Todesursache sämtlicher Pharaonen und ihrer Gemahlinnen herunterrasseln konnte. Seine Katzen hatte er Apophis und Ra genannt, obwohl es seiner Meinung nach eigentlich andersherum sein müsste, weil Ra eine richtige *Arschgeige* war, was ich nicht unbedingt als Kompliment verstand. Ich mochte Heinz.

»Der Typ wurde geschnappt und verurteilt«, sagte er. »Hat allerdings nicht lange gesessen, weil er wegen eines Formfehlers ein Berufungsverfahren gewonnen hat. Irgendwas hatten die Bullen übersehen.«

»Er ist aus der Haft entlassen worden? Verdammt, ich wette, der hat sich dann aber den einen oder anderen vorgeknöpft.«

Wieder lächelte Heinz, schnipste die Kippe seiner Zigarette zu Boden und zertrat sie mit der Zehenpartie seiner Stiefel. »Nicht mehr.«

»Er ist tot?«

»Na ja, ist vom Oberdeck einer Fähre gefallen.«

»Echt?«

»Ein unschöner Unfall. Stand so in der Zeitung, also wird's wohl stimmen. Habe dich übrigens gestern lachen hören, als Bobby ›Doofi‹ statt des üblichen Schimpfworts sagte.«

»Ja, und?«

»Darf ich dir einen Vorschlag machen?«

»Klar.«

»Lass das. Dem Letzten, der sich über diese Angewohnheit lustig machte, hat man die Fingerkuppen abgeschält, als wären es Weintrauben. Hast du mal versucht, Weintrauben zu schälen? Es dauert ewig und ist wirklich nicht schön. Und fluch ja nicht in seiner Nähe. Das nervt ihn. Hör einfach komplett damit auf, dann kannst du's nicht vergessen.« Er klopfte mir heftig auf die Schulter und ging wieder nach drinnen, während ich mir insgeheim das Versprechen abnahm, Bobby gegenüber immer gut dazustehen. Nur dass es dann eben anders gekommen war.

Die Arbeit für Bobby machte finanziell alles leichter. Mein Vater war jahrelang nie länger als einen Monat in einem Job geblieben, war von einem Hausmeister- oder Putzjob zum nächsten gehüpft, während ich mich um das Haushaltsgeld kümmerte. Dad bekam weiterhin staatliche Unterstützung. Ich konnte nichts dagegen machen, dass sie regelmäßig auf sein Konto überwiesen wurde. Das meiste ging für Glücksspiel und Schnaps drauf. In letzter Zeit hatte er eine Pechsträhne gehabt, war immer motzig und grummelig nach Hause gekommen und hatte sich dann eine Flasche von dem Zeug genehmigt, das er unterwegs aufgegabelt hatte.

Dad war ein angenehmer Besoffener, wuschelte mir immer durchs Haar, wie er es schon getan hatte, als ich noch ein Kind war, oder zog mich zu sich in eine innige Umarmung. Er hatte nie schlechte Laune, war auch nicht gewalttätig, und selbst wenn er mir manchmal leidtat oder ich zuweilen auch richtig sauer auf ihn war, liebte ich meinen Vater trotzdem. Zwischen seinen Saufepisoden hatten wir auch richtig Spaß. Wenn er es schaffte, nüchtern zu bleiben, spielten wir Videospiele oder Monopoly, und je nachdem, wie viel Spielraum der Aufgabenplan ließ, den ich für Dad abzuarbeiten hatte, gingen wir auch mal zu einer Doppelvorstellung ins Kino. Er war ein großer Fan von Comics, was zu einem unersättlichen Appetit hinsichtlich allem führte, was Marvel und DC betraf. Beim letzten Mal, als wir uns einen Film ansahen, haben wir einen ganzen

Jumboeimer voller Popcorn verputzt und außerdem eine extragroße Packung M&M mit Erdnussgeschmack, während wir Iron Man, Dads Lieblingsfigur, zujubelten.

»Stell dir mal vor, du hättest so viel Geld wie Iron Man«, flüsterte er, und diesmal roch sein Atem nicht nach Wein, Bier oder Schnaps, sondern nach Schokolade, was mich fast zum Weinen brachte. »Stell dir mal vor, du wärst so reich, dass du nie wieder irgendwelche Probleme hättest. Und wo wir gerade dabei sind: Ich hätte auch nichts dagegen, so gut auszusehen. Wird man sich ja wohl noch wünschen dürfen, oder?« Mit einem zufriedenen Seufzer hatte er sich in seinem Sitz zurückgelehnt und sich eine weitere Handvoll Knabberzeug in den Mund gestopft.

Statt mich auf den Film zu konzentrieren, hatte ich darüber nachgedacht, was er gesagt hatte. Wenn ich uns reich machte, würde er vielleicht mit dem Trinken aufhören. Und wenn er mit dem Trinken aufhörte, ginge es ihm vielleicht wieder so gut, dass er wieder regulär arbeiten gehen könnte. Und vielleicht fände sich ja dann auch eine Lebenspartnerin. Er hatte ein paar Freundinnen gehabt, seit Mum und meine kleine Schwester vor fünfzehn Jahren gestorben waren, aber nichts von Dauer. Kein Wunder bei seinem mangelnden Engagement und seiner extremen Unzuverlässigkeit. Manchmal fragte ich mich, ob das nicht Absicht war, weil er sich von Mum einfach nicht lösen konnte und das Gefühl hatte, er würde sie betrügen, wenn er sein Leben weiterlebte. Noch immer trug er in der Brieftasche ein altes Foto von ihr bei sich, und ab und zu beobachtete ich von der Tür aus, wie er es in der Hand hielt und leise die Lippen bewegte, als würde er beten. Wenn wir mehr Geld hätten, beschloss ich, und er sich besser fühlen würde, würde er vielleicht seinen Frieden mit ihrem Tod schließen und weiterleben, wie sie es gewollt hätte.

Am nächsten Tag sprach ich Bobby an und sagte ihm geradeheraus, wobei meine Stimme fester klang, als mir innerlich zumute war, dass ich mehr Verantwortung übernehmen wollte. Ich könnte doch mehr für ihn tun. Größere Lieferungen, und vor allem wichtigere. Ich wollte zu seinem inneren Zirkel gehören und kein Trabant mehr sein. Zunächst hatte er gelacht und gesagt, ich solle mich verdrücken, aber statt mich zu verziehen, hatte ich mich auf die Hinterbeine gestellt.

»Und, hast du auch die Eier dafür, mein Junge?«, knurrte er. »Oder gackerst du nur rum?«

»Meine Eier sind aus Wolfram«, witzelte ich zurück und erinnerte mich an den Namen des härtesten Metalls aus *Wer wird Millionär?*, was Dad und ich immer geschaut hatten, wenn er lange genug wach blieb. Mir meinen Vater vorzustellen, bestärkte mich in meinem Entschluss, für ihn zu sorgen.

Bobby starrte mich so lange an, dass ich schon dachte, meine Eingeweide würden sich verflüssigen, doch dann legte er den Kopf in den Nacken und lachte, tief und kehlig. »Aufgepasst, Freundchen!«, meinte er, aber an seinen Augen war auch noch etwas anderes abzulesen. Respekt vielleicht? Noch nicht ganz wahrscheinlich, aber was es auch immer sein mochte, es war gut so. Er pochte mit dem Zeigefinger ein paarmal auf den Tisch, beobachtete mich weiter. Ich zuckte nicht mit der Wimper, rührte mich nicht. Obwohl, ehrlich, ich bin mir nicht sicher, ob ich überhaupt einen Finger hätte rühren können.

»Ich sag dir was«, meinte Bobby. »Nimm bei Caz eine Lieferung in Empfang, um fünf Uhr nachmittags, und bring sie direkt hierher. Geh nicht über *Los.* Kassier nicht zweihundert Pfund. Und komm nicht zu spät. Kapiert?«

Das musste er mir nicht zweimal sagen. Ich war pünktlich bei Caz, einem Fish-and-Chips-Laden ein paar Kilometer entfernt, über den Geld gewaschen wurde. Von draußen sah er genauso heruntergekommen aus, wie er drinnen auch war, aber es gab dort die besten selbst gemachten Pommes und die zartesten Erbsen, die ich je gegessen habe. Nur dass ich eben dort nicht zu Abend essen, sondern eine abgewetzte blau-weiße Adidas-Sporttasche in Empfang nehmen sollte. Ich war schon auf dem Rückweg, als Heinz anrief.

»Komm nicht her«, sagte er mit tiefer, eindringlicher Stimme. »Stell die Lieferung bei dir sicher. Ich ruf dich an, wenn wir sie brauchen. Hast du verstanden?«

Ich hatte keine Ahnung, was los war, aber ich wollte auch keine Fragen stellen oder die Anweisung ignorieren. Ich fuhr schnell nach Hause, stellte die Tasche auf den Küchentisch und ging auf und ab. Ein dünnes Rinnsal aus Schweiß lief mir in die Trainingshose. Bobby und Caz hatten mir strikte Anweisung gegeben, ja keinen Blick in die Tasche zu werfen, aber ich war einundzwanzig, neugierig und mit einer Haltung des »Was soll schon passieren?« gesegnet. Sie würden niemals herausfinden, ob ich nun hineingeschaut hatte oder nicht. Nach kurzem Zögern machte ich den Reißverschluss auf und schluckte schwer, als ich den Haufen Geld sah. Ich schüttete den Inhalt der Tasche auf den Tisch und zählte die Banknoten. Fünfzig Riesen.

Ich gebe gerne zu, dass ich in Versuchung geriet, mir vorzustellen wagte, was Dad und ich mit dem Geld alles machen könnten. Raus aus Manchester. Einen easyJet-Flug nach Spanien buchen; irgendwohin fliegen, wo Dad schon immer mal hingewollt hatte. Aber natürlich wusste ich, dass ich besser genug Geld haben sollte, um für immer auf der Flucht zu sein, wenn ich einen selbst ernannten Mafioso aus Manchester wie Bobby übers Ohr hauen wollte. Fünfzig Riesen mochten zwar ein Batzen Geld sein, wie ich ihn vorher noch nie auf einem

Haufen gesehen hatte, aber diese Summe würde es nicht herausreißen. Die Entscheidung war gefallen, und so räumte ich, während die Bilder der Costa Brava verblassten, die Scheine wieder in die Tasche und verstaute diese in meinen Schlafzimmerschrank, in dem Dad niemals nachschauen würde.

Ich wartete auf Anweisungen von Heinz und dachte daran, dass mir Bobby, jetzt, wo er wusste, dass er mir trauen konnte, sicherlich wichtigere, bessere Jobs geben würde. Ich war einer der Jüngsten, die für ihn arbeiteten, und das würde mich bestimmt auf die Überholspur verfrachten. Ich wollte aufsteigen und irgendwann auf Augenhöhe mit Frank arbeiten. Ich hatte vielleicht nicht unbedingt von einem Leben als Krimineller geträumt, aber ich war gut in dem, was ich tat, und zuversichtlich, dass ich viel schneller ordentlich Geld verdienen konnte.

Am nächsten Tag, ich hing gerade mit ein paar Freunden auf dem Anwesen ab, bekam ich von Heinz die Freigabe für die Lieferung.

»Vier Uhr«, meinte er. »Und komm nicht zu ...«

»Spät? Ja, ja, weiß schon.«

Ich ging nach Hause, begrüßte kurz Dad und begab mich in mein Zimmer. Noch immer voller Zuversicht öffnete ich die Schranktür und sah die leere Stelle, an der sich eigentlich die Adidas-Tasche hätte befinden sollen.

»Was zum Teufel ...« Ich schrie auf und sank auf die Knie, kroch umher und räumte auf, leerte den Inhalt des Schranks auf den Boden. Ich durchwühlte sämtliche Klamotten und die anderen Taschen, schob leere Kleiderbügel und Kartons mit alten Schulsachen beiseite. Auch unter meinem Bett sah ich nach, ob ich mich irgendwie vertan hatte, weil ich mich nicht mehr korrekt erinnerte, was ich mit der Tasche gemacht hatte. Ganz oben im Kleiderschrank suchte ich, ebenso in den Ablageborden meines alten Schreibtischs, die aber selbst für einen Tacker schon kaum Platz boten, geschweige denn für einen solchen Haufen Geld. Mein Herz raste, und das Blut rauschte mir in den Ohren, als mir mit voller Wucht klar wurde, was passiert war. Ich stürmte ins Wohnzimmer.

Dad saß auf dem Sofa und sah fern. Dem ganzen Müll um ihn herum nach zu urteilen, war er gerade im Begriff, seine dritte Packung »Monster Munch« zu vertilgen. Seine Hose war mit orangefarbenen Krümeln übersät. Ohne mich anzusehen und mit einem deutlich vernehmbaren Zittern in der Stimme, sagte er: »Na, Junge.«

»Wo ist sie?«, keuchte ich heiser. Verzweifelt hoffte ich, dass er die Tasche zur Vorsicht an einem sicheren Ort verstaut hatte, falls bei uns eingebrochen würde. Ich wollte, dass er mich mit einer Vielzahl an Fragen bombardierte. Wo das Geld herkam, warum zum Teufel ich so viel Geld nach Hause brachte, und was es eigentlich mit der *Lieferung* auf sich hatte, von der ich ihm erzählt hatte.

Machte er aber nicht. Stattdessen murmelte er nur: »Ich hol sie zurück.«

Angst schnürte mir die Kehle zu, sodass ich zu ersticken drohte. Ich hätte mich am liebsten auf ihn gestürzt, ihn an seinem beschissenen Hemd aus dem Sessel gezerrt und bis zur Bewusstlosigkeit geschüttelt. »Du hast ja keine Ahnung. Ich brauche das Geld. Jetzt.«

Wir stritten, steigerten uns immer lauter, gespickt mit Schimpfwörtern und Spucke, in eine ausgewachsene Brüllerei hinein. Er wollte wissen, woher das Geld kam. Fragte, ob ich dealte und Drogen in der Wohnung aufbewahrte. Ich schrie zurück, dass ihn das alles nichts anginge und ich das Geld zurückhaben müsse, und zwar *alles, sofort.* Ich hakte nicht noch einmal nach, was er damit gemacht hatte, und er sagte es mir auch nicht. Wir wussten beide, dass er damit gezockt und verloren hatte.

Zwei Stunden und eine Menge verpasste Anrufe später saß ich in mich zusammengesackt mit meinem Handy in der Hand im Flur und versuchte, einen Plan zu entwickeln, wie ich das Ganze am besten schaukeln könnte, als es klingelte. Diese vier Stufen hinaufzugehen, fühlte sich an wie der Weg zum Galgen, aber ich hatte keine Wahl. Es war zu spät, um abzuhauen.

Mit zittrigen Händen öffnete ich die Tür und sah Bobby im Hausflur stehen. Seine Gesichtszüge waren angespannt, die Augen zusammengekniffen, die Nasenflügel bebten. Heinz begleitete ihn, außerdem ein weiterer Typ aus Bobbys Crew, ein Spinner, der auf den Spitznamen »Vic Vicious« hörte, weil er stets kampflustig war.

»Die Tasche«, sagte Bobby. »Gib mir die Tasche. Und zwar sofort.«

Ich versuchte, alles zu erklären, aber Bobby hörte nicht zu. Bevor ich auch nur zwei Worte herausbrachte, machte meine linke Wange so heftig Bekanntschaft mit der Wand, dass ich schon dachte, mein Kopf wäre auf der anderen Seite wieder rausgekommen. Heinz drehte mir den Arm auf den Rücken und flüsterte: »Tut mir leid, mein Junge.«

Ich hörte Dad aus dem Wohnzimmer in den Wohnungsflur wanken. »Halt!«, schrie er und versuchte, Heinz von mir wegzuziehen. »Lass meinen Sohn in Ruhe.«

»Dad, halt dich da raus«, sagte ich mit erstickter Stimme. »Sie sind hier wegen der ...«

»Lass meinen Sohn los!«, kläffte Dad. »Er hat dein Geld nicht genommen. Ich war's.«

»Nein!«, schrie ich, als Heinz seinen Griff etwas lockerte. »Stimmt nicht. Ich war's.«

»Er lügt.« Die Stimme meines Vaters blieb fest, was mich einerseits stolz machte, mich andererseits aber auch um ihn bangen ließ. Er hatte keinen Schimmer, mit wem er es hier zu tun hatte. »Ich habe die Tasche gefunden und das Geld bei Pferdewetten verloren.«

Ich wollte etwas sagen, aber Heinz quetschte mir den Arm, damit ich meinen Mund hielt, also konnte ich nur abwarten, wie Bobby reagieren würde. Als der meinen Namen sagte, zog Heinz mich von der Wand weg und drehte mich zu Bobby hin. Bevor ich auch nur mit den Augen klimpern konnte, spürte ich auch schon den stechenden Schmerz eines Schlags quer übers Gesicht.

»Du hattest Order, auf mein Geld aufzupassen.« Bobby strich sich die Hemdbrust glatt, reckte den Hals und zeigte auf meinen Vater. »Und das galt auch in Bezug auf ihn.«

»Ich beschaffe es wieder«, sagte Dad. »Jeden einzelnen Cent. Das schwöre ich.«

Bobby lächelte. »Na klar wirst du das. Aber lass uns erst mal dafür sorgen, dass du es auch nicht vergisst.«

Ich bäumte mich auf und schrie, als Vic sich auf meinen Vater stürzte und Bobbys Worte wahr machte, direkt vor meinen Augen in unserem Flur, während Heinz mich festhielt. Niemals habe ich das Geräusch der Schläge und Tritte vergessen, auch nicht den Blutgeruch. In kaum einer Minute war alles vorüber, aber weil ich, hilflos, im Klammergriff, gezwungen war, es mit anzusehen, fühlte es sich an wie Lichtjahre. Dad sackte zunächst auf die Knie, bevor er auf die Seite fiel und nach Luft rang. Sein ganzer Körper zuckte, während seine Augen sich in ihren Höhlen nach hinten drehten.

Ein Hirninfarkt, sagte der Arzt später. Eine Disposition, die er schon vorher besessen hatte, die aber durch die Prügelattacke verschlimmert wurde. Ich habe nie richtig verstanden, warum. Und ich habe auch nie jemandem gesagt, was an diesem Tag in Wirklichkeit vorgefallen war. Niemals ist Bobbys Name gefallen.

Er wollte sein Geld zurück. Weil ich es ihm nicht wiedergeben konnte, bin ich abgehauen. Nach London, weil ich dort gut untertauchen konnte. Und mein Vater? Landete schließlich in einer Pflegeeinrichtung, einem furchtbaren Laden, dessen knapp bemessenes Personal völlig überarbeitet und unterbezahlt war. Im Laufe der nächsten Jahre, in denen ich meine Lebensgeschichte und meinen sozialen Hintergrund neu erfand, gelang es mir schließlich, Dad in einem privaten Pflegeheim unterzubringen, wo man sich ordentlich um ihn kümmerte. Es war das Mindeste, was ich tun konnte.

Während ich also im schicken Pool des Invicta-Clubs meine Bahnen zog und an Travis dachte, konnte ich da seinen Schmerz nachvollziehen, Nora, jemanden, den er sehr liebte, derart leiden zu sehen? Ja. Aber gleichzeitig hätte ich alles darum gegeben, meinen Vater wieder sprechen zu hören, auch wenn es seine letzten Worte wären, statt ihn in einem gottverdammten Rollstuhl sitzen zu sehen, unfähig, auch nur eine zusammenhängende Silbe von sich zu geben. Wäre ich Travis, hätte ich jeden Augenblick, den Nora noch zu leben hatte, an ihrer Seite gesessen.

Aber das ganze Grübeln änderte nichts an meiner Situation, beschloss ich, und ging in die Umkleide, von wo aus ich Agnes eine Mail schickte und sie informierte, dass ich heute nicht mehr ins Büro kommen würde. Wenn ich in dieser Gemütsverfassung dort aufkreuzte, würde es höchstwahrscheinlich Tote geben.

Kapitel 18

Der Rest des Tages ging vorüber, ohne dass mich weitere seltsame Briefe erreichten oder weiterer Schaden an meinem Auto entstand. Und Travis hielt, sehr zu meiner Überraschung, Wort. Ich traf ihn abends bei Nora an, ohne dass er nach Schnaps gerochen hätte oder aussah, als hätte er etwas eingeworfen. Nachdem wir eine Stunde lang über das Wetter und die Politik gesprochen hatten, von der Travis erstaunlich viel Ahnung hatte, bat Nora ihn, ihr ein Glas Milch zu holen.

»Ich habe heute mit meinem Anwalt gesprochen«, sagte sie, sobald Travis die Tür hinter sich geschlossen hatte. »Wir haben besprochen, wie du offiziell treuhänderischer Verwalter von Travis' Geld werden könntest. Grundsätzlich also, wie du und ... *Michelle* es alles verwalten könntet.« Sie sank zurück in ihr Kissen. »Du bist dir wahrscheinlich im Klaren darüber, dass es dein Verhältnis zu ihm in Mitleidenschaft ziehen wird, wenn ich die entsprechenden Dokumente unterzeichne und er das dann mitbekommt. Ich traue dir aber zu, ihn durch all das zu begleiten. Du bekommst das schon hin.«

»Du möchtest ihn nicht von deiner Entscheidung in Kenntnis setzen, bevor du … also bevor du gehst?«

»Glaube ich nicht. Ich möchte nicht, dass meine letzten Wochen mit ihm von Spannungen belastet sind. Ich bin mir sicher, du verstehst das.«

»Natürlich. Ich tue alles, was erforderlich ist.«

»Danke, Lucas.«

Ich leistete ganze Arbeit dabei, meine Aufregung zu verbergen, während ich daran dachte, dass meine Zukunft jetzt noch heller erstrahlte, noch lukrativer geworden war. Wenn meine Schwiegermutter erst einmal unter der Erde lag und ich das Sagen über Travis' Geldmittel hatte, würde ich dafür sorgen, dass er so wenig wie möglich bekam, gerade so das Minimum, um über die Runden zu kommen. Noras Tod würde ihn stark treffen, vermutlich genug, um ihn in eine Abwärtsspirale zu stürzen, ohne dass es noch eines Anstoßes meinerseits bedurft hätte.

»Hier ist deine Milch, Mom«, sagte Travis, als er zurückkam. Ich sah zu, wie er ihr das Glas gab und ihr ein Schlückchen verabreichte, was mich daran erinnerte, wie ich Dad immer dabei half, wenn ich nach England kam, was leider nicht mehr so oft der Fall gewesen war, seitdem ich Michelle kennengelernt hatte.

Eine Viertelstunde später entschuldigte ich mich, überließ die beiden sich selbst und schlich mich an Diane vorbei, die in der Küche ihr Abendessen zu sich nahm. Sie sah nicht, wie ich mich in Gideons Weinkeller begab, ein riesiger klimatisierter Raum, wo dem ein oder anderen Sommelier vor lauter Begierde die Sinne geschwunden wären.

Mein Schwiegervater hatte, wenn immer es ihm möglich war, Führungen durch seinen Keller veranstaltet, so auch an Michelles und meinem Hochzeitstag. Er würde über das Bouquet, den Körper und die Tannine schwadronieren und die Besucher mit seinem Wissen in Staunen versetzen. Der Weinkeller war einer seiner bevorzugten Räume im Haus und nun auch meiner, denn seit seinem vorzeitigen Ableben konnte ich ihn diskret ausplündern.

Es passierte eines Nachmittags Ende August, zehn Monate nach unserer Hochzeit, als Michelle und ich sonntags zum Lunch vorbeigekommen waren. Nora hatte draußen auf der schattigen Terrasse fein eingedeckt, und als wir eintrafen, lag Gideon, der zwar ein gewaltiges Arschloch sein mochte, aber eben auch ein exzellenter Koch war, mit seinem Beef Wellington in den letzten Zügen.

»Kann ich behilflich sein?«, fragte ich in neuerlichem Bemühen um seine Gunst.

Gideon setzte gerade zu einer Antwort an, als Michelle sich einmischte. »Au ja, und die Damen können vor dem Essen noch eine Partie Tennis spielen. Damit wir dann auch richtig Hunger haben.«

Die besagte Partie sollte auf dem privaten Tennisplatz am Haus stattfinden. Neben dem Swimmingpool, den Nora und Gideon zwar kaum nutzten, jedoch den Sommer über täglich von einer örtlichen Firma warten ließen.

Small Talk war nicht gerade eine von Gideons Stärken, also wurde die Unterhaltung höchst einseitig überwiegend von mir bestritten, indem ich die Rolle des Souschef einnahm, wobei meine Wut jedes Mal hochging wie ein Soufflé, wenn er Anweisungen brüllte, als wäre er Gordon Ramsay.

»Rühr das ja nicht an, das muss ruhen«, schnappte er, als er das Fleisch aus dem Ofen holte und den Bräter auf der Insel abstellte, bevor er mir über die Schulter sah. »Bist du mit der Soße noch nicht fertig? Nein, nein. Halt!« Gideon kniff sich in den Nasenrücken, wahrscheinlich um den dramatischen

Effekt zu vergrößern. »Hol mal eine Flasche Sauternes aus dem Keller. 2002er-Jahrgang. Das ist der Beste überhaupt.«

»Ah, interessant. Ich dachte, 2001 und 2003 wären die besseren Jahrgänge«, sagte ich und legte den Pürierstab neben das Spülbecken. »Da muss ich mich wohl geirrt haben, du bist ja schließlich der Profi.«

Er kniff die Augen zusammen, was mir das Gefühl gab, irgendwie in eine Falle getappt zu sein. »Lucas, sag mir doch noch mal, wo hast du dein Wissen über Wein her?«

»Aus der Zeit, als ich in London gearbeitet habe. Manche Kollegen haben einen von der Bank angebotenen Kurs mitgemacht.« Eine komplette Lüge. So wie beinahe alles, was ich über Kunst, Geschichte und Politik wusste, war auch meine Önophilie selbst angeeignet. Stunden über Stunden hatte ich in der Bibliothek zugebracht, über Nachschlagewerke gebeugt, vor dem Bildschirm sitzend, und Informationen aufgesogen (genau, soll ein Witz sein). Auf diese Weise hatte ich der gebildeten, kultivierten Persönlichkeit, die ich so sorgfältig aufbaute, Schicht um Schicht, Fakt für Fakt hinzugefügt.

Heinz hatte mir mal gesagt, dass man so gut wie jeden reinlegen konnte, wenn sie einen für gebildet hielten oder sogar glaubten, du wüsstest mehr, als sie wissen, würdest es aber nicht heraushängen lassen, sodass sie das Gesicht wahren konnten. Diese Bemerkung hatte ich nie vergessen.

»Ach so«, meinte Gideon. »Welche Bank war das noch mal? UBS?«

»HSBC.«

»Ja, natürlich. Canary Wharf, hattest du ja schon erzählt. Und dort hast du für das Global Asset Management Team in Human Resources gemacht?«

Ich hielt den Blick nach vorn gerichtet, rührte mich nicht. Ich hatte immer gedacht, ich wäre hinreichend vage geblieben, was meinen beruflichen Hintergrund anging, hätte gut geflunkert über meine Arbeit und was ich so gemacht hatte, damit es sich gehobener anhörte. Und er schien sich nicht sonderlich dafür zu interessieren, außer dass er damit etwas angeben konnte.

Worauf spielte er an?

»Ja, hab ich.«

»Wie eigenartig.« Er durchbohrte mich mit seinem stählernen Blick. »Einer meiner Freunde aus dem Country Club hat einen Sohn, der in London lebt. Seine Verlobte arbeitet bei HSBC, genau in der Abteilung. Und das schon seit zehn Jahren. In herausgehobener Position.« Er zog eine Augenbraue hoch, aber ich ging darauf nicht ein. Meine Gedanken rasten voraus und versuchten, sich an diesen Zug zu klammern, der abgefahren schien, um ihn in eine andere Richtung zu lenken.

»Sie waren zu Besuch hier«, fuhr er fort. »Wir haben zusammen zu Mittag gegessen.«

»Wirklich? Wie heißt sie denn? Vielleicht ...«

»... kenne ich sie?« Er grinste höhnisch. »Tatsächlich habe ich deinen Namen fallen lassen und ihr erzählt, dass meine Tochter einen Londoner namens Lucas Forester geheiratet hat.« Ich schwieg, und als er merkte, dass ich nicht antworten würde, fuhr er fort. »Hast du eine Erklärung dafür, warum diese Frau, die in exakt derselben Abteilung arbeitet, in exakt derselben Bank, in exakt derselben Stadt wie du, und zwar *seit Jahren*, darauf überhaupt nicht reagiert hat?«

»Ich habe keine Ahnung.« Ich achtete darauf, dass meine Stimme weich klang und mein Gesichtsausdruck neutral blieb. »Da gab es so einige Leute. Kann schon sein, dass es irgendwo Schnittmengen gibt.«

»Also, ich glaube, das stimmt nicht«, sagte er. »Da ist irgendwas, Lucas. Ich habe es bisher nicht genauer fassen können, aber ich habe den Eindruck, dass du etwas verbirgst. Und ich werde herausfinden, was.« Er zog sein Smartphone aus der Hosentasche und fuchtelte damit in der Luft herum. »Am besten sollten wir sie gleich mal anrufen. Ihr könntet euch über die guten alten Zeiten unterhalten. Was meinst du?«

»Das wäre sicherlich ganz nett.«

»Hör auf, so einen Mist zu erzählen, Forester«, entgegnete er. »Eines sag ich dir: Wenn ich herausfinde, dass du Michelle und uns als Familie aufs Glatteis geführt hast, wird hier die Hölle losbrechen.«

Am liebsten hätte ich ihm den Pürierstab ins Auge gerammt und mich direkt bis ins Gehirn durchgefräst. Stattdessen nickte ich nur und murmelte: »Vielleicht habe ich hinsichtlich meiner Berufserfahrung ein bisschen dick aufgetragen. Kann ich aber erklären.«

»Dann schieß mal los.«

»Hast du mit Nora oder Michelle darüber gesprochen?«

»Nein, bisher nicht. Wider bessere Überzeugung, dachte ich, du solltest erst einmal Gelegenheit bekommen, mir gegenüber die Dinge zurechtzurücken.«

»Danke. Das weiß ich zu schätzen.«

»Mit dem Bedanken solltest du noch warten. Nach dem Mittagessen werden wir uns im Arbeitszimmer mal genauer unterhalten. Du erzählst mir gefälligst alles, was ich wissen will, und dann entscheide ich, ob ich den Frauen etwas sage. Aber los, jetzt hol mir erst mal den Wein.« Er entließ mich mit einer wegwerfenden Handbewegung und drehte den Wasserhahn auf.

Ich wusste, was er vorhatte. Er wollte, dass ich mich wand, hoffte wohl auch ein wenig, dass ich um Gnade bettelte. Was auch immer ich tat oder sagte, er würde alles an Michelle und seine Frau weitergeben. Und er würde niemals damit aufhören. Sollte er wundersamerweise den Mund halten, würde ich dafür einen Preis zahlen. Ich starrte ihn einen Moment lang von hinten an, bevor ich hinaus in den Flur ging, wo ich so tat, als würde ich in den Weinkeller gehen, obwohl ich ihn von der Tür aus beobachtete.

Ich hatte vorher schon erlebt, dass man in meiner Lebensgeschichte herumstocherte, doch jetzt hatte ich mich zum ersten Mal verwundbar gefühlt. Und das mochte ich überhaupt nicht. Seit ich Michelle kennengelernt hatte, war mein Schwiegervater stets argwöhnisch mir gegenüber gewesen und hatte versucht, mich mit Fragen zu meiner Vergangenheit, meinem Bildungsweg und meiner Herkunft in Verlegenheit zu bringen. Ein einziger loser Faden würde dazu führen, dass er immer weiter nachhakte, bis sich alles um mich herum in Wohlgefallen aufgelöst hatte. Schnelles, entschlossenes Handeln war geboten.

Bestechen konnte ich Gideon nicht, es sei denn, ich wusste etwas über ihn, irgendein schmutziges kleines Geheimnis, das in beiderseitigem Einverständnis dazu führen würde, dass wir die Klappe hielten. Doch das würde Zeit kosten, und ihm die Wahrheit über meinen Lebenslauf zu erzählen, verbot sich von selbst. Ich würde als Lügner dastehen, und alle meine Pläne stünden dahin.

Ich fragte mich, was Bobby jetzt wohl tun würde, und beschloss, dass ich keine Wahl hatte, wenn ich meine Ziele erreichen wollte. Fest entschlossen schlich ich mich zurück in die Küche, nahm im Vorübergehen ein Spültuch aus dem Regal und wickelte es mir um die Hand. Mit einer schnellen Bewegung beförderte ich den immer noch in der Steckdose befindlichen Pürierstab von der Arbeitsplatte ins Spülbecken. Ich schreckte zusammen, als ich Gideons Körper zucken sah. Die Hände hatte er noch im Wasser, Mund und Augen waren weit aufgerissen, als der elektrische Strom die Arme hoch direkt ins Herz schoss.

Ich hatte noch nie jemanden umgebracht. Bis dahin nicht gewusst, ob ich dazu überhaupt fähig wäre. Aber ich verspürte keine Erregung, kein seltsames, perverses Vergnügen, und ich unternahm auch nichts, als er schließlich zu Boden sackte. Rührte mich nicht, als durch den Raum hallte, wie sein Kopf auf den teuren, aus Italien importierten Fliesen aufschlug.

Die nächsten paar Minuten machte ich nicht eine Bewegung, achtete darauf, dass ich die Füße beim Warten still hielt. Aus meiner Warte konnte ich in einiger Entfernung Nora und Michelle sehen, die in ihr Spiel vertieft waren. Wenn sie jetzt ins Haus zurückkämen, wäre es zu spät.

Sobald ich sicher war, dass Gideon sich nicht wieder erheben würde, ging ich in den Weinkeller, um den Sauternes zu holen. Damit alles echt wirkte, stürzte ich auf ihn zu, als ich in die Küche zurückkehrte, und ließ die Flasche meinen Fingern entgleiten, sodass sie auf dem Boden zerschellte. War schließlich egal. Es war ja wirklich nicht der beste Jahrgang.

Später, als die Polizei, der Notarzt und der Mann von der Gerichtsmedizin gegangen waren, hatte ich vollauf damit zu tun, Nora und Michelle und dann auch Travis, der später hinzugekommen war, zu trösten. Niemand bezweifelte, dass es ein tragischer Unfall gewesen war, und ich habe die Tat niemals bereut. Wie auch? Denn so konnte ich in der beruhigenden Gewissheit weiterleben, dass alle meine Geheimnisse gewahrt blieben.

Kapitel 19

Gideons Tod war überlebensnotwendig für mich geworden, und obwohl ich niemals beabsichtigt hatte, ihn umzubringen, als ich Michelle heiratete, brachte es doch verschiedene Vorteile mit sich, und das nicht nur für mich.

Nora, Michelle und Travis waren natürlich, wie nicht anders zu erwarten, untröstlich gewesen, wiewohl Travis auch erleichtert zu sein schien, dass er die anhaltende Enttäuschung in der Miene seines Vaters nicht mehr ertragen musste. Nora schien in gewisser Weise eine Veränderung durchzumachen; sie wirkte weniger schuldbeladen, als hätte man sie in Freiheit gesetzt. Michelle hatte ein paar Bemerkungen darüber gemacht, dass ihr Vater durchaus ein Tyrann gewesen sei, als lebten wir noch in den Zwanzigerjahren des letzten Jahrhunderts. Ich war des Öfteren Zeuge dieser Geisteshaltung geworden, wenn er sich auf subtile Weise abschätzig über Nora geäußert oder sie ganz offen heruntergeputzt hatte.

Nach dessen Tod war Nora den antiquierten, sexistischen Ansichten ihres Mannes nicht mehr ausgesetzt. Sie hatte die

Firma für eine stolze Summe verkauft, beschlossen, weiterhin in dem Haus wohnen zu bleiben, und ihre Zeit mit Reisen und dem Engagement in diversen Wohltätigkeitsorganisationen verbracht. Außerdem war sie drei Buchclubs beigetreten. Als sie mir ihre Krebsdiagnose offenbarte, war ich schockiert und traurig gewesen, und obwohl ich ihr niemals übelgewollt hatte, fand ich Gefallen an dem Gedanken, dass ich meinen Teil dazu beigetragen hatte, die letzten zwei Jahres ihres Lebens hier auf Erden sehr viel angenehmer zu gestalten.

Kaum zu glauben, dass wir erst vor wenigen Wochen Kenntnis von ihrer Krankheit erlangt hatten, als alle meine Pläne festgezurrt waren. Damit musste ich weitermachen, und das Nachdenken über das *Missgeschick* meines Schwiegervaters hatte mich in meinem Entschluss nur bestärkt. Ich hatte auch vorher schon mit Leuten zu tun gehabt, die versuchten, mich aufs Kreuz zu legen, und ich würde immer wieder so handeln. Aber zunächst einmal musste ich diese Leute aufspüren.

Als ich nach Hause kam, stellte ich den Wagen ab und beschloss, die Flasche samtigen Burgunder, die ich aus Gideons Keller hatte mitgehen lassen, unter der Spüle zu verstauen und Roger nach draußen zu lassen. Eine Zigarette in der Hand, suchte ich den Rasen nach weiteren Fußabdrücken ab und war erleichtert, als ich keine fand. Im Arbeitszimmer nahm ich einen von Michelles Romanen aus dem Regal und blätterte ihn durch auf der Suche nach den anscheinend harmlosen Wörtern, die ich mit Bleistift ganz leicht unterstrichen hatte. Den drei Wörtern, die Woods mir gegeben hatte. Mit den Koordinaten der Leiche.

In der Magengrube machte sich ein unangenehmes Gefühl bemerkbar. Wenn ich es zu ignorieren versuchte, kam es doppelt so heftig wieder. Sollte Woods die Fotoausschnitte geschickt haben, hatte er sie dann am Leben gelassen? Zwar hatte ich ihren *Tod* gewollt, hatte aber immer deutlich gesagt, dass Folter oder Vergewaltigung nicht infrage kamen. Woods war entrüstet gewesen, er sei schließlich nicht *diese Art Mensch*, dennoch hatte ich den Worten eines Kriminellen vertraut, ein Widerspruch, wie er im Buche steht.

Woods hatte Michelle entführt, eine Gewissheit, die auf den Aufnahmen von Überwachungskameras basierte, die der Polizei vorlagen. Der gestohlene Lieferwagen, den er benutzt hatte, war ausgebrannt, DNA oder anderes Material war daraus nicht zu gewinnen. Aber das hieß ja nicht, dass er meine Frau in den vergangenen vier Wochen nicht gefangen gehalten haben konnte, um herauszufinden, ob nicht noch mehr Geld herauszuschlagen war. Würde er ein Lösegeld fordern? Warum wartete er damit so lange? Hatte er sie seinen Verlautbarungen zum Trotz gequält? Was, wenn meine Frau noch am Leben war?

Was weitere Fragen aufwarf. Konnten Detective Anjali und ihr Team sie retten? Das wollte ich bestimmt nicht, aber würde ich Versuche in diese Richtung verhindern können? Ich lachte laut auf. Ich war schlau und manipulativ, keine Frage, aber eine Polizeiaktion dieser Größenordnung zu sabotieren, schien mir unmöglich, und Ethan Hawke war ich auch nicht.

Eine weitere Option bestand für mich darin, irgendwie der Held zu werden, der ihre unversehrte Rückkehr ins Werk setzte. Wir würden glücklich wieder zusammenkommen. Eine Zeit lang. Nora wäre äußerst erfreut, und Travis, nun gut, der würde sowieso weiter Party machen, bis er tot umfiel. Und bei mir wäre eben alles wieder zurück auf Los. Ich unterstellte, dass meine Frau im weiteren Verlauf des Geschehens einen tragischen Unfall erleiden könnte. Mit dem Auto beispielsweise. Oder auf einem See. Beim Skifahren. Alle Möglichkeiten, die ich auch vorher schon in Betracht gezogen, aber verworfen hatte, weil es zu viele Variablen gab, zu viele Gelegenheiten, überführt zu werden, denn käme sie nach der Entführung heile zurück, nur um kurz darauf ums Leben zu kommen, würde bestimmt jemand den Braten riechen.

Obwohl so etwas natürlich passierte. Andauernd überlebten Menschen wahre Tragödien, um dann in einer anderen umzukommen. Wie oft hatte ich Geschichten über Leute gelesen, die eine Schießerei überlebt hatten, um dann ein paar Monate später nach einem Zusammenprall mit einem anderen Auto bei einem Brand ihr Leben zu lassen. Ich stellte mir, wenn auch nur kurz, meine persönliche Folge von *Final Fantasy* vor, aber so einfach lagen die Dinge nicht, und ich konnte es mir nicht leisten abzuschweifen. Irgendjemand irgendwo wusste etwas oder *dachte,* er wüsste etwas, und das hieß, dass ich in der Klemme saß.

Ich musste dorthin, wo ihre Leiche lag. Erstens, um mich zu vergewissern, dass Woods sich an unsere Abmachung gehalten hatte, und zweitens, weil er dort etwas hinterlassen haben könnte, einen Hinweis, mit dessen Hilfe ich ihn identifizieren und finden konnte, um ihn aus dem Weg zu räumen – falls er hinter den Fotos steckte.

Weil ich wusste, dass Travis heute Abend jederzeit nach Hause kommen konnte, musste ich meine Vorbereitungen treffen. Aus dem Küchenregal holte ich von einem der oberen Borde und von ganz hinten eine leere Teedose hervor. Das Behältnis war mit allerlei unscheinbarem Zeug – Gummibändern, Feuerzeugen, irgendwelchen Schlüsseln – angefüllt, weshalb es bei Dad wohl Sammelsurium-Dose geheißen hätte, ein ideales Versteck. Ich schüttete den Inhalt auf den Tresen und suchte, bis ich den Schlüssel gefunden hatte, den ich brauchte.

Als Nächstes legte ich mein Smartphone auf dem Schreibtisch in meinem Arbeitszimmer ab, nahm Jacke und Handschuhe, zog mir die Stiefel an und ging in die Garage, wo ich meinen Helm aufsetzte und meine Triumph anschmiss. Ich hatte sie vor gut einem Jahr gekauft, als ich anfing, Pläne zu machen. Das alte Motorrad war klein, schnell und hatte keine modernen Chips oder, wie mein Mercedes, eingebaute GPS-Technologie, die jede meiner Bewegungen verriet. Trotzdem, und so machte ich das bereits seit einem Monat, nahm ich das Motorrad jedes Mal genau in Augenschein, bevor ich losfuhr, um sicherzugehen, dass die Bullen nicht irgendwo einen Tracker angebracht hatten.

Zuerst nahm ich ein paar Abkürzungen und schmale Wege, die kein Auto passieren konnte. Anschließend fuhr ich kreuz und quer über leere Landstraßen, um den Kopf klar zu bekommen, und hielt an einem beliebigen Ort, um einen Kaffee zu trinken. Das hatte ich im vergangenen Jahr auch immer gemacht, und ich musste natürlich darauf achten, dass sich mein Verhalten nicht änderte, sondern stets gleich blieb. Als ich zufrieden feststellte, dass mich niemand verfolgte und mein Ausflug wie eine der üblichen Ausfahrten erscheinen musste, steuerte ich die Busstation in einem nahe gelegenen Kaff an, wo ich meinen zusätzlichen Laptop und die Wegwerfhandys versteckt hatte.

Ein Obdachloser saß auf den Stufen und hielt ein Schild mit der Aufschrift GOTT VERGELT'S hoch. Ich drückte ihm fünfzig Dollar in die Hand, weil ich daran denken musste, wie Dad und ich auf der Straße gelandet waren, und hoffte, dass er damit gut durch die Nacht kam.

Wie üblich hielt sich sonst kaum jemand in der Busstation auf, aber dennoch holte ich eine Baseballkappe aus der Jackentasche und zog sie mir tief ins Gesicht. Mit einem vorgetäuschten leichten Humpeln ging ich zu den verbeulten, himmelblauen Schließfächern auf der linken Seite des Gebäudes hinüber.

Sobald ich den zusätzlichen Laptop herausgeholt hatte, ging ich in die widerliche Toilette mit ihren graffitibeschmierten Wänden, die in einem Ton gestrichen worden waren, den man nur als kotzfarben bezeichnen konnte, und schaltete das Gerät ein. An die Wand gelehnt, wartete ich, bis sich der Laptop mit dem WLAN der Busstation verbunden hatte, ging über VPN ins Internet und rief im Browser die *what3words*-App auf.

Mein Herzschlag beschleunigte sich, als ich die Wörter eingab, die Woods mir mitgeteilt und die ich mir eingeprägt hatte, bevor ich das Telefon entsorgte. Meine zitternden Finger und den Druck im Magen ignorierte ich, während ich *rise equal protection* tippte und den Finger über dem Button *Enter* schweben ließ.

Wenn ich *Enter* drückte, würde ich erfahren, wo Michelle begraben war. Und ich hätte die Bestätigung, dass der Job wie verabredet erledigt worden war. Sollten die Bullen mich jedoch trotz all meiner Vorsichtsmaßnahmen irgendwie observieren, wäre es andererseits so gut wie unmöglich, ihnen noch plausibel zu machen, dass ich nicht mit drinhing. Sollten sie mich nicht beobachten, hieß das immer noch nicht, dass ich auf der sicheren Seite war. Sie könnten mich jederzeit erneut zu einem Test mit dem Lügendetektor vorladen. Ich könnte das zwar ablehnen, würde mich dann jedoch verdächtig machen. Für den Fall, dass ich einwilligte und sie mich erneut fragen würden, ob ich irgendwie in Michelles Verschwinden verwickelt sei, wusste ich, dass ich ihnen etwas vormachen konnte. Sollten sie mich aber fragen, ob ich wüsste, wo Michelle war, und ich wäre exakt an diesem Ort gewesen, wäre das Ergebnis möglicherweise nicht so eindeutig. Ja, ich hatte das System bereits einmal überlistet, weil ich mich intensiv darauf vorbereitet hatte, aber dennoch war es ein Glücksspiel. Ich überlegte, wog das Pro und Kontra ab und drückte *Enter.*

Der Browser produzierte eine Karte der Gegend in einem Raster von 2,7 mal 2,7 Metern. Ich zoomte ein wenig herum, verschaffte mir einen Überblick über das Gelände und erkannte die Stelle sofort. Ein Naturschutzgebiet etwa zwanzig Minuten mit dem Auto von unserem Haus entfernt, etwa dreißig Minuten vom Tatort der Entführung und in entgegengesetzter Richtung von der Stelle, an der die Polizei den ausgebrannten Lieferwagen gefunden hatte.

Woods und ich hatten niemals über die Örtlichkeit gesprochen, aber ich kannte das Gebiet recht gut. Michelle und ich waren dort verschiedentlich wandern gewesen, besonders im Herbst, wenn sich das Laub spektakulär rot, orange und gelb färbte. Jedes Mal hatte sie gesagt, wie sehr sie die Ruhe dort liebte und dass sie den Wald irgendwie magisch fände. Den kleinen Stich ins Herz, den mir die Erinnerung daran versetzte, mochte ich nicht und auch nicht den Gedanken, dass es irgendwie schicksalhaft war, dass ihr Leben dort geendet hatte.

Woods hatte eine gute Wahl getroffen. Die Bäume waren nicht nur ein Schauspiel für die Augen und die Seele, sondern sie waren auch dick, das Unterholz dicht und undurchdringlich, und bei genauerem Hinsehen stellte ich auch fest, dass ihre Grabstelle über eine Meile vom Hauptwanderweg entfernt lag. Kein Hund und auch kein Kind würden zufällig darauf stoßen. Ganz im Gegenteil. Dort konnte sie ungestört ruhen. Und ich konnte dorthin gelangen, ohne gesehen zu werden. Mich schauderte ein wenig, als mir klar wurde, dass sie bis zu diesem Ort gelaufen sein musste, denn es war völlig unmöglich, dass Woods sie diese Strecke hätte tragen können.

Zufrieden, dass ich die grobe Richtung und das Gelände kannte, in das ich mich hineinwagen musste, ging ich ins Darknet und warf einen Blick auf die Message Boards. Keine Spur von Woods, nicht eine einzige Nachricht für mich oder jemand anderen. Ich erwartete von ihm auch nicht, dass er etwas hören ließ. Vielmehr dürfte er inzwischen den Usernamen geändert haben. Als wir das erste Mal miteinander in Kontakt traten, hatte ich gleich begriffen, dass er einen Namen nie zweimal benutzte. Den Decknamen zu ergründen, den er gewählt hatte, war unmöglich, ebenso, was er jetzt machte und wo er sich aufhielt. Ich klappte den Laptop zu und brachte ihn zurück ins Schließfach. Wenn dieser Mist mit den Teilansichten von Michelle erst einmal vorüber war, würde ich ihn entsorgen, ebenso die Wegwerfhandys. In den trüben Wassern des Charles River würde ich ihn versinken lassen, ein für alle Mal aus der Welt.

Auf der Rückfahrt über andere Landsträßchen vergewisserte ich mich, dass mir niemand folgte, und das hieß, dass ich mich dem nächsten Abschnitt meines Plans zuwenden konnte. Es gab zwar einen Laden für Outdoor-Equipment in der Nähe meines Zuhauses, aber ich fuhr zu einem Geschäft in einer riesigen Outlet-Mall, das Jeffreys, meinem künftigen Klienten, gehörte.

Dort fand diese Woche laut Jeffreys die alljährliche Alles-muss-raus-Verkaufsaktion statt, ein Ereignis, das wegen der hohen Rabatte und der Masse an Werbegeschenken so populär war, dass die Leute über den Laden herfielen wie Ameisen über klebrige Zimtschnecken. Jeffreys hatte recht – der Laden war knüppelvoll –, und ich war nur ein Gesicht unter Dutzenden, unauffällig und von dem gestressten Personal sofort wieder vergessen.

Außerdem wusste ich ja von Jeffreys selbst, dass die IT-Sicherheit sehr zu wünschen übrig ließ. Sie speicherten die Aufnahmen der Kameras nur vierundzwanzig Stunden, dann wurden sie mit neuem Material überspielt. Das wollten sie verbessern, hatte er gesagt. Sollte die Polizei sich jemals erkundigen, ob ich das Geschäft aufgesucht hätte, konnte ich das bejahen, aber es würde niemals zu sehen sein, was ich gekauft hatte oder auch nicht.

Ohne großes Aufhebens oder eine Beratung wählte ich zwei kleine GPS-Geräte, ein Buch über Wanderwege am Ort, das ich nie aufschlagen würde, und zwei Paar Wanderschuhe, von denen eines passte, das andere jedoch zwei Nummern zu groß war.

Ich bezahlte eines der Navigationsgeräte und das zweite Paar Schuhe separat, mit Bargeld, und lehnte den zusätzlichen Rabatt ab, weil ich dafür meine Mailadresse hätte angeben müssen. »Und die Schachteln für die Schuhe brauche ich auch nicht«, sagte ich zu dem Mann an der Kasse, der zotteliges blondes Haar zur Schau trug, darauf einen kieferngrünen Beanie, und außerdem einen Bart, den er wahrscheinlich monatelang nicht geschnitten hatte.

»Echt, Alter? Ohne die Schachteln kannst du sie nicht zurückgeben.«

»Ist mir klar.«

Von dort, wo ich hinwollte, würde ich das Zeug sowieso nicht zurückbringen.

Kapitel 20

Die letzte Station auf meiner Liste war die Bibliothek in Chelmswood, wo ich ganz bewusst mit Antoinette sprach, der französischen Bibliothekarin, mit der ich regelmäßig ein Schwätzchen hielt, wenn ich dort hereinschneite. Mit ruhiger, zaghafter Stimme bat ich um ihre Empfehlung zu Büchern über Trauma und Trauer, und nachdem sie mir versichert hatte, wie leid es ihr tue, was Michelle passiert war und was ich durchmachen müsse, führte sie mich zu der Abteilung, die ich auch mit verbundenen Augen gefunden hätte. Sie zeigte mir ein paar Bücher, die sie für hilfreich hielt, tätschelte mir den Arm und meinte, wenn ich noch irgendetwas brauche, stehe sie mir an der Auskunftstheke immer gerne zur Verfügung.

Ich zog ein paar Bücher aus dem Regal, blätterte sie durch und wählte die drei mit den ausführlichsten Darstellungen der Wirkung und Bedeutung körperlicher Aktivität für die psychische Gesundheit. Mit ihnen ging ich dann zur Ausleihe, wo ich feststellte, dass mein Bibliotheksausweis nicht richtig funktionierte.

»Aber ich bin doch Mitglied, oder nicht?«, sagte ich zu Antoinette und fragte mich, ob hier auch wie bei Invicta eine versehentliche Kündigung vorlag.

»*Oui, oui*«, entgegnete sie. »Manchmal spinnen die Karten eben ein wenig.« Sie versuchte es mit dem Handscanner und lächelte, als sie den Piepton hörte. »*Voilà!* Geht doch.«

Schon richtig. Alles, was ich heute Abend gemacht hatte, legte den Grundstein. Die Wanderschuhe, die Navigationsgeräte, die Bücher – alles diente nicht nur der Vorbereitung meiner Exkursion in das Naturschutzgebiet, sondern auch der Vorsorge für den Fall, dass Michelles Leiche gefunden wurde und die Polizei den Fundort mit dem Mikroskop durchforstete.

Die Schuhe würden natürlich Abdrücke hinterlassen, aber ein Vergleich mit den Schuhen, die ich zu Hause hatte, würde ergeben, dass es sich zwar um dieselbe Marke handelte – was einen gewissen Nervenkitzel auslösen dürfte –, aber in der falschen Größe. Das war so meine Art, es ihnen zu zeigen, denn als ich recherchierte, wie ich mich meiner Frau am besten entledigen konnte, hatte ich mit Erstaunen festgestellt, wie viele Kriminelle Verbrechen, einschließlich Mord, begingen, aber ihre Schuhe nicht entsorgten. Wie blöd kann man denn sein? Wer so schlampig agierte, hatte es nicht besser verdient, als erwischt zu werden.

Die Bücher aus der Bibliothek waren für den Fall gedacht, dass der Surfertyp aus Jeffreys Laden sich an mich erinnerte. »Ich habe gelesen, dass körperliche Anstrengung helfen kann, Stress abzubauen«, würde ich sagen, »und ein Navi habe ich mir angeschafft, weil ich mich nicht verlaufen wollte.« Sie würden nicht ahnen, dass ich nur eines der Geräte benutzte, und zwar ein einziges Mal, um Michelles Leiche aufzufinden. Anschließend würde ich es vernichten. Das andere Navi würde ich in den nächsten Wochen ein paarmal dabeihaben, wenn ich ganz woanders wandern ging. Nebelkerze gezündet, alles erledigt.

Auf die Details kam es an. Sich in aller Öffentlichkeit verstecken, Lüge in Wahrheit kleiden, sodass man sie nicht erkennen konnte. Mangelnde Planung und Voraussicht waren der Grund, warum so viele mit ihren Verbrechen nicht davonkamen. Sie dachten einfach nicht gründlich genug nach. Waren nicht sorgfältig genug. Sich zum wiederholten Male CSI anzugucken, machte noch keinen Experten aus einem. Sie hatten keine Ahnung oder machten sich keine Vorstellung davon, was es wirklich brauchte. Alles in allem war das wohl auch gut so, denn wenn es anders wäre, würde die Zahl der ungelösten Mordfälle bald bis in die Stratosphäre reichen.

Das Ganze hatte nur einen Haken. Selbst die besten und teuersten Anwälte auf der Welt dürften, nach allem, was ich getan hatte, wohl kaum in der Lage sein, auf Verbrechen aus Leidenschaft oder Totschlag zu plädieren. Des vorsätzlichen Mordes würde man mich anklagen. Und genau deshalb würde ich mich nicht erwischen lassen.

Zufrieden, dass ich alles beisammenhatte, fuhr ich nach Hause. Travis' Wagen stand in der Auffahrt, so weit weg von meinem Mercedes, dass es fast schien, als parkte er in den Büschen. Beinahe hätte ich dem Mann stehende Ovationen dargebracht, weil er mir tatsächlich zugehört und es sich sogar gemerkt hatte.

Im Haus ging ich direkt in mein Schlafzimmer, verstaute die größeren Wanderschuhe im Kleiderschrank und stöpselte eins der beiden Navis im Bad in die Steckdose. Unten im Erdgeschoss stellte ich das andere Paar Schuhe mit der korrekten Größe auf dem Hocker an der Haustür ab und trollte mich in die Küche.

Travis saß am Tisch, den Kopf in die Hände gestützt, die Flasche mit Gideons Burgunder zu drei Vierteln leer getrunken. Ihn schon vorher umgänglich und kleinlaut zu machen, damit er die Nacht über dann restlos außer Gefecht war, hatte von Anfang an zu meinem Plan gehört. Sah ganz so aus, als hätte er ungewollt schon einen Vorsprung.

Rotznäsig, die Bäckchen rosa, wischte er sich mit dem Handrücken die Triefaugen, deutete auf die Flasche Wein und stammelte: »Wenn du mich deswegen ausschimpfen willst, dann fang doch gleich mal an.«

Ich tat so, als gäbe ich mich geschlagen, ließ die Schultern hängen, stieß einen sympathieheischenden Seufzer aus, ging zu ihm hinüber und nahm mir ein Glas aus dem Schrank. Mit aufgerissenen Augen sah Travis zu, wie ich mir ein wenig Wein genehmigte und ihm noch nachschenkte.

»Hast du schon was gegessen?«

Er sah aus, als wollte er mich fragen, warum ich ihn denn nicht bei den Eiern hätte, musste es sich dann aber anders überlegt haben. »Karina hat vorhin mal auf ein Schwätzchen vorbeigeschaut und ein bisschen Cottage Pie mitgebracht.«

»Wie nett von ihr.«

»Ja. Ist zwar vegan, schmeckt aber trotzdem. Deine Hälfte ist im Kühlschrank.« Er presste die Handballen auf die Augen, seine Kiefermuskeln zuckten. »Sie erinnert mich an meine Mom, als ich noch klein war. Immer freundlich und hilfsbereit.«

»Karina und Diane sind wirklich großartige Nachbarn.«

»Sie hat gesagt, dass ich rüberkommen könnte.«

»Echt?«

Er legte den Kopf auf die Tischplatte. »Sie hat gemeint, dass sie jetzt ein paar Wochen zu Hause wäre, und weil du ja tagsüber arbeitest. Sie hat geradezu darauf bestanden, denkt, dass mir Gesellschaft guttun würde.«

Weit mehr, als Karina klar war, könnten Diane und sie Travis' Drogenproblem tatsächlich eindämmen. Das konnte ich nicht zulassen. »Und was hast du gesagt?«

»Dass ich es mir überlegen würde. Schließlich weiß ich ja, dass du mich nicht gerne hier hast ...«

»Das stimmt nicht.«

»Doch. In Wahrheit weiß ich natürlich, dass du mich nur in der Spur halten willst, und das rechne ich dir hoch an.« Als er sich wieder die Augen wischte, stand ich auf, holte Karinas Mitbringsel aus dem Kühlschrank und schob es in die Mikrowelle. So hatte er ein wenig Zeit, die Fassung wiederzugewinnen.

Ich hatte heute noch nicht daran gedacht, etwas zu essen, weil ich zu aufgewühlt gewesen war, aber da ich nun einen Plan hatte, was ich heute Abend noch machen wollte, meldete sich der Hunger mit rachsüchtigem Grollen zurück. Beinahe wünschte ich, dass Travis Karinas Angebot, bei ihnen zu bleiben, angenommen hätte, und wäre es auch nur für heute Nacht. Ich wollte nicht, dass er mitbekam, wie ich das Haus schon vor Anbruch der Dämmerung verließ. Und ich wollte ebenso nicht, dass er wach wurde, ihm meine Abwesenheit auffiel und er sich dann gegenüber Nora oder der Polizei verplapperte. Das würde bedeuten, dass ich erklären musste, warum ich nicht zu Hause gewesen war, und je weniger sich da ein Bedarf auftat, desto besser.

»Ich kann einfach nicht glauben, dass sie im Sterben liegt.« Travis unterdrückte ein Schluchzen, und einen kurzen Moment lang tat er mir wirklich leid. Sein Vater, ob nun ein Arschloch oder nicht, war tot. Michelle wurde vermisst, und er verlor gerade seine Mutter. Mein Mitgefühl hielt jedoch nicht lange an, denn seine Gemütsverfassung stellte einen anderen Teil meiner Persönlichkeit zufrieden, den größeren, die dunkle Seite, was meine Pläne in Bezug auf ihn mühelos rechtfertigte. Mir kam es so vor, als würde ich Travis einen Gefallen tun, wenn ich ihn nicht vor der unvermeidlichen Trunksucht und den Drogen bewahrte. Wahrscheinlich würde er sich sowieso irgendwann umbringen, ob nun mit oder ohne mich.

Ich trank den kleinen Schluck Wein aus, den ich mir ins Glas gekippt hatte, bedauerte Travis und sagte ihm dann, wie wütend und verzweifelt mich Michelles Verschwinden machte. »Wenn ich rauskriege, wer das getan hat, bringe ich ihn um.« Da musste ich nicht groß schauspielern. Jedenfalls nicht, wenn ich an diese Fotoausschnitte dachte. Ich seufzte. Tief und sorgenvoll. »Ich brauche was Stärkeres.«

Seine Augen leuchteten auf, wie ich erhofft hatte, und er grinste und verwandelte mich damit umstandslos in einen Komplizen. »Ich hab 'ne Flasche Tequila. Ich geh sie holen. Wir genehmigen uns ein Gläschen. Aber wirklich nur eins.«

Klar, was sonst. Während er die Treppe hochlief, um den Schnaps zu holen, warf ich einen Blick in den Briefkasten, um nachzusehen, ob ich nicht eine ganz besondere Nachricht von Roger bekommen hatte. Aber da war kein oranger Umschlag. Und auch kein Reklamezettel. Ich atmete erleichtert auf, doch als ich gerade wieder reingehen wollte, bog ein Auto in unsere Auffahrt ein. Ich erkannte Detective Anjali am Steuer. In der Zeit, bis sie ausstieg, verwandelte ich meine Miene in ein Gemisch aus Schwermut mit kleinen hoffnungsvollen Einsprengseln und fragte mich, was zum Teufel sie wohl herführte.

»Lucas«, sagte sie, als sie auf mich zuging, die Hände tief in den Jackentaschen vergraben. »Wie geht es Ihnen?«

Ich zuckte mit den Schultern und versuchte, den Schauer zu ignorieren, der mir den Rücken hinunterlief. Ich traute ihr nicht. Was ich aber nicht zeigen durfte. »Haben Sie etwas gefunden?«

»Nein«, erwiderte sie. »Ich bin eigentlich gar nicht im Dienst und wollte mal nach Travis sehen.«

»Travis? Der ist drinnen.« Ich deutete mit dem Daumen hinter mich und musste daran denken, dass er die Flasche Tequila holen gegangen war. Anjali wusste nur zu gut über Travis' kürzlichen Absturz Bescheid, und sie würde es sicherlich nicht schätzen, wenn wir zusammen einen tranken. »Ich hole ihn.«

Als ich mich umdrehen wollte, fasste sie mich an den Arm. »Ich hoffe, Sie finden das nicht aufdringlich. Ich hatte ein längeres Gespräch mit Nora und habe ihr angeboten, dass ich mal mit ihm spreche. Um ihm einen heilsamen Schreck zu verpassen oder ihn wenigstens von einem Entzug zu überzeugen. Ist doch einen Versuch wert, oder?«

Ich mimte Begeisterung. Große Augen, ein zögerliches Lächeln, ein Hauch Erleichterung. »Wirklich? Das wäre natürlich großartig. Ich hab's ja versucht, aber er ist dafür nicht besonders empfänglich. Ich hoffe, Sie haben da mehr Glück.«

»Ich tu, was ich kann. Würde es Ihnen etwas ausmachen, wenn wir reingehen? Solche Gespräche sollten wir wohl besser nicht in Ihrer Auffahrt führen.«

Als sie durch die Tür ins Haus ging und in der Diele wartete, bemerkte ich, wie ihr Blick auf die Tasche aus Jeffreys Laden auf dem Hocker und die Ratgeber aus der Bücherei fiel. Sie sah mich an. »Bitte geben Sie die Hoffnung nicht auf. Was Michelle angeht. Oder auch mich. Ich bin mit diesem Fall noch nicht fertig.«

»Können Sie denn versprechen, dass Sie Michelle finden werden?« Ich ließ es so wirken, als würde ich an den Worten beinahe ersticken und ließ zusätzlich noch Tränen in die Augen steigen. Auf Kommando zu weinen war gar nicht so schwer, wenn man wusste, wie es ging, und es wirkte unheimlich gut in einer Welt, in der Männer immer noch dazu angehalten wurden, ihre Gefühle zu verbergen.

»Ich kann damit nicht aufhören, Lucas. Das werden Sie doch verstehen.«

Ich klimperte mit den Augen und flüsterte: »Ich hol Travis.«

Als ich so durch die Diele ging, gestattete ich mir ein verstohlenes Grinsen. Was auch immer Detective Anjali anstellte, um meine Frau zu finden und Travis zu helfen – es wäre nie genug. Es war nicht ihre Schuld, dass sie mit einem Lolli zu einem Feuergefecht erschien.

MITTWOCH

Kapitel 21

Ich hatte meinen alten Wecker auf ein Uhr nachts gestellt und ihn unter mein Kopfkissen gestopft, damit Travis das Klingeln nicht hörte. Die Mühe hätte ich mir eigentlich sparen können. Ich hatte kein Auge zugekriegt, weil ich mir immer äußerst lebhaft vorstellen musste, was ich nun tun würde. Obwohl ich mich die ganze Zeit mit sinnlosem Fernsehkonsum ablenkte und auch bei Netflix herumturnte, konnte ich mich einfach nicht konzentrieren. Schließlich gab ich mich geschlagen und stand kurz nach Mitternacht auf, in jeder Hinsicht hellwach und bereit, den Ausflug in den Wald zu unternehmen.

Die Alarmanlage hatte ich allerdings nicht eingeschaltet, als ich ins Bett gegangen war, falls Detective Anjali auf die Idee kam, die Daten zu kontrollieren. Da war es besser, sie glaubte, ich hätte es vergessen, statt dass sie sich Gedanken machte, warum ich die Anlage deaktiviert hatte. Ich konnte ihr immer noch erzählen, dass es Travis gewesen wäre, aber solche Ausreden musste ich mir für die Gelegenheiten aufheben, wenn ich sie wirklich brauchte. Schon vor längerer Zeit hatte ich begriffen, dass eine Lüge, die Fragen aufwarf, einem Niednagel glich. Die Leute konnten nicht aufhören, daran herumzufummeln.

Geräuschlos schlüpfte ich in die Kleidungsstücke, die ich mir zurechtgelegt hatte: ein alter schwarzer Pulli mit langen Ärmeln und schwarze Track Pants. Als Nächstes stopfte ich die übergroßen Wanderschuhe, mehrere Paar Socken und das aufgeladene Navigationsgerät in einen Rucksack, den ich in den Tiefen meines Kleiderschranks aufgetrieben hatte. In voller Montur schlich ich dann in die Diele, stand mucksmäuschenstill und lauschte.

Travis hatte sich ordentlich Tequila einverleibt und bekam, wie ich es geplant hatte, nichts mit. Durch die geschlossene Tür hindurch hörte man sein kehliges Schnarchen. Nachdem Detective Anjali gestern Abend im Arbeitszimmer länger mit Travis gesprochen hatte, wobei die beiden so leise miteinander sprachen, dass ich nichts verstehen konnte, schien er verletzlicher denn je zu sein. Er hatte mir über das Gespräch keine Einzelheiten mitteilen wollen, sagte nur, dass sie eine Schwester habe, die der Sucht zum Opfer gefallen sei, und dass Michelle bestimmt wollte, dass er ein besseres Leben hätte.

»Sie sagte, dass ich durchhalten müsse«, sagte er und blinzelte auffällig. »Sie wollte, dass ich in eine Entzugsklinik gehe, aber solange Mom krank ist, gehe ich da nicht hin. Was, wenn sie …« Er wedelte mit der Hand durch die Luft. »Ich geh da nicht hin, nicht jetzt. Später.«

Offenbar war sie nicht so geradeheraus gewesen, wie sie es mir gegenüber angedeutet hatte. Travis hatte wahrscheinlich herumgewinselt, wie schwierig sein Leben gewesen sei und dass er es schwierig fände, klarzukommen, aber ich hätte nicht gedacht, dass sie darauf hereinfallen würde. Egal, nachdem Anjali sich verabschiedet hatte, war es ein Leichtes gewesen, ihn mit so viel Sprit abzufüllen, dass es für eine ganze Elefantenherde gereicht hätte. Außerdem hatte ich ihm noch eine zerkleinerte Schlaftablette in seine letzten beiden Drinks gemischt, um sicherzustellen, dass er vor dem Mittag nicht aufwachen würde. Und weil ich ihm die halb leere Flasche Tequila neben das Bett gestellt hatte, käme er auch sicher nicht auf die Idee, dass etwas nicht stimmte.

Ich wischte die Sorge, dass Travis aufwachen könnte, beiseite, zog die Wanderschuhe in der korrekten Größe an, ging zur Garagentür und schlüpfte hinaus. Außer als Abstellplatz für Autos wurde die Garage eigentlich kaum genutzt. Ein paar Kartons mit Weihnachtsdekoration, verschiedene fast unbenutzte Werkzeuge, zwei Sätze Winterreifen. Nichts Außergewöhnliches. Alles anscheinend banale, harmlose Dinge, solange man nicht anfing, eins und eins zusammenzuzählen.

Nitril-Handschuhe aus einer unscheinbaren Schachtel. Michelles Stirnlampe, die ich ihr mal fürs nächtliche Joggen gekauft hatte, weil ich mich natürlich *um ihre Sicherheit gesorgt* hatte – obwohl es mir eine Menge Ärger erspart hätte, wenn sie einfach überfahren worden wäre. Als *bester Ehemann aller Zeiten* hatte ich Extrapunkte gesammelt, als ich ihr die Lampe in Gegenwart ihrer Freunde überreichte. Sie hatten geklatscht und verkündet, was ich doch für ein staunenswerter Mensch sei. Dass der erste Eindruck oft der entscheidende ist, stimmt schon, aber der zweite, dritte und sogar der zehnte können genauso wichtig sein.

Ich sammelte die anderen Sachen zusammen, die ich für meinen nächtlichen Ausflug brauchte. Ein paar Wegwerf-Gesichtsmasken, eine kleine Flasche mit Feuerzeugbenzin und ein Briefchen Streichhölzer, das ich in einem zufällig gewählten Restaurant eingesteckt hatte, wo ich bei einer Fahrt mit dem Fahrrad einmal haltgemacht hatte, um dort auf die

Toilette zu gehen, und danach nie wieder gewesen war. Außerdem nahm ich den praktisch noch brandneuen Klappspaten mit, der an der Wand hing und den ich vor über einem Jahr gekauft hatte.

»Wieso solltest du im Garten arbeiten?«, hatte Michelle mit hochgezogenen Augenbrauen gefragt, als ich gesagt hatte, ich würde mal Unkraut jäten gehen. »Dafür haben wir doch Gärtner. Die wissen schon, was sie tun. Nachher reißt du noch eine wertvolle Pflanze heraus.«

Ich biss mir auf die Zähne, weil sie, völlig zu Unrecht, davon ausging, dass ich keine Ahnung hätte. Dass mir Gartenarbeit Spaß machte, ignorierte sie geflissentlich. Eigenartigerweise machte mich diese Arbeit zufrieden und ruhig, und sie wusste, dass ich das schon als Junge mit meinem Vater zusammen gemacht hatte.

Nur dass ich es nicht in einem so schön angelegten Garten gemacht hatte, sondern in einem Kleingarten, an den Dad irgendwie gekommen war, und das auch nur für eine Saison. Zwölf war ich gewesen in diesem Sommer. Dad hatte das Trinken beinahe sein gelassen, seinen Job als Reinigungskraft für Busse fast drei Monate behalten, und wir hatten so viele Tomaten und grüne Bohnen angepflanzt, dass wir sie zum Schluss schon nicht mehr sehen konnten.

Fast jeden Abend waren wir zwei zu unserem Gärtchen getrottet, hatten mit den anderen Leuten dort ein Schwätzchen gehalten und mit ihnen zusammen auch mal ein paar Sandwiches oder Fish and Chips gegessen. Es war der Sommer, als ich zum ersten Mal ein Mädchen küsste. Sie hieß Cindy und war in Manchester, um ihre Oma zu besuchen. Und es war der Zeitpunkt in meiner Jugend, als mir die Scheuklappen abhandenkamen und ich anfing, zu begreifen, dass es für Dad und mich wohl nicht gut ausgehen würde.

Michelle hatte davon keinen Schimmer. Sie glaubte, dass wir hinter unserem idyllischen Cottage einen großen Gemüsegarten gehabt hätten, und nahm an, dass mein Vater bis zu seinem Schlaganfall ein hart arbeitender Angestellter in leitender Funktion im öffentlichen Dienst gewesen war. Was nicht komplett gelogen war. Dad war eine Zeit lang mal Pförtner im Rathaus gewesen.

Was ich meine, ist, dass sie durchaus wusste, dass ich Spaß an Gartenarbeit hatte, aber nach ihrer Bemerkung, ich solle das doch unseren Gärtnern überlassen, habe ich nie wieder eine Schaufel in die Hand genommen. Ich ließ meine Frau und alle um uns herum in dem Glauben, ihr Wort sei Gesetz. So war es auch, als sie vor etwa drei Monaten beschloss, dass wir nun vegan leben würden. Nicht sie. *Wir.* Da hatte es keine Diskussion gegeben.

»Wir ruinieren den Planeten«, hatte sie eines Abends verkündet, als wir gerade ein köstliches Mahl zu uns nahmen: Chateaubriand, selbst gemachte Fritten und Sauce béarnaise, die ich mal eben gezaubert hatte, um sie zu beeindrucken und ihr Anlass zum Prahlen bei ihren Freundinnen zu geben. In Wirklichkeit hasste ich Kochen.

»Wie?« Ich beförderte ein weiteres Stück saftiges Steak in den Mund und dachte, ich hätte mich verhört. Seit wann scherte sich meine Frau um das Schicksal des Planeten? Und es war auch nicht so, dass sie sich groß um Tiere oder ihre Mitmenschen gekümmert hätte. Dieses Verhalten fiel mir bei ihr nicht zum ersten Mal auf. In ein paar Wochen oder Monaten würde sie sich auf etwas anderes stürzen, das sie für trendy hielt. Nicht so wie Nora, die ihre Zeit wirklich für ein ehrenwertes Anliegen opferte. Ich starrte sie an und gab mir Mühe, nicht der Versuchung, die Augen zu verdrehen, zu erliegen.

»Deswegen geht dieser Planet zugrunde.« Sie schob ihren Teller von sich. »Wegen des Fleisches.«

»Meuchelmord durch Cheeseburger?«

»Du hast Cheeseburger gegessen?«

Ich lachte, hauptsächlich wegen ihrer aufrichtigen Empörung, aber auch weil ich ihr gerade eine deftige Lüge servierte, die noch saftiger war als das Fleisch auf meinem Teller. Tatsache war, dass ich schön mitgehört hatte, bevor sie in der Kunstgalerie in mich hineingerannt war, sodass ich mir den Champagner übers Hemd schüttete. So hatte ich mitbekommen, wie Michelle stolz erklärte, dass sie seit ihrem sechzehnten Geburtstag keinen Fast-Food-Laden mehr betreten hätte, weil ihr damals wegen einer Portion fragwürdiger Chicken Nuggets schlecht geworden sei. Sie können sich vorstellen, wie überrascht und hocherfreut Michelle war, als ich ein wenig später an diesem Abend geschickt auf das Thema Essen zu sprechen kam und sie feststellte, dass ich seit annähernd fünf Jahren kein Fast Food mehr gegessen hatte. Ein Kracher wie ein Whopper. In Wirklichkeit hatte ich erst am Tag zuvor einen zu mir genommen. Meine monatliche Ration.

»Natürlich nicht. Weißt du doch, mein Schatz.« Ich nahm ihre Hand und drückte sie zärtlich. »Ein schlechter Witz. Was hast du gerade gesagt über Burger, die den Planeten ruinieren?«

Also ehrlich, manchmal fragte ich mich, warum sie mich überhaupt attraktiv fand. Warum sie sich mit jemandem abgab, der so wenig Rückgrat hatte, denn schließlich strotzte sie nur so vor Selbstbewusstsein. Ich nahm an, dass Michelle so sehr daran gewöhnt war, ihren Willen zu bekommen, immer mit allem durchkam, dass es ihr nicht einmal auffiel. Sie hätte sich auch nicht darum geschert.

»Es sind nicht nur die Burger«, sagte sie, und zu meinem großen Erstaunen setzte sie zu einem ausführlichen Vortrag über den Zusammenhang von Fleischproduktion und Klimawandel an, solide Wissenschaft. Ich hatte das auch schon gelesen, aber so getan, als wäre es mir entgangen. Ich ließ sie in dem Glauben, dass ich ihr gespannt zuhörte, und wartete darauf, dass sie zum Ende kam. Schließlich verkündete sie: »... und so habe ich beschlossen, dass es bei uns kein Fleisch mehr geben wird. Keine Eier und auch keine Milchprodukte. Wir leben jetzt vegan.«

»Wie aufregend.«

»Ich weiß. Ich werde alles über einen Onlineshop bestellen, damit unser Kühlschrank immer gut bestückt ist mit Mandelmilch, Tofu und jeder Menge verschiedenen Obst- und Gemüsesorten. Von nun an herrscht bunte Vielfalt.«

»Dachte mir schon, dass du keine Fruchtbonbons meinst.«

»Haha.«

»Klingt fantastisch, Michelle. Wetten, dass ich ein paar großartige vegane Kochbücher auftreiben werde? Ich kann es gar nicht abwarten, die Rezepte auszuprobieren.« Schieb mal den Kotzeimer rüber. Ich fragte mich, ob ich möglicherweise zu schnell nachgegeben hatte. Offenbar nicht, denn sie stand auf, um mich zu küssen.

»Du bist so ein toller Ehemann«, meinte sie und ließ mich den Stuhl ein wenig zurückschieben, damit sie auf meinem Schoß sitzen konnte. Um Himmels willen, konnte ich mein letztes offizielles Steak mit Pommes frites nicht einmal in Ruhe genießen? »Alle meine Freundinnen beneiden mich. Weißt du das eigentlich? Sie sagen, du bist einfach unglaublich.«

Das hätte sie glatt zurückgenommen und sicher nichts von dem getan, was an diesem Abend später noch geschehen sollte, wenn sie gewusst hätte, dass ich mir am nächsten Morgen erst mal einen McMuffin mit einem Würstchen reinzog. Gefolgt von einer Zigarette wurden ein gelegentlicher Kebab oder Burger zu meinen kleinen Geheimnissen.

Ich schüttelte den Kopf. Das war jetzt nicht die Zeit, um an Bacon-Sandwiches zu denken. Ich musste weitermachen und meine Ausrüstung komplettieren.

Im Herbst zuvor hatten Michelle und ich beschlossen, unseren Dachboden mit einer Mischung aus Sprühschaum und Mineralwolle ordentlich isolieren zu lassen. Seit wir das Haus gekauft hatten, mussten wir im Winter die Heizung voll aufdrehen und im Sommer die Klimaanlage, was mir Tränen in die Augen trieb, wenn ich dann die Stromrechnung bekam. Als ich Michelle diese Renovierungsmaßnahme vorschlug, hatte sie nur eine wegwerfende Handbewegung gemacht und gesagt, ich solle es einfach regeln.

Es war kaum zu glauben, was für einen Unterschied das für die Raumtemperatur im Haus und für unsere Nebenkostenabrechnung machte. Aber hinter dem Plan hatte auch noch eine andere Überlegung gesteckt. Als die Handwerker zum Schluss ihre Sachen zusammenpackten, hatte ich aus ihrem Wagen ein paar Overalls in Originalverpackung mitgehen lassen.

Völlig klar: Wenn deine Frau vermisst wird und man dann auf einer Überwachungskamera sehen kann, wie du vorher im Baumarkt Ausrüstung kaufst, mit der du glatt bei Navy CIS auftreten könntest, hätte man dir schneller ein Paar brandneue Handschellen verpasst, als du »Tiffany's« sagen kannst. Wenn aber in deiner Garage ein paar Overalls gefunden werden, nachdem deine Frau entführt worden ist, und sie stecken noch in der Originalverpackung, und du außerdem den Bullen gegenüber hast fallen lassen, dass du insgeheim gehofft hattest, eines der Schlafzimmer in Bälde in ein Kinderzimmer verwandeln zu können, zieht niemand auch nur eine Augenbraue hoch.

Nachdem ich einen der Overalls in meinen Rucksack gestopft hatte, nahm ich noch eine Flasche Wasser von einem Packen in der Ecke an mich und holte tief Luft.

Das war es.

Ich war bereit.

Kapitel 22

Mein Atem bildete eine bauschige Wolke in der klaren Luft, als ich schweigend und reglos vor der Seitentür zur Garage stand und in die Nacht hinauslauschte. Außer dem zarten Rascheln des Windes in den Bäumen und dem Ruf einer Eule in der Ferne war nichts zu hören. Ich ging an der Garage entlang zur Auffahrt, hielt mich dicht am Zaun und machte hinter einer alten Eiche halt, von der aus sich unsere Sackgasse gut überblicken ließ.

Keine Autos. Keine Leute. Absolut sicher, dass niemand mich beobachtete, konnte ich dennoch nicht sein, denn einige unserer Nachbarn hatten Überwachungskameras installiert, die auf die Straße gerichtet waren. Mir war deshalb klar, dass es ein gewisses Risiko darstellte, wenn auch ein überschaubares, mitten in der Nacht aufzubrechen. Es war nicht das erste Mal, dass ich um diese Zeit losfuhr. Das war allgemein bekannt, auch als Michelle noch lebte. Ein in sich schlüssiges, ab und zu vorkommendes Verhalten, das niemanden groß verwundern würde, selbst wenn ich auf einer der Kameras auftauchte.

Meine Frau glaubte, dass meine nächtlichen Ausflüge dem Umstand zu verdanken waren, dass ich von der Arbeit nicht abschalten konnte, während ich in Wirklichkeit meine Pläne für sie vorantrieb. Seit ihrer Entführung hatte ich Travis, Nora, Detective Anjali und auch einigen Kollegen gegenüber ein paar Bemerkungen darüber fallen lassen, dass ich des Öfteren an Schlaflosigkeit litt und Michelles schwierige Lage dies noch verschlimmert hätte. Sollte mir heute Nacht jemand folgen, würde das nichts ändern. Träfe man mich mit einem zweifelhaften Arsenal an Gerätschaften an, würde das nur meine sorgfältig zurechtgelegte Absicht demonstrieren, schneller als ein Goldfisch im Säurebad zu schwimmen, obwohl ich eigentlich mit dem Bauch nach oben dahintrieb.

Zufrieden, dass ich allein war, ging ich zurück zur Garage, öffnete das Tor und schmiss meine Triumph an. Wenig später befand ich mich schon draußen auf Landstraßen, wo ich eine halbe Stunde kreuz und quer herumfuhr, um weiterhin sicherzustellen, dass mir niemand auf der Spur war. Die Straßen waren trocken und leer bis hin zum Naturschutzgebiet, wo ich mein Motorrad hinter einem riesigen Stapel Holzscheite versteckte. Meine Suche würde mehrere Stunden in Anspruch nehmen, und ich wollte vor Einbruch der Dämmerung wieder zu Hause sein, deshalb fing ich gleich mit den letzten Vorbereitungen für meine Exkursion an. Ich holte die Socken für das große Paar Wanderstiefel aus dem Rucksack und zog sie an, stieg in die Overalls, setzte die Stirnlampe auf und streifte ein Paar Handschuhe über, sobald ich die Koordinaten meines Ziels in das GPS-System eingegeben hatte. Als ich an einem Dixi-Klo vorbei musste, hätte ich beinahe kehrtgemacht – irgendwie war mir nicht gut im Magen –, aber ich ignorierte diese Anwandlung und kämpfte mich durch das Unterholz.

Es war scheißunheimlich, das will ich gar nicht beschönigen.

Unter einem fingernagelförmigen Mond mit lediglich einer Stirnlampe im Wald herumzulaufen, dazu noch mit dem Plan, die eigene Ehefrau auszugraben und nach Hinweisen auf die Identität ihres Mörders zu suchen, dürfte wohl in den Köpfen der meisten Menschen Verwirrung stiften. So auch in meinem. Wer etwas anderes erzählt, ist entweder ein noch größerer Lügner als ich, im klinischen Sinne irre, im Innern bereits abgestorben oder eine Mischung aus allen drei Zuständen.

Wie ich schon sagte, glaube ich nicht an Gespenster, aber dort draußen im Wald, während ich mich auf Michelles Grab zubewegte, konnte ich nicht anders, als mich zu fragen, was ich wohl täte, wenn ihr Geist plötzlich vor mir stünde. Folglich fuhr ich schon beim kleinsten Geräusch zusammen, der Kopf schwirrte mir. Das Knacken von Ästen und Zweigen – natürlich nicht das, was ich mit meinen überdimensionalen Clownsstiefeln selbst verursachte – ließ mich öfter zusammenschrecken, als ich mir selber eingestehen wollte.

Schnüffeln war zu hören, ebenso die Rufe von Vögeln, ihre Flügel oder die von Fledermäusen oder was auch immer flatterten über meinen Kopf hinweg. Ich hatte nie auf dem Land gelebt. Auf den zugebauten Flächen in Manchester standen kaum Bäume, und bewaldete Flächen, in denen ich mich als Kind herumtreiben konnte, gab es gar nicht. Ich war es gewohnt, mich durch Betondschungel zu bewegen, der angefüllt war mit den Alarmsirenen von Autos und dem Geschrei der Menschen, nicht aber an diesen unheimlichen Chor von Insekten und wilden Tieren im Dämmerlicht.

Ich schlug mich durch das Unterholz und suchte den Weg des geringsten Widerstands, damit ich eine möglichst kleine Trasse hinterließ, die im Idealfall nicht zu sehen war. Ich versuchte, nicht allzu viel daran zu denken, wie viel Angst Michelle gehabt haben musste, als Woods sie hierherschleifte. Es gab keinen Zweifel daran, dass der Schrecken sie beherrscht hatte, und diese Gewissheit bereitete mir kein Vergnügen. Ich hoffte, dass Woods sie schnell getötet und sie keine Zeit mehr gehabt hatte, sich groß Gedanken zu machen, was er mit ihr anstellen wollte oder auch nicht und ob sie überleben würde.

Ich schob die Gedanken beiseite und machte weiter. Als ich knapp dreihundert Meter von meinem Ziel entfernt war, holte ich eine Gesichtsmaske aus der Seitentasche meines Rucksacks und zog den Reißverschluss meines Overalls bis zum Kinn zu. So waren nur noch meine Augen unbedeckt, sodass ich keine DNA-Spuren hinterließ, die entdeckt werden konnten.

Ein weiteres Knacken schreckte mich auf. Ich wirbelte herum, doch meine Stirnlampe hatte nur eine geringe Reichweite. Langsam drehte ich mich, konnte aber nichts erkennen. Plötzlich hatte ich das Bild vor Augen, wie ich von einem wilden Tier zerfleischt wurde. Wäre das nicht die Ironie schlechthin? Beide, Michelle und ich, liegen am Ende tot im Wald, wenige Meter voneinander entfernt, spurlos verschwunden. Manche könnten das für ausgleichende Gerechtigkeit halten. Ich gehörte nicht zu ihnen.

Ich rügte mich dafür, keine irgendwie geartete Waffe dabeizuhaben. Als provisorische Alternative holte ich die Schaufel aus dem Rucksack und stocherte damit in alle Richtungen. Falls mich irgendetwas angriff, hätte ich wenigstens etwas, womit ich mich verteidigen könnte. Sollte ich übel gebissen werden und medizinische Versorgung brauchen, müsste ich mir eine interessante Erklärung dafür aus den Fingern saugen, wie, wo und warum ich so stark verletzt worden war.

Doch nichts geschah, als ich noch eine Weile so dastand, wartete und meine Umgebung beobachtete. Nicht die kleinste Bewegung, und abgesehen von einem durchdringenden Knarzen, das meinen Gedärmen entfuhr, schien die Geräuschkulisse im Unterholz erstorben zu sein. Dennoch hatte ich jenes seltsame Gefühl, das einen befällt, wenn man sich beobachtet fühlt. Ich zwang mich dazu, es abzuschütteln.

Nachdem ich mich umgedreht hatte, setzte ich mit klopfendem Herzen und klatschnassen Achseln meinen Weg fort. Ich hätte nicht gedacht, dass ich unwillkürlich so stark darauf reagieren würde, die Leiche meiner Frau auszugraben, aber wenn es nach dem Schweiß ging, der mir auf der Stirn stand, hatte ich den Eindruck, dass ich mich, noch bevor ich mein Ziel erreichte, schneller auflösen könnte als Zuckerwatte in einem heißen Tee mit Rum.

Ich ging weiter und ignorierte meine schweißnassen Hände und den rebellierenden Magen. Sobald ich mir sicher war, mithilfe meines GPS-Systems die richtige Stelle erreicht zu haben, fragte ich mich ein letztes Mal, ob ich wirklich dazu bereit war.

Von Gideon einmal abgesehen, hatte ich zuvor noch nie eine Leiche gesehen, nicht einmal, als ich für Bobby gearbeitet hatte. Zu seinem engsten Kreis hatte ich niemals gehört, war daher nie Zeuge eines der Morde geworden, von denen sich, wie ich wusste, mehrere ereignet hatten, noch hatte ich die Absicht, meinerseits einen weiteren zu begehen, wenn Travis erst einmal gegangen war. Zeit für ein Geständnis (ehrlich): Ich hatte nicht nur deshalb einen Auftragskiller angeheuert, um Michelle loszuwerden, weil ich nicht wollte, dass mich greifbare Beweise mit dem Verbrechen in Verbindung brachten. Ich tat es auch, weil ich nicht mochte, was Gideons Ermordung mit mir gemacht hatte – als wäre ich an diesem Nachmittag noch einmal auf das gestoßen, was von meiner Seele noch übrig war. Ganz zu schweigen davon, dass es unschön und widerlich war und andere Leute deutlich stärker willens waren, solche Dinge auszuführen.

Michelles Leiche auszugraben, war jedoch etwas, das ich selbst tun musste.

Mit einem Magen, der sich anfühlte, als hätte ich einen ganzen Korb voller Klapperschlangen hinuntergewürgt, machte ich mich an die Arbeit. Das Geräusch eines knackenden Astes schreckte mich auf. Meine Blicke forschten nach der Ursache, und meine Schultern entspannten sich, als ich einen Fuchs zwischen den Bäumen weglaufen sah. Beim nächsten Mal ließ ich mich davon schon nicht mehr beeindrucken. Ich musste voranmachen. Ich sah mich um, musterte den Erdboden, soweit das bei dem spärlichen Licht möglich war, und bemerkte eine wenig bewachsene Stelle, wo die Erde locker war und nur ein paar Zweige herumlagen. Dort musste es sein.

Die ersten Versuche waren nicht erfolgreich, weil das GPS-System nicht hundertprozentig präzise war, doch dann stieß ich mit der Schaufel in gut einem halben Meter Tiefe auf etwas, das härter war als die Erde. Ich kniete mich hin, scharrte die lockere Erde mit meinen behandschuhten Händen weg und grub eine dreckverschmierte Plastikflasche aus, deren Etikett kaum noch lesbar war. Abflussreiniger. Seltsam. Nachdem ich mich kurz gefragt hatte, ob ich vielleicht doch nicht die richtige Stelle erwischt hatte, grub ich weiter. Kurz darauf erfüllte der stechende, faule Geruch von verwesendem Fleisch die Luft und ließ mich würgen.

Ich presste mein Gesicht in die Armbeuge und versuchte verzweifelt, mich nicht zu übergeben. Das waren jetzt nicht der richtige Ort und die richtige Zeit, meinen Mageninhalt von mir zu geben. Ich schaufelte um etwas herum, was ich irgendwie für Knochen hielt, vielleicht auch einen Schädel, aber es erwies sich letztlich als eine Ansammlung von Gesteinsbrocken. Ich holte ein paar heraus, nahm an, dass Woods sie benutzt hatte, um Tiere fernzuhalten – ich erinnerte mich, dass Michelle und ich das einmal in einer ihrer True-Crime-Sendungen gesehen hatten –, und dankte ihm insgeheim für die Sorgfalt.

Einen Fuß und beinahe noch einen weiteren tiefer bemerkte ich schließlich das Schimmern hellen Stoffs. Galle stieg mir die Speiseröhre hinauf. Ich würgte sie wieder herunter. Ich musste lediglich das Laken öffnen und ihre Gesichtszüge studieren, um die Gewissheit zu haben, dass Woods seine Arbeit gemacht hatte. Anschließend konnte ich ihr Gesicht wieder bedecken, bevor ich den restlichen Körper inspizierte, um vielleicht irgendetwas Brauchbares zu entdecken, das mir dabei helfen konnte, herauszufinden, wer er war.

Ich war dankbar für die Maske, auch wenn ich mir vergeblich wünschte, dass sie den Leichengeruch tilgen würde. Ich riss mit den Fingern ein Loch in das Tuch und zog daran, um es größer zu machen. Meine Stirn legte sich in Falten, als sich Schuhe abzeichneten. Verdammter Mist. Ich hatte das falsche Ende zu fassen. Ich hielt die Luft an und ging ein bisschen näher heran. Die Turnschuhe sahen wie ein Paar aus, das Michelle getragen hatte, aber wegen des Drecks konnte ich mir nicht sicher sein.

Ich fluchte laut und begann knapp zwei Meter nach links versetzt mit doppelter Geschwindigkeit erneut zu graben, holte die Steine heraus und zerriss das Tuch, sobald ich es erreichen konnte, meinen Zweifeln und Beklemmungen zum Trotz. Zuerst sah ich verfilztes, unnatürlich graues Haar, das in Büscheln am Schädel klebte. In diesem Moment begriff ich, warum ich den Abflussreiniger gefunden hatte. Ebenso wie die Steine würde auch das Ammoniak die Tiere auf Distanz halten und zugleich den Verwesungsprozess beschleunigen, was die Entdeckung der Leiche unwahrscheinlicher machte.

Meine Abscheu vor einem verwesenden Leichnam musste einstweilen hintanstehen, als ich mehr und mehr Erdreich entfernte, sodass ich allmählich freilegen konnte, was vom Gesicht noch übrig war. Die eingefallenen Augenhöhlen und der offene Mund, aus denen Maden krochen, machten es jedoch unmöglich, mit Sicherheit zu sagen, ob das meine Frau war. Ich hockte mich auf die Fersen, nahm die Maske ab und sog gierig die Luft ein, wiewohl ich wusste, dass ich jetzt nicht aufhören konnte.

»Mach weiter«, knurrte ich. »Jetzt!«

Ich zog die Maske wieder an und zwang mich, mit der Untersuchung der Leiche fortzufahren. Ich grub um die Leiche herum ein wenig tiefer und entdeckte, was von schwarzen Yogahosen und einem grünen T-Shirt noch übrig war. Bei beiden war ich mir sicher, dass sie meiner Frau gehörten. Endlich ein Anschein des Beweises, den ich brauchte.

Das T-Shirt schien blutgetränkt zu sein. Ein großer trockener Fleck ergab auf dem Bauch ein Muster, das an die dunkle Fläche in der Mitte einer Zielscheibe erinnerte, und es kam mir so vor, als würden sich an dem Fleisch darunter weitere Insekten ergötzen. Wie sie gestorben war, ließ sich daraus nicht schließen. Erschossen oder erstochen vielleicht. Im Moment war die Todesursache allerdings auch egal.

Als ich weitergrub, stieß ich auf einen neuen Gegenstand: eine Handtasche. Die Handtasche *meiner Frau,* und ich wusste das mit Bestimmtheit, weil sie ihr ausgeschaltetes Handy, ihre Geldbörse und die Schlüssel enthielt. Ich hielt einen Moment inne und starrte die Gegenstände an, als sich die Gewissheit verdichtete, was das zu bedeuten hatte.

Michelle war tot.

Woods hatte sie genauso umgebracht, wie wir es vereinbart hatten. Sie lebte nicht mehr. Er hielt sie nicht als Geisel gefangen. Und sollte er hinter den Fotoausschnitten stecken und versuchen, mich so weit zu bringen, dass ich mich selbst als

Auftraggeber des Mordes offenbarte, konnte er lange warten. Den Bruchteil einer Sekunde lächelte ich.

Was, wenn er damit weitermachte?

Der Ruf einer Eule ließ mich zusammenfahren und um mich blicken, wobei ich Woods zugleich verfluchte und dankbar war, dass er einen so abgelegenen Ort gewählt hatte. Als wir in Kontakt gewesen waren, hatte er immer betont, dass er normalerweise keine Informationen über die Örtlichkeit verlautbarte, sie bliebe besser unbekannt. Ich hatte jedoch darauf bestanden, dass er es mir sagte, und gedroht, jede Verbindung sofort abzubrechen, wenn ich nicht bekam, was ich wollte.

Ein weiterer Gedanke ging mir plötzlich durch den Kopf: Vielleicht war das hier ja Woods' üblicher Abladeplatz. Der Ort, an dem er all seine Aufträge loswurde. War ich von Leichen umgeben? Ich ließ den Strahl der Stirnlampe über die Bäume und den Erdboden schweifen, konnte nicht sicher sein, dass ich die Totenruhe anderer Opfer nicht gestört hatte, sagte mir aber, dass es völlig egal war, wie viele Leichen hier verscharrt waren. Sie waren tot. Und Tote konnten mir nichts zuleide tun.

Nach ein paar neuerlichen tiefen Atemzügen grub ich weiter um den Leichnam herum, fand aber keine zusätzlichen Spuren von Woods, die Aufschluss darüber hätten geben können, wer er war. Das wäre ja auch zu einfach gewesen. Statt ruhig zu bleiben, spürte ich Ärger in mir aufsteigen. Obwohl meine Exkursion erfolgreich gewesen war, weil ich nun wusste, dass Michelle tot war, hatte ich immer noch nicht die leiseste Ahnung, wer er war und wo er zu finden war. Und was er vielleicht als Nächstes machte.

Ich hätte am liebsten meinen Kopf in den Nacken gelegt und jeden erdenklichen Kraftausdruck gen Himmel geschrien, so laut und druckvoll ich konnte, oder den nächstbesten dicken

Baumstamm als Sandsack benutzt. All meinen Vorbehalten und meiner gottverdammten Zimperlichkeit zum Trotz hätte ich die Eier haben sollen, die Sache mit Michelle selbst zu regeln. Jetzt versuchte Woods vielleicht gerade, mich plattzumachen. Mindestens. Sollte er trotz meiner Vorsichtsmaßnahmen herausbekommen haben, dass Michelles Tod auf mein Konto ging, hatte er einen Hebel in der Hand, konnte aber gleichzeitig unsichtbar bleiben. Wenn er hinter mir her war, würde ich ihn nicht einmal kommen sehen.

Ich holte tief Luft, versuchte, wieder herunterzukommen, und schaufelte die Erde und die Gesteinsbrocken zurück oben auf die Leiche. Zugleich schwor ich mir, egal, was passierte, das ich vorbereitet sein würde auf Woods. Besser noch: Ich würde ihn meinerseits jagen. Und wenn ich ihn gefunden hatte – sollte es dazu kommen –, würde ich ihn umbringen.

Kapitel 23

Ich schaufelte die Grabstelle wieder zu und verwendete Zweige und heruntergefallenes Laub, um alles wieder so aussehen zu lassen wie bei meiner Ankunft. Während ich mir Mühe gab, das Grab wieder mit seiner Umgebung zu verschmelzen, verfluchte ich mich weiterhin dafür, mich nicht direkt und persönlich um Michelle gekümmert zu haben. Außerdem machte ich mir Vorwürfe, dass ich Woods im Darknet angeheuert hatte. Es war vielleicht die beste Möglichkeit gewesen, meine eigene Anonymität zu gewährleisten – es gab nun mal keine Website, die »Hitmen'R'Us« hieß –, aber möglicherweise hatte ich ihn unterschätzt.

Schimpfworte kamen mir im Flüsterton über die Lippen, während ich letzte Hand an die Grabstelle legte und die Umgebung in Augenschein nahm. Niemand würde erkennen, dass hier eine Leiche vergraben lag, und ich wollte auch nicht weitere Zeit an den Gedanken verschwenden, ob sich Woods hier auch der Früchte anderer Missionen entledigt hatte. Ich strahlte mit der Stirnlampe meinen Rucksack an, um sicherzugehen, dass ich sämtliche Gegenstände dabeihatte, die ich in den Wald mitgebracht hatte, und nicht aus Versehen etwas vergaß. Das Heulen irgendeines Tiers ließ mich zum x-ten Mal zusammenschrecken und erinnerte mich daran, dass ich nicht allein war. Obwohl ich die Schicht Steine wieder obenauf gelegt hatte, stand mir plötzlich das Bild eines Rudels Kojoten vor Augen, die Michelles Leichnam ausgruben und in Fetzen rissen. Und diesmal beschimpfte ich Woods dafür, dass er sie draußen im Wald zurückgelassen hatte.

»Du verweichlichst allmählich«, murmelte ich vor mich hin, als ich mir den Rucksack über die Schulter warf und aufhörte, an sie zu denken, doch im selben Moment bekam ich einen Bauchkrampf, der meine Eingeweide unangenehm verknotete. Es wurde Zeit, aufzubrechen, also machte ich mich auf den Weg, auf Nimmerwiedersehen, und ging durch das Unterholz den Weg zurück, den ich gekommen war. Zweihundert Meter weiter stand meine Bauchhöhle sozusagen in Flammen. Ich zuckte mehrere Male vor Schmerz zusammen und musste schließlich anhalten, weil meine Innereien sich zusammenzogen, als hätte man mich in den Unterleib getreten.

Als ich endlich mein Motorrad erreichte, war es beinahe vier Uhr, und auch wenn der Parkplatz jetzt noch leer war, musste ich mich beeilen, nach Hause zu kommen. Ich warf die Overalls, die Handschuhe, die zusätzlichen Reservestrümpfe und die Maske in das rostrote Ölfass, das mir als Mülleimer diente, und versuchte dabei weiterhin, die stechenden Bauchschmerzen zu ignorieren. Sobald alles in Flugzeugbenzin getränkt war, entzündete ich ein Streichholz und warf es zusammen mit der Schachtel hinein.

Mein nächster Halt war eine einsame Brücke über den Charles River. Nachdem ich mich vergewissert hatte, dass niemand in der Nähe war, warf ich das GPS-Navigationssystem in den Fluss. Die Wanderschuhe beförderte ich in einen Container für Kleiderspenden vor einer Obdachlosenunterkunft, und ein letzter Stopp führte mich zu einer Autowaschanlage mit Self-Service, die keine Überwachungskameras hatte. Die letzte Box ganz hinten wies von der Straße weg, sodass ich dort mein Bemühen, Beweismaterial zu vernichten, umstandslos fortsetzen konnte.

Ich war fast damit fertig, mein Motorrad und die Schaufel mit dem Schlauch abzuspritzen, als mir bewusst wurde, dass weder meine Magenschmerzen noch die schweißnasse Stirn und die klammen Hände etwas damit zu tun hatten, dass ich meine Frau ausgegraben hatte. Meine Eingeweide krampften sich unversehens zusammen, als ich einen starken faulen Geruch zu verspüren meinte. Ich hatte den Punkt erreicht, an dem es kein Zurück mehr gab, an dem dir am ganzen Körper der kalte Schweiß ausbricht, weil es plötzlich das Allerwichtigste auf Erden wird, die Toilette – irgendeine Toilette – noch zu erreichen.

Zunehmend von Panik ergriffen, suchte ich die Umgebung mit meinen Blicken ab. Neben der Waschanlage gab es einen Mülleimer, und ich müsste lügen, wenn ich jetzt behaupten würde, ich wäre nicht versucht gewesen, ihn zu benutzen. Mir standen die Nackenhaare zu Berge. Ich stieß einen Seufzer der Erleichterung aus, als ich auf der anderen Straßenseite ein rund um die Uhr geöffnetes Schnellrestaurant entdeckte, ein heruntergekommenes Café namens *Mo's* mit einer Neonreklame in Form einer Pfanne, in der Eier und Speck schmorten, wobei das limettengrüne O aus dem Wort »Offen« unregelmäßig flackerte. Mehr Zuspruch brauchte ich nicht.

Ich rannte los, voller Sprint mit dröhnenden Schritten, und betete, dass das *Mo's* auch wirklich offen und nicht jemand einfach vergessen hatte, die Neonreklame abzustellen. Ich riss die Tür auf und sah mich einer alten Kellnerin gegenüber, die mich umgeben von Bratenduft grüßte. Alldem schenkte ich weiter keine Beachtung und raste an der Frau vorbei in Richtung Toilette, die ich erst nach einer guten halben Stunde wieder verließ. Voller Zuversicht, dass ich den Rest meines Lebens vollkommen entleert zubringen würde, schleppte ich mich zu einem blau-weiß karierten Resopaltisch in der hinteren Ecke und sackte dort mit zerfetzten, brennenden Gedärmen in mich zusammen.

Die Kellnerin kam zu mir herüber, ihr Gesicht, dem einer Schildkröte nicht unähnlich, voller Sorgenfalten. »Geht's Ihnen gut, mein Lieber?« Sie legte mir die mit Plastikfolie kaschierte Speisekarte hin, die sie sich unter den Arm geklemmt hatte. Als ich nicht reagierte, holte sie einen Schreibblock und einen winzigen Bleistift aus ihrer Schürze und zog erwartungsvoll die Augenbrauen hoch.

Ich grunzte schwach. »Nur einen Kaffee, bitte. Schwarz.«

»Aber Schätzchen, probieren Sie mal unser Essen. *Mo's* pochierte Eier sind legendär, und der Schinkenspeck ist ...«

»Nur einen Kaffee«, sagte ich schnell. Allein bei dem Gedanken an auslaufendes Eigelb und Fett wäre ich am liebsten gleich wieder auf die Toilette gerannt. »Bitte.«

Sie nickte, und während sie sich trollte, warf ich einen Blick auf die Wanduhr und wurde bleich. Kurz vor sechs, draußen war es noch dunkel – aber nicht mehr lange. Diane und Karina würden bald auf sein, wenn sie nicht bereits aufgestanden waren, und meine anderen Nachbarn würden mich natürlich die Straße mit dem Motorrad hochkommen sehen. Ich hätte gerne so getan, als wäre das egal, aber es könnte eben auch nicht egal sein. Ich konnte ja nicht wissen, was die Polizei gerade anstellte, für wen oder was sie sich interessierte und wessen Überwachungsvideos, einschließlich der Leute in meiner unmittelbaren Nachbarschaft, sie im Moment unter die Lupe nahm. Auf jeder beliebigen, an einer der Türen angebrachten Kamera dürfte zu sehen sein, wie ich mich mitten in der Nacht auf den Weg gemacht hatte, was nicht ungewöhnlich war. Doch erst in den frühen Morgenstunden zurückzukommen, würde mein Mantra des »Ich habe noch eine Runde mit dem Motorrad gedreht, weil ich nicht schlafen konnte« doch arg strapazieren.

Als der Kaffee kam, nahm ich einen brühend heißen Schluck in der Hoffnung, dass dies meine Innereien so weit zufriedenstellen würde, dass ich es ohne weiteren Halt bis nach Hause schaffte. Mein Magen knurrte. Außer einem Toastbrot gestern Morgen hatte ich lediglich Karinas Cottage Pie zu mir genommen. Sie hatte köstlich und etwas rauchig geschmeckt, kein bisschen schlecht, und Travis hatte seine Portion verschlungen, obwohl das Ganze mit Tofu zubereitet worden war.

Ich musste grinsen, als ich an meinen Schwager dachte. Selbst mit dem ganzen Schnaps und all den Schlaftabletten, die ich ihm verpasst hatte, wäre er mit Sicherheit mittlerweile auf den Beinen, wenn irgendwas mit dem Essen von Karina nicht gestimmt hätte. Und es wäre natürlich schlecht für mich, wenn er bemerkt hatte, dass ich nicht zu Hause war.

Kapitel 24

Die Sonne verzierte gerade den unteren Rand des rosafarbenen Himmels, als ich endlich wieder zu Hause eintraf. Ich wollte einfach nur noch ins Bett fallen, aber ich wusste, dass Schlaf keine Option darstellte, wenn mir Woods tatsächlich auf den Fersen war. Als ich vor der Garage anhielt, sah ich Diane gerade aus der Haustür kommen. Es war zu spät, um kehrtzumachen und davonzufahren. Sie hatte mich längst gesehen und kam herüber.

»Na, du bist ja früh auf. Konntest du mal wieder nicht schlafen?«

»Nee.« Mein Magen krampfte und ließ mich zusammenzucken. »Bitte entschuldige mich.«

Als ich an ihr vorbeihastete, wechselte ihr Gesichtsausdruck von besorgt zu überrascht, aber ich hatte keine Zeit für große Erklärungen. Drinnen begrüßte mich Roger mit Schwanzwedeln und einem kurzen Bellen, doch mir blieb nichts anderes übrig, als ihn zu ignorieren und zur Toilette im Erdgeschoss durchzustarten.

Etwa zwanzig Minuten später war ich dann in der Küche, begleitet von Roger, der sich glücklich über sein Trockenfutter hermachte, und trank noch einen Kaffee. Travis war noch oben. Entweder hatten ihn die Schlaftabletten tatsächlich komplett außer Gefecht gesetzt, oder sein Darm bestand aus drei Zoll starkem Gusseisen. Ich hatte bereits vier Glas Wasser hinuntergestürzt, und meine Eingeweide fühlten sich noch immer wie ausgewrungen an.

Ich fuhr mir mit der Hand übers Gesicht und beschloss, am besten etwas zu mir zu nehmen, das meinen verstimmten Magen beruhigte, und anschließend duschen zu gehen. Eine Plastikbox in dem Schränkchen über dem Kühlschrank enthielt verschiedene Mittel gegen Kopfschmerzen und andere Medikamente, zum Beispiel Immodium. Ich wollte der Verpackung gerade ein paar Tabletten entnehmen, als mir etwas anderes auffiel, genauer gesagt: etwas fehlte.

Abführmittel.

Ich hatte es nie benutzt, wohl aber Michelle. Gegen die unangenehmen Nebenwirkungen der Eisenpräparate, die man ihr vor einiger Zeit verschrieben hatte, als man bei ihr Blutarmut diagnostizierte. Einzelheiten hatte ich nie wissen wollen, aber den Namen des Präparats hatte ich nicht vergessen, weil es abends zur Essenszeit ständig in der Fernsehwerbung auftauchte. Ein paar Tabletten waren noch übrig gewesen. Ich wusste das genau, weil ich in der Woche zuvor wegen Halsschmerzen auch Hustenpastillen gebraucht hatte. Als ich das Abführmittel sah, hatte ich überlegt, es wegzuwerfen.

Instinktiv sah ich in dem Mülleimer unter dem Spülbecken nach und fand auch prompt die fehlende Packung. Sie war leer. Im Geiste ließ ich den vorangegangenen Abend vorüberziehen. Karina hatte die Cottage Pie vorbeigebracht. Travis hatte seine Portion verspeist und sich bei der Gelegenheit meine greifen können. Hatte der kleine Scheißer mir etwa das Abführmittel ins Essen gemischt, weil ich ihn beschuldigt hatte, Michelles Schmuck an sich genommen zu haben? Vielleicht hatte Nora ihn doch über ihre finanziellen Pläne hinsichtlich seiner Person in Kenntnis gesetzt, und Travis hatte daraufhin kindisch Rache geübt. Je länger ich darüber nachdachte, desto überzeugter war ich, dass er exakt das getan hatte.

Ich ging die Treppe hoch, direkt zu Travis' Zimmer, riss die Tür auf und schaltete das Licht ein. »Hey!«, schrie ich. »Hey, Travis!«

Mit weit aufgerissenen Augen schoss er hoch. »O Mann, was machst du? Was ist denn los zum Teufel?«

»Hast du das in mein Essen gemischt?«

Mit zusammengekniffenen Augen und gekräuselter Stirn sah er die Schachtel an. »Was ist das?«

»Verarsch mich ja nicht.«

»Ich weiß nicht, was das ist. Kann ich von hier aus nicht sehen.«

»Abführmittel.«

»Wie?«

»Die lassen dich ...«

»Ich weiß, was es anrichtet. Uuh. Aber warum sollte ich es in dein Essen tun?«

»Sag's mir!« Ich warf ihm die leere Schachtel an den Kopf. Sie prallte ab und verschwand hinter dem Kopfteil des Bettes, was mir keine Genugtuung verschaffte.

»Ey, welche Laus ist dir denn heute über die Leber gelaufen?«

Wäre ich nicht so geladen gewesen, hätte ich seine Wortwahl möglicherweise komisch gefunden, aber in diesem Moment hätte ich ihn am liebsten in der Badewanne ertränkt. Ich machte ein paar Schritte auf ihn zu.

»Willst du dich mit mir anlegen?«

Ich sagte das ganz ruhig, aber die Drohung war unverkennbar. Ich dachte an die Fotoausschnitte von Michelle, den tiefen Kratzer an meinem Auto, das Abführmittel und auch die gekündigte Mitgliedschaft im Invicta-Fitnessclub. Steckte Travis dahinter? Er hätte Zugang zu meinem Smartphone gehabt, wenn ich es einfach so herumliegen ließ, aber ich war schließlich nicht dumm. Und leichtsinnig war ich auch nicht.

Ich holte tief Luft und fixierte ihn erneut. Er saß immer noch im Bett, das Gesicht ebenso bleich wie der Körper, und guckte dumm aus der Wäsche. Ich rief mir in Erinnerung, dass ich einen Mann betrachtete, der im Haus seiner verstorbenen Schwester lebte, weil er seinen Job verloren hatte und deshalb ständig high war. Einen Mann, der nicht den Mut hatte, bei seiner Mutter zu sein, wo sie ihn doch dringend brauchte. Fast musste ich lachen, am meisten über mich selber, weil ich ihn als eine Art böses Genie ansah. Einfach lächerlich. Es mochte ja gescheit von ihm gewesen sein, die Finger von Drogen und Schnaps zu lassen, aber deswegen war er noch lange kein Superhirn. Konnte schon sein, dass er mir Abführmittel ins Essen gemischt hatte, weil er sauer auf mich gewesen war, dass ich ihn beschuldigte, Michelles Sachen geklaut zu haben, oder weil er von meinem kurz bevorstehenden finanziellen Würgegriff, was ihn betraf, erfahren hatte, aber dass er noch etwas anderes ausgeheckt hatte, war völlig unmöglich.

Der Schlafmangel und meine mitternächtliche Expedition trieben so langsam ihre Spielchen mit mir, vernebelten mir den Verstand, ließen mich an allem zweifeln. Dennoch hatte ich weiter im Kopf, ihn rauszuschmeißen, und wollte schon den Mund aufmachen und ihn auffordern, seine sieben Sachen zusammenzupacken und nach nebenan zu ziehen, als mir das Versprechen wieder einfiel, das ich Nora gegeben hatte. Ich sollte gut auf ihn aufpassen, sein privater Schutzengel sein.

»Hast du die an dich genommen?«, sagte ich in milderem Ton.

Er rutschte hin und her. »Geht dich ja eigentlich nichts an, aber nee, hab ich nicht.«

»Und wie kam dann die Schachtel in den Müll?«

»Woher soll ich das denn wissen?« Er packte seine Jogginghose und zog sie sich unter der Bettdecke an. »Aber was ich weiß, ist, dass ich es leid bin, dass du mir Sachen vorwirfst, die ich nicht getan habe.«

»Travis ...«

»Nein. Ich weiß ja, du machst gerade schwere Zeiten durch. Wir alle übrigens.«

Er musste sich beruhigen. Ich konnte es nicht gebrauchen, wenn er jetzt zu Nora rannte und ihr sagte, dass ich ihn (aus seiner Sicht) völlig willkürlich unter Anklage stellte. Leidenschaftslos betrachtet war es natürlich möglich, dass ich mir den Magen mit etwas ganz anderem verkorkst hatte und dass es Travis einfach zu peinlich war, zugeben zu müssen, dass er Schwierigkeiten mit der Verdauung hatte. Nur zu verständlich.

»Hör mal, Mann«, sagte ich verblüffend authentisch. »Ich wollte ja nicht ...«

»Doch, wolltest du.« Er sprang auf und zog sich das Hemd über den Kopf. »Ich weiß genau, was du siehst, wenn du mich anschaust. Was Michelle und du hinter meinem Rücken über mich erzählt habt. Das Gleiche wie meine Mutter.«

»Was meinst du denn? Wir ...«

»Ich weiß ja, dass ich's verkackt habe. Dass ich süchtig bin. Ich bin schließlich nicht blöd. Ihr denkt alle, dass ich ein Verlierer bin.«

Das war interessant. Travis hatte niemals zuvor offen zugegeben, dass er dieses Problem hatte. Meistens hatte er nur darüber geredet, wenn er in den letzten Monaten mal wieder über die Stränge geschlagen hatte, und anschließend versprochen, dass er aufhören und es nicht mehr vorkommen würde.

Ich überlegte, wie ich reagiert hatte. Hätte mir seine Sucht nicht in den Kram gepasst, dann hätte ich ihm gesagt, dass die Leute ihn aber weiter in diesem Licht sähen, wenn er nicht endlich Wort hielt. Andererseits wollte ich natürlich nicht, dass er ein schlechtes Gewissen bekam. Also ließ ich die Schultern hängen und hielt die Hände mit den Handflächen zu ihm hoch.

»Nein, ich glaube nicht, dass du ein ...«

»Doch«, schnauzte Travis. »Und weißt du was? Reih dich ruhig ein. Dad hielt mich für einen Versager und eine einzige Peinlichkeit. Meine Mutter verbirgt es gut, aber das ist es, was auch sie denkt, und glaub mir, das ist es, was ich sehe, wenn ich in den Spiegel gucke. Ich bin schließlich nicht blind.«

»Nein, so ist das nicht.«

»Ach, wirklich? Seltsam, denn seit du hier aufgetaucht bist, bist du immer Moms Goldjunge gewesen. Damit kann ich noch umgehen, aber was mich wirklich zerreißt, ist die Tatsache, dass Michelle verschwunden ist, und egal, was ich mache, ob ich jetzt nüchtern bleibe oder nicht, sie wird das nicht mehr mit eigenen Augen sehen. Das bringt mich um.« Er schlug sich mit der Hand auf die Brust. »Hier drinnen. Ich bin bestimmt nicht perfekt, aber ich habe Michelles Sachen nicht gestohlen, und ich habe auch mit deinem Essen nichts angestellt. Deine ganzen Beschuldigungen kannst du dir also sonst wohin stecken.«

Er schwirrte an mir vorbei und ging die Treppe hinunter, wo er sich, wie ich hören konnte, die Schuhe anzog und die Haustür hinter sich zuschlug. Mit quietschenden Reifen setzte er rückwärts aus der Einfahrt und ließ mich allein im Haus zurück. Und ich war sauer auf mich, dass ich ihn so gegen mich aufgebracht hatte.

Kapitel 25

Ich öffnete die Tracking-App auf meinem Smartphone und beobachtete, wie der kleine blaue Punkt, der Travis' Handy zeigte, sich die Straße hinunterbewegte. Er hatte Chelmswood verlassen und bewegte sich offenbar in Richtung Boston. Keine Ahnung, was er vorhatte oder wohin er wollte, aber er hatte sich eindeutig dagegen entschieden, seine Mutter zu besuchen. Eine Erleichterung für mich. Ich drückte einen Button, um das Mikrofon seines Handys zu aktivieren. Zu hören war allerdings nur Hip-Hop in voller Lautstärke, sodass ich wieder abschaltete.

Ich glaubte nicht, dass er auf der Suche nach Arbeit war. Entweder würde er in einem seiner Lieblingsclubs stranden oder eine Bar finden, wo sie ihn nur allzu gerne den ganzen Tag lang seine Sorgen ertränken ließen. Ich kannte Travis. Seine kleine Ansprache, so anrührend sie auch war, würde nicht zu einer plötzlichen Erleuchtung führen, geschweige denn ihn ein Treffen der Anonymen Alkoholiker aufsuchen lassen. In der gegenwärtigen Situation bestand sein Trost darin, sich zuzudröhnen.

Möglicherweise würde er auch Kontakt zu seinen sogenannten Freunden aufnehmen, mit denen er immer Party gemacht hatte, bevor Nora und ich seine finanziellen Mittel stark beschnitten, sodass ihnen klar wurde, dass er pleite war.

Obwohl sich mein Magen mittlerweile wieder beruhigt hatte, beabsichtigte ich nicht, zur Arbeit zu gehen. Stattdessen machte ich mir einen Becher starken Kaffee und würgte einen Müsliriegel hinunter. Kurz vor neun schickte ich Agnes eine Mail, in der ich ihr mitteilte, dass ich heute zu Hause bleiben würde und nicht gestört werden wollte, weil ich mich nicht wohlfühlte. Keine zwei Minuten später klingelte das Telefon. Ich stöhnte auf, als ich sah, dass es Richard, mein Chef, war. Eigentlich war das keine Überraschung. Wie Michelle hielt er nichts davon, sich krankzumelden.

»Lucas, was soll das heißen, du kommst heute nicht?«

»War das so schwer zu verstehen?«, sagte ich mit zusammengebissenen Zähnen. »Mir geht's nicht gut.«

Er machte aus seiner Verärgerung keinen Hehl, was zu erwarten gewesen war. Empathie war ein Fremdwort für Richard, und er konnte das auch nicht verbergen. So hatte er zum Beispiel einige Tage nach Michelles Verschwinden angerufen, um sein Mitgefühl zu bekunden, mich zugleich aber daran erinnert, dass ich ihm doch die monatliche Aufstellung der Verkaufszahlen zusenden solle. Er war ein Trampel, wenn auch ein eher harmloser. Allerdings war er auch der Sohn des Regionalleiters, was es etwas schwierig gestaltete, ihn zu umgehen. Ich freute mich schon darauf, ihm mitzuteilen, dass er sich den Job sonst wohin stecken könne, wenn Michelles Geld erst einmal parat stand. Vorausgesetzt, ich konnte meine Zunge bis dahin im Zaum halten.

»Ich brauche dich aber hier«, meinte er und betonte dabei jedes einzelne Wort. »Jeffreys hat gestern Abend angerufen.«

»Er hat *dich* angerufen?«

»Ja, hatte ihm gestern Nachmittag eine Nachricht hinterlassen. Dachte mir, ich zurre den Deal für dich fest.«

»Richard, wir haben doch schon darüber gesprochen. Jeffreys ist mein Klient ...«

»Na ja, noch nicht so ganz, auch wenn du ihn beeindruckt hast, was, wie er sagt, eigentlich nie vorkommt. Er will mit uns zusammenarbeiten. Wir kriegen's noch schriftlich. Glückwunsch an uns alle, wir haben's geschafft.«

Nein, nicht *wir*, Arschloch.

»Das Ding ist ...« Er senkte die Stimme, bis nur noch ein verschwörerisches Flüstern zu vernehmen war. Ein witzloses Unterfragen, wenn man bedachte, dass er ein Eckbüro für sich hatte und außerdem immer die Tür zumachte. »Jeffreys hat noch ein weiteres Projekt.« Er wartete ein, zwei Augenblicke. »Ein noch größeres.«

Ich zwang mich dazu, meinen Klammergriff um das Telefon etwas zu lockern, damit es nicht zerbrach. »Was meinst du?«

»Aha, du bist also nicht vollständig im Bilde. Er will heute ins Haus kommen, um alles zu besprechen. Was heißt, dass du hier sein musst, damit wir die Zahlen aufbereiten und unsere Vorbereitungen treffen können.«

Ich stellte mir die Leiche meiner Frau im Wald vor, hatte immer noch den Verwesungsgeruch in der Nase, die eingefallenen Höhlen vor Augen und das Blut auf dem T-Shirt, die Maden und die Fliegen. Dachte daran, dass Woods jetzt dort draußen war und wahrscheinlich seinen nächsten Schachzug gegen mich ausheckte. »Verschieb's auf Freitag. Besser noch auf Montag.«

»Lucas, das ist ein großer Auftrag ...«

»Ich komme heute nicht in die Firma.«

»Uuh, dann hör mir mal gut zu. Dir ist wahrscheinlich nicht klar, dass Jeffreys in Urlaub fährt. Ich werde Davinder bitten, für dich einzuspringen. Ihr könnt euch den Auftrag ja dann teilen.«

Ich wusste sehr genau, was er da machte, und unter normalen Umständen hätte ich mich wohl schon längst in meinen Anzug geschmissen und wäre zur Tür hinausgeprescht, egal, wie mein Magen zuwege war und ob mir eine Leiche vor Augen stand. Ich wollte nicht, dass Jeffreys und Davinder zusammenkamen. Unsere Rolle als *Lieferant* war nicht gefestigt genug. Ich wusste natürlich, dass ich mit Abstand der bessere Ansprechpartner wäre und schneller mit mehr Informationen aufwarten könnte als alle meine Kollegen, aber Davinder war ein aalglatter Schwätzer. Mit Ausnahme all dessen, was in den vergangenen Tagen geschehen war, fand ich plötzlich, dass mir eigentlich alles so ziemlich scheißegal war, und beschloss, es darauf ankommen zu lassen.

»Tu dir keinen Zwang an. Aber sag nachher ja nicht, ich hätte dich nicht gewarnt, wenn er alles vermasselt.«

Richards Protest zum Trotz beendete ich das Gespräch und stellte nach seinem dritten Versuch, mich zurückzurufen, mein Telefon stumm. Frustriert atmete ich ein paarmal tief ein und aus, bevor ich nach oben ging, um zu duschen und die Klamotten, die ich im Wald angehabt hatte, für eine Kochwäsche in die Waschmaschine zu stopfen. Ich musste kapieren, was gerade passierte. Und was noch wichtiger war: Ich wollte Woods finden, bevor er irgendwelchen Blödsinn machte.

Frisch ausstaffiert und aktionsbereit stieg ich wieder auf die Triumph und vergewisserte mich, dass niemand mir folgte. Ich fuhr zu dem Schließfach am Busbahnhof, holte meinen Wegwerflaptop hervor und verband mich, wie gehabt, von der Toilette aus mit WLAN, öffnete mein VPN und ging ins Darknet. Es dauerte eine gewisse Zeit, bis ich mich durch die ganzen Message Boards gearbeitet hatte. Kein Lebenszeichen von ihm. Ich entschied mich für eine verschlüsselte Nachricht, wollte aber auch nicht mehr preisgeben, also fasste ich mich kurz.

Müssen reden.

Während ich wartete und hoffte, dass er unverzüglich antworten würde, durchsuchte ich weiter Foren nach Hinweisen und verschlüsselten Botschaften, wie wir sie ausgetauscht hatten, richtete aber nichts aus. Er hatte mir nie eine Telefonnummer gegeben, sondern stets mich angerufen. Der Kerl war ein Phantom.

Einer Eingebung folgend, dachte ich mir einen neuen Benutzernamen aus und platzierte in der Hoffnung, dass er anbeißen würde, eine Nachricht in dem Forum, wo wir uns zuerst begegnet waren. Ich wusste nicht, wie viele Aufträge der Mann übernommen hatte und mit welcher Frequenz, aber das Geld, das ich ihm gegeben hatte, würde, je nach Lebensstil, sicher ausreichen, um ein paar Monate nicht arbeiten zu müssen. Vielleicht befand er sich, von Lucas gesponsert, irgendwo auf Reisen, schlürfte Cocktails und gab irgendjemandem Anweisungen, die Teilfotos auf den Weg zu bringen.

Wenigstens waren nicht noch mehr angekommen, es sei denn ... Wie konnte ich das wissen, wenn ich gar nicht im Büro war? Was, wenn dort ein neues Kuvert oder auch zwei auf mich warteten? Oder, noch schlimmer, wenn Agnes, Richard oder jemand anderer sie aufmachten? Möglicherweise würden sie Michelle auf dem Bildausschnitt nicht erkennen, aber aufgrund der rätselhaften oder auch keineswegs so rätselhaften Nachricht würden sie die Polizei verständigen, noch bevor sie mich anriefen, zumal ich mein Handy zu Hause gelassen hatte.

Ich gab Woods weitere sechzig Sekunden Zeit für eine Antwort, dachte mir aber schon, dass es so wohl doch nicht funktionieren würde. Das hier war jedoch mein Ding, *mein* Plan. Ich musste die Situation in den Griff kriegen und nicht in einer stinkenden öffentlichen Toilette herumsitzen, den Launen eines Auftragskillers ausgeliefert, verdammt noch mal.

Nachdem ich den Wegwerflaptop im Schließfach verstaut hatte, setzte ich mich wieder auf mein Motorrad und schlängelte mich durch den Verkehr in Richtung Büro, wo ich für alle überraschend hereinplatzte. Agnes sah mich mit offenem Mund an.

»Was machen Sie denn hier?« Sie eilte zu mir und nahm mich beiseite. »Sie sehen ja aus, als hätten Sie mindestens einen Monat nicht geschlafen.«

Ich sah an mir herunter und betrachtete die offene Jacke, das schweißgetränkte Hemd, das mir über der Hose hing, die dreckigen Bikerstiefel, in denen meine Füße steckten. Niemals zuvor war ich hier anders aufgekreuzt als in einem tadellosen Anzug, und an dem Gesichtsausdruck, mit dem mich Agnes bedachte, konnte ich ablesen, dass sie dachte, ich wäre entweder verrückt geworden oder gerade dabei durchzudrehen.

»Äh, Richard sagte, Jeffreys ...«

»Keine Sorge, ich habe für Montag bereits eine Videokonferenz anberaumt.«

»Aber ...«

»Um Gottes willen, Sie können doch hier nicht in diesem Aufzug erscheinen. Wäre er jetzt hier, würde Jeffreys die Verträge bestimmt gleich in Stücke reißen und Sie Ihnen löffelweise verabreichen. Was ist los? Irgendwas mit Michelle?«

»Nein, ich muss nur mal nach meiner Post schauen.«

»Nach der *Post*? Sie meinen die Briefpost?«

»Genau.«

»Warum um Himmels willen ...«

»Ist was angekommen?«

Meine Vehemenz und der Ton ließen Agnes zurückweichen.

»Nicht viel. Ich hol sie. Gehen Sie inzwischen doch in den kleinen Konferenzraum, damit Sie keiner sieht.«

Agnes zeigte in die entsprechende Richtung und kam mit einem kleinen Bündel wieder, das ich kurz durchsah. Kein orangefarbener Umschlag. »Geben Sie mir Bescheid, wenn was Neues ankommt«, sagte ich. »Egal was. Legen Sie es beiseite und rufen Sie mich an.«

»Was ist los? Wollen Sie es mir nicht sagen?«

»Nichts, schon gut.«

Agnes seufzte. »Mein Lieber, wir wissen doch beide, dass das nicht stimmt. Sie sollten sich wirklich mal eine Auszeit nehmen. Eine Woche, einen Monat, was Sie brauchen. Ich wünschte, wenn man bedenkt, was Sie alles durchmachen, dass Richard das verstehen würde, aber wir wissen natürlich beide, dass er's nicht kapieren wird.«

»Um Richard mache ich mir keine Gedanken.«

»Na ja, wie auch immer, ich werde Ihnen den schon vom Leib halten.«

»Danke«, stammelte ich. »Ich werde jetzt mal nach Hause fahren, um mich ein bisschen zu sortieren.«

»Passen Sie auf sich auf, okay? Wir brauchen Sie hier, wenn Sie sich wieder zusammengerappelt haben. Alles Gute!«

Zum allerersten Mal fragte ich mich, was sie wohl sagen würde, wenn ich einknickte und alles zugab, was ich getan hatte. Der Gedanke brachte mich dazu, die Firma schnell zu verlassen, bevor ich irgendwelche Dummheiten machte.

Als ich wieder auf meiner Maschine saß, hatte ich kurz den Gedanken im Kopf, einfach loszufahren und nicht eher wieder anzuhalten, bis mir der Sprit ausging. Doch das konnte ich einfach nicht, das würde ich nicht machen. Man könnte mir das als Schuldgeständnis auslegen, mindestens aber als Hinweis darauf, dass ich irgendwas wusste. Ich holte tief Luft. Die Bullen hatten nichts gegen mich in der Hand. Woods ebenso. Selbst wenn man Michelles Leiche fände und sie mit ihm in Verbindung brächte, wäre ich immer noch fein raus.

»Sie haben nichts«, sagte ich mir immer wieder, während ich so dahinfuhr. »Du hast alles bedacht, hast alle Möglichkeiten durchkalkuliert, bist jedes Szenario durchgegangen. Halte Kurs, *halte einfach Kurs.*«

Meine Selbstvergewisserung bewirkte nicht viel. Als ich nach Hause kam, stürzte ich ein Glas Wasser herunter und überlegte, etwas Stärkeres einzuschmeißen. Ich knickte ein und wollte mir schon einen Doppelten genehmigen, egal, was mir in die Finger käme, als es an der Haustür ein paarmal laut klopfte. Mein Gehirn schaltete auf Ultrabeschleunigung, als ich mir Detective Anjali vorstellte, wie sie in voller Montur für einen Spezialeinsatz vor dem Haus stand und schon den Befehl zum Sturm geben wollte, um mich dingfest zu machen. Ich zögerte und überlegte, wie weit ich wohl käme, wenn ich durch die Hintertür die Biege machte. Einige Meter schon, vielleicht, aber bis zur Schlucht, damit ich dort abtauchen konnte, wohl nicht. Sie würden alle Ausgänge im Blick haben und schießen, wenn ich flüchtete. Mit klopfendem Herzen ging ich zur Tür und riss sie kampfbereit auf.

Es war aber nicht Detective Anjali oder irgendjemand aus der Abteilung Gesetzesvollzug. Weitaus schlimmer. Vor der Tür stand ein Geist aus meiner Vergangenheit, von dem ich angenommen hatte, ihn mit Sicherheit hinter mir gelassen zu haben. Jemand, den ich niemals erwartet hätte und auch niemals wieder zu Gesicht bekommen wollte. Und doch, da stand er und grinste mich hinterhältig an.

Bobby Boyle.

Kapitel 26

Er war es, keine Frage. Ein Jahrzehnt mochte es her sein, und auch wenn Bobby sichtlich älter geworden zu sein schien, die Schläfen sich hellgrau eingefärbt und die Falten auf der Stirn sich tiefer eingegraben hatten, war sein Körper schlank und proper geblieben. Er sah noch immer gut aus, aber die Jahre und der Lebenswandel hatten die Gesichtszüge verhärtet, die Augen noch kälter, ja, herzlos gemacht.

Er lächelte bedächtig und stellte dabei makellos weiße Zähne zur Schau. Sie waren neu, und wenn es ein freudiges Wiedersehen gewesen wäre, hätte ich ihm bestimmt auch ein Kompliment gemacht. Sein Grinsen wurde breiter und brachte kein »Schön, dass wir uns wiedersehen« zum Ausdruck, sondern grenzte eher an ein feixendes »Wusste ich doch, dass ich dich finden würde«, was unschöne Erinnerungen wachrief und unkontrollierbare Schauder durch meinen Organismus jagte. Alle meine Instinkte schrien »Hau ab, so schnell und so weit weg, wie du kannst«, denn Bobbys Anwesenheit hieß nur eines: Wie meine Frau würde auch ich bald unter der Erde landen.

Mein Verstand erinnerte mich daran, dass ich älter und klüger war. Das hier war mein Haus. Ich mantelte mich auf und zeigte keine erkennbare Reaktion, als er eine Augenbraue hochzog und mit tief grollender Stimme zu sprechen begann.

»Michael Cundy.«

Michael Cundy. Ich hatte meinen Geburtsnamen fast so lange nicht gebraucht, wie ich Bobby nicht gesehen hatte. Eine weitere Komponente, die ich mit Freuden hinter mir gelassen hatte, als ich mich aus Manchester verabschiedet hatte. Ich hatte diesen Namen immer verabscheut, denn offensichtlich hatten meine Eltern nicht wirklich nachgedacht, als sie beschlossen, mich nach meinem Großvater mütterlicherseits zu nennen. Mum, Dad und alle Lehrer riefen mich Michael. Die Mitschüler? Mike. Null Kreativität, was meine Spitznamen betraf, sodass ich froh gewesen war, meinen Vornamen, kurz nachdem ich nach London gegangen war, durch eine Erklärung gegenüber den Behörden abzulegen. Es war überraschend einfach gewesen, und ich war davon überzeugt, dass es mir zusätzlichen Schutz bot, denn zwischenzeitlich war aus mir eine gänzlich andere Person geworden. Bis eben hatte ich geglaubt, genug getan zu haben, um mich aus Bobbys Klauen zu befreien. Nur dass er jetzt mit diesem gespenstischen Lächeln im Gesicht bei mir vor der Tür stand.

»Du siehst ... *anders* aus«, meinte er. »Nicht mehr wie ein kleines Dickerchen.«

Ich brauchte eine Sekunde, um mir seine Gewohnheit in Erinnerung zu rufen, Schimpfworte durch keinen Anstoß erregende zu ersetzen. *Dickerchen* reimte sich auf ... Sehr nett.

»Wo sind deine Manieren geblieben, Cundy? Möchtest du uns nicht hereinbitten?« Er deutete auf den Mann zu seiner Rechten, den ich noch nie gesehen hatte. Er war mindestens einen Kopf größer als ich und doppelt so breit und sah aus, als würde er sich mit eng anliegendem Dress im Ring einer Wrestling-Show am wohlsten fühlen. »Ist 'ne lange Reise gewesen«, fügte Bobby hinzu, als erwartete er von mir, dass ich ihn inniglich umarmte oder den roten Teppich für ihn ausrollte.

»Was machst du hier?« Ich wusste gar nicht so recht, wo meine Stimme auf einmal herkam, und ich mochte überhaupt nicht, wie erstickt sie klang, doch ich konnte es nicht ändern. Immer noch fühlte sich mein Herz an, als wollte es mir gleich aus dem Hals springen, was Bobby sicherlich sehr gefiele, denn dann könnte er es zertreten und in den Boden stampfen. »Wie hast du ...?«

»... mich gefunden?« Er rieb sich die Nase. »Ach, das ist doch jetzt nicht wichtig, mein Freund. Wichtig ist, dass wir jetzt hier sind. Nun sei so gut, und lass uns rein. Bevor einer der Nachbarn mitbekommt, dass ich einen Aufstand mache. Möchte schließlich deinen Ruf nicht ruinieren. Würde ich sonst aber machen. Du hast die Wahl, mein Sohn.«

Ich ging die Möglichkeiten durch, die sich mir boten, und fand zwei. Schlag ihm die Tür vor der Nase zu, oder halte die Stellung. Ich würde nicht weglaufen, beschloss ich. Nicht vor ihm. Irgendwo in meinem Hinterkopf hatte immer der Gedanke herumgespukt, dass man sich noch einmal wiedersehen könnte, und ich musste mich dem jetzt stellen, denn Verstecken hatte nicht funktioniert.

Jahrelang hatte ich versucht, gewissermaßen mit dem dunklen Hintergrund zu verschmelzen und mich unauffällig zu verhalten. Mich um meinen Vater zu kümmern, zumindest finanziell, weil ich es selbst nicht konnte, da ich nie wusste, ob nicht und wann Bobby mir nachspionierte und meinen Vater benutzte, um an mich heranzukommen. Sobald ich es mir leisten konnte, ihn in einem besseren Pflegeheim unterzubringen, hatte ich eigens eine Briefkastenfirma gegründet und die Zahlungen darüber abgewickelt. Im Laufe der Zeit hatte meine Anspannung etwas nachgelassen, und ich hatte gehofft, dass Bobbys Gedächtnis vielleicht doch nicht so legendär sei, wie Heinz immer betont hatte. Da hatte ich mich offensichtlich geirrt.

»Jetzt mach es dir bitte nicht schwerer, als es sowieso schon ist«, sagte Bobby, setzte einen Fuß auf die Schwelle und lehnte sich mit der Schulter gegen die Tür. »War ein langer Flug. Wir sind total fertig, brauchen unbedingt einen richtigen Drink, und außerdem ist es wirklich an der Zeit, dass wir beide uns mal ein bisschen unterhalten. Wir haben ja viel nachzuholen. Sehr viel.«

Mel wartete meine Antwort erst gar nicht ab. Er preschte vor und schob die Tür mit solcher Wucht auf, dass ich einen Schritt zurück in die Diele machen musste, um das Gleichgewicht nicht zu verlieren. Ich hasste den Eindruck, den das hinterließ. Schwach und jämmerlich. Und ich verabscheute es, dass sie hier einfach in mein Haus, in mein Leben eindrangen.

Tatenlos sah ich zu, wie Bobby und Mel in mein Gebiet einmarschierten, wobei ein Teil meines Verstandes sich die ganze Zeit fragte, ob das vielleicht ein Albtraum sein könnte, aus dem ich auch wieder erwachen würde, oder ob ich aufgrund von Schlafmangel halluzinierte. Ich kniff die Augen ein paarmal zusammen, aber leider verschwanden Bobby und Mel nicht wie im Märchen.

Mel packte Roger, der bisher nur einmal halbherzig gebellt hatte, verfrachtete ihn ins Arbeitszimmer und machte die Tür zu. Bobby ging an mir vorbei, und ich sah die beiden ins Wohnzimmer marschieren, sodass mir nichts anderes übrig blieb, als ihnen zu folgen.

Die Hände in die Hüfte gestemmt, den Blick nach oben zur Decke gerichtet, ließ Bobby einen übertrieben hohen Pfiff los, bevor er sich mir zuwandte. »Mein lieber Schwan, was für 'ne Bude! Nicht schlecht. Ganz und gar nicht schlecht. Obwohl natürlich, ich weiß nicht«, – er machte eine kreisende Bewegung mit der Hand –, »'n bisschen sehr *amerikanisch* für meinen Geschmack.«

»Amerikanisch?«, hakte ich nach.

»Ja, weißt du, aufdringlich, protzig. Aber Glückwunsch, alles in allem. Hast du gut gemacht, Cundy. Oder soll ich dich lieber Forester nennen? So heißt du doch jetzt, wie ich höre. *Lucas* Forester. Guter Name. Passt gut zu deiner affektierten Sprechweise.«

»Hätte dir ja 'ne Broschüre schicken können«, merkte ich an und ignorierte die Frage. »Hättest du dir die Reise sparen können.«

Bobby strich über seinen Spitzbart. Ich erinnerte mich, dass er eigentlich lieber glatt rasiert war, doch das Gesichtshaar ließ ihn irgendwie bedrohlicher erscheinen. Er fläzte sich auf das Sofa und legte die Füße auf den Couchtisch, um meine Reaktion zu testen. Mel blieb ein paar Meter entfernt stehen. Sehr dezent, wirklich. Unter seinem Gewicht wäre das Sofa möglicherweise in sich zusammengesackt. Bisher hatte er kein Wort gesagt, und das erwartete ich auch nicht von ihm. Wenn sich bei Bobby nichts geändert hatte, bestand Mels Daseinszweck einzig darin, Schutz zu bieten und einschüchternd zu wirken, so wie ein Riese oder ein Rottweiler. Es verfehlte seine Wirkung nicht. Obwohl ich mir alle Mühe gab, mir das nicht anmerken zu lassen, schien ich in eine Zeitschleife geraten und wieder in meinen frühen Zwanzigern gelandet zu sein. Wenn ich Mel so ansah, machte ich mir vor Angst fast in die Hose. Er war mir ein Gräuel, aber mehr noch war ich mir selbst ein Gräuel.

Bobby lehnte sich mit hinter dem Kopf verschränkten Händen zurück. »Wir sollten mal auf den Punkt kommen, oder? Für Nettigkeiten habe ich keine Zeit. Du schuldest mir Geld, Cundy. Und zwar eine ganze Menge.«

Ich gab ein bitteres Lachen von mir. »Ach ja? Dann betrachte es mal als deinen Anteil an den Pflegekosten meines Vaters.«

»Wie geht's deinem alten Herrn denn? Sabbert er immer noch in sein Porridge?«

Als Bobby sich nach vorne beugte, die Ellbogen auf die Knie stemmte und die Finger spitz unters Kinn legte, fragte ich mich, wie viel Schaden ich wohl anrichten konnte, wenn ich auf ihn losging, bevor Mel mich dann mit einer Handbewegung wegwischen würde. Ich war gelenkig, und wegen meiner täglichen Work-outs war ich stärker denn je, aber gegen Mel hatte ich nicht den Hauch einer Chance, und Bobby wusste das natürlich. Meine Stärke waren Strategie und Planung, aber dafür schien sich gerade nicht unbedingt die Gelegenheit zu bieten. Ich grub die Fingernägel in die Handflächen und spürte, wie ich die Zähne zusammenbiss. Bobbys dunkle Augen funkelten. Er liebte das, die gespannte Erwartung, was sein Opfer wohl als Nächstes tun würde.

»Du. Hast. Mir. Geld. Geklaut.« Er sprach jedes Wort einzeln aus, als wäre ich ein Kind. »Fünfzig Riesen. Weg.« Er schnappte mit den Fingern. »Einfach so. Und statt dass du zu mir kommst, damit wir alles regeln können, hast du dich verdrückt. Und dich *versteckt.*« Als ich nichts sagte, fuhr er fort: »Machte keinen guten Eindruck, Cundy, weißt du? Ein rotznäsiger Bengel, der sich für meinen Schützling hielt, bringt mich mal eben um so viel Geld und kommt davon? Die Leute dachten schon, aus mir wäre ein Weichei geworden. Hast du vielleicht 'ne Ahnung, was ich tun musste, nachdem du abgehauen warst?«

Ich schwieg weiterhin und rührte mich nicht, blinzelte nicht einmal.

»Schadensbegrenzung«, sagte Bobby. »Nur deinetwegen hat's ein paar andere, die mir was schuldeten, viel böser erwischt, als es der Fall gewesen wäre, wenn du nicht den Schwanz eingekniffen hättest zwischen deinen pummeligen Beinchen. Schließlich musste ich ein Zeichen setzen, oder? Ich konnte ja nicht zulassen, dass die Leute dachten, der bringt's nicht mehr. Die hätten mich übers Ohr gehauen.« Er zog eine Grimasse, sog die Luft zwischen den Zähnen ein und schüttelte den Kopf. »Den ganzen Ärger und das Leid, das ich zu erdulden hatte, das geht alles auf dein Konto, mein Lieber. Alles.«

Was für ein Hornochse! Bobby brauchte mich bestimmt nicht, um zu rechtfertigen, was er alles tat. Er hatte immer genau gewusst, was er tat, wem er etwas antat und warum. Jeder Vorwand, um eine Schlägerei anzuzetteln, war ihm gerade recht gewesen, und ich hatte so meine Zweifel, dass sich das geändert hatte.

Erneut wog ich fieberhaft die Optionen ab, die mir blieben, versuchte, herauszufinden, wie ich ihn loswerden konnte. Ich hatte genug Geld, um meine alte Schuld zu begleichen. Wollte ich es ihm geben? Ganz sicher nicht. Aber ich musste ihn irgendwie in ein Flugzeug zurück nach Manchester kriegen, bevor er mir hier dazwischenfunken konnte. Ich wollte, dass er wieder ging.

»Ich geb dir die fünfzig Riesen«, sagte ich.

»Natürlich, was sonst?« Bobby ließ sich Zeit, betrachtete die Einrichtung des Hauses genau und nickte dann anerkennend. Sein Blick ruhte auf einem Bild, das ein aufstrebender kanadischer Künstler Michelle geschenkt hatte. Ein abstraktes Gemälde mit vielen Klecksen und Kreisen in unterschiedlichen Farben, bei denen ich immer an eine aufgeschnittene Apfelsine denken musste. »Ganz schön teuer, nehme ich an.«

Es überraschte mich nicht, dass Bobby das einschätzen konnte. Als ich für ihn gearbeitet hatte, war mir nicht verborgen geblieben, dass der Container bei Wright Space ein Parkplatz für gestohlene Kunstwerke war, vor allem solche, die am besten erst einmal nirgendwo auftauchten und die so lange dort lagerten, bis sich die Situation beruhigt hatte. Ironischerweise hatte ich immer unterstellt, dass Michelle und er jede Menge Gesprächsstoff haben würden, denn er schien die Kunstwerke, die er entwendete, zu schätzen. Es ging ihm nicht allein ums Geld.

»Pack ich dir gerne als Geschenk ein.«

»Das dürfte wohl kaum abdecken, was du mir schuldest.«

»Wie ich schon sagte: Ich geb dir die fünfzig Riesen, die in dem Beutel waren. Und erzähl mir ja nicht was anderes. Glaub's mir, ich hab alles gezählt.«

»Er sagt, dass ich ihm glauben soll.« Bobby feixte sich einen und sah Mel an, der sich bisher nicht gerührt hatte. Du lieber Himmel, der Typ hatte die emotionale Grundausstattung eines Biskuitkuchens. »Du verschwindest einfach aus der Stadt, ja sogar aus dem Land, und dann soll ich dir glauben? Soll das ein Witz sein?«

»Du weißt, was ich meine.«

»Wie hast du es überhaupt geschafft, in die Staaten hineinzukommen?«, wollte Bobby wissen. »Hab gehört, bei der Einwanderungsbehörde, das sind ziemliche Arschlöcher.«

»Ich bin hier geboren.«

Er strich sich mit einer Hand über den Schädel. »O ja, erinnere mich. Deine Mum und dein Dad waren hier in Urlaub. Am Grand Canyon oder so, und der Nachwuchs ließ sich etwas zu früh blicken.«

»Finde ich ja rührend, dass du das behalten hast.«

Er kniff die Augen zusammen. »Ich behalte alles, Cundy. Scheint aber, als hättest du vergessen, wie ich meine Geschäfte betreibe. Verstehst du, als du das Geld genommen hast, war das sozusagen ein Darlehen …«

»Lass stecken, Mann.«

»Halt dein Maul, und denk mal nach. Meine Darlehen sind immer mit Zinsen verbunden. Vielleicht hast du meine Zinssätze vergessen, die natürlich ein bisschen hochgegangen sind, aber immer noch unter dem liegen, was diese Kredithaie berechnen.« Er schüttelte den Kopf. »Und dann nennen die mich einen Gauner. Jedenfalls sind es normalerweise fünfzig Prozent. Aber weil uns eine gemeinsame Geschichte verbindet und so, sind es für dich nur vierzig, trotz allem. Spezielles Angebot für Kumpels. Fairer kann's ja wohl nicht zugehen.«

»Du kannst deine fünfzig Riesen haben. *Heute.* Und dann verdrück dich.«

Bobby sah erneut Mel an. »Irgendwie hört er nicht zu. Denkt wohl, ich fliege die ganze Strecke hierher für fünfzig Riesen, obwohl ich Uhren besitze, die mehr wert sind. Cundy hier scheint sich ins Fäustchen zu lachen, nur dass ich es überhaupt nicht komisch finde. Oder findest du das komisch, Mel?« Er antwortete nicht, sodass Bobby fortfuhr: »Nachdem du zehn Jahre den generellen Zinssatz nicht bezahlt hast, beläuft sich das Ganze jetzt auf 1,446273 Millionen Pfund und 72 Pence.« Diesmal war sein Grinsen zäh und wohlüberlegt. »Glaub mir, ich hab's gezählt.«

»Vergiss es, ich …«

Er wedelte mit einer Hand herum. »Plus Reisekosten und Spesen. Beim gegenwärtigen Wechselkurs sagen wir einfach glatt zwei Millionen Dollar. Wenn ich mich hier so umsehe und auf der Basis dessen, was ich im Internet so über deine reizende Frau und ihre Familie erfahren habe, kann ich mir nicht vorstellen, dass du Schwierigkeiten haben wirst, diesen Betrag locker zu machen.« Er schlug sich mit beiden Händen auf die Oberschenkel. »Bei der Gelegenheit fällt mir doch gerade diese unschöne Geschichte mit Michelle ein. Tut mir echt leid. Sehr ... Wie soll ich mich ausdrücken? *Unglücklich*. Obwohl auf lange Sicht für dich natürlich höchst praktisch und einträglich.« Er wartete meine Reaktion ab, doch es kam keine. »Komm schon, Cundy. Wirf mir 'nen Knochen hin. Du hast doch nie etwas ohne Kalkül gemacht. Ich weiß es, denn schließlich bist du bei mir in die Schule gegangen.«

»Hau ...«

»Was für eine *Ausdrucksweise*. Tja, was hätten wir nicht alles zusammen anstellen können, du junger Hüpfer. Hättest du's nur nicht *gestohlen* ...«

»Du hast meinen Vater zusammengeschlagen.«

»Was denkst du, Mel?« Bobby hob die Stimme. »Hat er seine Alte umgebracht, um 'nen Reibach zu machen? Kommt mir so vor. Da frag ich mich doch, was die Bullen wohl sagen würden, wenn ich ihnen mal Bescheid gebe, wer er ist. Oder wissen die das schon? Ich wette, die haben keine Ahnung.«

»Fünfzig Riesen. Nimm's, oder lass es bleiben.«

Bobby reckte das Kinn nach vorne. »Du schmeißt also tatsächlich einen alten Freund raus?«

»Wir waren niemals Freunde, Bobby.«

»Oh, das trifft mich jetzt aber.« Er drückte die Hand aufs Herz und verzog das Gesicht, machte sich lustig über mich, verhöhnte mich. Er lehnte sich zurück, schlug ein Bein über das andere und legte die Hände in den Schoß, was ihn beinahe kultiviert erscheinen ließ. »Wir gehen nirgendwohin. Hör auf, hier so herumzutönen. Mach uns lieber einen Tee, mein guter

Junge. Und dann sage ich dir, was du als Nächstes tun wirst.« Er legte eine Kunstpause ein, strich das Hemd glatt und lächelte mich voller Bosheit an. »Und wie sehr es wehtun wird, wenn du nicht mitmachst.«

Kapitel 27

Die Verzweiflung, mich wieder in Bobbys Klauen zu befinden, durchdrang jeden Winkel meines Körpers, ging mir durch Mark und Bein. Alle Anstrengungen, die ich unternommen hatte, um ihm zu entrinnen, alle Sicherungen, die ich eingebaut hatte, waren zunichtegemacht. Ich musste nicht nur weiter Michelles Entführung vortäuschen und außerdem noch herausfinden, mit wem ich es in Gestalt von Woods zu tun hatte, sondern jetzt war auch noch Bobby hier und saß mir im Nacken.

In einem Zeitraum von gerade einmal vier Tagen drohten das Leben, das ich mir Lüge um Lüge so sorgfältig aufgebaut hatte, und alle meine Zukunftspläne zu zerfallen. Das konnte ich nicht geschehen lassen. Von Anfang an war ich vorsichtig gewesen. In der Nacht, in der mein Vater von Bobby ins Krankenhaus gebracht wurde, hatte ich meinen Mund gehalten, als die Polizei kam, und gesagt, ich hätte keine Ahnung, wer Dad angegriffen hatte und weshalb. Ich hatte lediglich eingeräumt, von Dads Spielsucht zu wissen und dass er bestimmten Leuten vielleicht Geld schulden könnte. Mit ein paar schnell dahingesagten Sätzen und einigen echten Tränen hatte ich ihnen meinen Vater zum Fraß vorgeworfen.

Nicht etwa, weil ich noch irgendwelche Sympathien für Bobby gehegt hätte. Ich hasste dieses Arschloch mit einer Inbrunst, wie ich es nie für möglich gehalten hätte. Ein Ausdruck wie »Mein Blut kochte« gab das nicht auch nur annähernd wieder. Mein Inneres stand lichterloh in Flammen, mein Gehirn stand kurz davor, entweder eine Kernschmelze zu erleiden oder aber vor lauter Hass und Schuldgefühlen in die Luft zu fliegen. In den folgenden Tagen schluckte ich das alles irgendwie runter. Weil mir nichts anderes übrig blieb. Indem ich demonstrativ zeigte, dass ich keine dahergelaufene Kanalratte war, hoffte ich bei Bobby Mitleid zu erregen, sodass er meinen Vater und mich in Ruhe lassen würde. Insbesondere nachdem die Ärzte bestätigt hatten, dass mein Vater aufgrund seines Zustands für den Rest seines Lebens Pflege rund um die Uhr benötigte.

Eines Morgens, als ich auf Knien herumrutschte und das Blut meines Vaters von den Wänden im Flur wischte, während ich an meinen Tränen fast erstickte und der Ammoniakgeruch mir in die Nase stach, tauchte Heinz auf. Er nahm eine Bürste und machte mit, half mir die letzten Spuren dessen zu tilgen, was sich in diesem Haus ereignet und mein Leben unauslöschlich an einen Wendepunkt gebracht hatte.

»Der Boss will sein Geld«, sagte er sanft.

»Du weißt, dass ich es nicht habe.«

»Weiß ich, mein Junge.« Heinz legte die Bürste hin. »Aber du musst es irgendwie auftreiben. Bei Verwandten? Oder Freunden? Kannst du es dir nicht irgendwo borgen? Bei den Großeltern zum Beispiel?«

»Es gibt niemanden.«

»Kannst du irgendwas verkaufen?«

»Ha! Siehst du hier irgendwas? Dad und ich sind so ziemlich

abgebrannt. Ich darf weiter für Bobby arbeiten und mir einen weiteren Job suchen. Oder auch einen dritten. Kannst du ihn dazu überreden, dass er mich das Ganze in kleinen Beträgen zahlen lässt?«

»Du kapierst das nicht. Die Zinsen werden dich umbringen. Du wirst es nie schaffen, ihm alles zurückzuzahlen, und wenn du das nicht packst, wirst du ewig sein Schuldner bleiben. Verstehst du, was ich dir sage?«

»Ich werde hart arbeiten. Ich zahl's ihm zurück ...«

»Michael, jetzt hör mir mal gut zu. Wenn du glaubst, es wäre beschissen, bei Bobby angestellt zu sein, dann warst du noch nicht sein Schuldner. Er wird bestimmte Sachen von dir verlangen.«

»Welche denn?«

»Na, *Sachen* eben.«

»Hä? Ich dachte, er mag Frauen. Ich bin nicht ...«

»Davon spreche ich nicht.« Er zupfte mich an den Haaren. »Er wird dich bitten, sich um seine *Probleme* zu kümmern, verstehst du? Und zwar dauernd.«

»Du meinst doch nicht etwa ...?«

»Jetzt hör mal auf mit dieser naiven Nummer, Cundy. Du versteht mich schon genau. Du hast die Schreie gehört. Wenn du solche Sachen machst, wird dich das verändern. Da kriegst du Albträume.«

»Er will, dass ich Leute *umbringe*?«

»Du hast keine Wahl. Entweder die – oder du.« Er legte die Bürste hin und verwandelte seine Stimme in ein Flüstern. »Glaub mir. Ich war dabei, und Bobby ist es scheißegal, wo du das Geld auftreibst, Michael. Du musst es herschaffen.«

Ich ging die Optionen durch, die ich hatte, und kam zu dem Schluss, dass es, sollte ich jemals etwas so Schreckliches tun, zu meinem Vorteil sein musste, nicht zu Bobbys und sicherlich nicht auf seine Anweisung hin. Noch in dieser Nacht packte ich meine Sachen zusammen. Nach ein paar strammen Drinks rief ich Bobby an, um für Dad und mich mehr Zeit herauszuschinden. Ich sagte ihm, er solle Dad gefälligst in Ruhe lassen. Wenn er ihm auch nur ein Haar krümmte, würde ich bei den Cops auf der Matte stehen und ihnen alles erzählen, was ich über seine Geschäfte wusste. Seine Reaktion hatte ich absolut nicht erwartet. Bobby lachte. Ein kaltes, hartes Lachen, das mir das Blut in den Adern gefrieren ließ.

»Na, dann mal los, mein Sohn. Und viel Glück beim Auseinanderfriemeln, wo ich nun meine Finger drin habe und wo nicht.«

Ich konterte und versuchte, meine Stimme fest klingen zu lassen. »Die Presse wird das bestimmt auch interessieren«, sagte ich und klang dabei viel entschlossener, als mir zumute war. »Deine Geschäftspartner werden darüber nicht glücklich sein – wohl aber deine Feinde. Vielleicht sollte ich einfach mal mit ihnen sprechen und mein Wissen kundtun.«

»Das wagst du nicht!«

»Warum nicht? Lass mich in Ruhe.«

»Wir treffen eine Abmachung«, flüsterte er. »Und du weißt, dass ich zu meinem Wort stehe. Wenn mir zu Ohren kommt, dass du auch nur ein Sterbenswörtchen über meine Geschäfte zu irgendjemandem gesagt hast, werde ich dafür sorgen, dass dein Vater noch viel schlechter dran ist als jetzt. Kapiert?«

»Schon.«

»Gut. Das heißt, dass du jetzt die Schulden deines Vaters übernimmst, bis sie beglichen sind. Es gibt kein Zurück, denn du kannst vielleicht abhauen und dich verstecken, aber nicht für immer. Ungeziefer wie du taucht immer irgendwo wieder auf, und ich kenne jedes Mauseloch in dieser Stadt. Und jeden, der drinhockt.«

»Lass uns einfach in Ruhe.«

»Ich werde dich finden, Cundy. Und wenn es so weit ist, wirst du mir entweder das Geld zahlen, oder ich schneide dich in Scheiben, Zentimeter um Zentimeter, bei den Zehen angefangen. Damit du siehst, was ich mit dir anstelle, werde ich dich dabei am Leben lassen. Anschließend flicke ich dich zusammen und fange dann wieder von vorne an. Wenn du also möchtest, dass ich kein Hackfleisch aus dir mache, dann gehst du am besten auf ›Los‹ und …«

Ich brachte es kaum fertig, das Telefongespräch zu beenden, so sehr zitterte ich. Manche Typen stießen leere Drohungen aus. Bobby nicht. Er stand in der Tat zu seinem Wort, und das bedeutete, dass ich zuerst in der Stadt untertauchen musste, um mich dann so schnell wie möglich weiter zu verdrücken, wenn ich noch meinen nächsten Atemzug tun wollte. Ich warf mein Handy in den Einkaufskorb eines Passanten und hoffte, dass Bobby seine Zeit darauf verschwenden würde, es mithilfe seiner Kontakte bei der Polizei zu tracken, während ich die Biege machte.

Die folgende Woche brachte ich damit herum, dass ich schlecht schlief, Sachen klaute und mich als Taschendieb betätigte, um an Geld zu kommen, damit ich einen Mitarbeiter in der Krankenhausverwaltung bestechen konnte, Dads Nachnamen im System zu ändern. Außerdem erledigte ich den erforderlichen Papierkram, damit Dad in eine andere Einrichtung verlegt werden konnte. Es war das letzte Mal gewesen, dass ich in Manchester als Michael Cundy in Erscheinung trat. Ich ließ meinen Vater dort zurück und redete mir ein, dass mein Plan schon aufgehen und Bobby sich an unsere Abmachung halten würde, ja, dass es überhaupt der einzige Weg war, Dad und mich selbst zu retten. Die permanente Angst, dass nichts davon stimmte, brachte mich beinahe um.

Ich fuhr nach London, wo ich ein paar Tage auf dem Sofa des Freundes eines Freundes kampierte, bevor ich mich einer Gruppe von Hausbesetzern anschloss, die ich in einer Bar kennengelernt, aber nie zuvor gesehen hatte. Aus einer Laune heraus sagte ich ihnen, dass ich Lucas hieße. Das klang fein, und ich mochte die Anonymität, die ein neuer Name spendete, sodass ich so tun konnte, als wäre ich jemand mit einem ganz anderen Hintergrund und einer unterschiedlichen Lebensgeschichte. Meine Transformation hatte begonnen.

Zuerst konnte jeder wegen meines Dialekts auf Anhieb feststellen, dass ich aus Manchester stammte, also veränderte ich meine Sprechweise, veredelte sie, achtete genau darauf, wie die anderen Wörter aussprachen, die meine Herkunft preisgeben könnten, und stellte sicher, dass ich neutral, aber nicht versnobt klang. Das besetzte Haus, in dem ich wohnte, war feucht und kalt. Glücklicherweise gab es in der Nähe eine öffentliche Bücherei, wo ich hingehen konnte, um mich aufzuwärmen. Innerhalb weniger Wochen verbrachte ich die meiste Zeit dort, sehr zu meiner Überraschung in Bücher versunken. Ich hatte überhaupt nicht mitbekommen, wie sehr mir Bildung gefehlt hatte, also verschlang ich alles, was ich in die Finger bekam.

Es folgte ein Brotjob als Aushilfskellner in einem Restaurant. Ich gelobte mir, hart zu arbeiten und auf dem geraden Weg zu bleiben, wie Dad das immer genannt hatte. Das war nicht leicht. Ich hatte bei Bobby gutes Geld verdient und mich daran gewöhnt. Jetzt ehrliches Geld zu verdienen, davon aber wenig, verlor schon bald seinen Reiz. London ist eine teure Stadt, wenn man sie besucht, geschweige denn, wenn man dort wohnt, und es dauerte nicht lange, da stockte ich mein Einkommen durch Gelegenheitsdiebstähle auf – Laden- und Taschendiebstahl, wobei ich es vor allem auf die Portemonnaies und die Smartphones argloser Touristen abgesehen hatte. Das ergab sich bei mir ganz zwanglos. Ich tat so, als würde ich ihnen den Weg beschreiben, während ich ihre Handtaschen und Rucksäcke plünderte.

Zwei Jahre vergingen so mit einer Vielzahl unterschiedlicher Jobs, bis eines Abends Fred, einer meiner Kumpels aus der Hausbesetzerszene, der sich für unseren Karriereberater hielt, einen Witz über meine Zukunft als Gebrauchtwagenhändler machte. Seiner Meinung nach konnte ich selbst einen Scheißdreck verkaufen, wenn ich ihn lang genug aufpolierte. Ich erinnerte mich an die Worte der Schuldirektorin damals anlässlich meiner Geschäfte mit Süßigkeiten. Vielleicht hatten sie ja beide recht.

»Kann man damit Geld verdienen?«, wollte ich wissen. »Ich meine, gutes Geld.«

»Weiß nich'. Vielleicht solltest du es mal im Personalwesen versuchen. Mein Dad hat Schnitte im IT-Business gemacht, hatte seine eigene Firma. Als er fünfzig wurde, hat er sie verkauft. Er ist jetzt gut betucht.«

»Warum hast du den Laden nicht übernommen?«

Er nahm einen langen Zug von seiner Zigarette, blies ein paar Rauchringe in die Luft und ließ den Rest durch die Nase entweichen. »Wir hatten uns verkracht. Außerdem hat er gesagt, als ich ihn das letzte Mal gesprochen habe, dass die Geschäfte in der Branche nicht mehr so gut laufen wie früher. In manchen Firmen gibt es aber immer noch unbegrenzt Provision.«

»Und was heißt das?«

Er wedelte mit der Hand. »Na ja, nach oben hin offen eben. Nicht gedeckelt. Je mehr Leute du unterbringst oder, wie er immer sagt, mit dem Arsch auf fette Posten hievst, umso mehr verdienst du. In den Neunzigern, meinte er, bevor er seinen eigenen Laden aufmachte, hat er in einem Jahr mal 'ne halbe Mille gemacht.«

»Hä?«

»Na, 'ne halbe Million Pfund.«

»Gibt's nicht.«

»Doch, stimmt, ich schwör's.«

Zwei Wochen später hatte ich einen Job als Juniorpartner. Einen richtigen, ordentlichen Job, muss ich dazusagen, als Trainee bei einer der größten Personalagenturen für das Finanzwesen in London. Ich zog aus dem feuchten, besetzten Haus aus, weil ich es mir nicht leisten konnte, jeden Morgen muffig zu riechen, und mietete weit weg eine heruntergekommene Einzimmerwohnung, sodass ich jetzt hin und zurück jeweils lange eineinhalb Stunden zur Arbeit pendeln musste. War mir egal. Die Bude war jedenfalls trocken, und ich glaubte, dass ich schon bald einen Sack Geld verdienen würde und für meinen Vater gut sorgen, ihn in einer privaten Pflegeeinrichtung unterbringen könnte. Alles völlig legal.

Das Problem war, dass ich, wie seinerzeit im Mittelalter der legendäre Londoner Kaufmann Dick Whittington, schon bald begriffen hatte, dass die Straßen nicht mit Gold gepflastert waren. Sich in einer Firma hochzuarbeiten, dauerte einfach zu lange. Trotz meines Ehrgeizes war ich ein Jahr später noch immer der Hiwi, der den Tee machte, und mein Chef, ein richtiger Arsch, der erst kürzlich in Cambridge Examen gemacht hatte, zog bei Beförderungen stets seine Unikumpels mir vor. Obwohl ich Einsatz zeigte, fähig war und härter arbeitete als jede der anderen Nasen. Dennoch klang ich mittlerweile schon wie sie. Mittlerweile holte ich mir die Bücher aus einer anderen Bücherei, die ich bei mir in der Nähe entdeckt hatte. Was meinen Chef betraf, so würde er mich auf der Karriereleiter niemals aufsteigen lassen, weil ich in Sachen Bildung nicht den richtigen Stallgeruch hatte. Ob das eine riesige Last auf meinen Schultern war? Kann man wohl sagen.

Als ich eines Tages wieder mal einen Geschäftsbericht durchging, stieß ich auf den Namen Samuel Cundy, und ich fragte mich, ob auch er seinen Nachnamen so wie ich als Belastung verstand. Sofort zündete in meinem Kopf ein ganzes Feuerwerk. Ohne es zu begreifen, hatte ich die Lösung die ganze Zeit direkt vor der Nase gehabt. Ich durchforschte den Datenbestand der Firma nach der größten Übereinstimmung, dem perfekten Kandidaten, und bei den Tausenden, die sich in den Unterlagen fanden, dauerte es nicht lange, bis ich ihn gefunden hatte.

Lucas Forester. Wir hatten am selben Tag Geburtstag, doch im Gegensatz zu mir hatte er sein Studium der Betriebswirtschaft in St.Andrews mit Bestnoten abgeschlossen. Weil er in der Schule ein Jahr überspringen durfte, hatte er außerdem früh sein Examen gemacht. Ich verfügte über Kopien all seiner Unterlagen – persönliche Daten, Zeugnisse, Unidokumente. Also verwendete ich sie.

Meinen Namen behördlich ändern zu lassen, war noch die leichteste Übung. Nicht mehr der stets verschwitzte Fleischklops zu sein, war schon schwieriger. Doch als die Pfunde schwanden, ich mir einen korrekten Haarschnitt zulegte und meinen Kleidungsstil wechselte, veränderte sich auch die Haltung der Leute mir gegenüber. Sie beachteten mich. Die Frauen, bislang eine fremde Spezies, die mich in der Regel ignorierte, nahmen auf einmal Notiz von mir. Statt dass ich ihnen nachstellen musste, um schließlich eine Abfuhr zu erhalten, waren sie nun hinter mir her und wurden von mir nur selten zurückgewiesen.

Während mein neu entdecktes Selbstbewusstsein immer weiter anwuchs, holte ich nicht nur die verlorene Zeit nach, sondern hielt mich auch für die wenigen linkischen Fummeleien schadlos, die ich im Dunkeln mit dem anderen Geschlecht gehabt hatte. Auch wenn ich mittlerweile ordentlich verdiente, ließ ich bei den verheirateten Frauen, mit denen ich schlief, Geld und Schmuck mitgehen. Es ging mir nicht darum, sie absichtlich zu verletzen. Es handelte sich eher um einen Nebeneffekt der Handlungen, die ich vornahm, um mich zu vergewissern, dass meine Metamorphose funktionierte, ja, dass sie annähernd vollendet war. Und niemand hinter dem Vorhang mein wahres Ich erkennen konnte.

Eines meiner rechtmäßigen Dates ließ dann fallen, dass eine Freundin, die sich bald nach Australien verändern würde, für eine Firma arbeitete, die sich um Personal für die IT-Branche kümmerte. Ich rief den Empfang an, erfand irgendeine Geschichte, um den Chef an die Strippe zu kriegen, und überzeugte ihn von einem Vorstellungsgespräch noch am selben Tag. Natürlich übertrieb ich meine Fachkenntnisse, wusste aber, dass sie bei meinem Geschäftsführer nicht anrufen würden, um sich rückzuversichern, weil ich dort ja noch arbeitete. Derlei Gedanken hätte ich mir gar nicht erst machen müssen. Noch bevor ich das Gebäude wieder verließ, hatte ich schon ein Jobangebot, nicht zuletzt wegen meines maßgeschneiderten Bildungshintergrunds, von dem ich genau wusste, dass es das war, was er hören wollte, auch wenn es mit meinem Job unmittelbar nichts zu tun hatte. Ich würde jetzt endlich ein vollwertiger Personalvermittler sein, mit einem eigenen Portfolio an Kunden, das ich mit staunenswerter Geschwindigkeit ausbauen und entwickeln würde.

Innerhalb von drei Jahren, nachdem ich Manchester den Rücken gekehrt hatte, hatte ich mir eine völlig neue Biografie zugelegt – und eine ganz neue Zukunft. Von nun an, hatte ich beschlossen, würde alles gut sein, und so war es ein paar Jahre lang auch gewesen. Meinen Vater hatte ich in einer privaten Einrichtung namens »Schlüsselblume« im Süden Englands untergebracht und die besagte Briefkastenfirma gegründet, um die monatlichen Pflegekosten darüber laufen zu lassen, die ich mir locker leisten und dabei auch selbst noch gut leben konnte. Nur dass, wie ich in meinem Leben allzu früh erfahren musste, es nicht immer so blieb, wenn die Dinge mal gut liefen.

Zwei Tage bevor bei mir ein stattlicher Jahresbonus fällig wurde, fiel die Steuerfahndung Ihrer Majestät bei uns in der Firma ein. Betrug und Veruntreuung. Geldwäsche. Alle Firmenetats wurden eingefroren. Alle wurden entlassen. Das schicke Auto, das ich geleast hatte? Weg. Das fantastische Apartment, das ich gemietet hatte? Konnte ich mir nicht mehr leisten. Und das Schlimmste: Die Zahlungen für Dads Pflege waren akut gefährdet.

Das Allerbeste war, dass der Eigentümer der IT-Personalvermittlung nicht etwa im Gefängnis landete, sondern auf freiem Fuß blieb. Wir vermuteten alle, dass er irgendwo auf den Cayman Islands oder auf den Bahamas Geld geparkt hatte. Das Dumme war nur, dass es niemand beweisen konnte. Ich hatte mir den Arsch aufgerissen und alles verloren, während er alles behalten durfte und uns Trottel an der Nase herumführte. Ich beschloss, dass Bobby Boyle das schon immer richtig gesehen hatte. Ein regulärer Job würde mich niemals dorthin bringen, wo ich sein wollte. Und ich konnte damit auch nicht sein, *wer* ich sein wollte. Ich würde immer der Underdog sein, der verarscht wurde.

Kurze Zeit später war ich an der Kunstgalerie vorbeigekommen und Michelle begegnet. Einen Monat später, mit einem nagelneuen provisorischen US-Pass in der Tasche, übersiedelte ich nach Boston und steckte meiner zukünftigen Ehefrau einen

Verlobungsring an den Finger. Gideon beäugte mich misstrauisch, während Nora mich für das Beste hielt, was Michelle je passiert war.

Doch nun saß Bobby hier und wartete darauf, dass ich ihm eine beschissene Tasse Tee brachte. Ich hasste den Mann noch immer mit der gleichen verzehrenden Intensität wie vor all den Jahren. Allerdings war ich nicht mehr der Kleine, und so entschloss ich mich, ihn nicht zu fürchten. Ich würde nicht zulassen, dass er mich in irgendeine Form von Knechtschaft zurückversetzte.

Ich musste ihn nur in dem Glauben lassen, dass dem so war.

Kapitel 28

»Ich hol dir ’ne Tasse.« Ich stand auf und wünschte, dass ich einen Weg finden würde, ihn daran ersticken zu lassen.

»Geh mit«, bedeutete Bobby Mel mit einer Kopfbewegung. Und als könnte er Gedanken lesen, fügte er hinzu: »Achte darauf, dass er mir kein Zyankali in den Tee mischt. Ich möchte nicht so gern in einer Holzkiste zurückfliegen.«

Ich setzte mich in Richtung Küche in Bewegung, drehte mich aber noch einmal zu ihm um. »Wo ist eigentlich Heinz? Wollte er nicht mitkommen? Wäre schön gewesen, ihn wiederzusehen.«

Bobby kniff die Augen zusammen. »Konzeptionelle Differenzen.«

»Was soll das heißen? Er ist gegangen?«

Eine kurze Pause, dann erst die Antwort. »Wollte er so.«

Ich wusste, was das hieß. Heinz war tot. Völlig undenkbar, dass Bobby ihn mit all dem Wissen, das er über dessen Machenschaften hatte, jemals hätte gehen lassen. Wenn schon Heinz, der ein respektables Verhältnis zu Bobby gehabt hatte, nicht mehr lebte, würde er bei mir erst recht keine Hemmungen haben. Wenn ich keinen Ausweg aus diesem Schlamassel fand, dürften Ausschnitte von Fotos meiner Frau und Beschädigungen meines Autos noch das geringste Problem sein. Es sei denn ... nein, das konnte nicht sein. Hatte ich zufällig einen von Bobbys Leuten kontaktiert, als ich nach einem Auftragskiller suchte? Konnte es sein, dass sie mich erkannten, als sie Nachforschungen über die Zielperson anstellten? Hatten Sie mich so gefunden? Einfach großes Pech? Das ergab keinen Sinn. Dann wären sie schon früher auf mich losgegangen.

Mel folgte mir in die Küche und sah zu, wie ich Wasser aufsetzte und einen Teebeutel in den Becher tat. »Milch und Zucker, Verehrtester?« Ich setzte ein falsches Lächeln auf, aber er reagierte nicht. »Wie du willst. Wenn du so drauf bist, gibt's aber auch kein Gebäck zum Knabbern dazu.«

Zurück im Wohnzimmer stellte ich den Becher vor Bobby ab, und er machte eine Geste, dass ich mich setzen solle. Ich wollte dringend eine rauchen gehen, um meine Nerven zu beruhigen. Vielleicht nicht die beste Idee. Er würde mir dann nämlich wieder einen Vortrag über die Farbe der Lunge seiner Großmutter halten, und meine Hände würden sowieso zu stark zittern, um die Zigarette halten zu können.

»Wo waren wir stehen geblieben?«, sagte Bobby, nachdem er einen Schluck getrunken hatte. »Ah ja, das Geld. Sag bloß, du kannst dir keine zwei Mios leisten? Allein schon dieses Haus ist Tonnen Knete wert.« Er tippte sich mit dem Finger an die Nase. »Hab mich mal schlaugemacht.«

»Dann hast du aber nicht genau hingesehen. Es gehört meiner Frau.«

»Wie ich schon sagte, ich weiß, wer deine Frau ist. Oder war. Wie auch immer. Michelle Ward-Forester, ihre Familie hat tiefe Taschen.« Als ich den Kopf schüttelte, lachte er nur. »Halt die Klappe, Cundy. Wir wissen beide, dass du die nette Tante Nora um Hilfe bitten kannst.« Er nahm einen weiteren Schluck Tee und machte sich über meinen Gesichtsausdruck lustig, den ich nicht hatte verhindern können. »Überraschung! Ich weiß alles über sie. Sie ist krank, die Arme, und wenn ich mich nicht irre, heißt das, dass du ganze Wagenladungen voller Geld erben wirst.«

»Woher, verdammte Scheiße, weißt du das alles?«

»Das ist jetzt schon das dritte Mal, dass ich dich wegen deiner Wortwahl rügen muss. Glaubst du wirklich, ich würde den langen Weg hierher auf mich nehmen, ohne dass es sich für mich auch lohnt? Also wirklich, Mann, du solltest mich besser kennen.« Er stieß einen tiefen Seufzer aus. »Ich sag dir was. Jeder Tag, der verstreicht, ohne dass du mir zurückzahlst, was du mir schuldest, erhöht deine Verbindlichkeiten um fünfzig Riesen. Lass dir also ruhig Zeit, und trödle herum. Ich könnte sowieso Urlaub gebrauchen, und es wird mir eine Freude sein, dich um dein Geld zu erleichtern. Aber eines solltest du wissen: Nicht nur deine Schulden wachsen, sondern auch die Chance, dass ich Tante Nora und den Bullen einen Besuch abstatte.«

»Dass ...«

»Was hast du ihnen über deine Vergangenheit eigentlich erzählt? Nicht alles, wette ich jetzt mal. Ist ihnen überhaupt klar, dass du mal ein gewisser Michael Cundy warst? Kennt irgendjemand hier dein großes Geheimnis?«

Ich ballte die Fäuste, biss die Zähne zusammen und sprach langsam und überlegt, damit er auch ja jede Silbe mitbekam. »Wenn du auch nur ein Sterbenswörtchen sagst, bekomme ich nicht einen Penny. Und du dann auch nicht.«

»Du hast mir die Frage noch gar nicht beantwortet, wie es eigentlich deinem Vater geht.« Bobby neigte den Kopf zur

Seite. »Ganz nette Einrichtung, in der er da mitten in Brighton lebt. Die ›Schlüsselblume‹ ist 'ne gute Wahl.«

»Wie hast du herausgefunden …«

»Kompliment, wie gut du ihn all die Jahre versteckt hast. Wenn du nicht zahlen willst, wie wäre es dann, wenn er wieder für die ganzen Schulden aufkommen muss? Mel hier hat mir mal gesagt, dass er voll auf die Südküste steht. Ich könnte ihn mal vorbeischicken.«

»Lass meinen Vater da raus, du verdammter Wichser.«

Ich hatte den Kraftausdruck noch gar nicht ganz ausgesprochen, da machte Mel einen gigantischen Ausfallschritt, packte mich und drückte mich mit dem Gesicht auf den Teppich. Ich hatte nicht mal Zeit, die Augen zuzumachen oder überhaupt irgendwie zu reagieren. Er drehte mir einen Arm auf den Rücken und drückte mir seinen Stiefel in den Nacken. Bilder von Dads übel zugerichtetem Gesicht gingen mir durch den Kopf. Wie das Blut an die Wand spritzte. Die knirschenden Geräusche, während sie ihn mit Fäusten und Tritten malträtierten, hallten mir in den Ohren. Meine verzweifelten Schreie, auch als sie schon längst weg waren. Ein Nachbar verständigte die Polizei. Blaulicht und Sirenen. Irgendjemand zog mich weg, während ich noch immer schrie und um mich schlug, weil ich bei meinem Vater sein wollte. Ich schämte mich damals unendlich, und dieses Bauchgefühl war seitdem niemals wirklich weggegangen. Ich hatte mich damals für die Zusammenarbeit mit Bobby entschieden. Auch wenn das Geld ins Haus brachte, hätte ich es besser wissen müssen. Selbst zehn Jahre später war es weiterhin an mir, diesen Fehler auszubügeln, doch das würde natürlich nicht passieren, wenn ich im Krankenhaus oder gar in der Leichenhalle landete.

»Okay!«, rief ich und musste mich zwingen, mich nicht weiter zu wehren. »Schon gut, hab ich gesagt.«

Mel ließ mich los, und ich rappelte mich hoch, versuchte, nicht zusammenzuzucken, als ich meine Arme streckte. Der Mann war ein Tier. Immer in Bereitschaft, stets auf einen Kampf aus. Er wartete darauf, ja, hoffte, dass ich einen weiteren Fehler machen würde.

Bobby stand auf, beugte sich vor, tätschelte mir die Wange und stopfte mir gleichzeitig ein Stück Papier in die Brusttasche meines Hemdes. »Guter Junge! Du hast ja jetzt meine Nummer, aber wir werden auch so voneinander hören. Lauf bitte nicht weg. Solltest du das tun, machst du deinen Vater unglücklich.«

Ich sah, wie sie sich umdrehten und gingen, regte mich aber nicht, bis ich die Haustür ins Schloss fallen hörte. Keuchend lief ich in die Diele, um sicherzustellen, dass sie nicht wieder hereinkommen konnten. Als ich draußen vor der Tür Stimmen hörte, hielt ich inne. Bobby unterhielt sich mit jemandem, aber Mel war es nicht. Was zum Teufel hatte er vor? Obwohl mir die Nerven flatterten, riss ich die Tür auf. Karina wirbelte herum.

»Oh, Lucas, hi. Was für eine Freude, deine Familie kennenzulernen. Dein Onkel hat mir gerade erzählt, dass sie aus ...«

»Manchester.« Bobby schenkte ihr sein typisches strahlendes Lächeln. »Na ja, eigentlich Stockport. Nicht so glamourös wie London, schon klar. Unser Lucas hier entstammt dem noblen Zweig der Familie. Hört man daran, wie er spricht. Ich klinge ein wenig robuster.«

»Hat nichts zu sagen«, entgegnete Karina. »Schön, Sie kennenzulernen. Lucas hat uns noch nie Verwandte von sich vorgestellt.«

»Ach so.« Bobby legte die richtige Mischung aus Verlegenheit und Selbstironie an den Tag. »Es gab da eine Zeit lang ein paar Unstimmigkeiten in der Familie.«

Karina grinste. »Zeigen Sie mir eine Familie, in der nicht

gestritten wird. Da haben Sie dann eine Versammlung von Sprechpuppen. Hier bei uns zu sein, ist bestimmt tröstlich für Sie. Wohnen Sie bei dir, Lucas?«

»Ist nur ’ne Stippvisite.«

»Na ja, dann will ich nicht weiter stören«, sagte Karina. »Es tut mir wirklich leid, dass der Besuch unter solch tragischen Vorzeichen stattfindet. Immerhin hat Lucas jetzt mehr Unterstützung.«

»Man weiß ja nie«, meinte Bobby und zwinkerte mir zu. »Vielleicht bleiben wir ein wenig länger. Aber ich habe erst noch ein paar geschäftliche Dinge zu regeln, deshalb müssen wir jetzt los. Bis bald, Kleiner. Kann es gar nicht abwarten, noch mehr Neuigkeiten zu hören. Wir haben dich vermisst.«

Mir war überhaupt nicht aufgefallen, dass ich zu beiden Seiten des Körpers die Fäuste geballt hatte, während sie in ihren Wagen stiegen, einen auf Hochglanz polierten schwarzen Lexus mit getönten Scheiben, als Karina zu mir sagte: »Du meine Güte, du siehst ja aus, als würdest du gleich aus den Latschen kippen.«

»Mir geht’s gut.«

»Sicher?«

»Ja. Sag mal, ich will ja nicht unhöflich sein, aber wolltest du etwas Bestimmtes?«

»Oh, ja.« Sie streckte mir einen Beutel entgegen. »Ich hab gestern Abend Kürbisrisotto gemacht und wollte Travis und dir davon was vorbeibringen. Hat dir die Cottage Pie geschmeckt?«

»Äähhh ...«

Karinas Augenbrauen schossen nach oben. »Ich weiß schon, war vielleicht ’n bisschen versalzen, nicht wahr? Diane sagt immer, dass ich zu viel Salz verwende, und ich versuch ja auch, das zu reduzieren, aber ...«

»Nein, das war's nicht. Ich, äh, hab's nur nicht so ganz vertragen.«

»Wirklich? Das tut mir leid. Seltsam. Diane hat's gut vertragen, ich auch. Wie war's bei Travis?«

»Alles in Ordnung. Muss irgendwas anderes gewesen sein, was ich gegessen habe.« Ich nahm den Beutel, den Karina mir immer noch entgegenstreckte. »Vielen Dank. Ist bestimmt köstlich.«

Noch ein wenig Geplauder, dann war ich sie los. Die Sache mit dem verdorbenen Magen beschränkte sich auf mich, und Travis war ein ausgemachter Lügner, weil er dieses Abführmittel entweder selbst genommen oder mir gestern Abend ins Essen gemischt hatte. Ich beschloss, mir keine Gedanken mehr über unseren jeweiligen Bauch zu machen. Es gab weit dringendere Anliegen, über die ich mir den Kopf zerbrechen musste.

Ich stellte das Risotto in den Kühlschrank, ließ Roger aus dem Arbeitszimmer und ging hinten zur Terrasse, um endlich die dringend erforderliche Zigarette zu rauchen. Als ich mir die zweite ansteckte, musste ich daran denken, wie schnell sich doch mein Leben in den vergangenen paar Tagen in ein Minenfeld verwandelt hatte. Weil sie nun mal aufgekreuzt waren, musste ich mich jetzt zu allem Überfluss auch noch mit Bobby und Mad Mel herumschlagen. Einmal mehr flüsterte mir mein Verstand zu, dass ich doch abhauen könnte. Einfach meine Siebensachen zusammenpacken und ab durch die Mitte. Aber es ging nicht, diesmal nicht. Nicht wenn Bobby wie auch immer herausgefunden hatte, wo Dad war. Wie lange mein Vater noch am Leben bleiben würde, wenn ich die Biege machte, war schwer zu sagen.

Zeit, dass ich mir meine Handlungsmöglichkeiten vor Augen führte. Ich könnte Bobby umbringen, aber da müsste ich nah genug herankommen, und wenn Mel dabei war, konnte ich mir nicht vorstellen, wie das gehen sollte. Woods zu finden und anzuheuern, um meine Frau aus dem Weg zu räumen, hatte Monate akribischer Planung erfordert. Im Darknet nach jemandem zu suchen, der innerhalb der nächsten ein oder zwei Tage Bobby und Mel ausschaltete, war unmöglich. Außerdem hatte Karina die beiden gesehen, was sie direkt mit mir in Verbindung brachte.

Während ich auf der Terrasse auf und ab ging, versuchte ich zu stabilisieren, was Treibsand zu gleichen schien, der sich unter meinen Füßen in Bewegung befand. Ich zermarterte mir das Hirn, um weitere Lösungsmöglichkeiten aufzutun, verwarf sie jedoch alle gleich wieder, drehte auf der Terrasse meine Kreise. Ich konnte nicht sicher sein, ob Bobby nicht wusste, wer Woods war, und ob er nicht die Fotoausschnitte von Michelle geschickt hatte. Auch wenn ich mir Letzteres noch so sehr wünschte, ergab es dennoch schlicht keinen Sinn. Er war nicht der Typ, der herumscharwenzelte – er war direkt zu mir nach Hause gekommen, hatte seine Forderungen gestellt und mir gedroht.

Als ich meine Zigarette ausdrückte, sah ich zwei Menschen den Pfad hinter unserem Garten entlanggehen. Es war Katie, unsere Zeitungsbotin, wie immer mit ihrem fluoreszierenden gelben Käppi, die mit ihrer Mutter einen Spaziergang machte. Ich ging plötzlich nicht mehr auf und ab, während eine mögliche Lösung für eines meiner Probleme langsam Gestalt annahm. Es war riskant, ja regelrecht verrückt. Aber riskant und verrückt zu agieren, könnte sich lohnen. Es war das Einzige, was mir blieb. Schließlich hatte Bobby ja mal zu mir gesagt, dass Leute, die nicht in den Abgrund blickten, einfach zu viel Platz wegnähmen.

Es war an der Zeit, ihn dort hinein zu befördern.

DONNERSTAG

Kapitel 29

Nach einem höllischen Tag war ich endlich bei Nora und erstattete Travis, Diane, Karina und ihr Bericht über den Wust an Geschehnissen, die sich ereignet hatten, seit Bobby am Vortag mein Haus verlassen hatte. Natürlich hatte keiner von ihnen auch nur die geringste Ahnung, dass ich das alles angestoßen hatte. Wenn mein Besuch bei Nora sich dem Ende zuneigte, würde ich den Vorschlag machen, dass Travis ja noch bleiben könne, weil ich etwas Zeit für mich brauchte, und wenn ich ging, würde ich noch kurz Gideons Weinkeller einen Besuch abstatten und zwei Flaschen stibitzen, weil heute … nun ja, der Tag heute verlangte eine Feier epischen Ausmaßes.

Ich rutschte auf meinem Stuhl hin und her und rief mir in Erinnerung, dass ich noch etwas Geduld aufbringen musste. An Noras Bett sitzen musste, während ich sie tröstete und den vieren versicherte, dass die Polizei, was die neuen Ereignisse anging, alles Erforderliche tun würde. »Die Hoffnung stirbt zuletzt«, sagte ich mit vorgetäuschtem Optimismus in der Stimme und im Blick. »Ich kann gar nicht glauben, was heute alles passiert ist, an unserem dritten Hochzeitstag. Nicht ganz so gut, als wenn sie schon zu Hause wäre, aber das kommt noch, das spüre ich. Das ist ein Zeichen.«

»Das hoffe ich auch«, bemerkte Diane.

»Wussten wir ja gar nicht, dass es euer Hochzeitstag war«, ergänzte Karina.

»Das traditionelle Geschenk für diesen Anlass ist Leder«, sagte Nora ruhig. »Oder Kristall, wenn du modern sein willst. Nächstes Jahr sind es dann Haushaltsgeräte, Leinen in Großbritannien. Weiß auch nicht, warum ich solche Dinge behalte.« Sie tippte sich an den Kopf. »Alles voll mit nutzlosem Wissen hier drin.«

»Glaube ich eher nicht«, meinte Travis mit sorgenvoller Miene.

»Darum gewinnst du ja auch immer bei Trivial Pursuit«, kommentierte ich.

Nora brachte ein kurzes Lachen zustande. »Stimmt, schenk Michelle also besser keinen Toaster nächstes Jahr.«

»Den würde sie dir wahrscheinlich sofort an den Kopf werfen«, grinste sich Karina einen.

»Da hast du recht. Sie wäre wohl kaum beeindruckt.« Nora ließ das Kinn sinken und wischte sich mit zittriger Hand Tränen von den Wangen. »Glaubst du wirklich, dass man sie finden und sie wieder nach Hause kommen wird?«

»Das muss sie einfach«, erwiderte Diane.

»Glaube ich auch«, fügte Travis hinzu.

»Ich auch«, sagten Karina und ich wie aus einem Mund.

»Detective Anjali hat mir versichert, dass sie alles Menschenmögliche unternimmt«, erläuterte ich. »Und ich bin mir sicher, dass wir alle zu verstehen versuchen, was das heißt.«

»Da ist aber auch echt 'ne Menge zu verpacken«, sagte Diane und nahm Noras Hand. Travis nickte.

Karina und er waren schon hier gewesen, als ich eintraf, und Diane hatte an dem Tischchen hinten im Zimmer gesessen und die tägliche Tablettendosis in einen violetten Dispenser aus Plastik eingeordnet. Ich hatte ihr angeboten, eine Pause zu machen, aber das hatte sie unter Verweis darauf, dass sie ein Auge auf ihre Patientin haben müsse, abgelehnt. Wahrscheinlich traute sie auch Travis nicht so richtig über den Weg. Außerdem sah Nora heute auch wirklich schrecklich aus. Dunkle Ringe unter den Augen, durchscheinende Haut, die so dünn über die Knochen gespannt war, dass es den Anschein hatte, als würde sie gleich reißen. Sie hatte wohl nicht mehr lange zu leben, und der Gedanke an ihren Tod trübte meine heitere Stimmung angesichts der Ereignisse des heutigen Tages.

Aus meinem eilends zusammengestückelten Plan war ein Meisterwerk geworden, ein Geniestreich, auf den ich mein Leben lang stolz sein würde, insbesondere wenn ich an die Geschwindigkeit dachte, mit der ich alles choreografiert hatte.

Nachdem ich Katie und ihre Mutter in den Wald hatte spazieren sehen, hatte ich Roger Gassi geführt und meine Ideen blitzartig zu einem Ganzen zusammengefügt. Als ich sicher war, alles bedacht zu haben und auch so umsetzen zu können, hatte ich mich auf die Triumph geschwungen, war in ein anderes Stadtviertel gefahren und hatte das Motorrad hinter einem Starbucks geparkt, wo ich ein paar Abfallkörbe nach alten Zeitungen durchsucht hatte. Zufrieden mit dem, was ich gefunden hatte, suchte ich noch ein paar Geschäfte auf, um Klebstoff, Papier, eine neue Schachtel Einmalhandschuhe und eine Packung Umschläge zu kaufen. Wieder zu Hause schloss ich mich in meinem Zimmer ein, deckte das Bett mit Mülltüten ab, zog ein frisches Paar Handschuhe an und machte mich an die Arbeit.

Ich glaubte nicht, dass Travis so bald wieder hier sein würde nach dem Streit, den wir wegen des Abführmittels gehabt hatten. Nora hatte er eine SMS geschickt und gesagt, dass er wahrscheinlich bei ihr übernachten würde, und bislang bestätigte die App seinen Standort, dennoch musste ich vorsichtig sein. Travis' Launen wechselten schneller, als man eine Münze werfen konnte. Er kam und ging, wie es ihm passte, und ich drückte mir die Daumen, dass er entweder bei Nora übernachten oder bald schon irgendwo anders in Partystimmung sein und dann dort im Gebüsch seinen Rausch ausschlafen würde.

Manche knicken ein, wenn sie unter Druck geraten. Ich nicht. Ich ging methodisch und präzise vor und ließ mir Zeit bis zur nächsten Nachricht des Erpressers, die genauso aussah und wirkte wie die erste, die ich mit den aus Zeitungen ausgeschnittenen Buchstaben gestaltet hatte.

FÜR MICHELLES UNVERSEHRTE RÜCKKEHR
$ 1 MILLION IN $-100-SCHEINEN
4:15 UHR DONNERSTAG
KEINE POLIZEI SONST IST SIE TOT

Für die Lösegeldübergabe benannte ich eine spezielle Stelle in der North Station. An einem Donnerstagabend mit all den Pendlern, die hin und her strömten und es eilig hatten auf dem Nachhauseweg, würde dort die Hölle los sein. Vielleicht ein bisschen profan und wenig originell, aber kein schlechter Ort für die Übergabe. Zufrieden mit dem Wortlaut und dem Aussehen der Nachricht, fuhr ich herum, um ein paar Besorgungen zu machen und das Zubehör für mein Werk zu entsorgen.

Weil wir am Ende der Straße wohnten, waren die Überwachungskameras unserer Nachbarn nicht direkt auf unser Haus gerichtet. Dennoch ließ ich es kurz vor Mitternacht werden, bis ich meine letzte Aktion startete. Sobald ich mir sicher war, dass niemand mehr auf der Straße war und unser Haus beobachtete, schlenderte ich zum Briefkasten. Auf dem Rückweg ließ ich vor dem Haus rein zufällig mein Schlüsselbund und die Post fallen: Beim Aufheben schob ich schnell die Nachricht des Erpressers so unter die Fußmatte, dass sie gerade noch hervorlugte. Mein ursprünglicher Plan war gewesen, sie dann am Morgen zu *entdecken*, aber es kam, ehrlich gesagt, noch besser. Um halb vier morgens stampfte Travis die Treppe hoch, rief meinen Namen und versuchte, mich wach zu kriegen. Also wurde ich dann wach.

Ich hätte am liebsten einen Freudensprung gemacht, als er mir die Lösegeldforderung in die Hand drückte. Ich hätte nicht gedacht, dass er noch nach Hause kommen oder in seinem angeschickerten Zustand den Zettel finden würde. Doch nun waren unsere Fingerabdrücke praktischerweise überall auf der Nachricht verteilt. Und nicht nur das. Von allen Fasern oder anderen Spuren aus meinem Haus, die sich trotz aller Vorsicht auf dem Zettel hätten versammeln können, würde man annehmen, dass sie dort hingelangt waren, nachdem er den Umschlag geöffnet hatte.

»Wir müssen die Polizei verständigen«, sagte Travis, etwas verschliffen in der Aussprache, fast schon hysterisch im Ton und mit weit aufgerissenen Augen.

»*Nein*. Die haben schon beim letzten Mal alles durcheinandergebracht. Ich werde das Geld beschaffen und auch selbst die Übergabe machen. Krieg ich hin.«

»Bist du verrückt! Du bist doch kein Bulle und hast überhaupt keine Ahnung.«

Wir stritten uns. Er beharrte auf seiner Meinung, und ich hielt dagegen. Nach hitziger Debatte ließ ich ihn gewinnen. Er rief die Polizei an, und Detective Anjali und ihre Kollegen kreuzten in Rekordzeit bei uns auf. Nachdem wir ihr erklärt hatten, was vorgefallen war, stand sie vor uns, die in einem Plastikbeutel verpackte Erpressernachricht in den Fingern.

»Sie wissen nicht, wann das hier angekommen ist?«, wollte sie wissen. »Haben Sie etwas gehört oder gesehen?«

»Nein«, erwiderte ich. »Ich bin so gegen zwölf ins Bett gegangen.«

»Ich habe die Nachricht gefunden, als ich zurückgekommen bin, und dann haben wir Sie gleich angerufen.« Travis warf mir einen Blick zu. »*Ich* habe Sie angerufen.«

»Yuna.« Anjali rief eine Mitarbeiterin herbei, eine kleine Frau mit einem gepflegten schwarzen Pferdeschwanz. »Walker und du, ihr geht hier bitte von Tür zu Tür. Nehmt alle Aufnahmen von Videokameras mit, die ihr kriegen könnt.«

»Schon unterwegs, Boss.«

Ich wusste natürlich, dass sie nichts finden würden, legte ihnen aber auch den Gedanken nicht ans Herz, dass der Überbringer der Nachricht sich vielleicht über die Schlucht hergeschlichen haben könnte. Nach Fußabdrücken würden sie ja sowieso suchen und wären damit erst einmal beschäftigt. Möglicherweise wären dann auch die Fußabdrücke von Interesse, die ich im Garten gesehen hatte. Sie waren immer noch halbwegs sichtbar, und es war ganz amüsant, sie darüber sinnieren zu sehen, was los war, insbesondere wo ich doch der Einzige war, dem klar war, dass sie nicht einfach nur auf dem Holzweg waren, sondern sich sozusagen im völlig falschen Wald verlaufen hatten.

»Also noch einmal von vorn«, sagte Anjali, und erst als ich ihre Frage zum vierten Mal hintereinander haargenau gleich beantwortet hatte, schien sie zufrieden.

»Glauben Sie, dass die Nachricht echt ist?«, meinte ich. »Also von dem, der sie entführt hat?«

»Jedenfalls sieht sie der letzten ähnlich«, erwiderte sie. »Werden die in der Forensik schon rauskriegen.«

»Wie lange dauert das ungefähr?«, wollte Travis wissen.

»Wir werden Druck machen.«

Klar würden sie das. Nach allem Möglichen würden sie suchen. Fingerabdrücke und DNA. Aber finden würden sie natürlich nur die von mir und Travis, und wenn sie noch genauer hinschauten, würden sie herausfinden, dass sich meine Fingerabdrücke auf denen von Travis befanden, was besagte, dass er die Nachricht zuerst in Händen gehalten hatte. Ebenfalls untersuchen würden sie, welche Art Zeitung verwendet worden war, um die Wörter zusammenzubasteln. Welcher Klebstoff, welches Papier und welcher Umschlag. Möglicherweise würden sie mich dann wieder verdächtigen, aber keines der Materialien ähnelte auch nur entfernt denen, die ich im Haus hatte. Und selbstverständlich war ich nicht so blöd gewesen, Spucke einzusetzen, um den Umschlag zu verschließen. Einmal mehr war ich ihnen so weit voraus, dass es schon beinahe unfair war. Ich hätte abwarten, ihnen Gelegenheit geben können, etwas aufzuholen, doch stattdessen ließ ich meine Stimme wirklich besorgt klingen und sagte: »Aber was heißt das jetzt eigentlich genau? Wann werden Ergebnisse vorliegen?«

Detective Anjali holte tief Luft. »Wohl erst heute Nachmittag um Viertel vor vier.«

»Das klärt die Sache. Ich werde das Geld beschaffen.«

Sie hob die Hand. »Jetzt mal langsam, Lucas. Wir müssen erst noch besprechen ...«

»Was gibt's da zu besprechen?«, bemerkte Travis. »Er hat doch recht. Wir können Michelle zurückholen.«

»Genau. Deshalb werde ich jetzt Nora anrufen. Ich brauche ihre Hilfe, um das Geld zu bekommen.«

»Einen Moment, und ich meine Sie beide«, sagte Anjali. »Das ist keine gute Idee.«

»Keine Diskussion«, blaffte ich zurück. »Ich will meine Frau zurück, ganz egal, was es kostet. Und Bemerkungen darüber, dass man mit Kriminellen, Terroristen oder ähnlichem Pack nicht verhandelt, können Sie sich sparen. Kommen Sie mir nicht dazwischen. Genauer gesagt: Halten Sie sich raus. Sie können nicht einfach hier aufkreuzen und alles vermasseln.«

»Lucas …«

Ich verschränkte die Arme vor der Brust. »Nein. Ich meine das ernst. Glauben Sie mir. Hätte nicht Travis die Nachricht gefunden und Sie angerufen, wären Sie jetzt überhaupt nicht hier.«

»Richtig«, bekräftigte Travis. Ich war beeindruckt, wie absolut präsent und engagiert er zu sein schien. »Er wollte nicht, dass ich Sie anrufe, wegen all der Geschichten, die beim letzten Mal passiert sind. Was werden Sie unternehmen, um zu gewährleisten, dass es nicht wieder in die Hose geht?«

»Alles, was in unserer Macht steht«, entgegnete Detective Anjali.

»Hab ich schon mal zu hören bekommen«, schnaubte ich.

»Hören Sie«, fuhr sie fort, nun etwas sanfter im Ton. »Wir müssen uns da abstimmen. Das können Sie nicht einfach alleine durchziehen. Mein Team sollte jetzt übernehmen.«

»Kommt nicht infrage«, insistierte ich und richtete mich zu meiner vollen Größe auf, sodass ich sie weit überragte. Ich wollte sie damit nicht einschüchtern, aber es war die Art Pose, die ein besorgter Ehemann, der Schutz bieten will, einnehmen würde.

»Bitte, Lucas, das könnte genau der Durchbruch sein, den wir brauchen«, beschwor sie mich und ignorierte, wie ich vermutet hatte, meine Pose vollständig. »Sie müssen begreifen, dass es keinerlei Garantie dafür gibt, dass wir es hier nicht mit einem Spinner zu tun haben, der versucht, sich die Situation zunutze zu machen, weil er an Ihr Geld will.«

Was Sie nicht sagen!, dachte ich bei mir. Die beiden Fotoausschnitte waren der Beleg dafür, dass sie mit ihrer Annahme goldrichtig lag. Ich verkniff mir einen Kommentar und wartete ab, was sie als Nächstes sagen würde.

»Wenn es sich um Michelles Entführer handelt«, fuhr sie fort, »dann könnte das unsere Chance sein, ihn zu stellen, und sie lebend wieder nach Hause zu holen.«

»Aber wie denn?«, sagte Travis. »Beim letzten Mal ist er ja gar nicht aufgekreuzt.«

»Wir wissen nicht, ob er nicht doch da war und bloß kalte Füße bekommen hat. Egal, wir werden die Gegend umstellen, uns aber nicht blicken lassen. Für mein Team wird es ein Leichtes sein, sich unter die Leute zu mischen. In der North Station wird viel los sein ...«

»Was ihm viele Möglichkeiten bietet zu entkommen«, warf ich ein.

»Wir werden alle Ausgänge abriegeln und ihn fassen«, beteuerte Anjali. »Und für den Fall, dass wir das nicht sofort können, ist natürlich ein Peilsender in dem Geld. Wenn er schlau ist, wird er die Tasche sicherlich irgendwann loswerden wollen, aber im Bahnhofsgebäude selbst wird er das nicht können. Viel zu viele Leute. Wir werden ihm folgen und ihn uns schnappen. Geben Sie uns bitte die Möglichkeit dazu.«

Ich tat so, als würde ich ihren Vorschlag erwägen, ohne richtig überzeugt davon zu sein. »Was ist, wenn sie ihn zwar schnappen, er ihnen aber nicht sagen will, wo Michelle ist? Wenn er nichts sagt und wir sie nicht finden können, könnte sie ... *sterben.*«

»Da liegt ein Risiko«, gab Detective Anjali zu. »Aber ich glaube, das größere ist, ihm das Geld auszuhändigen und dann zu erwarten, dass er Michelle nach Hause gehen lässt – wenn er sie denn tatsächlich in seiner Gewalt hat. Wir tun alles, was in unserer Macht steht, das verspreche ich Ihnen. Sie sind nicht alleine damit, keiner von ihnen beiden.«

Ich rang die Hände und bedeutete Travis, den Mund zu halten, als er betonte, dass sie schon wüssten, was sie täten, und ich doch einfach machen solle, was Anjali wollte, weil so die Chancen am besten stünden, dass Michelle gerettet werden konnte. Nach einer langen Pause sagte ich: »Okay, na schön, Sie haben gewonnen. Aber ich möchte die Tasche mit dem Geld übergeben.«

»Kommt nicht infrage«, erwiderte Anjali.

»Das war keine Frage von mir.«

»Jemand aus meinem Team ...«

»Ich werde *nicht* zulassen, dass Sie es vermasseln ...«

»Gleiche Größe und Statur ...«

»*Nein.*«

Sie hob beide Hände. »Diesmal gewinnen Sie, Lucas. Aber wir werden die ganze Zeit über dicht dran sein an Ihnen.«

»Einverstanden.« Ich ließ die Schultern sacken. »Wussten Sie, dass heute unser dritter Hochzeitstag ist? Sie müsste eigentlich hier sein, und wir sollten feiern. Ich hätte sie irgendwo groß zum Essen ausgeführt, müsste nicht um ihr Leben fürchten. Und ich sollte mich heute eigentlich nicht fragen, ob ich sie überhaupt noch einmal wiedersehe.«

Travis trat von einem Fuß auf den anderen und ließ den Kopf hängen, als Anjali mir versicherte: »Wir tun alles, was wir können, um sie wieder nach Hause zu holen. Das müssen Sie mir glauben.«

Ich nickte kurz und wischte mir mit dem Handrücken über die Augen. »Ich muss jetzt Nora anrufen und die Sache mit dem Geld organisieren.« Ich zog mein Handy aus der Tasche und wählte. Diane ging ran, ihre Stimme klang verschlafen. Ein Blick auf meine Uhr ergab, dass es kurz nach fünf Uhr morgens war. »Diane, es gibt Neuigkeiten. Kann ich bitte mit Nora sprechen? Es ist dringend.«

Nachdem ich ihr erklärt hatte, was wir jetzt tun würden, sagte Nora, dass sie unverzüglich ihren Banker anrufen werde. Sie klang aufgeregt, hoffnungsvoll, und ein kleines bisschen hasste ich mich für all das, aber nicht annähernd genug, um meine Pläne über den Haufen zu werfen.

Kapitel 30

Stunden später, nachdem man mir kurz Anweisungen gegeben hatte und Travis zu Nora gefahren war, fand ich mich am Causeway vor dem Eingang zur North Station wieder. Es war kurz nach 16:00 Uhr. Ich beobachtete den stetigen Strom von gestressten, finster dreinblickenden Pendlern, der sich aus dem Bahnhof ergoss, und hielt eine schwarzlederne Reisetasche fest umklammert.

Ich war sehr überrascht gewesen, dass eine Million in Hundertdollarscheinen gerade einmal zehn Kilo wog und leicht in eine Tasche passte, ohne dass es auffiel. Wenn man schnell abhauen musste und einigermaßen fit war, konnte man damit sogar rennen, auch wenn man dann sicherlich nicht der Allerschnellste war.

Ein rauschhaftes Gefühl der Erregung durchfuhr meinen Körper, wie zu dem Zeitpunkt, als ich Michelles Verschwinden arrangiert hatte, und dann noch einmal, als ich der Nachricht von Woods entgegenfieberte, dass er alles erledigt habe. Dieses Gefühl machte süchtig. Kein Wunder, dass Adrenalinjunkies darauf aus waren, die höchsten Wellen zu reiten, die steilsten Berge zu erklimmen und mit dem Fallschirm von den höchsten Gebäuden zu springen. Nichts davon übte auf mich besondere Anziehungskraft aus – ich hatte einmal Bungeespringen gemacht und mir geschworen, es nie wieder zu tun –, aber das hier, die Gewissheit, dass ich damit durchkommen und eines meiner Probleme durch reine Cleverness und mentale Agilität lösen könnte, würde niemals Rost ansetzen.

Ich hatte mit Anjali besprochen, dass die Polizei den Ort der Lösegeldübergabe, eine Sitzbank neben einem Donut-Shop (kleiner Scherz von mir), überwachen würde, und sie versicherte mir, dass sich die Beamten gut getarnt und in unauffälliger Kleidung etliche Meter entfernt aufhalten würden. Eine Vielzahl von Polizisten war über den ganzen Bahnhof verteilt, viel zu viele, als dass ich sie mir hätte merken können, und wieder andere hatten die Ausgänge im Blick. Darüber hinaus warteten draußen Beamte in Autos, um sofort die Verfolgung aufnehmen und Michelles Entführer unter Einsatz aller verfügbaren Mittel festnehmen zu können. Die Anweisung, todbringende Gewalt möglichst nicht anzuwenden, traf auf wenig Gegenliebe, jedenfalls bei mir. Vielleicht würde ja jemand einen Fehler machen, nervös werden und abdrücken. Ups, Pech gehabt.

»Also los«, sprach Anjali aus dem Knopf in meinem Ohr. Den hatte ich eigentlich auch nicht haben wollen, aber es blieb mir dann nichts anderes übrig. »Gehen Sie langsam. Machen Sie alles wie besprochen. Ich bin hier bei Ihnen.«

Ein paar Minuten vor dem verabredeten Treffen näherte ich mich der Bank, die Reisetasche in einer Hand, einen Kaffee, den mir einer der Polizisten gegeben hatte, damit ich wie ein normaler Pendler wirkte, in der anderen. Ich setzte mich, stellte die Tasche auf den Boden und schob sie mit meinem

Fuß unter die Bank. Als Nächstes holte ich mein Handy heraus und tat so, als würde ich durch die Nachrichten scrollen, während ich bis zwanzig zählte und auf Anjalis Anweisung wartete, wieder zu gehen. Als ich bis fünfunddreißig gekommen war und sie immer noch nichts gesagt hatte, begann mein Fuß zu zucken, sodass ich mich auf ein Knie stützte, damit das aufhörte. Worauf zum Teufel wartete sie? Es war schon fast Viertel nach vier.

Endlich sagte Anjali: »Gut gemacht, Lucas. Stehen Sie jetzt auf, und gehen Sie. Wir übernehmen.«

Es kostete mich Anstrengung, mich langsam und möglichst natürlich vorwärts zu bewegen, und während ich ihre Anweisung befolgte, sah ich plötzlich Mel in der Menge. Bobby war nicht bei ihm, ärgerlich, aber eigentlich keine Überraschung. Zum Glück hatte Mel mich noch nicht erkannt, aber da die Augen aller Cops auf mich gerichtet waren, spielte ich meine nächste Karte aus. Ich sorgte dafür, dass ich geschockt aussah, als ich in die andere Richtung hastete, weg von Mel. Als ich über die Schulter zurückblickte, sah ich, wie er die Tasche unter der Bank bemerkte und danach griff. Ich wäre am liebsten aufgesprungen, hätte mit den Armen in der Luft herumgefuchtelt, auf ihn gezeigt und so laut ich konnte »Trottel« geschrien. Beruhige dich, rief ich mich zur Ordnung, hab Geduld.

Als ich am Abend zuvor in der Gegend herumgefahren war, um die Materialien loszuwerden, die ich für den Erpresserbrief gebraucht hatte, war ich auch an dem Busbahnhof vorbeigekommen, um mir eines meiner letzten Wegwerfhandys zu holen.

»Werde dein Geld morgen Nachmittag haben«, hatte ich Bobby gesagt.

Er hatte die Kühnheit besessen zu lachen. »Fein. Wir holen's dann bei dir zu Hause ab.«

»Nein. Wir treffen uns in der North Station. Im Hauptgeschoss. Neben dem Donut-Shop steht eine Bank ...«

»Was glaubst du, was das hier ist? Eine Folge von *Für alle Fälle Fitz*?«

»Falsches Land. Und das falsche Jahrzehnt.«

»Mach keine Witze. Wir kommen zu dir nach Hause.«

»Wenn du das Geld willst, dann dort. Um Viertel nach vier.«

»Na schön, Cundy. Dann geht's mal nach deinem Kopf. Sag ja nicht, ich hätte dich nie machen lassen.«

»Und wenn ich dir dann gegeben habe, was du wolltest, werden wir uns nie wiedersehen.«

»Na ja, sieh mal, ich verspreche eigentlich nie etwas, das ich womöglich nicht halten kann.«

Ich hatte das Gespräch beendet und das Telefon in den Fluss geworfen, als ich wieder nach Hause gefahren war. Als ich jetzt über die Schulter blickte und Mel sah, der davon ausging, seinem Boss in Kürze zwei Millionen Dollar überbringen zu können, stellte ich mir vor, wie auch ich bis zum Hals in Bobbys Scheiße gesteckt hätte, wenn ich weiter für ihn die Drecksarbeit gemacht hätte, statt mein eigenes Ding aufzuziehen. Nein, danke. Ich hatte mich an mein altes Versprechen gehalten, dass, sollte ich es vermasseln und verhaftet werden, es aufgrund einer Sache geschähe, die ich *für mich* gemacht hatte und nicht für jemand anderen. Was mich anging, könnten sie gerne »Harmonierte nicht gut mit anderen« auf meinen Grabstein schreiben, wenn ich denn einen bekäme.

»Detective Anjali«, sagte ich und konzentrierte mich, während ich zu ihr lief, sodass ich außer Atem und verwirrt wirkte. »Der Mann da bei der Bank, dieser Riesenkerl. Den kenne ich. Ich *kenne* den.«

»Bleiben Sie, wo Sie sind!«, rief Anjali und ließ ihre Mannschaft ausschwärmen, noch bevor ich antworten konnte.

Und was war es doch für ein schöner Anblick, Mel zu Boden gehen zu sehen, bevor er auch nur Body Slam sagen konnte. Zuzuschauen, wie er da auf dem Bauch lag, die Arme auf dem Rücken fixiert, genauso, wie er es tags zuvor bei mir gemacht hatte. Vor lauter Schadenfreude zersprang mir fast das Herz. Ich konnte mir ein Grinsen nur mit Mühe verkneifen, als zwei Bullen, die Mel in Körpergröße und Statur in nichts nachstanden, ihn auf die Füße zerrten und ihn in Richtung Ausgang abführten.

Ich sah Anjali mit schweißnasser Stirn zu mir zurückkommen und beschloss, dass die Art und Weise, wie sie die ganze Operation organisierte und leitete, ein Lob verdient hatte. Ich war so klug gewesen, vorsichtig zu bleiben und sie nicht zu unterschätzen. Nicht angesichts der taktischen Präzision eines Gehirnchirurgen, die sie an den Tag legte, und auch nicht, weil ihr Verstand fast so schnell arbeitete wie meiner.

»Schießen Sie los«, sagte sie. »Woher kennen Sie diesen Mann? Ich will alles wissen.«

»Jetzt nicht.« Ich ging ein paar Schritte auf das Auto zu, in das man Mel gerade stopfte, aber sie hielt mich zurück.

»Moment mal. Sind Sie sicher, dass Sie ihn kennen? Wer ist er?«

Ich versuchte, sie abzuschütteln, aber sie ließ nicht locker. »Ich möchte als Erster mit ihm reden«, sagte ich. »Ich muss wissen, was er Michelle angetan hat. Lassen Sie mich mit ihm sprechen. Jetzt.«

Das lehnte sie ab, was mir natürlich vorher klar war. Wenig später, auf dem Polizeirevier, hatte ich das Vergnügen, beobachten zu dürfen, wie Mel in einen Verhörraum geführt wurde. Bevor sich die Tür hinter ihm schloss, schrie er in seinem heftigen Yorkshire-Dialekt: »Lass mich 'n Ruhe. Ich sach dir, ich hab nix gemacht.« Überraschenderweise klang seine Stimme hoch und schrill. Kein Wunder, dass er nicht viel sagte, denn sobald er den Mund aufmachte, wirkte er nicht annähernd so furchterregend.

Ich hing fast zwei Stunden lang herum, bis Anjali mich endlich in einen Raum führte, dessen Wände erbsengrün gestrichen waren. Neben einem niedrigen Wohnzimmertisch mit Mosaikmuster, der so alt aussah, dass er schon wieder modern anmutete, befand sich ein durchgesessenes Sofa, dessen Bezug rosa Blumen zeigte. Sie drückte mir einen Kaffeebecher in die Hand, auf dem »10–4 Coffee That« stand, und schilderte mir in den nächsten paar Minuten ausführlich, wie das Verhör gelaufen war, wobei sie zu dem Schluss kam: »Am Ende hat er sogar abgestritten, jemals von einem Mann namens Bobby Boyle gehört zu haben.«

Das hatte ich mir schon gedacht, hatte aber immer noch meine helle Freude daran zu hören, wie sehr Mel ins Schwitzen gekommen war, als er seine Unschuld beteuerte. Er wusste natürlich, in welche Schwierigkeiten er unweigerlich geriete, wenn er seinem Boss nicht die Treue hielt. Und besaß er auch nur einen Rest an Verstand, wusste er natürlich auch, dass sich bei ihnen beiden eine Verbindung zu Michelles Entführung eigentlich nicht herstellen ließ, nicht so einfach jedenfalls. Dass er genau zum Zeitpunkt der Lösegeldübergabe vor Ort gewesen war, könnte man auch als Zufall ansehen. Außerdem fehlten ja auch seine Fingerabdrücke und DNA-Spuren auf der Erpressernachricht. Und zu guter Letzt würde selbstverständlich auch jeder Anwalt, der sein Gewicht in Hundertdollarnoten halbwegs wert war, argumentieren, dass Mel überhaupt nicht im Lande gewesen war, als sich die Entführung ereignete. Trotz allem hoffte ich jedoch genau das, weil es mein Problem auf feine Art und Weise lösen würde. Vorerst würde ich allerdings nehmen müssen, was ich kriegen konnte.

»Wir müssen noch über ein paar weitere Dinge sprechen.« Anjali tippte mit der Spitze ihres Kugelschreibers auf den vollgekritzelten Notizblock. »Damit mir auch nichts durchrutscht. Sie sagen, dass dieser Mann, Melvin Davison, Sie gestern zusammen mit Robert, genannt Bobby Boyle, zu Hause aufgesucht und behauptet hat, Sie schuldeten ihm Geld?«

»Ja. Rein technisch betrachtet eigentlich mein Vater, aber Bobby machte mich dafür verantwortlich, und Leute wie er vergessen niemals, wer ihnen etwas schuldet. Ich habe keine Ahnung, wie sie mich gefunden haben. Jedenfalls weiß er, wo mein Vater sich aufhält. Vielleicht hat ihm jemand Bescheid gegeben, als ich meinen Vater besucht habe, oder sie haben Software für Gesichtserkennung eingesetzt oder irgend so was. Ich bin mir sicher, dass er alle möglichen Leute kennt, die das könnten.«

Sie hob das Kinn. Ich konnte fast zusehen, wie ihr Gehirn damit beschäftigt war, die Einzelteile sinnvoll zusammenzufügen, nur dass sie eben nicht ganz passten. »Warum haben Sie mir vorher nichts davon gesagt?«

»Weil ich gedacht habe, es hätte mit Michelles Entführung nichts zu tun. Und ich wollte meinen Vater keiner Gefahr aussetzen, falls Sie Bobby einen Besuch abstatten würden. Sie machen sich keine Vorstellung, wozu dieser Mann fähig ist.«

Sie verschränkte die Arme vor der Brust und sah mich an. »Wieso habe ich den Eindruck, dass Sie mir nicht die ganze Wahrheit erzählen, Lucas? An der Geschichte ist doch mehr dran, oder?« Als ich ihr keine Antwort gab und wegsah, stattdessen, keineswegs gespielt, nervös mit dem Fuß wippte, fuhr sie fort: »Sie müssen mir alles sagen. Nur so können wir Michelle womöglich helfen.«

Ich schilderte ihr kurz die Spielsucht meines Vaters und die Prügel, die er bezog, weil er das Geld verloren hatte, verschwieg aber, dass ich für Bobby gearbeitet und meinen Namen geändert hatte. Ich setzte darauf, dass Mel seinen Mund halten würde. Sollte er singen, konnte ich immer noch sagen, dass ich es verbergen musste, weil ich um mein Leben fürchtete. Was nicht gelogen war. Aber auch nicht die ganze Wahrheit.

»Als Bobby gestern bei mir zu Hause aufkreuzte, sagte er, dass die fünfzig Riesen nun zwei Millionen Dollar entsprächen. Als ich mich weigerte, das anzuerkennen, ging Mel auf mich los, aber ich bestand darauf, dass ich diese Summe nicht zahlen würde.«

»Und dann sind sie wieder gegangen?«

»Ja. Doch sie drohten mir wiederzukommen. Er sagte, die Schulden meines Vaters würden sich jeden Tag, den ich nicht zahlte, um weitere fünfzigtausend erhöhen.« Ich rieb mir das Gesicht. »Glauben Sie, dass Bobby Michelle hat?«

Anjali zögerte. »Das versuchen wir gerade herauszufinden. Mel besteht darauf, nichts von der Entführung zu wissen, aber ich komme schon noch dahinter.« Sie legte beide Hände auf die Tischfläche. »Ich geh mal wieder da rein. Und Sie gehen bitte nach Hause. Ich melde mich, sobald ich kann. Keine Diskussion!«

Ich war ihrer Anweisung gefolgt. Und nun saß ich mit Nora, Travis, Diane und Karina zusammen, war mit ihnen die Fakten schon mehrmals durchgegangen. Von Detective Anjali hatte ich nichts mehr gehört, was wohl hieß, dass Mel die Klappe gehalten hatte. Ich war müde, wurde langsam immer grantiger und beschloss, dass es an der Zeit war, zu gehen, bevor ich noch ausfällig wurde. Eine Sache allerdings musste ich vorher noch ins rechte Licht rücken.

»Du solltest heute Nacht hierbleiben, Travis«, erklärte ich und sah ihn an. »Nora und dir würde es bestimmt guttun, Familienzeit miteinander zu verbringen.«

»Und du?«, erwiderte Nora. »Du bist doch auch Familie.«

»Ich komm schon klar«, sagte ich. »Ich muss den Kopf frei kriegen und noch mal durchgehen, was alles passiert ist.«

»Bitte keine Schuldgefühle«, bemerkte Nora. »Wenn Bobby Boyle, dieser Widerling, Michelle wegen des Geldes entführt hat, das dein Vater ihm schuldete, ist das nicht deine Schuld, verstehst du?«

Ich verzog das Gesicht, merkte, wie Travis mich ansah, und kam zu dem Schluss, dass er die Einschätzung seiner Mutter offenbar nicht teilte.

»Ja, ist wohl besser, wenn ich hierbleibe«, sagte er in einem Tonfall, der vor Feindseligkeit nur so triefte. Wäre ich nicht ein kompletter Zyniker, hätte ich geglaubt, er hätte lediglich eingewilligt, in seinem alten Zimmer zu übernachten, weil er mich hasste und nicht wollte, dass Nora allein war. Aber ich konnte praktisch sicher sein, dass dem nicht so war. Die Verzweiflung in dem Blick, mit dem er seine Mutter vorher schon betrachtet hatte, und sein andauerndes Bemühen, ihr etwas zu trinken oder zu essen zu holen und ihre Kopfkissen aufzuschütteln, waren ein eindeutiger Fingerzeig. Ja, er sorgte sich um sie, aber zugleich war er auch auf der Jagd nach etwas jenseits ihres Wohlergehens. Es hätte mich nicht im Geringsten überrascht, wenn er nur deshalb so bereitwillig zugestimmt hatte, über Nacht zu bleiben, weil er eine von Noras Antiquitäten im Visier hatte.

Nach allem, was sie mir früher schon erzählt hatte, wäre es nicht das erste Mal, dass eine Vase von Clarice Cliff oder eine Hummel-Figur sich davonmachte, weil Travis Bedarf hatte. Bei einem meiner nächsten Besuche sollte ich am besten mal alles fotografieren und einen Katalog erstellen, um zu dokumentieren, was alles verschwand, damit ich gegenüber Travis einen Hebel in der Hand hatte, falls ich ihn in der Zeit nach

Noras Ableben auf Linie bringen musste. Im vergangenen Monat hatte ich vorsorglich schon ein paar kleinere Gegenstände eingesteckt, in der Hoffnung, dass sie ihn des Diebstahls beschuldigen würde, doch bisher hatte ich nichts dergleichen vernommen. Zwar glaubte ich nicht, dass Nora in ihrem Zustand noch besonderen Wert auf solche Besitztümer legte, aber das wäre sicher anders, wenn sie den Eindruck gewann, dass Travis mit dem Geld, das er dafür bekam, seine Laster finanzierte.

Ich schob den Gedanken an Travis und seine langen Finger fürs Erste beiseite und erhob mich. Nachdem ich mich verabschiedet hatte, ging ich schnurstracks in Gideons Weinkeller, wo ich seine Sammlung hochpreisiger Weine durchstöberte und mir zu meinem Punktsieg gratulierte.

Alles lief ganz in meinem Sinne. Mit etwas Glück hatte Bobby, sobald er von Mels Verhaftung erfuhr, das Land sofort verlassen. Zu bleiben wäre viel zu riskant, denn möglicherweise war er schon zur Fahndung ausgeschrieben, auch an den Flughäfen. Er könnte verhaftet und verhört werden, wenn er sich mittlerweile nicht schon hoch über dem Atlantik oder auf dem Weg nach Kanada befand und so zu entkommen hoffte.

Wie dem auch sein mochte, weder er noch Mel würden mir, jedenfalls in der nächsten Zeit, groß in die Quere kommen. Und sollte Bobby noch einmal aufkreuzen ... nun ja, ich würde sicherlich eine Waffe dabeihaben.

Die Bühne, um Mel und ihn in Notwehr zu töten, war bereitet.

Kapitel 31

Auf der Rückfahrt zog ich ausgiebig und sehr zu meiner Zufriedenheit an einer Zigarette und rief den örtlichen Italiener an, damit er mir in einer Stunde das Essen lieferte. Das Haus heute Abend für mich allein zu haben, hieß, dass ich die ganze Nacht einen draufmachen konnte, und ich freute mich auf die Möglichkeit, die Rolle des aufopfernden Ehemanns eine Zeit lang abzustreifen.

Ich brauchte eine Pause, konnte es gar nicht abwarten, mal auszuspannen, mir einen Film anzusehen, eine gute Pizza zu essen und ein paar Bier zu trinken. Den Wein aus Gideons Bodega würde ich für ein andermal aufsparen. Der Tag, an dem Michelle für tot erklärt und ich reich werden würde, wäre eine gute Gelegenheit. Das könnte sich zwar noch ein paar Jahre hinziehen, aber unterdessen würde mich der Wein daran erinnern, die Füße ruhig zu halten. Wie meine eigene Situation würde der Trank mit der Zeit nur besser werden.

Während ich durch die stillen Straßen von Chelmswood fuhr, ging ich in Gedanken die Geschehnisse des Tages durch und vergegenwärtigte mir die Bruchstücke an Wahrheit, die ich eingestreut und dann mit Lügen abgerundet hatte, damit mir auch nichts durchrutschte und ich am Ende etwas vergaß. Ich ließ alles Revue passieren, was ich der Polizei gesagt hatte, und prüfte es auf Fehler oder Ungereimtheiten, konnte aber keine entdecken. Selbst unter großem Druck hatte ich perfekt agiert, was normalerweise ja besser funktionierte, wenn man allein arbeitete.

Ich machte mir keine Sorgen, dass Bobby wieder bei mir zu Hause auftauchte. Wenn er Mel nicht sich selbst überlassen und das Land bereits verlassen hatte – hatte er das nicht getan, war er wirklich komplett verrückt –, würde er es keinesfalls wagen, bei mir aufzukreuzen. Ganz egal, wie sehr er auch wegen der Verhaftung seines Wachhunds ins Hyperventilieren geraten sein mochte, würde ich doch fast meinen Kopf darauf verwetten, dass er sich nicht näher als fünfzig Meilen herantraute – falls nämlich die Bullen Wache vor meiner Tür schoben. Detective Anjali hatte das angeboten, aber ich hatte abgelehnt und darauf bestanden, dass sie besser alle ihre Energie darauf verwenden sollten, herauszufinden, ob Mel und Bobby irgendwie in Michelles Entführung verwickelt waren. Und finden sollten sie Michelle natürlich auch.

»Ich komme gut allein klar, Detective«, hatte ich zum Schluss gesagt. »Das Einzige, worauf es ankommt, ist, dass Sie meine Frau wieder nach Hause bringen.«

Einer aus ihrer Truppe hatte Tränen in den Augen nach meiner Darbietung. Was das Geld in der Tasche betraf, so war die Million sicher wieder auf Noras Konto gelandet, um in absehbarer Zeit Bestandteil des Erbes von Michelle und Travis zu werden. Endgültige Bestimmung: mein Geldbeutel.

»Da wirst du dir wohl einen größeren anschaffen müssen«, sagte ich und machte dabei ziemlich perfekt Chief Brody aus

Der weiße Hai nach, ließ die Zigarette aus dem Mundwinkel herabhängen.

Ich bog in meine Straße ein, nahm einen letzten Zug aus der Zigarette und schnipste die Kippe aus dem Fenster. Ich hatte das Gefühl, Bobby erst mal losgeworden zu sein, aber zurücklehnen durfte ich mich deshalb noch lange nicht. Noch lagen die Dinge nicht so, wie ich sie haben wollte. Wer auch immer Woods war, er dürfte inzwischen abgetaucht sein und einen anderen Namen verwenden. Es gab keinen konkreten Hinweis auf seinen Aufenthaltsort, wo sich unser heimlicher Deal abgespielt hatte – aber dafür kam ich mir vor, als wäre ich am ganzen Körper mit Dornen gespickt.

Irgendjemand da draußen hatte die Fotoausschnitte von Michelle geschickt, und ich musste herausfinden, weiterhin, wer es war. Ich hätte immer noch gewettet, dass es Woods war, oder Detective Anjali, oder vielleicht auch so'n Möchtegern-Klugscheißer aus ihrem Team, aber jetzt, nach dem heutigen Tag, saßen mir die Bullen bis auf Weiteres wenigstens nicht mehr im Nacken.

Als die Euphorie etwas abgeklungen war, machte ich mir noch einmal klar, dass Mel in Haft saß und Bobby auf der Liste der Verdächtigen stand, die Bedrohung, die von ihnen ausging, also vorläufig abgenommen hatte. Was Mel ihnen erzählte, war im Prinzip gleichgültig, wenn er denn überhaupt etwas sagte. Sobald die Cops bei der Greater Manchester Police Erkundigungen einziehen würden und erfuhren, dass sie Bobby seit Jahren auf dem Radar hatten, erschien es äußerst unwahrscheinlich, dass man Mel groß Glauben schenken würde. Und weil ich damals in England nie aufgeflogen war, nicht bevor und auch nicht nachdem ich für Bobby gearbeitet hatte, geschweige denn wegen irgendwas verurteilt worden war, lag auch nichts gegen mich vor.

Mein ehemaliger Boss war erst mal aus dem Rennen, sodass ich Bewegungsspielraum hatte. Er würde mich bei Nora jetzt nicht mehr verpfeifen können, da war ich mir sicher. Außerdem wusste er, dass er selbst auch nichts abbekäme, wenn er mich daran hinderte, an das Geld zu kommen. Würde er es dennoch versuchen, wäre alles, was er sagte, unglaubwürdig. Selbst wenn er so weit ginge, ihr von meinem Namenswechsel zu berichten, könnte ich immer noch sagen, dass Michelle es gewusst hatte, wir uns aber entschlossen hätten, es für uns zu behalten, weil Gideon die Spielsucht meines Vaters verabscheut hätte. Niemand konnte das Gegenteil behaupten.

Dennoch konnte ich nicht sicher sein, dass Bobby meinem Vater nicht trotzdem zu schaden versuchte. Wahrscheinlich war ihm klar, dass er es sich abschminken könnte, noch irgendwie Geld von mir zu bekommen, wenn er das tat, aber ich wollte kein Risiko eingehen. Schon früher an diesem Tag hatte ich die Managerin des Pflegeheims angerufen und veranlasst, dass Dad unter einem neuen Namen in eine andere Einrichtung verlegt wurde, und zwar genau um Viertel nach vier, als Bobby auf die Lösegeldübergabe konzentriert war. Mrs Hannigan hatte zwar zuerst darauf herumgeritten, dass es nicht möglich sei, Dad mitten in der Nacht zu verlegen und die Unterlagen zu bereinigen, aber, welche Überraschung, eine kleine finanzielle Ermunterung ließ plötzlich alle Bedenken, die sie gehabt haben mochte, dahinschwinden. Dad war in Sicherheit, und ich bereitete mich schon darauf vor, ihn erneut zu verlegen, um ganz auf der sicheren Seite zu sein.

Langsam atmete ich auf. Um Travis würde ich mich kümmern, sobald Nora verstorben war. Nach England fahren, um meinen Vater zu besuchen. Zwischenzeitlich würde ich mich erneut ins Darknet begeben, um jemanden zu finden, der mir Bobby endgültig vom Hals schaffte. Dafür den doppelten Preis zu zahlen, wäre eine gute Investition. Ich konnte wieder lächeln. Danach hätten sich alle meine Probleme gelöst. Schon bald würde ich das Leben führen, das ich ersehnt hatte, und ich konnte es kaum erwarten, von den ganzen Scherereien und all dem Scheiß befreit zu sein. Frei, reich, unbelastet. Davon träumten alle.

Als ich zur Haustür hereinkam, stand Roger da, wedelte mit dem Schwanz und verzog die Schnauze. Ich streichelte ihm den Kopf und beschloss, dass ich in einem halben Jahr oder so einen Hund aus dem Tierheim holen würde, damit Roger Gesellschaft hatte. Vielleicht würde es auch eine Katze werden. Als Kind hatte ich mir immer Haustiere gewünscht, aber wir konnten uns das Futter und den Tierarzt nicht leisten. Ein Therapiehund für Schlaganfallpatienten wäre auch mal einen Gedanken wert. Jetzt aber brauchte Roger erst mal Auslauf, damit er seine Blase nicht auf meine Schuhe entleerte.

»Ich hol dir mal Wasser, und dann gehen wir eine Runde«, sagte ich. Ich dachte mir, dass wir am besten losgehen sollten, bevor der Lieferservice kam, und wir es uns anschließend für den Abend bequem machen würden. Sobald ich davon redete, rauszugehen, bellte Roger und drehte sich im Kreis, jagte seinem Schwanz hinterher. Ich machte einen Schritt zur Seite, um an dieser Masse mit Fell vorbeizukommen, und er lief mir dann bis in die Küche hinterher, wo ich ihm noch einmal den Kopf tätschelte, während er versuchte, meine Finger anzuknabbern. »Lässt du das wohl sein«, lachte ich. »Hör auf damit, du beklopptes Viech.«

Ich stellte den Wein auf die Arbeitsplatte, holte mir ein Glas aus dem Küchenschrank und schüttete einen halben Liter Wasser auf einmal herunter. Doch als ich das Licht anmachte und mich zum Wohnzimmer hin umdrehte, setzte fast mein Herz aus, und um ein Haar hätte ich das Glas fallen lassen.

Ein langes schwarzes Kleid von Christian Dior, Michelles Lieblingskleid, das ein Vermögen gekostet hatte und in dem sie hinreißend aussah, war über das Sofa drapiert. Ein Paar Designerschuhe von Jimmy Choo, ebenfalls so teuer, dass einem die Tränen kamen, standen auf dem Teppich direkt davor. Die Art und Weise, wie alles platziert worden war, erweckte fast den Eindruck, als säße meine Frau da und wartete auf mich. Eine ihrer silbernen Halsketten mit einem Infinity-Anhänger lag auf einer schwarzen Handtasche, und daneben – nein, das konnte doch einfach nicht sein – befanden sich diese *gottverdammten* Tiffany-Ohrringe.

Mir schwanden die Sinne, eine Milliarde Gedanken schoss mir durch den Kopf, aber ich hatte nicht die Zeit, irgendetwas davon zu verarbeiten, auch nicht von dem, was ich vor mir sah, weil da noch mehr war: ein Eiskübel aus der Vorratskammer, der jetzt, gefüllt mit einer gut gekühlten Flasche Veuve Clicquot mit weißer Serviette um den Hals, auf dem Couchtisch stand. Die Zeit stand still, während ich einen Tropfen Kondenswasser außen an dem Kübel hinunterlaufen sah. Schließlich fiel mein Blick auf den orangefarbenen Umschlag, der an den Eiskübel mit dem Champagner gelehnt war. Vorne drauf ein einziges Wort.

Lucas.

Ich schnappte mir den Umschlag, riss ihn auf wie besessen und zerrte den Inhalt heraus. Etwa ein Dutzend Papierschnipsel rieselte zu Boden. Ich sank auf die Knie und kroch umher, um sie aufzusammeln, wusste aber sofort, worum es sich handelte. Die restliche Schwarz-Weiß-Fotografie von Michelle. Ich setzte die Schnipsel zusammen, so schnell ich konnte, drehte sie um. Mit schwarzem Filzstift waren darauf vier Worte geschrieben.

ALLES GUTE ZUM JAHRESTAG.

Ich konnte die Handschrift nicht erkennen, aber die ganze Situation, das Bizarre daran, ließ mir den Kopf schwirren. Ich hielt mich am Sofa fest, um im Gleichgewicht zu bleiben, und biss die Zähne so fest zusammen, dass ich schon dachte, sie würden gleich zersplittern. Ich zermarterte mir das Hirn, versuchte, mich zu erinnern, ob ich die Alarmanlage eingeschaltet hatte, als ich gegangen war, begriff dann aber, dass Travis ja noch im Hause gewesen war. Ich wischte den Gedanken beiseite, weil es letztlich keine Rolle spielte. Diesmal gab es kein Vertun. Wer auch immer mir diese Fotos geschickt hatte – er war in meinem Haus gewesen. In meinem gottverdammten *Haus*.

Meine Situation hatte sich heute keineswegs leicht verbessert. Sondern stark verschlechtert.

Kapitel 32

Trotz rasendem Puls versuchte ich zu verstehen, was vor sich ging. Mein erster Gedanke galt Travis. Er musste das gewesen sein. War das der eigentliche Grund, warum er so schnell eingewilligt hatte, bei seiner Mutter zu übernachten? Meine Stimmung kam dem Siedepunkt gefährlich nah. Wäre Travis jetzt hier gewesen, hätte ich ihn an die Wand gedrückt und ihn halb erdrosselt, um die Antwort aus ihm herauszuquetschen.

»Ganz ruhig«, sagte ich mir. Travis war die plausibelste Erklärung angesichts der Tatsache, dass er die einzige andere Person war, die wusste, wie man in das Haus gelangte. Andererseits war er aber auch ein solcher Schwätzer, dass es mich nicht überrascht hätte, wenn halb Chelmswood mittlerweile die Zahlenkombination kannte. Ich zwang mich zu einer rationalen Analyse. Warum hätte er das tun sollen? Worauf wollte er hinaus? Wollte er mich verarschen, weil er mir die Schuld für Michelles Entführung gab? Und zwar jetzt erst recht, da er nun glaubte, dass Bobby es getan hatte, weil mein Vater schuld war? Ich hatte ihn nach Mels Verhaftung auf den Stand der

Dinge gebracht, er hätte also reichlich Zeit gehabt, um noch einmal herzukommen und diese bizarre Szenerie ins Werk zu setzen.

Mein nächster Gedanke galt der Tracking-App, die ich auf seinem Handy installiert hatte. Ich holte mein Smartphone aus der Tasche und scrollte mich durch seine Aufenthaltsorte. Natürlich erwartete ich, darauf zu stoßen, dass er heute irgendwann mal hier gewesen war. Doch dem war nicht so. Er war kurz nach mir gegangen und hatte den Tag bei Nora verbracht, war nicht ansatzweise in der Nähe des Hauses gewesen. Zumindest galt dies für sein Smartphone. Was ja nicht hieß, dass er selbst nicht Michelles Sachen in meinem Wohnzimmer arrangiert haben könnte. Entweder hatte er sein Mobiltelefon zufällig irgendwo anders gelassen, oder aber er hatte irgendwie die App auf seinem Handy entdeckt, was unwahrscheinlich war, weil er sich mit Technik nicht besonders gut auskannte.

Ich ließ mir Zeit, zwang mich, alles zu bedenken. Wenn ich meine Vorstellungskraft etwas strapazierte, war es durchaus denkbar, dass Travis das Ganze mit Anjalis Hilfe in Szene gesetzt hatte. Es war nicht ausgeschlossen, dass ich immer noch ihr Hauptverdächtiger war. Außer Mel und Bobby bot sich sonst niemand an, und ich war nicht davon überzeugt, dass sie etwas finden würden, was es gerechtfertigt hätte, die beiden noch lange auf dem Radar zu behalten.

Ich warf einen erneuten Blick auf das für mich inszenierte Schauspiel. Das Kleid, die Handtasche und die Halskette stammten oben aus dem begehbaren Kleiderschrank, nicht aber die Ohrringe, diese *beschissenen* Ohrringe. Ich hatte mein Schlafzimmer und auch das von Travis nach ihnen abgesucht, hatte verdammt noch mal das ganze Haus auf den Kopf gestellt, sie aber nicht finden können.

Vielleicht hatte Travis sie schon vor Wochen bei Nora versteckt. Vielleicht hatte er von Anfang an den Plan verfolgt, mich herauszufordern, entweder weil er vermutete, dass ich etwas mit Michelles Verschwinden zu tun hatte, oder weil er mich dafür hasste, dass ich sie nicht beschützt hatte. Jedes der beiden Szenarien könnte der eigentliche Grund dafür sein, warum er mehr als nur ein paar Nächte in meinem Gästezimmer übernachtete. Vielleicht hatte ich ihn die ganze Zeit unterschätzt, und der Mann war viel gerissener, als ich es ihm zugetraut hätte.

Travis musste es sein. Denn wenn er es nicht war und Michelle diese Ohrringe in der Nacht ihres Verschwindens getragen hatte, gab es nur noch eine einzige andere Erklärung: Woods. Der in mein Haus eingebrochen war, um mich aufzuscheuchen und mehr Geld herauszuholen. Auch wenn ich diese Theorie nicht mochte, ergab sie durchaus Sinn, weshalb ich erst recht angefressen war.

Mich packte die kalte Wut, als ich die Fakten noch einmal durchging und zu überlegen versuchte, wer sonst noch hier gewesen sein konnte. Mel saß in Haft, weswegen er ausschied. Bobby also? Nein. Jedenfalls nicht, wenn er nicht von Anfang an hinter den Fotoausschnitten gesteckt hatte. Er könnte vielleicht noch herausgefunden haben, dass es unser dritter Hochzeitstag war, als er die Social-Media-Accounts meiner Frau durchforschte, aber dass seine Wahl rein zufällig auf Michelles Lieblingskleid fiel, war absolut ausgeschlossen. Und wie sollte er an ihren Schmuck gekommen sein?

Zog ich stattdessen Woods in Betracht, fragte ich mich ebenfalls, wie *er* denn von dem Kleid gewusst haben sollte. Hatten Michelle und er sich vielleicht ganz reizend unterhalten, während er sie mit Fragen überhäufte und Stück für Stück alles herausbekam, was er wissen wollte, bevor er sie dann umbrachte?

Ich raufte mir die Haare, versuchte, nachzudenken, nachzudenken, *nachzudenken*, zu ergründen, was hier vor sich ging. Die ganze Welt implodierte und explodierte gleichzeitig, walzte mich nieder, bevor sie mich in Stücke riss.

Als Roger hinter mir aufschrie, wandte ich mich um. »Wer war das?«, wollte ich wissen. »Wer ist hier gewesen?«

Er starrte mich keuchend an. Ich war kurz davor, völlig auszurasten, ihn anzuschreien wie irgendeinen Köter. Ich wollte Antworten. Ich musste alles zusammenhalten. Nein, vergiss es. Erst musste ich alles *zusammenkriegen*.

Als ich mir die Fotoschnipsel griff und sie wieder in den Umschlag stopfte, damit ich sie, wie zuvor schon die anderen Ausschnitte, in der Spüle verbrennen konnte, klingelte es an der Haustür. Mir war völlig entfallen, dass ich Essen bestellt hatte, und Appetit hatte ich ohnehin nicht mehr. Ich steckte den Umschlag tief in meine Gesäßtasche und beschloss, die Pizza zu vergessen und lieber so viele Biere wie nötig zu kippen, um meine Nerven zu beruhigen. Roger trottete hinter mir her zur Haustür, doch als ich sie aufriss, stand da nicht etwa der Junge vom Lieferservice, sondern Detective Anjali.

»Hey«, meinte sie. »Kann ich reinkommen?«

Beinahe hätte ich ihr um die Ohren gehauen, dass sie diese Columbo-Nummer, unangekündigt bei mir aufzukreuzen, sein lassen solle. Doch ich konnte mich gerade noch zusammenreißen. Sie kam allein, ein Zeichen, dass sie mich weiterhin nicht als Bedrohung ansah, möglicherweise nicht einmal als Verdächtigen.

Ich überlegte, ob ich sagen sollte, dass ich Zeit brauchte, um die Ereignisse des heutigen Tages zu verarbeiten, aber ich ließ mir etwas zu viel Zeit mit der Antwort, sodass sie mein Schweigen mit einem inquisitorischen Gesichtsausdruck quittierte. Mich irgendwie verdächtig zu verhalten, konnte ich mir jetzt nicht leisten. In Gedanken nahm ich vorweg, was sie wohl dächte, wenn ich sie hereinließ und sie im Wohnzimmer Michelles Kleid und den Champagner sah. Ich durfte sie nicht ins Haus lassen, es sei denn …

Es sei denn, ich konnte das Ergebnis zu meinem Vorteil nutzen.

Ich machte die Haustür ganz auf und gab ihr ein Zeichen, dass sie mir in die Küche folgen sollte, von wo aus sie einen direkten Blick auf das Sofa mit den Sachen meiner Frau hatte. Als sie die Augen aufriss, setzte ich eine bestürzte, peinlich berührte Miene auf und vergewisserte mich, dass ihr dies auch auffiel. Ich ließ den Kopf hängen.

»Unser Hochzeitstag.« Ich würgte die Worte heraus und räusperte mich effekthascherisch. »Das fühlte sich für mich an, als wäre sie noch hier. Ich weiß, das klingt blöde …«

»Nein.« Anjali hob die Hände, ihr Gesichtsausdruck signalisierte jetzt Mitgefühl. »Ganz und gar nicht. Ich verstehe das. Wirklich. Sie vermissen sie. Sie möchten, dass sie wieder nach Hause kommt.«

»Mehr als alles andere.« Zittrig stieß ich Atem aus. »Hat Mel irgendetwas gesagt? Haben Sie Boyle ausfindig gemacht?«

Anjali seufzte. »Mel verweigert immer noch die Aussage. Anstatt zu Protokoll zu geben, dass er mit Michelles Verschwinden nichts zu tun hat, schweigt er lieber. Wir haben alles überprüft. Er ist erst vor zwei Tagen eingereist, also haben wir keine weitere Handhabe mehr. Auf der Erpressernachricht finden sich seine Fingerabdrücke nicht. In Bezug auf den DNA-Nachweis haben wir um ein beschleunigtes Verfahren gebeten. Und was Mr Boyle angeht …« Sie schluckte und schüttelte den Kopf. »Nein, bisher haben wir ihn nicht gefunden.«

Ich ließ mich auf einen Stuhl am Esszimmertisch fallen. »Glauben Sie, dass die beiden sie entführt haben?«

»Zum jetzigen Zeitpunkt können wir das nicht ausschließen.«

»Aber wenn sie gar nicht im Lande waren, verschwenden Sie doch ...«

»Sie könnten einen Komplizen haben.«

Ich ließ ein paar Tränen kullern. »Das ist alles meine Schuld. Sie haben sie wegen mir entführt, wegen der Spielschulden meines Vaters.«

»Schon möglich, aber vielleicht hatten sie Michelle auch niemals in ihrer Gewalt.«

»Was sagen Sie da?«

»Es könnte auch ein vollkommen opportunistisches Manöver sein. Sie kommen her, verlangen das Geld. Als Sie sich weigern, benutzen sie einfach Michelles Verschwinden als Hebel, damit Sie zahlen.«

»Bobby wollte zwei Millionen. In der Lösegeldforderung hieß es eine Million.«

»Besser eine als keine«, bemerkte Anjali. »Und ist es nicht ein ganz schöner Zufall? Sie werfen die beiden raus, und wenig später bekommen Sie eine Nachricht des Erpressers. Sie nachzumachen, wäre kein Kunststück. Die erste war überall in den Nachrichten.«

»Ja. Weil es bei Ihnen in der Behörde irgendjemand hat durchsickern lassen.« Natürlich war es nicht so, denn ich war ja derjenige gewesen.

»Offenbar ja.« Sie sah weg. »Es gibt ein Untersuchungsverfahren, kann ich dazu nur sagen.«

Ich winkte ab. »Und was passiert jetzt?«

»Anhand der vorliegenden Indizien, oder besser gesagt: aus Mangel an Beweisen, können wir Mel gegenüber keine Anklage erheben.«

»Genau zum Zeitpunkt der Lösegeldübergabe am verabredeten Ort zu erscheinen, reicht nicht aus? Was wollen Sie denn noch?«

»Wenn sonst nichts gegen ihn vorliegt, kann man das auch als reinen Zufall ansehen.« Sie hielt kurz inne, bevor sie weitersprach. »Lucas … ich muss Sie etwas fragen.«

»Okay.«

»Ich hoffe, Sie verstehen das, aber wenn ich dieser Frage nicht nachginge, würde ich meinen Job nicht ordentlich machen.«

»Dann schießen Sie los«, entgegnete ich, scheinbar nervös, doch eilfertig.

»Haben Sie Mel und Bobby den Ort und den Zeitpunkt der Lösegeldübergabe vorgegeben, um die beiden loszuwerden?«

Das hatte ich natürlich vorausgesehen. Ich wäre ja ein ziemlicher Idiot, wenn ich nicht geglaubt hätte, dass Anjali eins und eins zusammenzählen würde. Blitzartig stellte ich meinen Gesichtsausdruck auf Entrüstung um, eine gut eingeübte Reaktion, die sie bei mir schon mehrfach mitbekommen hatte. »*Was*? Nein, wirklich nicht.«

»Sind Sie sicher? Laut Aussage von Mel war es nämlich genau so.«

»Und ihm glauben Sie?« Als sie die Antwort schuldig blieb, nahm ich mein Handy und hielt es ihr entgegen. »Sehen Sie doch nach. Na los! Ich habe weder ihn noch Bobby angerufen. Er lügt, ich habe …«

»Schon gut, okay.« Anjali sah mich an. »Ich meine, ich würde das ja verstehen angesichts des Drucks, unter dem Sie stehen, und nach allem, was Sie so durchmachen.« Ihr Blick huschte über Michelles Kleid auf dem Sofa. »Aber damit würden Sie selbstverständlich die Ermittlungen gefährden. Sie hätten damit nämlich den tatsächlichen Entführer verschreckt, verstehen Sie?«

»Natürlich verstehe ich das. Trotzdem habe ich nicht getan, was Sie mir hier vorwerfen.«

»Ich werfe Ihnen nicht vor ...«

»Ich möchte, dass Sie meine Frau nach Hause holen, Detective. Verschwenden Sie doch Ihre Zeit nicht an diese lächerlichen Theorien, sondern machen Sie Ihren Job.«

»Das tue ich, Lucas, das kann ich Ihnen versichern«, sagte sie und bekräftigte es durch ein entschiedenes Kopfnicken. »Sie hören wieder von mir.«

Wir hatten die Diele halb durchquert, als es erneut klingelte. Roger bellte vernehmlich, als ich an Anjali vorbeitrat, die Klinke herunterdrückte und die Tür aufmachte. Ich erwartete den Mann vom Pizzaservice. Falsch.

Es war eine mir unbekannte Frau, und sie brachte keineswegs das Essen. Ich schätzte sie auf Mitte zwanzig, blond, mit Bobfrisur, strahlend blauen Augen und einem Blick, an dem abzulesen war, dass wir die Mahlzeit am besten auslassen sollten, wenn auch aus gänzlich unterschiedlichen Gründen. Als sie auch noch ein breites Lächeln aufsetzte, musste ich zweimal hingucken, um sie nicht mit Michelle zu verwechseln.

»Hi«, sagte sie mit tiefer, verführerischer Stimme. Roger bellte erneut. »Ich bin Josephine. Freut mich, dass wir uns kennenlernen.« Ihr überschäumendes Auftreten wurde etwas verhaltener, als sie hinter mir Anjali erblickte, aber sie gewann ihre Fassung schnell wieder. »Ach, hallo. Ich dachte eigentlich, wir wären hier zu zweit verabredet, aber cool, ich bin flexibel.«

Der Mund stand mir offen. Ich hielt ihn lieber, obwohl ich schon sagen wollte: »Sie müssen sich in der Adresse geirrt haben.«

»Lucas Forester?« Sie ratterte meine Adresse herunter. »Aus ... *speziellem* Anlass.«

Anjali hüstelte und klopfte mir auf die Schulter. »Ich geh dann mal.«

»Nein, warten Sie, Detective, das ist nicht ...«

»Nichts, was mich angeht? Denke ich auch. Gute Nacht.« Während aus ihrer Stimme mehr als nur eine gewisse Entrüstung sprach, gepaart vielleicht sogar mit einer milden Form von Ekel, hätte ich schwören können, dass auch ein Grinsen mitschwang, als sie an mir vorbeiging.

Kapitel 33

Anjali ging zu ihrem Wagen, drehte sich aber nicht mehr um, sodass ich keine Gelegenheit hatte, ihren Gesichtsausdruck korrekt einzuschätzen. Unterdessen beugte sich die Frau namens Josephine vor und senkte ihre Stimme herab zu einem verschwörerischen, unnötigen Flüsterton in der Annahme, nun wären es nur noch wir beide.

»Es tut mir leid, dass ich Sie in eine solch missliche Lage gebracht habe«, sagte sie und klimperte mit ihren langen Wimpern, wobei sie ihren Kopf nach unten neigte und den Blick nach oben richtete. Eine absichtlich unterwürfige Haltung, die mir selbst aus drei Meilen Entfernung und mit verbundenen Augen nicht entgangen wäre. Der Abtörner par excellence. »Ich kann ja gleich noch mal wiederkommen, wenn's dann besser passt?«, fügte sie mit gänzlich übertriebenem Schmollmund hinzu.

»Später. Ich ...«

»Oh, natürlich widme ich dir dann genauso viel Zeit, keine Sorge.«

»Nein.« Das Gehirn schickte meiner Stimme eine klare Botschaft, sodass ich sehr viel nachdrücklicher fortfuhr: »Ich habe nicht nach *Gesellschaft* verlangt. Nicht jetzt und auch nicht später. Ich hab doch gesagt, dass Sie den falschen Mann erwischt haben.«

Sie schüttelte den Kopf, wischte sich eine Haarlocke aus dem Gesicht, fuhr mit einem elegant manikürten Finger über das Display ihres Handys und hielt es mir vors Gesicht. »Das ist die korrekte Adresse. Sehen Sie? Ich habe keinen Fehler gemacht, bin hier die ganze Nacht für einen Lucas Forester gebucht.«

»Was reden Sie da?« Ich starrte auf den Bildschirm und sah meinen Namen und meine Adresse.

»Das wurde so verlangt.« Sie blickte über die Schulter. »Vielleicht sollten wir besser reingehen und dort weiterreden.«

»Nein, kommt nicht infrage. Wer hat das verlangt? Wer schickt Sie?«

Sie riss die Augen auf und zuckte mit den Schultern. »Ich mache die Termine nicht, also dachte ich, Sie waren das.«

»Nur dass es nicht so war.«

»Und Sie möchten *wirklich nicht*, dass ich reinkomme?«

»Ganz entschieden: nein.«

»Na, dann ist irgendwie wohl gründlich was schiefgegangen. Ich frage mal bei der Agentur nach.« Josephine biss sich auf die Lippen und kräuselte die Nase, bevor sie ihren Blick noch einmal von Kopf bis Fuß absichtlich langsam an mir herabgleiten ließ. »Ein Jammer ... aber ich entschuldige mich natürlich für die Umstände. Dann vielleicht ein andermal.«

»Immer noch nein, aber danke.«

Sie lächelte verkniffen, doch ihre Stimme verlor ein wenig an Zuckrigkeit. »Na gut, ich ruf dann mal einen Uber. Schönen Abend noch.«

Roger hatte bereits das Interesse verloren und verschwand irgendwo im Haus, aber als ich schon die Tür zumachen wollte, tat ich es dann doch nicht. »Entschuldigung, Josephine? Einen Moment noch.«

Sie wandte sich um, wobei ihr Gesichtsausdruck sofort wieder ins Professionelle wechselte.

»Können Sie mir sagen, wer das Ganze bezahlt hat?«

Sie unterdrückte einen Seufzer und ließ die Schultern sinken. »Wie ich schon gesagt habe, das macht alles die Agentur ... aber ich schau mal, ob ich es herausfinden kann. Ich ruf eben an.« Sie ging ein Stück weg und flüsterte eine Minute lang irgendetwas in ihr Handy. »Mit Prepaid-Kreditkarte«, erklärte sie, nachdem das Gespräch beendet war. »Das kommt häufig vor, lässt sich nicht zurückverfolgen. Aber wie ich schon gesagt habe, wahrscheinlich ein Übermittlungsfehler.«

Ich hatte ein ungutes Bauchgefühl. Das war kein Irrtum. So abwegig der Gedanke auch war, schien es doch durchaus Berechnung zu sein, dass Josephine genau dann eintraf, als Anjali da war. Zu gut abgepasst, um zufällig zu sein.

»Können Sie mir dazu sonst noch etwas sagen?« Als sie zögerte, schenkte ich ihr mein schönstes Lächeln. »Gab es noch weitere Anweisungen? Vielleicht geht das ja auf das Konto meines Freundes. Der macht sich immer einen Spaß daraus.«

»Ganz schön teuer, der Spaß«, meinte Josephine, bevor sie auf ihre Augen deutete und eine Locke um ihren Zeigefinger wickelte. »Blaue Kontaktlinsen und ein blonder Bob bis zum Kinn.«

Genau wie Michelle.

»Und der ...«, ich machte Anführungszeichen in die Luft, »... besondere Anlass?«

Sie trat von einem Bein auf das andere. »Hochzeitstag?« Es klang zögerlich, als ob sie es in eine Frage hüllte, weil sie sich mit dem Eingeständnis Ärger einhandeln könnte. »Die ganze Situation hier ist äußerst merkwürdig. Ich ruf mir jetzt ein Uber.«

Ich trat einen Schritt zurück und hob die Hände. »Aber ja, natürlich. Danke, dass Sie mir behilflich waren.«

Ohne ein weiteres Wort zu verlieren, drehte sich Josephine um und rannte mit ihren High Heels zur Straße. Ich ging zurück ins Haus, das Herz schlug mir bis zum Hals. Kaum hatte ich zehn Schritte gemacht, klingelte es schon wieder. Wer zum Teufel war es diesmal? Hannibal Lecter? Norman Bates? Oder der gute alte Darth Vader?

Zum Glück nur der Pizzaservice, der sich überschwänglich für die späte Lieferung entschuldigte. Keine Ahnung mehr, wie viel Trinkgeld ich ihm gegeben habe, aber dem verzückten Gesicht nach zu urteilen, war es großzügig. Nachdem ich die Haustür geschlossen hatte, kam Roger wieder an und sprang an mir hoch, schnüffelte an der Pappschachtel.

Ich absolvierte die Routine der Fütterung fast automatisch, bevor ich die Verandatür aufmachte und ihn in den Garten hinausließ. Immer noch auf Autopilot legte ich die Pizza in den Kühlschrank, wobei mir die Gedanken in wirren Schleifen im Kopf herumschossen und in alle erdenklichen Richtungen entschwirrten, sobald ich versuchte zu begreifen, was hier eigentlich vor sich ging und, vor allem, wer die Strippen zog.

Die meisten Geschichten, die in letzter Zeit schiefgelaufen waren, waren für sich betrachtet kein großes Ding. Die ein oder andere hätte ich leicht als Missgeschick oder Zufall abtun können, doch in ihrer Gesamtheit offenbarten sie mehr und mehr, dass irgendjemand von Anfang an versucht hatte, mich reinzulegen. Es nicht nur *versucht*, sondern damit auch Erfolg hatte. Mein Kopf war ein einziges Durcheinander, meine Konzentration im Eimer. Wenn das die Methode der Cops war, mich völlig aus der Fassung zu bringen und zu Fehlern zu verleiten, waren sie nicht mehr weit davon entfernt, endlich zu bekommen, was sie wollten.

Als mein Verstand, was seine Aktivität und die Selbsterhaltung anging, endlich wieder einen Gang zulegen konnte, musste ich an den Wegwerflaptop und die Wegwerfhandys denken, die ich am Busbahnhof deponiert hatte. Die einzigen Gegenstände, die DNA von mir aufwiesen und die mich, wenn sie gefunden würden, direkt mit meinen Machenschaften in Verbindung brachten. Und potenziell mit Woods.

Ich wollte sie eigentlich nicht zerstören, weil das auch meine Möglichkeiten, Kontakt mit ihm aufzunehmen, beeinträchtigen würde, einmal abgesehen davon, dass er bisher auf keine meiner Nachrichten reagiert hatte. Aber ich hatte keine Wahl. Es war höchste Zeit, alles loszuwerden, was auf mich hindeutete, und augenblicklich richtete sich die ganze Wut gegen mich selbst. Herrgott noch mal, das hätte ich gleich machen sollen, in dem Moment, als mich das erste Foto von Michelle zusammen mit den Werbeblättern erreichte. Wie konnte ich annehmen, dass es sich um einen beschissenen Druckfehler handelte? »Geh niemals von Annahmen aus.« Regel Nummer eins im Handbuch für Schurken.

Ich verspürte den Drang, sofort zu handeln, holte Roger herein und ging an den Küchenschrank, um mit einigem Herzklopfen den Schlüssel für das Schließfach aus der Teedose zu holen. Ich beschloss, mein Handy diesmal mitzunehmen. Sollte jemand nachfragen, könnte ich immer noch sagen, dass ich deswegen an der besagten Bushaltestelle angehalten hatte, weil ich dringend auf die Toilette musste.

Nachdem ich hastig ein paar nützliche Dinge in meinen Rucksack gestopft und die Triumph nach Peilsendern abgesucht hatte, schmiss ich die Maschine an und fuhr los. Mit der

Geschwindigkeit ging ich eigentlich nur runter, wenn ich bemerkte, dass ich mehr als zwanzig Stundenkilometer zu schnell fuhr. Es wäre nicht so besonders clever, wenn die Polizei mich heute Abend anhalten würde, erst recht nicht, wenn ich diese ganzen Gerätschaften dabeihatte.

Mein Gehirn dachte voraus und plante schon einmal, wo ich den Laptop und die Telefone entsorgen würde – an zwei oder am besten an noch mehr Stellen. Ich hatte schon den halben Weg zur Busstation zurückgelegt, bevor mir einfiel, dass ich noch ein paar Umwege und Abkürzungen einlegen musste, um sicherzustellen, dass mir niemand folgte. Himmel, diese Situation machte mich echt fertig. Und nicht nur das, jetzt war auch noch Josephine bei mir zu Hause aufgetaucht, ausgerechnet als Anjali da war ... Ich wäre nicht überrascht, wenn Detective Anjali mir höchstpersönlich folgte.

Ich überlegte, ob ich die richtige Entscheidung getroffen hatte, als ich Anjali im Wohnzimmer das Kleid und die Schuhe sehen ließ. Wenn Josephines Besuch nicht sogar auf Anjalis Konto ging, dürfte diese zu dem Schluss gekommen sein, dass die Klamotten wohl dazu gedacht waren, während des Treffens Fantasien von meiner Frau zu beflügeln. Das war meinem Image als treu sorgender Ehemann nicht eben förderlich; das musste ich richtigstellen. Wiewohl es mehr als zweifelhaft war, ob Detective Anjali mir noch irgendetwas glaubte, was ich über die Lage verlauten ließ.

Nachdem ich lange genug herumgefahren war, steuerte ich den Busbahnhof an, blieb aber wie angewurzelt stehen, als ich zu den Schließfächern ging. Ein älterer Mann in einem blauen Overall mit einem Bauch wie der Nikolaus stand, einen Schraubenzieher in der Hand, auf einer Leiter und installierte, was wie eine Überwachungskamera aussah. Schleunigst holte ich eine Red-Sox-Baseballkappe aus dem Rucksack, zog sie tief ins

Gesicht und nickte dem Mann im Vorübergehen zu. Er überblickte alle Schließfächer, aber ich wollte später nicht noch einmal wiederkommen.

Ich steckte den Schlüssel ins Schloss, drehte ihn und hielt den Rucksack direkt an das Schließfach, weil ich den Inhalt einfach nur kurz dort hineinverfrachten wollte, ohne dass der Mann sehen konnte, worum es sich handelte.

Doch als ich das Fach aufmachte, blieb mir fast das Herz stehen.

Das Schließfach war leer.

Kapitel 34

Leer. Das Schließfach war *scheißleer*. Wie war das möglich?

Ich untersuchte den Schlüssel in meiner Hand, als könnte das die Situation erklären, weil ich insgeheim hoffte, irgendwie ein anderes Schließfach geöffnet zu haben. Aber natürlich war dem nicht so. Die Nummern auf Schließfach und Schlüssel waren identisch. Fach 23. Ich hatte mich nicht geirrt. Ich träumte nicht. Ich war nicht in ein seltsames Paralleluniversum geraten, was mir gerade äußerst willkommen gewesen wäre.

Jemand hatte meinen Laptop und die Wegwerfhandys gestohlen, und zwar zu einem beliebigen Zeitpunkt, seit ich das letzte Mal hier gewesen war. Hatte man gezielt mein Schließfach ausgeräumt, oder hatte der Dieb einfach etliche Fächer geknackt und mitgehen lassen, was ihm dort in die Hände fiel? Ich knallte die Tür zu und nahm das Schloss genauer in Augenschein, um festzustellen, ob es beschädigt oder sonst wie manipuliert worden war, aber es war alles in Ordnung.

Ich ging zu dem Mann auf der Leiter. »Meine Sachen sind geklaut worden.«

»Oh, das tut mir leid, Mann, aber ich bin bloß der Techniker.« Er deutete mit dem Schraubenzieher hinter sich. »Der Kundenservice ist da hinten, glaube ich. Da können Sie das melden. Zu blöd, dass diese Kameras noch nicht in Betrieb sind.«

»Haben Sie jemanden an dem Schließfach hantieren sehen?«

Er zuckte leicht mit den Schultern. »Tut mir leid.«

Es gab keine Möglichkeit, an Bildmaterial zu gelangen. Und ich hatte diese Station ja auch nicht zuletzt aus dem Grund ausgewählt, weil das so war. Doch ich musste meine Sachen unbedingt zurückhaben, um sie zu vernichten, und nicht nur weil sie übersät waren mit meinen Fingerabdrücken und meiner DNA. Obwohl ich mich mit Technik einigermaßen auskannte, hatte ich meine digitalen Spuren mitnichten gut genug verwischt, weshalb die Cyberfreaks der Behörden, die die Geräte in die Finger bekämen, sicherlich keine Probleme haben dürften, zu erkennen, was ich getan hatte.

Wut und Frustration überwältigten mich, als ich zurück zu meinem Motorrad lief, während mein Verstand sich an Schadensbegrenzung versuchte. Wieder und wieder fragte ich mich, wer das verzapft hatte. Mel und Bobby? Unmöglich. Die Bullen? Untersuchten sie den Laptop gerade? Warteten mit einem Haftbefehl zu Hause auf mich? Hatte Anjali deswegen gegrinst?

Während ich noch versuchte, mir einen Überblick über all die Möglichkeiten zu verschaffen, schoss mir ein weiterer Gedanke durch den Kopf. Sollte die Polizei dahinterstecken, würde sie irgendeine Art von Genehmigung benötigen, um meine Sachen an sich nehmen zu können. Ich rannte wieder hinein und ging direkt zum Kundenschalter, wo eine Frau mittleren Alters mit einem Wust an Locken so dick wie Makkaroni, drei silbernen Nasenringen und einem Namensschild, auf dem Betty stand, von ihrer *US Weekly* aufsah und mich anstrahlte.

»Hallo, Sir.«

»Hallo, Betty«, sagte ich mit australischem Zungenschlag und gespielter Begeisterung. »Wie geht's denn so heute Abend?«

Sie machte eine Handbewegung. »Ganz schön langweilig, Schätzchen, schrecklich langweilig. Das Übliche. Was kann ich für Sie tun?«

Ich beugte mich ein wenig vor und spiegelte ihre Körpersprache. »Ich arbeite für den *Boston Herald*.«

»Oh, Sie sind Reporter?«

»In der Tat, so ist es.«

»Wie aufregend.«

»Schon, aber das ist gerade mal meine erste Arbeitswoche. Ich hab noch nicht so richtig den Peil, ehrlich gesagt.« Ich setzte eine bescheidene Miene auf, Betty kicherte, und weil leicht zu erkennen war, dass sie gerne tratschte, rollte ich mit den Augen. »Mein Chef hat mir den Auftrag gegeben, mal Erkundigungen über die Sicherheit auf den Busbahnhöfen hier in der Gegend einzuziehen. Klingt nach 'ner lahmen Story, was? In diesen Kleinstädten passiert einfach nie was.«

»Ach, ich weiß nicht«, meinte Betty. »Nachts kann's hier ziemlich haarig werden.«

»Wirklich? An diesem reizenden Ort hier?«

»O ja, aber hallo. Kleinstädte können echt übel sein. Mörder und Serienkiller verstecken sich hier, führen ein unauffälliges Leben und tun so, als wären sie normal.« Sie riss die Augen auf. »Hab ich im Fernsehen gesehen.«

»Echt? Hätte ich nie gedacht. Sie meinen, die machen sich hier sozusagen unsichtbar?«

»Genau.«

»Aber passiert hier am Bahnhof denn überhaupt jemals irgendwas? Ich hab mich mal umgesehen und bemerkt, dass jetzt bei den Schließfächern Überwachungskameras installiert werden.«

»Darauf haben wir ewig warten müssen. Endlich wurden die Mittel dafür bewilligt.«

»Wird hier denn viel gestohlen?«

»Kommt ein paarmal im Jahr vor. Ehrlich gesagt, hauptsächlich Fahrräder, die hinter dem Gebäude abgestellt wurden. Gelegentlich kommt es aber auch zu Raubüberfällen.«

»Jetzt kürzlich?«

Als Betty erzählte, dass ihr schon ewig nichts Verdächtiges aufgefallen und in ihrem Leben nichts Aufregendes mehr passiert sei, seit ihre kleine Rennmaus, Mr Nibs, mal aus dem Käfig ausgebüchst war und fast vom Staubsauger verschluckt worden wäre (sie hatte überlebt, puuh), schnitt ich ihr das Wort ab und änderte meine Taktik.

»Aber ich nehme doch an, dass in den Schließfächern alle möglichen Sachen vergessen werden?«

»Vergessen und auch schlicht sich selbst überlassen«, meinte sie. »Allerdings war bisher kein Picasso dabei. Das wär mal was.«

»Oh, das wär echt ein Gag. Bitten die Cops Sie manchmal, Schließfächer zu öffnen?«

»Schließfächer?« Sie sah sich nach rechts und links um und beugte sich dann vor. »Einmal haben sie eins aufgebrochen und einen Haufen Tafelsilber und teure Uhren gefunden.« Wieder machte Betty große Augen und flüsterte: »Alles gestohlen. Und mindestens zweitausend Dollar wert.«

»Wow, unglaublich. Aber in jüngster Zeit haben die Cops kein Schließfach mehr aufgebrochen? Niemand hat sich über Diebstähle aus Schließfächern beschwert oder so? Irgendwas, worüber ich schreiben könnte, damit mir mein Boss nicht mehr im Nacken sitzt?«

»Wäre das doch nur mal der Fall. Dann hätte ich abends deutlich mehr Spaß. Ich meine, ich will natürlich nicht, dass jemand zu Schaden kommt, bestimmt nicht.«

»Sind Sie sicher?«

»Also ich bin an sechs Abenden in der Woche hier, das wüsste ich.«

Ende der Fahnenstange. Ich bedankte mich bei ihr und ging wieder nach draußen. Die Cops waren es wohl nicht gewesen, aber irgendjemand hatte mein Schließfach geknackt. Ich hatte allerdings keinen Schimmer, wie, denn das Schloss war unversehrt.

Ich rieb mir das Gesicht und hatte weiterhin Schwierigkeiten, mir vorzustellen, dass Travis hinter alldem steckte. Blieb also Woods übrig. Aber wer zum Teufel *war* das eigentlich, und wie gelang es ihm, jeden meiner Schritte vorwegzunehmen? Wie konnte er von dem Schließfach gewusst haben und von dem Schlüssel in meinem Küchenschrank? Das war doch ausgeschlossen, es sei denn ...

Ich stolperte über meine eigenen Füße. Verdammter Schweinepriester. Er war nicht nur in meinem Garten herumgelaufen und ins Haus eingebrochen, um ein paar Kleidungsstücke in Szene zu setzen – er beobachtete mich aus dem *Innern* des Hauses.

Das war die einzige Erklärung. Ob nun Woods oder die Bullen, sie hatten eine Kamera in meinem Haus installiert.

Ich war so fixiert auf die Fahrzeuge gewesen, hatte mich nie auf die Triumph gesetzt, ohne vorher alles zu checken, war nie an Orte gefahren, die mit dem Verschwinden von Michelle in ihrem Mercedes in Verbindung standen. Ich war so anmaßend gewesen, so verdammt selbstsicher und davon überzeugt, dass ich am längeren Hebel saß, dass ich ganz vergessen hatte, mein eigenes Zuhause zu sichern.

Als ich mich schon auf mein Motorrad setzen wollte, um zurückzubrettern und alles abzusuchen, surrte plötzlich mein Handy, weil ich eine SMS bekommen hatte. Ich zog es aus der Tasche und sah, dass die Nachricht vom Pflegeheim »Schlüsselblume« stammte, was ungewöhnlich war, denn in England war es mitten in der Nacht, und außerdem war mein Vater ja nicht mehr dort. Das Herz sackte mir in die Hose. Mitteilungen um diese Uhrzeit waren niemals gute Nachrichten. Meine Finger glitten über das Display, und als ich die Wörter überflog, vertieften sich die Furchen auf meiner Stirn.

AUTOMATISCHE BENACHRICHTIGUNG – DRINGENDER HANDLUNGSBEDARF
Sehr geehrter Herr Forester,
bedauerlicherweise ist Ihre Zahlung für den Monat Oktober bisher nicht eingegangen. Bitte setzen Sie sich mit unserer Debitorenbuchhaltung (Geschäftszeiten: 9:00–16:00 Uhr GMT) in Verbindung, um die Angelegenheit zu klären.
Besten Dank.
Pflegeheim »Schlüsselblume«, Finanzabteilung

In meinen Achselhöhlen sammelte sich Schweiß. Die Zahlungen für die Pflege meines Vaters erfolgten automatisch. Das hatte ich vor ewigen Zeiten so veranlasst, per Dauerauftrag, fünf Tage vor Ablauf des jeweiligen Monats. Ich hatte daran nichts verändert und bekam am Tag darauf von der »Schlüsselblume« stets per Mail eine Bestätigung des Zahlungseingangs. Ich versuchte mich zu erinnern, wann ich die letzte Bestätigung erhalten hatte, aber es wollte mir nicht einfallen. Ich war zu zerstreut gewesen, und als ich kürzlich mit der Managerin gesprochen hatte, war Mrs Hannigan mit keiner Silbe darauf zu sprechen gekommen. Sie war mit der Rechnungsstellung für Dad überhaupt nicht befasst und ihrerseits sehr erpicht darauf gewesen, den Preis für Dads Umzug in ein anderes Heim in die Höhe zu treiben.

Ich ging in den Mailaccount meines Handys und durchforschte den Posteingang sowie die gelöschten Objekte auf der Suche nach der Nachricht, die bestätigte, dass die Zahlung erfolgt war. Sie fand sich jedoch nicht. Also würde ich den Beleg für die Überweisung wohl in der Banking App finden. Doch auch dort fand sich nach Durchsicht der monatlichen Transaktionen kein Hinweis darauf.

»Was zum Teufel wird hier mit mir veranstaltet?« Ich flüsterte, was die Intensität des Geschnatters in meinem Kopf, das mich aufforderte, gefälligst aufzupassen, um das Zehnfache verstärkte. Das Malheur bei der Zahlung für Dads Pflege war kein Zufall und auch kein gedanklicher Irrtum. Es war volle Absicht. Wer auch immer hinter alldem steckte, kannte mich und meine Gewohnheiten. Und sie hatten Zugang zu meinem Haus. Sie wussten, in welches Fitnessstudio ich ging. Wo ich meine Bankgeschäfte tätigte. Und sie hatten sich in meine Mails im Büro gehackt.

Plötzlich fiel nicht nur ein Groschen. Als mir aus dem Bauch heraus mit voller Wucht klar wurde, was hier ablief, griff ich mir mein Smartphone. Es war nicht nur einer, der mich hier aufs Kreuz legte. Es waren *zwei*.

Ohne es auszusprechen, gab mir Travis die Schuld am Verschwinden seiner Schwester. Nicht weil er dachte, ich sei daran beteiligt, sondern weil er meinte, dass ich sie nicht beschützt, sie hängen gelassen hätte. Dabei projizierte er aus meiner Sicht seine Schuldgefühle eindeutig auf mich und zahlte es mir mit belanglosen kleinen Gemeinheiten heim. Er hatte mein Auto mit seinem Schlüssel zerkratzt, meine Mitgliedschaft im Fitnessstudio sabotiert, sich in meinen Mailaccount im Büro eingeschlichen, mir Abführmittel ins Essen gemischt und irgendwie die Zahlungen für die Pflege meines Vaters storniert, möglicherweise während ich im Bad gewesen war und er im Arbeitszimmer so getan hatte, als würde er schlafen. Gehässigkeiten, nur um mir ans Bein zu pinkeln.

Unterdessen schickten mir Woods oder die Bullen Fotos mit Teilansichten von Michelle und versuchten so, mal auf den Busch zu klopfen, ob ich vielleicht schuld am Schicksal meiner Frau war.

Und ich hatte die Schnauze voll davon, so herumgeschubst zu werden.

Ich holte tief Luft und hatte das Gefühl, meine Situation nun besser zu verstehen. Mit den Cops käme ich schon zurande, wenn ich die Scharade weiter mitmachte. Theoretisch auch mit Woods, aber gerade eskalierten die Dinge an beiden Fronten, und ich hatte immer noch nicht herausgefunden, wo der gerissene kleine Scheißer eigentlich steckte.

Heinz hatte mir mal gesagt, die beste Art, einen Krieg zu gewinnen, wäre, sich nur auf die Schlachten einzulassen, bei denen einem klar war, dass man sie auch gewinnen konnte. Mich jetzt auf Travis zu konzentrieren, lag deshalb auf der Hand, und ich wusste auch schon genau, wie ich meine Theorie, dass er für das jetzige Elend meines Daseins verantwortlich war, einem Test unterziehen würde. Ich klickte die Tracker-App an, sah, dass er sich zuletzt bei Nora aufgehalten hatte, und stieg wieder auf mein Motorrad. Bei meiner Schwiegermutter angekommen, klopfte ich an die Tür, bis schließlich Diane aufmachte, deren Gesichtsausdruck von Überraschung zu Besorgnis wechselte, als sie den Groll in meiner Miene bemerkte.

»Lucas? Was ist los? Was ist passiert?«

»Ist Travis hier?«

»Er ist vor ungefähr einer Stunde gegangen.«

»Bist du sicher?«

»Ja, schon. Ich bin zwar eingeschlafen, aber …«

»Ich frag mal eben Nora.«

»Es ist kurz vor zehn, sie ist erschöpft.«

»Das geht schnell.« Ich schob sie beiseite und rannte die Treppe hoch, nahm zwei Stufen auf einmal, Diane direkt hinter mir, die immer wieder sagte, sie sei sicher, Travis sei nicht mehr im Haus, und ob ich bitte Nora in Frieden lassen könne. Sie habe ein Beruhigungsmittel bekommen und schlafe.

Ich beachtete sie nicht weiter und ging in Noras Schlafzimmer, weil ich hoffte, Travis wäre noch bei seiner Mutter, aber wie üblich war er nicht dort. Nora lag im Bett und schlief, wie Diane ja auch gesagt hatte. Ihr schien es schlechter denn je zu gehen. Ihre Gesichtszüge waren eingesunken, der Atem rasselte, und so wie ihre Arme ausgestreckt neben dem Körper lagen, hätten es auch Streichhölzer sein können. Es erinnerte mich an meinen Vater und daran, wie ich ein paar Monate nach seinem Schlaganfall zum Pflegeheim geschlichen war. Damals hatte ich mich gefragt, wie er noch am Leben sein, das Herz überhaupt noch schlagen konnte, wo doch sonst so ziemlich alles unwiederbringlich zertrümmert war.

»Nora.« Ich legte ihr eine Hand auf die Schulter, rüttelte leicht daran und flüsterte: »Nora, wach auf. Weißt du, wohin Travis gegangen ist?«

»Was in Gottes Namen nimmst du dir da heraus?«, blaffte Diane mich an, stürmte zum Bett und versuchte, mich wegzuziehen. »Sie ist krank und braucht Ruhe.«

Ich machte meinen Mund ein paarmal auf und zu und versuchte, eine Entschuldigung oder wenigstens einen wichtigen

Grund dafür zu finden, dass ich hier einfach so eingedrungen war. Ohne groß zu überlegen, ließ ich mich auf einen Stuhl fallen. »Tut mir leid, ich kann ihn nicht erreichen und mache mir Sorgen. Er hat einen schlimmen Rückfall, und ich habe Nora versprochen, mich um ihn zu kümmern. Ich bin entsetzt ...«

»Entsetzt, wie bitte? Wer war die Frau, die heute Abend bei dir aufgekreuzt ist?« Als sie meine Verblüffung sah, legte sie nach. »Karina hat sie gesehen. Sie war gerade nach Hause gekommen und hat gleich zwei Fotos gemacht, weil sie dachte, es wäre Michelle.«

»Ähm ...«

»Wer war das?«

»Es war eine Verwechslung.«

»Hm, soso«, brummelte Diane mit hochgezogenen Brauen.

»Ich muss jetzt gehen, ich kann nicht klar denken«, stammelte ich wahrheitsgemäß. »Mein Hirn streikt. Sollte Travis zurückkommen, dann gib mir bitte Bescheid, dass er hier und in Sicherheit ist.«

»Klar.«

Ich glaubte ihr nicht. Und das hieß, dass ich mich selbst auf die Suche nach ihm machen musste.

Kapitel 35

Bevor ich mich wieder auf das Motorrad setzte, checkte ich die App und sah, dass Travis in einer Bar in der Innenstadt aufgeschlagen war. Die Chancen, dass er dort noch eine Weile blieb, standen nicht schlecht. Ich schaltete mich bei seinem Telefon zu, konnte aber keine wirklichen Gespräche ausmachen. Jetzt, da ich wusste, wo er steckte, orientierte ich mich neu und beschloss, dass es mehr Sinn ergab, mich später, wenn er so richtig hinüber war, mit ihm zu befassen. Wichtiger war, nach Hause zu fahren und die Bude nach Wanzen und versteckten Kameras abzusuchen – und das machte ich am besten, wenn Travis nicht da war.

In der kurzen Zeit, die ich bei Nora gewesen war, hatte sich der Himmel mit Wolken überzogen, die, das musste ja so kommen, genau dann ihre Schleusen öffneten, als ich gerade mal fünfzig Meter die Straße runtergegangen war. Ich verfluchte die Regentropfen, die auf meinen Helm einprasselten, und wünschte die zum Teufel, die mir in den Nacken liefen. Der Tag ging gerade total in die Binsen, ein einziger Scheiß. Sollte das die Woche so weitergehen? Niemand, sagte ich mir, als ich mit bereits halb durchnässten Jeans die Straße hinunterraste, aber auch wirklich *niemand* würde mit heiler Haut davonkommen, wenn er sich mit mir anlegte.

Ich war schneller zu Hause, als ich bei dem Wetter und den Geschwindigkeitsbegrenzungen überall gedacht hätte, und stellte die Triumph in der Garage ab, doch als ich den Schlüssel ins Schloss stecken wollte, passte er nicht. Zuerst dachte ich, das käme, weil meine Hände aufgrund der Kälte und meiner Laune so zitterten, aber die Falten auf meiner Stirn gruben sich noch tiefer ein, als ich es weiterhin nicht hinbekam. Ich drehte den Schlüssel andersherum und schob den Schlamassel bei selbst den banalsten Dingen darauf, dass ich so durcheinander war. Es haute immer noch nicht hin. Daraufhin ließ ich eine Suada an Kraftausdrücken ab, die selbst Bobby die Schamesröte ins Gesicht getrieben hätte, und stampfte aus der Garage hinaus zur Haustür.

Auch dort passte der Schlüssel nicht.

»Das kann doch wohl nicht wahr sein!«, schrie ich und richtete den Blick gen Himmel.

»Lucas?«

Ich wirbelte herum. Karina stand ein paar Meter entfernt, hielt einen übergroßen Regenschirm mit Paisleymuster in der Hand und stand mit ihren Gummistiefeln in grellem Pink in einer Pfütze.

»Was machst du denn hier?«, fauchte ich sie an.

Sie riss die Augen auf und wich zurück. »Ich hab dein Motorrad gehört und dachte, ich schau mal nach dir. Diane hat mich angerufen. Sie sagte, du wärst wohl ziemlich aufgebracht ...«

»Ich *bin* verdammt aufgebracht. Ich komme nicht in mein Haus.«

»Hast du dich irgendwie ausgesperrt?«

Ich warf ihr einen sarkastischen Blick zu und hielt meine Schlüssel hoch. »Das Schloss funktioniert nicht.«

»Was? Das ist aber seltsam. Lass mich mal.«

»Ich bin doch nicht schwachsinnig. Das kann ich schon.«

»Ich dachte …«

»Das sagen sie alle. Zerbrich dir nicht meinen Kopf und mach dich vom Acker.« Ich wandte ihr den Rücken zu, fummelte an dem Schloss und dem Türgriff herum und fluchte weiter in den derbsten Tönen, weil ich nicht hineinkam. Die Maske des *freundlichen Nachbarn* entglitt mir immer weiter, rutschte herunter und wickelte sich um meinen Hals, drückte auf die Luftröhre und drohte mich zu erdrosseln.

»Also, dann gute Nacht«, erwiderte sie angefressen und machte sich davon.

Ich machte mir nicht die Mühe, ihren Abflug groß zur Kenntnis zu nehmen. Nachdem sie gegangen war, versuchte ich es noch dreimal an beiden Türen und ging dann um das Haus herum nach hinten. Ich hoffte, dass entweder Travis oder ich vielleicht ein Fenster oder die Tür zur Veranda offen gelassen hatten, aber es war alles zu.

Um schnell in mein Haus zu kommen, hatte ich jetzt zwei Möglichkeiten: entweder eine Fensterscheibe zu zertrümmern oder den Schlüsseldienst anzurufen. Um mich ernsthaft mit der ersten Möglichkeit zu befassen, fehlte mir die Zeit, deshalb nahm ich mein Handy, startete eine Suche und rief die erste Firma an, die auf dem Display erschien.

»Der Techniker wird in ungefähr zwanzig Minuten da sein«, meinte der Mann am Telefon.

Zu viel Zeit, in der ich weiter vor Wut kochen würde. »Sagen Sie Ihren Leuten, dass es einen Bonus gibt, wenn sie schneller hier sind«, sagte ich und beendete das Gespräch, ohne die Antwort abzuwarten.

Ich sah hinüber zu Karinas Haus. Diane hatte ja schon erwähnt, dass Karina Josephine bei mir vor der Tür hatte stehen sehen. Und sie war auch herübergekommen, als Bobby und Mel mich heimgesucht hatten. Mir war gar nicht klar gewesen, dass sie so eine neugierige Nachbarin war, aber vielleicht konnte sie mir noch nützlich sein. Ich ging hinüber und klingelte bei ihr, schluckte meinen ganzen Ärger herunter, ganz tief, und ermahnte mich, ruhig zu bleiben.

»Oh, hallo«, sagte Karina, »Bist du reingekommen?«

Ich versuchte, nicht zu zittern, als die Wärme aus ihrem Haus an mir vorbei nach draußen strich. Es duftete köstlich nach geschmolzener Schokolade mit Gewürzen, sodass mir der Magen knurrte. Es war Stunden her, seit ich etwas gegessen hatte. »Nein, ich hab den Schlüsseldienst gerufen.«

Sie nickte, und ich studierte ihr Gesicht dabei genau, um herauszulesen, ob sie mit dem, was mir da gerade passierte, etwas zu tun hatte. Fast musste ich lachen. Karina trug ihr Herz, ganz sprichwörtlich, auf der Zunge, und mehr als einmal hatte Diane sich darüber lustig gemacht, dass ihre Frau einfach nicht lügen könne. »Ich frag Karina schon gar nicht mehr, ob mein Hintern mal wieder zu fett aussieht«, hatte sie gemeint. »An ihrem Gesichtsausdruck kann ich schon sehen, was ich gar nicht hören will.« Karina sagte dann immer, dass sie es nicht ändern könne, sie sei nun mal so erzogen worden.

Und tatsächlich neigte sie ihren Kopf zur Seite, und ihr Gesicht signalisierte Sympathie. Vielleicht dachte sie, ich würde verrückt. Und vielleicht hatte sie damit sogar recht.

»Tut mir leid wegen vorhin«, sagte ich mit zuckersüßer Stimme und zog zusätzlich noch eine Grimasse, die zeigen sollte, dass es mir peinlich war und ich meine hohle Äußerung ernst meinte. »Was ich vorhin zu dir gesagt habe, war absolut nicht in Ordnung. Entschuldige, Karina, echt.«

»Schon gut, ehrlich. Du stehst ja auch voll unter Stress.«

»Ja, und, hm, ich weiß, du hast vorhin diese blonde Frau vor meinem Haus gesehen.« Ich hüstelte künstlich. »Was für ein Durcheinander! Hast du vielleicht sonst noch jemanden gesehen?«

»Bei ihr? Nein.«

»Und bevor sie kam? War da vielleicht jemand in der Nähe?«

»Nicht dass ich wüsste. Ich war ja auch gerade erst nach Hause gekommen.«

»Bist du sicher? Einen Kurier vielleicht, oder einen Lieferwagen, so was?«

»Ganz sicher. Warum?«

Ich wollte noch etwas sagen, ließ es dann aber, als ich einen Wagen vorbeifahren hörte, der schließlich auf meiner Auffahrt anhielt. »Das wird der Schlüsseldienst sein. Ich geh dann mal.«

»Oh, toll, das ging aber schnell. Viel Glück«, meinte sie und schloss die Tür.

Ich lief zu meinem Haus hinüber und winkte dem Handwerker zu, der gerade ausgestiegen war und seinen Werkzeugkasten aus dem Kofferraum holte.

»Danke, dass Sie so schnell gekommen sind«, begrüßte ich ihn.

Er sah mich freundlich an. »Man hat mir gesagt, dass Sie es eilig haben. Ich bin Rory. Haben Sie sich ausgesperrt?«

»So was in der Art.«

»Na, dann wollen wir doch mal sehen.« Rory rückte seine grüne Baseballkappe zurecht und zog den Kragen seiner Regenjacke hoch. »Bevor ich anfange, muss ich sicherstellen, dass Sie hier auch wohnen.«

»Klar wohne ich hier.«

»Vorschrift von meiner Firma«, sagte er und hob die Hände. »Ich krieg 'ne Menge Ärger, wenn ich das Haus von jemand anderem aufschließe und Sie reinlasse, verstehen Sie? Können Sie mir Ihren Führerschein und ein anderes Ausweispapier zeigen? Es müssen zwei Dokumente sein.«

»Na gut.« Ich fischte meinen Führerschein aus der Brieftasche, holte die Zulassung aus dem Auto und hielt Rory beides so dicht vor die Nase, dass er einen Schritt zurücktreten musste. »Ich bin's, sehen Sie. Korrekte Adresse. Können wir jetzt bitte loslegen?«

Er schenkte mir ein knappes Lächeln, das sich so in etwa als *Wichser* verstehen ließ. »Ja, danke, Mr Forester. Ich fang jetzt an und mach voran, so schnell ich kann.« Während er zur Haustür ging, erkundigte er sich: »Haben Sie die Schlösser kürzlich auswechseln lassen?«

»Nein.«

»Na, weil es nicht das erste Mal wäre, dass ein Kunde neue Schlösser anbringen lässt und dann die neuen Schlüssel vergisst. So was passiert ...«

»Lassen Sie mich raten ... die ganze Zeit? Nein, ist nicht so.«

»Alles klar.« Er kniete sich hin, holte Werkzeug und eine Taschenlampe aus dem Kasten, betrachtete eingehend das Schloss und stieß dann einen lauten Pfiff aus. »Ich seh schon, was das Problem ist. Silikon.«

»Wie bitte?«

»Silikon, das nimmt man für ...«

»Ich weiß, was Silikon ist.«

»Ihr Schloss ist voll davon.«

»Wollen Sie mich auf den Arm nehmen?«

»Keinesfalls. Hab ich schon oft gesehen. Ich mach den Job ja schließlich seit Jahren, wir sind ein Familienunternehmen. Seit der achten Klasse arbeite ich bei meinem Vater mit. Er hat die Firma gegründet, das war ...«

»Silikon? Sind Sie sicher?«

»Absolut. Mal sehen, ob ich es rauskriege, dann müssen wir das Schloss nicht auswechseln.«

»Wäre mir aber eigentlich lieber.«

»Dass ich es auswechsle? Ist möglicherweise nicht nötig.«

»Wechseln Sie es aus, bitte.«

Rory sah mich an. »Okay, kapiert. Heiraten Sie vielleicht demnächst?«

»Was? Nein. Wieso?«

»Bei dem Typen, den ich kenne, haben das seine Freunde gemacht. Sollte ein Gag sein. Während seine Frau und er in den Flitterwochen waren. In Jamaika, glaube ich. Vielleicht auch Aruba. Irgendwo, wo's schön warm ist. Mann, da wäre ich jetzt auch gerne.« Er seufzte. »Egal, sie waren jedenfalls nicht sonderlich begeistert, als sie zurückkamen.«

»Kann ich mir vorstellen.«

»Meistens machen das Teenager. Die können sich nicht vorstellen, dass du dann manchmal ein völlig neues Schloss brauchst, weil ...«

Ich beachtete sein unaufhörliches Geplapper nicht weiter, und als er mal Luft holte, entschuldigte ich mich und setzte mich in meinen Wagen, um dort zu warten. Sobald die Vordertür repariert war, zeigte ich ihm das Schloss in der Garage und überließ den Rest ihm.

Sobald ich wieder ins Haus gelangt war, rief ich nach Roger, weil mir gleich auffiel, dass er nicht an der Tür gescharrt und gebellt hatte, als er mich reinkommen hörte. Wahrscheinlich schlief er, obwohl er einen Riesenhunger haben und dringend pinkeln musste, aber auch als ich in die Diele ging, gab es kein Lebenszeichen von ihm.

»Roger?«, rief ich. »Wo steckst du, alter Junge?«

Wie angewurzelt blieb ich stehen. Irgendetwas stimmte hier nicht. Wieder überkam mich das erdrückende Gefühl, dass jemand im Haus gewesen war. Ich betrachtete die Tastatur der Alarmanlage an der Tür; sie war nicht eingeschaltet. Ich hatte es so eilig gehabt, zum Busbahnhof zu kommen, dass ich, wie mir jetzt einfiel, den Code nicht geändert hatte. Aber eingeschaltet hatte ich die Anlage doch, oder? Da war ich mir ziemlich sicher. Als ich vorhin die Tracking-App gecheckt hatte, um zu sehen, wo Travis sich herumtrieb, war mir aufgefallen, dass er nicht nach Hause zurückgekommen war. Deshalb konnte er die Alarmanlage nicht deaktiviert haben, es sei denn, er hätte sein Handy mal wieder ausgeschaltet. Jedenfalls war es ausgeschlossen, dass er das hier gewesen war.

Ich verhielt mich ruhig und lauschte. War vielleicht noch jemand im Haus?

So leise, wie ich konnte, öffnete ich den Wandschrank in der Diele und nahm einen Schirm. Nicht unbedingt die beste Waffe, aber etwas Besseres konnte ich nicht finden. Ich schaltete das Licht in der Diele ein und rührte mich nicht, doch mehr als mein eigener Atem war nicht zu vernehmen.

Langsam bewegte ich mich die Diele entlang und überzeugte mich, dass niemand im Gäste-WC war. Alles schien noch so zu sein, wie ich es zurückgelassen hatte. Geräuschlos setzte ich einen Fuß vor den anderen und schlich durch mein Haus, als wäre ich der Einbrecher. Ich erreichte die Treppe und ging sie vorsichtig hoch. Auch hier überprüfte ich die Schlafzimmer und die Bäder – nichts. Zurück im Erdgeschoss sah ich in der Abstellkammer nach, im Wohnzimmer und im Arbeitszimmer, im Salon und im Esszimmer, bevor ich schließlich in die Küche ging. Nichts hatte sich verändert. Niemand sprang hinter den Vorhängen oder aus der Vorratskammer hervor, niemand kroch unter dem Tisch heraus.

Ich war allein. Kein Ton, von Rory einmal abgesehen, der auf der anderen Seite der Garagentür den Song *Let It Go* pfiff. Ich wollte gerade wieder nach Roger rufen, verwundert darüber, wie er mir hatte entwischen können, als mein Blick den Messerblock auf dem Küchentresen streifte, insbesondere die leere Stelle, an der eigentlich das größte Fleischermesser hätte sein sollen. Mein Blick wanderte weiter in Richtung Fußboden. Eine rote Pfütze. Eine weinrote Spur. Schmierspuren auf den blütenweißen Fliesen.

Irgendetwas war von der Küche zur Verandatür geschleift worden.

Nicht irgend*etwas*.

Roger.

Kapitel 36

»Roger!«, schrie ich, rannte zur Verandatür, riss sie auf und brüllte, so laut ich konnte: *»Roger!«*

Ich ging weiter auf die Terrasse hinaus, und die Bewegungssensoren sprachen an. Augenblicklich erleuchteten Strahler den Garten und die Bäume, die hinten an die Schlucht grenzten. Ich rief den Namen meines Hundes und suchte verzweifelt den Boden nach weiteren Blutspuren ab. Als ich im Gras eine neue Schmierspur und große Blutstropfen entdeckte, stieß ich ein zorniges Gebrüll aus.

Wut kochte in mir hoch, während ich die Spur bis zum Gartenhaus auf der rechten Seite verfolgte. Als ich näher kam, erkannte ich auf dem Boden eine schwer zu identifizierende Masse, die dunkelrot glänzte. Nicht groß genug, dass es Roger hätte sein können, aber völlig ausreichend für die Gewissheit, dass er schwer verletzt war.

Ein weiterer Schritt nach vorne verriet mir, dass es sich um einen Haufen innerer Organe und Gedärm handelte. Der ranzige Geruch verursachte mir Brechreiz, verstärkt noch durch den Anblick von fliegenübersätem Fleisch. Das fehlende Fleischermesser lag direkt daneben. Als ich die Hand nach der Klinke des Gartenhauses ausstreckte, musste ich erneut würgen. Dass Roger einen derart brutalen Angriff überlebt haben könnte, war ausgeschlossen. Also wappnete ich mich gegen das, was ich nun wohl zu sehen bekäme.

Ich stieß die Tür auf, suchte nach dem Lichtschalter – und sah Roger auf einer Matte in der Ecke neben einem Eimer und einer Heckenschere sitzen. Ich sank auf die Knie und streichelte sein Fell. Als er zusammenzuckte, tat ich es ihm gleich und beobachtete schockiert und ungläubig, wie er aufsprang, sich streckte, einmal bellte und dann gähnte und mit dem Schwanz wedelte. Er war nicht verletzt, ja, er wies nicht mal einen einzigen Blutfleck auf, auch um ihn herum fand sich kein Blut. Nicht ein Tropfen.

Ich hockte mich hin und zog ihn an mich, wiegte ihn hin und her und ließ meine Finger über sein Fell gleiten, um mich davon zu überzeugen, dass ihm auch wirklich nichts fehlte. Aber es gab keine Schnittverletzungen, nicht einmal Kratzer und auch keine andersartigen Verletzungen. Was zum Teufel war passiert? Und wo kamen diese Innereien her, verflucht noch mal?

Ich hatte keine Zeit, groß Betrachtungen darüber anzustellen, denn als Roger zur Seite ging, blickte ich zu Boden, und mir stockte der Atem.

Ein weiterer beschissener, oranger Umschlag!

Mit zittrigen Fingern nahm ich ihn und riss ihn auf, ermahnte mich, regelmäßig weiterzuatmen, während ich langsam das Blatt Papier herauszog.

Wieder ein Foto von Michelle, das mir noch von meiner letzten Suche bei Instagram im Gedächtnis war. Sie hatte für diese Aufnahme direkt in die Kamera gelächelt, strahlte übers ganze Gesicht, strahlend weiße, perfekte Zähne, leicht geöffnete Lippen. Ich drehte das Blatt um und las: ICH WEISS WAS DU GETAN HAST.

Wut bis zur Weißglut erfüllte jede Faser meines Körpers. Ich zerknüllte den Umschlag und das Foto, presste sie fest zusammen. Mir war schwindlig, meine Kehle ausgetrocknet, und das ganze Gartenhaus fing an, sich im Kreis zu drehen, sodass ich das Gefühl hatte, gleich ohnmächtig zu werden oder mich übergeben zu müssen.

Als ich mich wieder so weit gefangen hatte, dass ich glaubte, einem Gespräch von vielleicht dreißig Sekunden Dauer gewachsen zu sein, ging ich mit Roger zum Haus zurück, wo Rory gerade mit dem anderen Schloss fertig geworden war. Ich bezahlte ihn und gab ihm auch gleich ein enormes Trinkgeld, damit ich ihn schnell loswurde. Natürlich fragte ich mich, ob sich bei dieser Gelegenheit herausstellen würde, dass meine Kreditkarte gesperrt worden war, aber die Zahlung ging durch.

Sobald Rory weg war, schloss ich die Haustür ab und schrubbte den Boden in der Küche, reinigte das Fleischermesser. Anschließend ging ich ins Bad und suchte alles nach versteckten Kameras und Wanzen ab. Ich klappte den Toilettendeckel herunter und setzte mich. Versuchte, mein Hirn zu entwirren. Ich musste *überlegen.*

Möglicherweise hatte ich tatsächlich vergessen, die Alarmanlage einzuschalten, aber derjenige, der meine Sachen aus dem Schließfach im Busbahnhof geklaut hatte, hätte mir dann, allen Vorsichtsmaßnahmen zum Trotz, auch noch bis nach Hause folgen, hätte mitkriegen müssen, wo der Schlüssel versteckt war. Das war natürlich nicht ausgeschlossen, obwohl ich äußerst vorsichtig gewesen war. Ich ging alles noch einmal durch, selbst ein drittes Mal, überprüfte alles auf seine Richtigkeit und kam zu einer unabweisbaren Schlussfolgerung.

Wenn sie ohne Probleme herausgefunden hatten, wo sich der Schlüssel für das Schließfach befand, musste eine Kamera entweder in der Küche oder im Wohnzimmer installiert worden sein.

Aufgrund meiner Recherchen wusste ich, dass die Geräte fürs Ausspionieren unterschiedlich aussahen und auch unterschiedlich groß waren, was es schwierig für mich machte, denn ich wollte ja nicht durchblicken lassen, dass sie aufgeflogen waren. Ich verspürte zwar den Drang, meine Umgebung genau in Augenschein zu nehmen, herauszukriegen, wo etwas neu gemacht oder verändert worden war, jede einzelne Steckdose abzuschrauben, den Rauchmelder oder das Deckenlicht auszuwechseln, aber das ging alles nicht, ohne mich zu verraten.

Nachdem ich ein paarmal tief Luft geholt hatte, um meinen Puls zu stabilisieren, ging ich zurück in die Küche, um ein Glas Wasser zu trinken. Unauffällig suchte ich dabei mit meinen Blicken die Schränke und offenen Regale ab, fand aber nichts. Daraufhin ließ ich mich am Küchentisch nieder. Die Bücherregale im Wohnzimmer waren der beste Aussichtspunkt für jeden, der sehen wollte, was sich tat, jedenfalls in der Freifläche im Erdgeschoss. Man hatte einen ungehinderten Blick auf die Küche, das Wohnzimmer, teilweise auch auf die Diele, und wenn die Kamera einwandfrei arbeitete, bekam man möglicherweise auch mit, wenn ich das Haus verließ.

Ich versuchte, mir ins Gedächtnis zu rufen, was sich, abgesehen von den Büchern, sonst noch in diesen Regalen befand. Eine Reihe gusseiserner Elefantenfiguren, die Nora Michelle geschenkt hatte, ein Buddelschiff, das sie gemeinsam mit Gideon angefertigt hatte. Ein weiterer Gegenstand sentimentaler Erinnerung war eine alte Puppe, eine Maus in blauen Shorts, etwa fünfundzwanzig Zentimeter groß, mit der sie als Kind gespielt hatte. Ein digitaler Bilderrahmen, ein Geschenk von

Michelle für mich, in dem wechselnde Fotos von uns zu sehen waren, unsere dreieinhalbjährige Beziehung in Dauerschleife. Ich hatte ihn abgeschaltet, nachdem sie verschwunden war, hatte Travis gesagt, dass die Erinnerung zu schmerzhaft sei.

Jeder dieser Gegenstände bot ein ideales Versteck für eine Kamera. Im Internet hatte ich gesehen, dass sie nicht größer waren als meine Fingerspitze. Eigentlich wäre ich am liebsten gleich rübergegangen und hätte meine Annahme überprüft, aber das konnte ich nicht. Noch nicht. Wer auch immer es auf mich abgesehen hatte, musste weiterhin in dem Glauben gewiegt werden, er hätte die Oberhand. Und ich wusste meinerseits genau, wie ich gleichzeitig Travis aus dem Weg bekäme, wenn ich mich auf die Verfolgung begab.

Es würde hässlich werden.

FREITAG

Kapitel 37

Es war kurz nach Mitternacht, und obwohl ich in den letzten Wochen kaum länger als ein paar Stunden pro Nacht geschlafen hatte, war ich jetzt hellwach. Absolut präsent, vollgepumpt mit Adrenalin, und *stinksauer*.

Ich hatte mir kurz zuvor noch die gesamte Wi-Fi-Konfiguration des Hauses vorgenommen und auf ihre Sicherheit überprüft, mir genau angesehen, ob neue Geräte angeschlossen worden waren, die ich nicht kannte. Ich hatte aber keine gefunden, was ohne jeden Zweifel hieß, dass jede versteckte Kamera in meinem Haus über das Netzwerk eines meiner Nachbarn lief. Die IT-Einstellungen von Karina und Diane waren sicher – ich hatte selber dabei geholfen, einen neuen Router zu installieren –, aber die Familie auf der anderen Seite nahm es nicht so genau. Sie hatten einen Wi-Fi-Booster, sodass ihr Netzwerk in Reichweite lag. Ich hätte jeden Hollywood-Blockbuster seit *Der weiße Hai* streamen können, ohne dass es ihnen aufgefallen wäre. Aber ich konnte natürlich schlecht rübergehen und sie bitten, mich mal nachsehen zu lassen. Um ihr Passwort zu hacken, war ich nicht fähig genug. Und irgendwie war es ja auch egal. Selbst wenn ich ausfindig gemacht hätte, wo sich die Kamera befand, hätte ich sie in Betrieb gelassen, um den Schein aufrechtzuerhalten, ich wüsste nicht, dass man mich ausspionierte, auch wenn mir das zuwider war.

Nach ebenso unauffälliger wie sorgfältiger Überprüfung hatte ich wenigstens heraus, dass mein Bad mit ziemlicher Sicherheit nicht verwanzt war. Ich konnte mir jedoch, was die übrigen Räume anging, nicht sicher sein. Um auf der sicheren Seite zu sein, stand ich jetzt auf dem Balkon vor dem großen Schlafzimmer, der auf den Garten hinter dem Haus hinausging, so nah wie möglich an der Wand, und versuchte, dem strömenden, eisigen Regen zu entgehen. Ein paar Wischbewegungen auf dem Display, und schon war ich in die App eingeloggt, mit der ich Travis orten konnte. Der letzte Aufenthaltsort, der angezeigt wurde, war noch immer die Bar, in der er auch schon vor ein paar Stunden gewesen war. Ich rief ihn auf dem Handy an, wo jedoch sofort die Mailbox ansprang. Auch Lauschen klappte nicht. Es schien so, als hätte er sein Telefon ausgeschaltet, was mein Leben nicht leichter machte, aber einer der wenigen Vorzüge bei Travis war seine Berechenbarkeit. Deshalb war er leichter aufzuspüren.

In der kurzen Zeit, die ich draußen gewesen war, war das Wetter noch übler geworden. Der Regen peitschte nun waagerecht gegen die Wand und durchnässte vom Knie abwärts meine Jeans. Bäume schwankten hin und her und bogen sich, die letzten hartnäckigen Blätter flogen durch die Luft, und in der Ferne war dunkles Donnergrollen zu vernehmen.

Ich ging wieder rein und zog mir erst trockene Hosen und einen dickeren Pullover an, bevor ich runterging, um bei der Alarmanlage den Code neu einzugeben. Die Zahlen, die ich wählte, waren eine Kombination aus zwei Hausnummern, wo ich mit meinem Vater einmal gewohnt hatte, als ich noch keine zehn war. Darauf konnte niemand kommen. Das war meine erste Verteidigungslinie. Die nächste bestand darin, mich zu vergewissern, dass die Tür zur Veranda und die Garagentür abgeschlossen waren. Anschließend kamen die Fenster dran, wo ich die elektrisch betriebenen Rollos herunterließ. Mir wären althergebrachte Rollläden draußen deutlich lieber gewesen, aber Michelle wollte das nicht, weil sie dreckig würden. Nicht dass wir beide in unserem Haus jemals etwas geputzt hätten, aber dieses Detail hatte nicht gezählt.

Als ich die Schalter betätigte und die Rollos bis zur Fensterbank nach unten glitten, mich von der Außenwelt komplett abschotteten, hatte ich einen kurzen Moment lang die Vorstellung im Kopf, einfach einen Koffer zu packen, mir Roger zu schnappen und abzuhauen. Dem gab ich jedoch nicht nach. Ich wollte Gewissheit, wer hinter dem ganzen Chaos steckte, und zurückschlagen. Wenn schon weglaufen wie ein Feigling, dann hätte ich das jüngst bei der Lösegeldübergabe machen sollen. Einfach die Tasche mit der Million nehmen und verschwinden. Mal abgesehen davon, dass ich unter Dauerbeobachtung stand, keinen Plan hatte, wie das genau gehen sollte, und das Geld mit Sicherheit nicht reichen würde. Nein, der Drang war zu groß, das Urbedürfnis, herauszufinden, wer die Strippen zog ... um sie dann mit größtem Vergnügen zur Strangulation der Verantwortlichen zu verwenden.

Mit dem Motorrad loszufahren, um Travis zu suchen, war keine Option, nicht nur wegen des Wetters, sondern auch weil ich Roger bei mir haben wollte. Völlig ausgeschlossen, dass ich ihn nach diesem Vorfall noch einmal allein zu Hause lassen würde. Nachdem ich die Haustür abgeschlossen und gesichert hatte, fuhr ich mit Roger neben mir im Auto in die Nacht hinaus, die Scheibenwischer auf der höchsten Stufe.

Die naheliegendste Anlaufstelle war Nora, falls Travis sich entschieden haben sollte, früh zu Bett zu gehen. Sein Wagen war jedoch nirgends zu sehen, und obwohl ich es für möglich hielt, dass er sich von Uber hatte bringen lassen, tippte ich, dass er irgendwo Party machte. Nach dem Motto »Donnerstag ist der neue Freitag« hatte Travis seit Wochen kein Saufgelage ausgelassen und war mit Sicherheit irgendwo unterwegs. Kurz entschlossen fuhr ich zu der Bar, in der er zuletzt gewesen war, aber dort war er nicht. Daraufhin steuerte ich die Striplokale an, sah im erstbesten Club nach, bevor ich zum *Eden* weiterfuhr.

Der Laden war knallvoll. Ich bahnte mir einen Weg durch die Menge und suchte den Raum nach Travis' Gesicht ab. Ich dachte schon, ich hätte ihn bei einer Gruppe von Männern an einem Tisch entdeckt, doch als ich näher heranging, merkte ich, dass er es nicht war. Ich suchte weiter und machte in dem Laden dreimal die Runde, um ihn auch ja nicht zu verpassen, checkte die Toiletten und fragte ein paar Animierdamen, ob ihnen Travis vielleicht aufgefallen war, aber keine von ihnen konnte sich erinnern, ihn heute Abend gesehen zu haben. Mit zusammengebissenen Zähnen drängte ich mich durch die Horden von Gästen zum Ausgang. Es wäre ja auch zu einfach gewesen, Travis auf Anhieb zu finden. Ohnehin hatte ich den Eindruck, dass ich das Wort *einfach* am besten aus meinem Wortschatz verbannen sollte.

Zurück im Auto sah ich wieder in der Tracking-App nach, aber Travis' Handy war immer noch ausgeschaltet. Ich fluchte lauthals und fuhr nach Boston in die Shawmut Avenue, weil ich wusste, dass er dort viel Zeit verbrachte und noch mehr Geld durchbrachte.

Es dauerte fast eine Stunde, bis ich ihn im sechsten Lokal, das ich aufsuchte, endlich fand. Er saß allein an einem Tisch hinten in der kleinen Bar, halb zusammengesackt und an die Wand gelehnt. Das zerknitterte Hemd wies vorne eine ganze Reihe von Flecken auf, und der Sammlung leerer Flaschen und Schnapsgläser nach zu urteilen, war er schon seit geraumer Zeit hier.

Das Bier in seiner Hand sagte mir, dass er wohl so bald nirgendwo anders hingehen würde, und je betrunkener er wurde, desto schneller und leichter würde ich ihn manipulieren können. Ich hing in einer Ecke der Bar ab und verfolgte, was sich so tat. In der Nähe der Toiletten lungerte ein hochgewachsener Kerl herum, das lange blonde Haar zu einem Pferdeschwanz zusammengebunden, Dreitagebart. Teuer aussehende Jeans, eng anliegendes weißes Hemd, die Lederjacke lässig über dem Arm. Ich kannte diese Sorte, hatte solche Typen in der Zeit, als ich für Bobby arbeitete, unzählige Male gesehen. An Orten wie diesem gab es immer mindestens einen von ihnen.

Und in der Zeit, die ich ihn beobachtete, gingen selbstverständlich auch ein paar Leute zu ihm hin und schüttelten ihm die Hand. Der Typ war aalglatt und dealte offensichtlich schon länger, während seine Kunden nicht unbedingt so gewieft waren. Einer von ihnen ließ prompt das Plastiktütchen auf den klebrigen Fußboden fallen. Pferdeschwanz schien sich nicht groß Gedanken darüber zu machen, dass der Barkeeper oder der Besitzer es mitkriegten, was er da trieb. Ich nahm an, dass sie einen Anteil bekamen.

Als ich raushatte, wer das hatte, was ich wollte, und wo er es aufbewahrte, ging ich in Richtung Toilette. Kurz bevor ich Pferdeschwanz erreicht hatte, tat ich so, als würde ich stolpern, und krachte direkt mit ihm zusammen. Im Nu hatte ich aus seiner Jackentasche eines der Tütchen und ein Fläschchen eingesackt.

»Teufel noch mal!«, schrie er und stieß mich weg. »Pass doch auf, wo du hintrittst, du Trottel!«

Ich entschuldigte mich und entschwand in die Toilette, wo ich erst einmal das Tütchen in Augenschein nahm. Tabletten. Ecstasy wahrscheinlich. Das würde mir nicht viel nützen, weshalb ich das Zeug in die Toilette warf. Das Fläschchen enthielt etwas Vielversprechenderes: weißes Pulver. Ich war mir nicht ganz sicher, aber auch der Menge nach zu urteilen, hätte ich jetzt gewettet, dass es Heroin oder ein anderes Opiat war. Travis hatte ja zugegeben, es früher schon mal konsumiert zu haben. Ich wischte das Fläschchen ab, wickelte es in ein Tempotaschentuch und verstaute es sicher in meiner Tasche, bevor ich die Toilettenspülung betätigte und zu Travis an den Tisch ging.

Ich setzte mich, wobei ich meine freundlichste, vertrauenswürdigste und beruhigendste Miene aufsetzte. »Hey«, sagte ich. »Wie geht's?«

»Lucas.« Er Lächelte und sprach meinen Namen lang und gedehnt aus wie *Luuucaaasch*. Die meiste Zeit war Travis ein freundlicher Betrunkener, wie auch mein Vater, leicht zu erheitern, froh über jeden, der ihm keinen Ärger machte, was in diesem Fall auch für mich galt. Die Wut wegen unseres letzten Gefechts war längst verflogen. Bars waren letzten Endes sein Ort der Glückseligkeit. »Schön, dich zu sehen, Mann«, meinte er, bekam die Worte aber nur schwerfällig und verwaschen heraus. »Möchtest du was trinken?«

»Nein, danke, ich ...«

»Jetzt stell dich nicht so an.« Er wedelte mit der Hand in der Luft herum und strahlte. »'chol dir 'n Drink.« Er versuchte, sich hochzustemmen, doch die Ellbogen knickten weg, und er sackte zurück auf die Bank, wäre fast unter den Tisch gerutscht. Er kicherte wie ein Kind, mühte sich wieder hoch und versuchte erneut, aufzustehen. Mit Flüsterstimme brachte er ein »Ups« heraus.

Ich fasste ihn an die Schulter und drückte ihn hinunter. »Ich geh schon. Ein Bier?«

»Klar. Und ’n Bourbon.« Er trommelte mit den Fingern auf den Tisch und zuckte mit den Augenbrauen. »’n Böböböbourhörbon.«

Ich drängte mich durch die Menge bis hin zum Barkeeper und bestellte Travis seine Drinks, für mich ein Mineralwasser. Während ich wartete, sah ich über die Schulter immer wieder zu Travis hinüber, damit er nicht die Biege machte. War er betrunken, war er nämlich nicht immer einfach der knuffige Teddybär, sondern neigte dazu wegzulaufen. Auf einer Party von Nora und Gideon hatte Michelle ihn einmal ganz hinten am Ende des Grundstücks entdeckt, wo er gerade in den Ententeich pinkelte. Als sie mir das erzählte, hatte ich mich gefragt, ob sie vielleicht versucht gewesen war, ihn hineinzustoßen. Mir wäre das jedenfalls so gegangen.

Ich navigierte wieder zum Tisch zurück, wo Travis an seinem Smartphone herumhantierte, das er zum Aufladen in eine Steckdose an der Wand gestöpselt hatte. Anscheinend versuchte er, sein Passwort einzugeben. Ich stand da und sah zu, wie er mit seinen unbeholfenen Griffeln erratisch über das Display wischte. Die Zahlen waren leicht zu erkennen und noch leichter zu behalten. Michelles Geburtstag.

Ich tat so, als hätte ich nichts gesehen, und gab Travis seinen halben Liter Bier und das Glas Bourbon. Ich selbst nahm nur einen Schluck von dem Wasser. Je betrunkener Travis wurde und je schneller er das Zeug in sich hineinkippte, desto schneller würde er nach der nächsten Runde verlangen. Die würde es aber nicht geben. Ich brauchte ihn berauscht, aber nicht besinnungslos, und das war schwierig zu beurteilen, denn ich wusste ja nicht, wie viel er vor meiner Ankunft schon getrunken oder was er sonst noch genommen hatte.

»Los«, sagte ich und hievte ihn auf die Beine, nachdem er sein zweites Glas geleert hatte. »Ich denke, wir sollten jetzt mal nach Hause gehen.«

Er machte einen schwachen Versuch, mich abzuwehren, und protestierte, als ich ihn aus der Bar hinaus und zu meinem Auto führte, wo Roger die ganze Zeit geduldig auf mich gewartet hatte. Ich ließ Travis auf den Beifahrersitz plumpsen und schnallte ihn an wie ein Kind. Als wir zu Hause ankamen, schnarchte er laut, und es kostete mich einige Mühe, ihn nach drinnen zu bugsieren.

Ich zog eine ziemliche Show dabei ab, wie ich Travis aus der Jacke half und sanft auf ihn einredete, wobei ich natürlich hoffte, dass die vornehmlich einseitige Unterhaltung von einer der mutmaßlichen versteckten Kameras aufgezeichnet würde, auch wenn wir nicht im Bild waren. Ich folgte ihm, als er ins Wohnzimmer wankte, dort vor meinen Augen über den Teppich stolperte und auf die Knie sackte.

»O Mann«, lachte er. »Ich bin okay, alles in Ordnung. Ich bin nicht hinüber.«

»Ja, klar.« Ich half ihm auf und zerrte ihn, unter Zuhilfenahme der ein oder anderen Schmeichelei, ins Gästezimmer, wo er mit einem lauten Grunzen aufs Bett kippte.

»Danke, Lucas«, grummelte er. »Du passt immer auf mich auf, genau wie Michelle.« Er schlug die Hände vor das zerknautschte Gesicht und schluchzte. »Ich kann nicht glauben, dass sie nicht mehr da ist.« Er weinte jetzt heftiger und ergänzte: »Sie ist tot. O Gott, meine Schwester ist tot.«

»Das wissen wir nicht. Wir müssen stark bleiben. Warte hier. Ich hol dir was, damit der Alkohol nicht so stark wirkt.«

In der Küche nahm ich eine Flasche Gatorade aus dem

Schrank, goss einen ordentlichen Schluck davon in ein Glas und füllte es mit Wasser auf. Mit dem Rücken zum Wohnzimmer, damit keine versteckte Kamera etwas mitbekam, holte ich das Fläschchen aus der Tasche, das ich dem Dealer geklaut hatte. Mit großer Sorgfalt streute ich etwas Pulver in das Getränk, wobei ich darauf achtete, dass es mit meiner Haut nicht in Kontakt kam, und ging wieder nach oben.

»Hier, mein Junge«, sagte ich und stellte ihm das Glas auf den Nachttisch.

Travis antwortete nicht, war völlig weggetreten. Ich überlegte, ob ich ihn wecken sollte, damit er einen Schluck trank, entschied mich aber dann, lieber den richtigen Augenblick abzupassen. Ich schaltete das Licht aus, nahm das Fläschchen aus der Tasche, wischte es an meinem Hemd ab, drückte seine Finger darauf und stellte es anschließend neben das Glas. Travis bewegte sich nicht, zuckte nicht einmal mit der Wimper.

Und mein Plan war, dass es auch so blieb.

Kapitel 38

Es war schon nach drei, als bei mir dann die Luft raus war. Der Adrenalinrausch war längst verflogen. Meine Glieder waren schwer wie Holzklötze, meine Lider kribbelten, als würden sie brennen, und obwohl ich nicht einen Tropfen Alkohol getrunken hatte, war ich anscheinend nicht in der Lage, geradeaus zu gehen.

Ich duschte mich schnell, zog eine Jogginghose an und taumelte zum Bett. Obwohl ich große Anstrengungen unternahm, wach zu bleiben, döste ich immer aufs Neue ein, nur um ein paar Sekunden später wieder hochzuschrecken. Das würde eine verdammt lange Nacht werden.

Höchstens mal eine halbe Minute, so kam es mir vor, hatte ich die Augen zugemacht, als ein dumpfer Schlag mich weckte. Mit schwerem Kopf und verschwommenem Blick sah ich auf mein Handy und stellte fest, dass es fünf Uhr war. Ein weiteres Mal Stöhnen, noch ein Schlag und das Geräusch von splitterndem Glas drangen aus Travis' Zimmer. Es hatte keinen Zweck, so zu tun, als hätte ich den Krach nicht gehört. Jeder wusste, dass ich einen sehr leichten Schlaf hatte. Michelle hatte oft gewitzelt, dass sie glatt ein Erdbeben verschlafen könnte und sich am nächsten Morgen dennoch ausgeruht fühlen würde, während ich eine Fliege außen auf der Fensterscheibe landen hörte. Ich gab vor, mich ebenfalls köstlich darüber zu amüsieren, und verlor nie ein Wort über den Grund: dass ich als Kind nachts immer mit einem Ohr hinhören musste, um zu verhindern, dass Dad an seinem Erbrochenen erstickte.

Wieder ein Geräusch, gedämpft diesmal. Grund genug für mich, aufzustehen und nachzusehen. Ich griff mir ein Hemd und zog es an, trat angespannt, aber auch mit einem gewissen Hochgefühl hinaus auf den Flur. Als ich in Travis' Zimmer das Licht anmachte, wusste ich, dass ich einen Volltreffer gelandet hatte. Er lag mit dem Gesicht nach unten der Länge nach auf dem Teppich, trug noch immer die Sachen, mit denen er zu Bett gegangen war. Seine Nachttischlampe lag zerbrochen auf dem Boden. Das Glas, das ich mit der Droge versetzt hatte, stand auf dem Nachttisch, war aber jetzt leer.

Ich drehte ihn auf den Rücken und sah Blut aus einem gut einen Zentimeter langen Riss auf der Stirn laufen. Bei seinem Sturz musste er auf die Bettkante gefallen sein, sodass die Situation sogar noch authentischer wirkte. Für seine unwissentliche Mitwirkung gab ich ihm eine Eins mit Sternchen.

»Travis?«

Ich nahm sein Kinn und schlug ihm ins Gesicht, aber er regte sich nicht. Als ich mich umschaute, sah ich das Fläschchen mit dem Pulver, das ich neben das Glas gestellt hatte, auf dem Teppich liegen. Er musste noch mehr davon reingetan haben. *Idiot*. Ich verpasste ihm noch eine Ohrfeige.

»Hey, wach auf! Los, Mann. Mach keinen Scheiß.« Als er immer noch nicht reagierte, packte ich ihn an den Schultern. »Travis! Aufwachen! Hörst du mich?«

Er öffnete kurz die Augen, die sich aber sofort nach hinten verdrehten, als wären es ein Paar Murmeln, die in den Kopf hineinrollten. Der Typ war wirklich voll im Arsch, der Atem ging flach. Ich wollte ihn im Krankenhaus sehen, lahmgelegt, aus dem Weg geräumt, aber nicht tot. Nicht ganz jedenfalls. Denn das könnte bedeuten, dass sein Geld erst einmal an Nora ging, die es ihrerseits für wohltätige Zwecke spenden könnte.

»Travis. Travis. Hast du irgendwas genommen? Shit. Shit.«

Ich rannte in mein Schlafzimmer, griff das Telefon, wählte die 911 und erläuterte die Situation, während ich mich weiterhin abmühte, Travis wach zu kriegen. Der Mann am anderen Ende der Leitung sagte, dass der Krankenwagen in wenigen Minuten eintreffen würde. »Ich weiß nicht, ob er es noch so lange macht«, drängelte ich – und meinte das ernst. »Ihm geht es wirklich richtig schlecht. Könnten Sie Gas geben? Bitte!«

Mit den Drogen hatte ich es wohl etwas übertrieben, nahm ich an. Ich füllte das Glas mit Wasser aus dem Waschbecken im Bad und hielt es ihm an die Lippen, aber er war zu weggetreten, um auch nur einen kleinen Schluck zu trinken. Ich blieb bei ihm und überwachte seinen Puls, versuchte weiterhin, ihn wach zu bekommen. Tat alles, was ein unschuldiger barmherziger Samariter auch getan hätte. Als ich aus der Ferne Sirenengeheul vernahm, lief ich nach unten zur Haustür und trieb die Sanitäter an, doch voranzumachen. Sie stürmten ins Haus, die Geräte in der Hand, ihre Warnwesten vom Regen durchfeuchtet.

»Ich bin Ulla«, sagte die Frau. »Das ist Bolin. Und wie heißen Sie?«

»Lucas«, hechelte ich in gespielter Panik.

»Schon gut, Lucas«, fuhr die Frau fort. »Bleiben Sie ruhig. Erzählen Sie uns, was passiert ist.«

»Mein Schwager Travis. Er ist zusammengebrochen. Oben. Kommen Sie mit, schnell.«

Wir polterten die Treppe hoch, und im Schlafzimmer machten sie sich, schnell und effizient, sofort an die Arbeit. »Travis, hören Sie mich?«, fragte Ulla, während sie überprüfte, ob er noch atmete. »Keine Respiration«, meinte sie zu Bolin und legte Travis zwei Finger an den Hals, um ihm den Puls zu fühlen. Ich fragte mich, ob es vielleicht schon zu spät war.

Unterdessen holte Bolin eine dieser Atemmasken hervor, die ich aus den Arztserien kannte, die mir so auf Nerven gingen, die ich aber Michelle zuliebe immer mit angesehen hatte, während Ulla Travis' Hemd hochschob und ihm einen Herzmonitor anlegte. Bolin befestigte einen kleinen Zylinder mit Sauerstoff an einem Schlauch, den er mit dem Beatmungsgerät verband, und gab alles an Ulla weiter, sah dann mich an.

»Sagen Sie mir, was passiert ist.« Nachdem ich ihm erzählt hatte, wie ich Travis stürzen hörte und ihn dann am Boden fand, löcherte er mich mit weiteren Fragen. Er wollte mehr über Travis' Patientengeschichte wissen, über Allergien, Verschreibungen. Ob er Diabetiker war und ob er gesundheitliche Probleme hatte.

»Er reagiert allergisch auf Bienen«, erklärte ich und erinnerte mich, dass Michelle einmal erwähnt hatte, dass er gestochen worden war und danach wie ein Kugelfisch ausgesehen hatte. »Über seine Medikamente weiß ich nicht Bescheid, aber ...«

Ich sah zu, wie Ulla die Maske bei Travis auf Mund und Nase presste und vorsichtig das Beatmungsgerät betätigte. Kam so genug Sauerstoff in die Lunge? Würde er einen Gehirnschaden davontragen, wenn er jetzt nicht starb? Wie meinen Vater stellte ich mir Travis im Rollstuhl vor, woraufhin in meinem Innern eine geringfügige Verschiebung stattfand, ein beunruhigendes Gefühl aufkam, das ich zu missachten suchte, was mir aber nicht gelang. Dad war im Rollstuhl gelandet wegen der Sachen, die Bobby mit ihm gemacht hatte; da war er doppelt so alt gewesen wie Travis jetzt. Ein Schicksal, das ich niemandem wünschte, selbst Travis nicht. Jetzt selbst eingeschränkt, konnte ich meine Theorie, dass er es war, der sich mit mir anlegte, einem Realitätstest unterziehen und dem ein Ende setzen, jawohl.

Tot irgendwann – definitiv. Aber nicht gefangen im eigenen Körper wie mein Vater.

»Lucas?«, rief Bolin und zog meine Aufmerksamkeit wieder auf sich. »Sie sagten, dass Travis schon vorher Drogen genommen hat?«

»Ähm, ja …«

»Nadelpupillen, keine Reaktion«, meinte Ulla und holte sich ein anderes Gerät, das ich schon einmal bei Dads Pflegerinnen gesehen hatte. Sie klemmte es an Travis' Finger und sagte schon wenige Sekunden später: »Blutzucker im Normalbereich.«

»*Lucas.*« Bolins Stimme klang jetzt schärfer. »Welche Drogen hat Travis in der Vergangenheit konsumiert?«

Ich rieb mir die Stirn. »Was hat er *nicht* genommen? Gras, Koks, Ecstasy, härteres Zeug. Und er hat eine Menge getrunken. Im Grunde alles, was er in die Finger bekam. Er war schon ein paarmal zum Entzug in der Klinik. In letzter Zeit ist es wieder deutlich schlimmer geworden.«

»Waren Sie heute Nacht hier bei ihm?«

»Ich habe nicht mitgekriegt, dass er irgendwas genommen hat, wenn es das ist, was Sie wissen wollen.«

»Sagen Sie uns einfach, was Sie wissen, damit wir ihm helfen können«, sagte Ulla mit sanfter Stimme.

»Hab ich Ihnen ja schon erzählt. Ich habe ihn in einer Bar aufgetrieben und bin mit ihm nach Hause gefahren. Er war total betrunken, wahrscheinlich high. Ich hab dann gehört, wie er gestürzt ist, ihn auf dem Boden gefunden und hab dann 911 angerufen. Ich weiß nicht, was er genommen hat.«

»Ulla«, sagte Bolin zu seiner Kollegin, die Travis immer noch mechanisch mit dem Gerät beatmete. Er deutete auf das kleine Plastikfläschchen auf dem Boden, und mit hochgezogenen Augenbrauen tauschten sie Blicke aus. »Narcan«, bemerkte er, ging zu seinem Koffer und holte ein Nasenspray oder so etwas Ähnliches hervor, sprühte es Travis in die Nasenlöcher.

»Was ist das?«, wollte ich wissen. »Was geben Sie ihm da?«

»Naloxon«, erklärte Ulla. »Gegen eine, wie wir vermuten, Überdosis an Opioiden.«

»Opioide?« Mann, war ich gut. »Was zum Teufel, glauben Sie, hat er genommen?«

»Der kleinen Plastikflasche nach zu urteilen, würde ich sagen, Fentanyl oder so etwas in der Art«, entgegnete Bolin. »Wir sind uns nicht ganz sicher, aber wenn das so ist, wird das Naloxon ihm helfen.«

»Wird er wieder auf die Beine kommen?«

»Wir tun, was wir können«, sagte Ulla und konzentrierte sich wieder auf Travis, pumpte ihm weiter Luft in die Lunge. Nach einer weiteren Dosis Naloxon schüttelte sie den Kopf. »Immer noch keine Reaktion. Wir müssen ihn ins Krankenhaus bringen. Wir holen eine Trage und ...«

Stimmen aus der Diele löschten den restlichen Satz aus. Ich ging die Treppe hinunter zur Haustür und traf Karina und Diane auf halber Höhe, beide im Schlafanzug und mit Turnschuhen.

»Lucas«, keuchte Diane. »Wir haben den Krankenwagen gesehen. Was ist los?«

»Travis.« Ich machte Platz, weil Bolin die Treppe herunterkam, vermutlich um die Trage zu holen. «Ich denke, er hat ’ne Überdosis genommen.«

»*Was?*«, entsetzte sich Diane. »In was für einem Zustand ist er?«

»Ich bin nicht sicher. Er hat nicht mehr geatmet, sodass sie ihn beatmen müssen. Sie haben ihm auch was gegeben …« Ich zeigte auf meine Nase. »Dort hinein.«

»Naloxon.«

Karina sah Diane an. »Ich dachte, er wollte die Nacht bei Nora bleiben.«

»Er wollte wieder zurückkommen«, bemerkte Diane. »Aber du kennst ja Travis.«

»Hattest du nicht Nachtschicht?«, sagte ich zu ihr.

»Ja. Bin gerade zurückgekommen.«

»Aber …«

»Lass gut sein«, erwiderte Karina. »Warst du mit Travis unterwegs? Hast du gesehen, dass er was genommen hat?«

»Um Gottes willen«, sagte ich und hob die Stimme, weil sie mir so langsam ernsthaft auf den Zeiger ging. »Nein, natürlich nicht. Warum fragt mich hier eigentlich jeder ständig …«

»Woher weißt du dann, dass er eine Überdosis genommen hat?«

»Weiß ich nicht mit Sicherheit. Meine Güte, Karina, ich hab dir doch gesagt, dass er nicht mehr atmet. Er war völlig hinüber, als ich mit ihm hier ankam. Weiß der Teufel, was er genommen hat. Die Sanitäter haben ein Fläschchen neben seinem Bett gefunden.« Ich deutete auf Bolin, der gerade an uns vorbeiging. »Sie glauben, dass es Fentanyl oder so was ist.«

»Was? O Mann«, murmelte Diane vor sich hin. »Das ist nicht gut.«

»Nein, ganz und gar nicht.« Ich ließ die Schultern und den Kopf hängen. »Ich hab ja schon vorher gesagt, dass ich mir Sorgen machte, er könnte mal eine Dummheit begehen. Und ich sollte doch auf ihn aufpassen. Wie konnte mir das nur passieren? Was wird Nora sagen, wenn er ...«

»Das wird schon wieder«, meinte Diane. »Glaub mir, sie tun alles, was in ihrer Macht steht, um ihm zu helfen.«

»Haben sie gesagt, ja, aber was, wenn ...« Ich fuhr mir mit den Händen durchs Gesicht. »Und wenn er stirbt?«

Keine von beiden sagte etwas, aber ihr Gesichtsausdruck verriet, was ihnen nicht über die Lippen kam. Sie würden mir die Schuld geben. Ich trat von einem Fuß auf den anderen, während wir gemeinsam schweigend so lange warteten, bis Ulla und Bolin Travis die Treppe herunterbrachten. Jegliche Farbe war aus seinem Gesicht gewichen, sodass ich daran denken musste, wie Nora gestern Abend ausgesehen hatte. Es war schwierig, sich vorzustellen, dass er es noch lange machen würde, nachdem sie ihn rausgetragen hatten.

»Wo bringen Sie ihn hin?«, fragte ich Ulla.

»BMC.«

Diane sah mich an. »Das ist das Boston ...«

»Medical Center. Ich weiß.«

»Wir sollten hinfahren«, meinte Karina.

»Nein, ich will euch keine Umstände machen. Ich halte euch auf dem Laufenden und ...«

»Jetzt stell dich nicht so an«, erwiderte Diane. »Wir gehen kurz nach Hause und ziehen uns um. Das dauert nur ...«

»Ich fahre jetzt gleich«, verkündete ich und dachte, dass ich dabei sein wollte, wenn Travis auf wundersame Art in nächster Zeit zu Bewusstsein kommen sollte. Ich könnte dann – für den Fall, dass Travis sich anderweitig erinnern sollte – erklären, dass er die Drogen nach Hause mitgenommen und sie sich in den Drink gemischt haben musste. »Ich ruf Nora an.«

Diane legte mir eine Hand auf die Schulter und drückte mich. »Sollten wir nicht besser warten, bis wir Gewissheit haben, was los ist? Wir sollten ihr nur das Nötigste zumuten.«

»Da hast du recht«, pflichtete ich ihr bei. »Ich warte es ab.«

Sobald sie gegangen waren, rannte ich nach oben, zog mich um, nahm meine Brieftasche und die Schlüssel, schaltete die Alarmanlage ein und stürmte hinaus. Vorher schob ich allerdings noch einen Stuhl unter die Klinke der Garagentür, falls Woods oder wer auch immer sich auf diesem Weg Zugang verschaffen wollte.

Ich trommelte mit den Fingern auf das Lenkrad, während ich zum Krankenhaus fuhr und hoffte, dass all diese Merkwürdigkeiten nun aufhören würden, wo Travis doch sichtlich unpässlich war. Ich musste mich auf Woods konzentrieren. Gleichzeitig versuchte ich zu ergründen, wer sonst noch eine Kamera im Wohnzimmer versteckt haben könnte, und ich schwankte hin und her zwischen Woods und den Bullen, bis sich unvermutet eine neue Theorie ergab.

Soweit ich wusste, war da schon immer ein Gerät gewesen. Meine Frau hatte es aus irgendeinem Grund, der mir schleierhaft war, anbringen lassen. Ich hatte ihr nie Anlass gegeben, an mir zu zweifeln. Von Anfang an hatte ich ihr deutlich gemacht, dass unsere Beziehung so gut wie perfekt sei. Brauchte sie Freiraum, zog ich mich zurück. Wollte sie Zuneigung, bekam sie jede Menge davon. Ich spielte diese Rolle mit großer Sorgfalt, um überzeugend zu demonstrieren, dass unsere Beziehung tatsächlich *annähernd* perfekt war, weil jeder die Redensart kennt, das sei ja zu schön, um wahr zu sein. Ich hatte alles real aussehen lassen und zum Beispiel dafür gesorgt, dass Michelle, wenn sie sich mit ihren Freundinnen traf, auch etwas zu meckern hatte. Strümpfe direkt neben dem Korb mit der dreckigen Wäsche liegen zu lassen, war ein Klassiker. Völlig unverfänglich, solange ich es nicht dauernd tat. Natürlich *vergaß* ich auch, die Post aus dem Briefkasten zu holen, wenn ich nach Hause kam, kaufte die falsche Zahnpasta, wenn ich einkaufen ging. Banalitäten, über die ihre Freundinnen sich amüsierten, wenn Michelle frustriert davon berichtete. Wenn das ihre einzige Sorge sei, solle sie sich doch am besten wieder hinlegen.

Verdammt, vielleicht war es ja auch meine Frau gewesen, die eine Kamera installiert hatte, um ein Auge auf das Reinigungspersonal zu haben, vielleicht eben auch Travis – aber warum hätte sie mir das nicht sagen sollen? Das hielt ich für unwahrscheinlich, und ich hatte einfach keine Möglichkeit, mit Gewissheit zu ergründen, ob es überhaupt eine Kamera gab und wie lange sie bereits im Einsatz war. Und dann war da ja noch die ungelöste Frage, wer mein Schließfach im Busbahnhof geplündert hatte und wie.

Ich zermarterte mir das Hirn, rekonstruierte, was ich in den vergangenen vier Wochen seit der Entführung zu Hause gemacht und wo ich mich aufgehalten hatte. Außerhalb des Hauses war ich sehr vorsichtig gewesen, und da Travis oft in der Nähe gewesen war, war ich zuversichtlich, meinen Part auch drinnen überzeugend gespielt zu haben. Ich bewunderte erfahrene Charakterdarsteller. Daniel Day-Lewis, Christian Bale und Reese Witherspoon waren alle gute Vorbilder. Wie sie glaubte ich daran, dass man einen Charakter so lange wie möglich, am besten sogar auch im wirklichen Leben, verkörpern sollte. Was mich anging, war es die einzige Methode, meine Sache gut zu machen und niemals einen Fehler zu begehen. Und das hieß, dass ich sie, gesetzt den Fall, jemand hätte mich zu Hause die ganze Zeit beobachtet, um herauszufinden, ob ich mit dem Verschwinden meiner Frau etwas zu tun hatte, komplett im Dunkeln tappen ließ.

Ich legte die Stirn in Falten. Was hatte es mit diesen Ausschnitten aus Fotos von Michelle auf sich, die ich im Spülbecken verbrannt hatte? Hätte eine Kamera erfassen können, worum es sich handelte? Spielte es eine Rolle? Die Ungewissheit nagte an mir.

Während ich zum Boston Medical Center raste und meine Hände das Steuerrad umklammerten, wünschte ich, ich könnte sie stattdessen dem um den Hals legen, der mir gerade so übel mitspielte.

Kapitel 39

Seit Dads Schlaganfall hasste ich Krankenhäuser. Der Geruch, die Geräusche, die Verzweiflung. Das alles war beunruhigend und erinnerte mich daran, dass mein Vater niemals wieder ein normales Leben führen würde.

Als ich am BMC eintraf, wünschte ich mir, noch eine Zeit lang auf dem Parkplatz bleiben und eine rauchen zu können, bevor ich das Gebäude betrat, doch stattdessen beeilte ich mich, in die Notaufnahme zu kommen. Freitagmorgen, und die Bude war schon rappelvoll; eine Ansammlung verletzter, kranker Leute unterschiedlichsten Aussehens, verschiedener Körpergröße, unterschiedlichen Alters und sozialen Hintergrunds saß in dem trostlosen Wartebereich im Licht der Neonröhren.

Ein Mann drückte sich ein blutgetränktes Küchenhandtuch an den Kopf, der Sitznachbar hielt seine Hand. Ein Junge, etwa zehn Jahre alt, Schlafanzug mit Dinosauriermotiven, die Gesichtsfarbe von einem eigentümlichen Grün, vergrub seinen Kopf im Schoß einer jungen Frau, die einen Eimer neben sich stehen hatte. Eine Hand lag auf dem Bauch, die andere umklammerte den Hals eines Stofftigers. Armer Kerl. Es schien, als müsste er sich in Kürze übergeben, und ein paar andere Patienten hatten wohl denselben Eindruck, weshalb die Plätze rechts und links der beiden nicht besetzt waren.

Ein älteres Ehepaar stand am Empfangstresen, doch bevor ich mich wie ein weißes privilegiertes Arschloch aufführen und fordern musste, sofort dranzukommen, wurden sie schon zur Seite gebeten, sodass ich an der Reihe war.

»Mein Name ist Lucas Forester«, sagte ich zu dem Mann hinter dem Tresen. »Ich bin hier wegen Travis Ward, der vor Kurzem mit dem Krankenwagen hierhergebracht wurde.« Ich beugte mich leicht vor und senkte die Stimme. »Verdacht auf Opioid-Überdosis. Ich mache mir große Sorgen und muss ihn unbedingt sehen.«

»Verstehe. Ich schau mal nach.« Er drückte ein paar Tasten auf seinem Computer. »Travis wird gerade von unserem Notarzt behandelt und ...«

»Ich möchte ihn sehen.«

»Das geht jetzt nicht, fürchte ich. Sind Sie Angehöriger?«

»Schwager.«

Wenige Minuten später wurde ich in einen separaten Raum gebeten, wo man mir sagte, dass man mich so bald wie möglich über Travis' Zustand informieren würde. Ich ging auf und ab, blieb nur einmal stehen, um zwei Polizisten zuzusehen, die eine Frau in Handschellen abführten. Als eine ältere Frau, die gebrechlich, hilflos und verängstigt wirkte, in Begleitung mehrerer Sanitäter vorbeikam, wandte ich mich ab, weil sie mich an Nora erinnerte. Ja, ich hatte ein schlechtes Gewissen. Nicht wegen Travis, sondern ihretwegen. Mit ein bisschen Glück besäße er vielleicht die Güte, noch durchzuhalten, bis Nora als Erste starb.

Ich brauchte aktuelle Informationen, konnte hier nicht länger zuwarten. Ich musste wissen, ob Travis das Bewusstsein wiedererlangt und, falls dem so war, was er gesagt hatte. Doch bevor ich mich hinausbegeben konnte, stürmten Diane und Karina mit hochrotem Gesicht herein und machten mit aufgeregter, schriller Stimme einen unheimlichen Wirbel.

»Wie geht's Travis?«

»Was sagen die Ärzte?«

»Wie ist die Prognose?«

»Wie geht's dir?«

»Möchtest du vielleicht einen Schluck Wasser?«

»Soll ich dir etwas anderes zu trinken holen?«

Bei diesem verbalen Ansturm hätte ich mir am liebsten die Ohren zugehalten. »Ich habe noch nicht mit einem Arzt sprechen können. Sie haben gesagt, dass sie sich melden würden, sobald es Neuigkeiten gibt, aber ich wollte gerade ...«

»Überlass mir das. Ich finde schon jemanden, der uns Auskunft gibt.« Diane war voll im Krankenschwestern-Modus, aber Karina hielt sie zurück.

»Wir sollten alle hier warten. Du hast ja selbst oft genug erzählt, wie schwierig es ist, wenn die Familie ausrastet und dich löchert, obwohl du nichts sagen darfst.«

Diane rollte mit den Augen und sank in einen der Sessel. »Ich hasse es, wenn du recht hast.«

»Ich lieb dich auch«, meinte Karina und ließ sich neben ihr nieder.

»Ihr könnt gerne hierbleiben«, sagte ich. »Ich finde schon raus, was los ist.« Ohne eine Antwort abzuwarten, ging ich in den Flur hinaus. Drei Minuten später fand ich mich bei ihnen wieder ein. Eine Schwester hatte mir zunächst noch freundlich, dann sehr unverblümt zu verstehen gegeben, dass ich warten müsse. Nein, es gebe nichts Neues. Ja, Travis sei immer noch bewusstlos. Nur aus diesem Grund fügte ich mich.

Ich musste mich ablenken, hätte deshalb am liebsten das Exemplar der Zeitschrift *Car and Driver* durchgeblättert, das auf dem Tisch in der Ecke lag, aber das hätte nicht zu der von mir bekundeten Besorgnis gepasst, weshalb ich weiterhin auf und ab ging. In den folgenden Minuten sprachen wir kaum miteinander. Alle schienen wir in unsere Gedanken über Travis' Zustand vertieft. Doch ich wäre jede Wette eingegangen, dass meine sehr viel düsterer waren als ihre.

Fast eine Stunde verging, bis endlich ein Arzt kam. Er war ein paar Jahre älter als ich, einen halben Kopf größer, schlank und breitschultrig, hatte große braune Augen mit kräftigen Wimpern, auf die meine Frau total abgefahren wäre. Den dunklen Augenringen nach zu urteilen, hatte seine Schicht allerdings schon vor längerer Zeit begonnen.

»Ich bin Dr. Mendoza«, sagte er. Als ich ihm die Hand schüttelte, bemerkte ich eine Tätowierung auf dem Handgelenk, die eine EKG-Linie mit einem Herzen darstellte, darunter die Worte *buena salud.* »Sie sind Mr Wards Familie?«

»Ja, ich bin Lucas, sein Schwager.«

»Freut mich, Sie kennenzulernen«, meinte Dr. Mendoza mit einem Aufblitzen im Gesicht, sodass ich mich fragte, ob er mich vielleicht in den Nachrichten gesehen hatte, wo ich Michelles unversehrte Rückkehr erfleht hatte. Wenn das der Fall war, ließ er es jedenfalls nicht erkennen. Wahrscheinlich hatte er sowieso keine Zeit fernzusehen.

Ich machte ein paar weitere Bemerkungen, mit denen ich Diane und Karina vorstellte, und wollte dann wissen, wie es Travis ging.

Dr. Mendoza verschränkte die Finger und legte seine Hände auf den Bauch. »Die Rettungssanitäter haben Ihnen ja bereits gesagt, dass der Verdacht auf eine Überdosis an Opioiden besteht, genauer gesagt, Fentanyl.«

»Ja«, bestätigte ich. »Sie haben ihm etwas gegeben, um ihn aufzuwecken.«

»Narcan«, erklärte er. Ich erinnerte mich sehr gut daran, aber Stress – wirklicher Stress – konnte dazu führen, dass man schon mal etwas vergaß. »Je nach Art der Droge im Körper kann Narcan sehr wirksam sein.«

»Aber nicht bei Travis?«, erkundigte sich Karina.

»Leider nicht in Travis' Fall, nein«, erwiderte Dr. Mendoza. »Er hat nicht mehr selbstständig geatmet, als er bei uns eintraf. Wir haben ihn intubiert und ...«

»Sie haben ihn intubiert? Er hängt an einem Beatmungsgerät?« Diane schnappte nach Luft. Als sie seine Überraschung bemerkte, fügte sie schnell hinzu: »Berufskrankheit. Zwanzig Jahre Hospiz. Wie sieht es mit Tests aus? Haben Sie auf alle Drogen getestet?«

»Ja, außerdem haben wir eine Röntgenaufnahme des Brustkorbs gemacht und eine Computertomografie«, erläuterte Dr. Mendoza ruhig und wandte sich dann mir zu. »Die Röntgenaufnahme sollte sicherstellen, dass der Tubus korrekt sitzt, und die Tomografie ermöglicht uns, Hirnschäden festzustellen, zum Beispiel ...«

»... einen Schlaganfall«, sagte ich. »Ich weiß.«

»Richtig, und ein kompletter Drogentest besteht aus einer ganzen Batterie an Bluttests. Wir untersuchen auch seinen Urin. Im Grunde genommen wollen wir herausfinden, welche Drogen sich in seinem Körper befinden und wie viel Alkohol er getrunken hat. Ich gehe davon aus, dass er getrunken hatte?«

»Heftig«, bekräftigte ich.

»Haben Sie denn gesehen, welche Drogen er genommen hat?«

»Nein. Wann, glauben Sie, wird er zu sich kommen?«

»Ich fürchte, das lässt sich noch nicht sagen, Lucas«, bekannte Dr. Mendoza.

Ich kam zu dem Schluss, dass ich ihn mochte. Er war geradeheraus, aber nicht kalt oder anmaßend, wie die Ärzte in England es nach Dads Schlaganfall gewesen waren, besonders nachdem sie erkannt hatten, dass er Alkoholiker war. Es hatte den Anschein, als glaubten diese Typen nicht, dass mein Vater der Mühe wert war. Mendoza war anders. Es schien, als spielte Travis' Lebenswandel keine Rolle.

»Aber ... er wacht doch wieder auf, oder?«, erkundigte ich mich.

»Es dauert noch, bis wir dazu etwas sagen können«, beschied Dr. Mendoza meine Frage. Karina nahm Dianes Hand. »Meine größte Sorge ist, dass sein Gehirn einem Mangel an Sauerstoff ausgesetzt war. Wir wissen aber nicht, wie lange. Und wir wissen auch nicht, welchen Schaden das angerichtet haben könnte. Die nächsten Tage werden mehr Klarheit bringen.«

»Tage?« Als Dr. Mendoza nickte, ergänzte ich: »Grundsätzlich also eine Frage der Geduld?« Das war hervorragend, besser als ich gedacht hätte. Hätte das Narcan gewirkt, wäre Travis heute Nacht vielleicht schon wieder entlassen worden und hätte versucht sein können, mir dumm zu kommen. Jetzt blieb er erst einmal an einem Ort, an dem ich ein Auge auf ihn haben konnte.

»Sobald das möglich ist, verlegen wir ihn auf die Intensivstation«, erklärte Dr. Mendoza. »Wir geben Ihnen natürlich Bescheid. Ich bin so schnell wie möglich wieder bei Ihnen.«

Weiteres Warten, Auf-und-ab-Gehen. Rumhängen im Warteraum, so tun, als ob ich mir aus ganz unschuldigen Gründen Sorgen um Travis machen würde. Eine Zeit lang verdrückte ich mich auf die Toilette, holte Kaffee für uns drei, damit ich etwas zu tun hatte. Als ich Travis schließlich zu Gesicht bekam, tat er mir leid, muss ich zugeben. Sein Gesicht war aufgedunsen, und beim Anblick des Tubus in seinem Mund musste ich mir selbst an den Hals greifen. Eine Vielzahl an Geräten, die alle Signale von sich gaben und zischten, stand um ihn herum. Sollte hier alles enden? Es war der Weg, den er eingeschlagen hatte und dem er seit einiger Zeit mal mehr, mal weniger gefolgt war. Ich hatte ihn ein wenig geschubst, aber als er selbst zusätzlich noch Fentanyl nahm, hatte er einen großen Satz nach vorne gemacht.

Ein paar Stunden später war meine Frustration noch gewachsen. Schließlich wollte ich nicht den ganzen Tag hier zubringen. Ich musste die Zeit nutzen, die ich alleine zu Hause war, und herausfinden, wie ich an Woods herankommen konnte. Andererseits wollte ich Travis hier nicht sich selbst überlassen, falls er das Bewusstsein wiedererlangte und etwas sagte, während ich außer Hörweite war.

Ich hatte einen Geistesblitz und stand auf. Nachdem ich über die Schulter geblickt hatte, durchsuchte ich Travis' Sachen nach seinem Smartphone. Wenn es mir gelang, das irgendwo in seiner Nähe zu platzieren, könnte ich es über die Tracking-App anzapfen und alle Gespräche in seiner Umgebung mithören. Innerhalb weniger Sekunden wurde mir klar, dass das Gerät nicht hier war. Es musste zu Hause sein, und das hieß, dass ich so schnell wie möglich hinfahren, es finden und damit wieder zurückkommen musste. Leise ging ich zur Tür, doch beim Öffnen knarrte sie, sodass Karina hochschreckte.

»Gehst du?«, fragte sie mich und rieb sich die Augen. Auch Diane gähnte und streckte sich.

»Ich fühle mich hier unnütz. Ich fahre nach Hause und hole ihm ein paar Sachen. Schlaf einfach weiter, dauert nicht lange.«

Diane nickte. »Sollten wir nicht Nora Bescheid geben, was passiert ist?«

»Ja.« Ich war nicht gerade begierig darauf, den Anruf zu tätigen, aber angesichts der Tatsache, dass ich meinen Beitrag dazu geleistet hatte, Travis ins Koma zu versetzen, war da auch ein gewisses Pflichtgefühl. »Ich mach das von unterwegs aus.«

»Oder wir fahren hin«, meinte Diane. »Solche Nachrichten überbringt man besser persönlich, und anschließend können wir alle wieder herkommen und bei Travis Wache halten.«

Was die Pflicht nicht alles gebietet. »Danke«, säuselte ich, »sehr umsichtig von euch.«

Wir gingen noch zusammen zum Parkhaus, bevor wir uns trennten. Ich wies die überfällige Zahlung für Dads Pflege an und vergewisserte mich auch kurz telefonisch, dass er sich in dem neuen Heim eingewöhnt hatte. Als ich diese Gewissheit hatte, gönnte ich mir eine kleine Atempause, bevor sich meine Stimmung wieder eintrübte.

Der Regen hatte immer noch nicht aufgehört und ergoss sich in einem stetigen Strom aus dem grauen Himmel. Der Wind pfiff durch die Bäume und stimmte eine unheimliche Melodie an, die nichts Gutes verhieß. Hätte ich es nicht besser gewusst, hätte ich gedacht, der Tod stünde vor der Tür und streckte gerade seine knöchrige Hand aus, um bei mir anzuklopfen. Mich schauderte. Dem Teufel sei's gedankt, jetzt waren erst mal Travis und Nora dran.

Kapitel 40

Als ich zu Hause ankam und den Wagen auf der Auffahrt parkte, taumelte ich eher vor lauter Schlafmangel zur Haustür, als dass ich ging. Obwohl ich den Code für die Alarmanlage neu eingegeben hatte und von daher wusste, dass ich auf der sicheren Seite war, verspürte ich dennoch eine gewisse Beklemmung, weil ich wieder hier war. Doch als ich meinen Fuß auf die Schwelle setzte und Roger sich mit einem lauten Bellen meldete, entspannten sich meine Schultern.

Ich schloss die Tür auf und ging hinein, stellte die Alarmanlage ab und lauschte. Auf einmal nicht mehr der Jäger, sondern das potenzielle Opfer zu sein, war scheußlich. Das sollte wirklich nicht so sein. Es war doch so einfach und unkompliziert gewesen. Finde einen Auftragskiller, und werde Michelle los. Lass sie für tot erklären. Lös den Scheck ein und leb hinfort ein Leben in Saus und Braus. Das war mein Plan gewesen, nicht diese monströse Spielshow hier.

Roger folgte mir den Flur hinunter, von wo aus ich die Garagentür in Augenschein nahm. Obwohl der Stuhl, den ich unter die Klinke geschoben hatte, völlig unverändert dastand, ging ich so diskret wie möglich kurz durchs Erdgeschoss und den ersten Stock und dann weiter in den Keller hinunter. Nichts schien fehl am Platz zu sein. Gut.

Als ich wieder ins Erdgeschoss zurückkam, bellte Roger und wedelte mit dem Schwanz. »Jetzt nicht, Kumpel«, sagte ich. »Keine Zeit für einen Spaziergang.« Ich drückte den Knopf für die automatischen Rollos und machte die Verandatür auf, sobald unten genügend Platz für ihn war. Als Nächstes nahm ich seine Näpfe und befüllte sie mit frischem Wasser und Futter. Ich war gerade dabei, sie auf den Boden zu stellen und Roger wieder hereinzurufen, als mein Blick auf das Fenster fiel und mir alles aus den Händen glitt.

In meiner Abwesenheit war das gesamte rückwärtige Fenster mit Schwarz-Weiß-Fotos zugepflastert worden. Dutzende von Fotokopien klebten am Glas, ein ganzer Chor von Seiten im Briefformat flatterte im Wind.

Mit Herzklopfen ging ich näher heran.

MÖRDER.

In großen roten Lettern stand das Wort quer auf jedem einzelnen Blatt. *MÖRDER MÖRDER MÖRDER MÖRDER MÖRDER MÖRDER MÖRDER MÖRDER MÖRDER MÖRDER MÖRDER MÖRDER MÖRDER MÖRDER MÖRDER MÖRDER MÖRDER*.

Das Foto zeigte einen Mann im weißen Overall, der auf dem Boden kniet, einen schwarzen Rucksack neben sich. Alles reichlich verschwommen, aber ich wusste, wer das war. *ICH*. Im Wald. Mit Michelles Leiche.

»Mieses *Schwein*«, stieß ich zwischen zusammengebissenen Zähnen hervor, sagte es immer wieder, immer lauter, bis ich schon dachte, dass die Gewalt meiner Stimme und die Heftigkeit meiner Körpersprache jetzt bald die Fensterscheiben eindrücken müssten.

Irgendjemand *war* in dieser Nacht draußen im Wald gewesen. Die Geräusche, die ich gehört hatte, stammten nicht nur von Tieren. Irgendjemand hatte mich beobachtet, war mir gefolgt, hatte Fotos von mir gemacht. Irgendjemand *wusste Bescheid.*

Woods.

Er war der Einzige, dem diese Stelle bekannt war. Er hatte mir eine Falle gestellt. Musste von der Vermutung ausgegangen sein, dass ich irgendwann den Tod meiner Frau einräumen würde, wenn er bei mir nur genügend Knöpfchen drückte, insbesondere nachdem er die Fotoausschnitte mit den rätselhaften Botschaften auf der Rückseite geschickt hatte. Der Kerl war gerissen, musste jede erdenkliche Überwachungsausrüstung besitzen. Alle Vorsichtsmaßnahmen, die ich ergriffen hatte, als ich in das Naturschutzgebiet vordrang, waren zwecklos gewesen. Er musste im Wald Kameras mit Bewegungssensoren angebracht haben, und deshalb musste er mir auch nicht persönlich folgen. Er musste einfach nur abwarten, bis ich auftauchte.

Was das Kleid auf dem Sofa betraf, war es entweder ein Zufallstreffer, oder er hatte Michelle noch ausgefragt, bevor er sie umbrachte, hatte von ihr noch alles Mögliche erfahren, weil er versprach, sie am Leben zu lassen. Dinge, die ihm dann nützlich waren, um mich aus dem Gleichgewicht zu bringen. Und das hatte er von Anfang an vorgehabt.

Es dürfte ein Leichtes für ihn gewesen sein, eine Kopie ihrer Schlüssel anzufertigen, sodass er ins Haus konnte, um das Schlüsselbund dann erst später wieder, am Grab, in die Handtasche zu befördern. Er hatte im Wohnzimmer eine versteckte Kamera installiert, mich die ganze Zeit beobachtet, mich aufgestachelt, ganz verrückt gemacht und mich so manipuliert, dass ich genau das tat, was er wollte. Außerdem hatte es noch meine Schuldgefühle offenbart.

Ich ging noch einmal alles durch, was ich gemacht hatte in dieser Nacht, in der ich meine Frau im Wald ausgegraben hatte, vergegenwärtigte mir alles bis ins kleinste Detail. Vor, während und nach dieser Expedition hatte ich alle erdenklichen Vorsichtsmaßnahmen ergriffen, um keine Spuren zu hinterlassen. Ich hatte verschiedene Schuhe getragen sowie einen Overall. Handschuhe hatte ich angehabt und eine Maske. Anschließend hatte ich alles entsorgt und das GPS-Gerät in den Fluss geworfen, die Schuhe gespendet. Einzige mögliche Spur war der Reifenabdruck meiner Triumph, aber das würde für eine Anklage, geschweige denn eine Verurteilung, nicht reichen.

Ich sah mir die Fotos auf den Fenstern im Wohnzimmer noch einmal genauer an. Sie waren verschwommen, und aufgrund der Entfernung und des Blickwinkels konnte man das Gesicht nicht gut genug als meines erkennen. *Ich* wusste es. *Woods* wusste es. Niemand sonst würde mich erkennen, wenn er ihnen diese Aufnahmen schickte, aber uns war natürlich beiden klar, dass ich nicht willens sein würde, mich auf dieses Risiko einzulassen.

Meine Wut suchte nach einem Ventil, und am liebsten hätte ich irgendetwas zerschlagen. Doch ich dachte an die Kamera, die Tatsache, dass ich wahrscheinlich beobachtet wurde, studiert wie ein Tier in seinem Käfig im Zoo. Woods erwartete eine reflexhafte Reaktion, etwas anderes konnte ich ihm nicht zeigen.

Ich rannte nach draußen und riss die Fotos herunter, mit jedem einzelnen stieg mein Blutdruck. Nachdem ich sie zusammengeknüllt hatte, stopfte ich die Papierkugel in den Kamin, holte ein Feuerzeug aus der Küche und setzte das Knäuel in Brand. Zu sehen, wie die Fotos sich schwarz färbten und kräuselten, reichte bei Weitem nicht aus, um mich abzuregen. Einzig der Gedanke daran, was ich mit Woods machen würde, wenn ich ihn in die Finger bekam, welches Vergnügen es mir bereiten würde, ihm so viel Schaden wie möglich zuzufügen, ließ Wellen an Vorfreude durch meinen Körper strömen.

Unmengen von Gedanken sausten mir durch den Kopf, während ich die Situation aus jedem möglichen Blickwinkel ausarbeitete, analysierte und rational zu erfassen suchte, wobei ich mich zugleich emotional distanzierte und mich zwang, alles aus einer Außenperspektive zu betrachten, damit ich objektiv bleiben konnte.

Woods hatte mich dazu gebracht, die Stelle im Wald aufzusuchen, und mich damit aus der Reserve gelockt. Inzwischen konnte er tausendprozentig sicher sein, dass ich es war, der ihn angeheuert hatte, obwohl er immer noch nicht den direkten Kontakt gesucht hatte. Fast eine Woche war vergangen, seit die erste Teilansicht von Michelle mich erreicht hatte, und ich hatte keinen Zweifel, dass er schon bald versuchen dürfte, mich zu erpressen, und eine beträchtliche Summe fordern würde. Wahrscheinlich wartete er Noras Tod ab. Alles andere war seine Art, mir zu bedeuten, dass er mich im Visier hat.

Ich glaubte nicht, dass er mich für den Mord an Michelle drankriegen wollte, das war nicht sein Stil. Geld war seine oberste Priorität, und jetzt, wo er überdeutlich gemacht hatte, dass er wusste, was ich getan hatte, würde er jeden Moment aus der Deckung kommen und seine Forderungen stellen. Er hatte mich bei den Eiern und drückte fester und fester zu, schickte mir Fotos und drang in mein Haus ein, um mich damit aus der Fassung zu bringen und zu Fehlern zu verleiten. Hatte funktioniert.

Egal, welchen Betrag er auch forderte, ich würde darauf eingehen und ihn zahlen, um ihn in falscher Sicherheit zu wiegen. Außerdem musste ich irgendwie herausfinden, wer er war. Ein Messer nehmen und es ihm tief in die Brust rammen. Ich stellte mir vor, wie ich ihn zu Boden drückte und der kalte Stahl seine Haut durchbohrte. Er hatte sich den Falschen für einen Kampf ausgesucht. Er nahm wohl an, ich wäre nur so ein Trottel aus der Vorstadt, der seine Frau loswerden wollte, einer dieser mickrigen Ehemänner ohne Hintergrund, Erfahrung oder Expertise in Sachen Kriminalität. Falsch, weit gefehlt.

Einmal mehr hatte ich das Gefühl, mein Blut würde mich mit wachsender Wut von innen heraus verbrennen. Ich musste mich beruhigen und einen kühlen Kopf bewahren, damit ich die Situation bereinigen konnte. Ich wollte gerade wieder nach drinnen gehen, als Roger mit einem dreckverschmierten Ball angetrottet kam und ihn mir vor die Füße legte.

Mir war klar, dass die Kamera mich womöglich filmte, also bückte ich mich und hob den Ball auf. Als ich mich wieder aufrichtete, fiel mein Blick durch das Fenster ins Wohnzimmer. Aus meinem Blickwinkel konnte ich ein Stück weit unter das Sofa sehen, und dort, direkt neben dem hinteren Bein, lag Travis' Handy. Auch wenn es mir zwischendurch entfallen war, war ich schließlich deswegen nach Hause gekommen, und ich musste es ja auch noch ins Krankenhaus bringen.

Zurück in der Küche räumte ich erst einmal die Schweinerei aus Rogers Fressnäpfen weg. Dann nahm ich Travis' Telefon und dachte mir, dass ich mal kurz checken sollte, ob sich Belege dafür fanden, dass Travis mir nachstellte. Zahlungsinformationen von mir, die irgendwo abgespeichert waren, Suchverläufe, die zeigten, dass er nach Hinweisen gesucht hatte, wie er mich aussperren konnte, vielleicht eine Nachricht von Freunden, die ihm erläuterten, wie man Silikon verwendete. Eine Minute später hatte ich seine PIN eingegeben und scrollte durch seine Mails, von denen keine nennenswert interessant war. Ich öffnete WhatsApp, wo die Chats hauptsächlich aus weitergeleiteten Messages und *Ey Alter!*-Nachrichten von seinen Schönwetterkumpels bestanden, die Witze über ihre Eskapaden rissen. Nichts davon gab etwas her, das meinen Verdacht bestätigt hätte.

Seine SMS-Nachrichten kamen als Nächstes dran. Mehr Mitteilungen von verschiedensten Freunden, ein paar wütende Kommentare seiner früheren Chefs, die damit drohten, ihn rauszuschmeißen. Mit Stoßatmung sah ich seine Fotos durch, fand aber auch dort nichts von Wert für mich. Immer noch nicht bereit aufzugeben, sah ich mir seine Notizen an, und gleich die dritte sprang mir dermaßen ins Gesicht, dass ich mir genauso gut einen Boxhieb hätte versetzen können. Drei Wörter.

feierlichkeiten erledigt mega

Jeder andere hätte diese Notiz als puren Wortsalat abgetan, irgendwelche unzusammenhängenden, miteinander vermischten Begriffe, aber ich hatte diese Kombination vorher schon einmal gesehen. Mit Herzrasen checkte ich seine Apps, und da war es, versteckt in seinem Medienordner.

what3words

Meine Finger zitterten, als ich die Kombination eingab und die Karte heranzoomte. Es war eine Stelle nicht weit von hier, nordöstlich von Chelmswood, eine Straße mitten im Nirgendwo, zwischen der I-495 und einem Ort namens Clinton.

Ich starrte das Telefon an, kniff die Augen zusammen, einmal, zweimal, dreimal. Ich war absolut sicher gewesen, dass zwei Leute es auf mich abgesehen hatten: Woods und Travis. Aber jeder für sich, und ohne dass sie voneinander wussten. Ich hatte mich geirrt. Travis musste irgendwie mit Woods zu tun haben. Sie mussten sich kennen. Aber woher? Und seit wann? Da sein Erbe und seine finanzielle Freiheit auf dem

Spiel standen, glaubte ich nicht, dass es großer Überredungskunst bedurft hatte. Woods hatte sich wahrscheinlich als Polizist ausgegeben und Travis gebeten, ihm bei den Nachforschungen behilflich zu sein, ob ich hinter der Attacke auf Michelle steckte. Auch dürfte er ihm geraten haben, sich unauffällig zu verhalten. Doch, nein, das Risiko wäre zu groß gewesen, Travis hätte sich bei Anjali leicht verplappern können.

Der Mund stand mir offen. Ich konnte nicht anders. Denn wenn Woods Travis nicht kontaktiert haben sollte, nachdem Michelle entführt worden war, hieß das, dass sie sich bereits vorher gekannt haben mussten. Ich schüttelte den Kopf, doch der Gedanke war hartnäckig. Ich wusste, dass Travis sich in der Vergangenheit mit zahlreichen ziemlich zwielichtigen Typen abgegeben hatte, außerdem hatte er eine Strafe im Jugendgefängnis abgesessen. Vor Michelles Entführung gab es keine Anzeichen dafür, dass Nora sterben würde. Was wiederum hieß, dass Travis gar nicht klar war, dass er von seiner Mutter eine Menge Geld erben würde.

Hatte Woods Travis angesprochen, nachdem er erfahren hatte, dass Michelle die Zielperson war? Könnten der eigentliche Grund dafür, dass Travis so aus der Bahn geworfen wurde, als seine Schwester verschwand, seine Schuldgefühle sein, weil er wusste, dass sie sterben würde? Musste er mitmachen, weil er das Geld brauchte, an das er aber nur kommen konnte, indem er mich anschließend erpresste?

Je mehr ich darüber nachdachte, desto klarer wurde das Bild. Travis war vielleicht nicht der Anstifter oder der Strippenzieher im Hintergrund, aber ein williger Mitläufer allemal. Er liebte seine Schwester – aber vielleicht doch nicht so sehr wie den Mammon und die finanzielle Freiheit, die er durch ihr Verschwinden gewinnen konnte. Das war es schließlich, was wir letzten Endes beide wollten.

Die Frage war: Was hatte Woods vor? Ich an seiner Stelle hätte, ganz unabhängig von der Art ihrer Beziehung, kein Problem damit, Travis umzubringen, wenn er mir nicht mehr von Nutzen wäre. Was hieß, dass ich Woods vielleicht sogar einen Gefallen getan hatte, als ich Travis eine Überdosis verabreichte. Er hatte seinen Spitzel verloren, aber er brauchte ihn ja auch nicht mehr. Oder doch?

Ich warf einen Blick auf die Landkarte, las noch einmal die drei Wörter und nahm Kurs auf die Haustür.

Kapitel 41

Ich jagte auf meiner Triumph in den Regen hinaus, ohne mich ernsthaft darum zu scheren, ob jemand mir auf den Fersen war. Als das Telefon in meiner Jackentasche surrte, hielt ich an und sah, dass es eine Nachricht von Karina war.

Hey Lucas, wir bleiben noch ein bisschen bei Nora. Bist du schon wieder im Krankenhaus?

Ich tippte »So gut wie« und schaltete das Telefon aus. Es brauchte niemand zu wissen, wohin ich fuhr.

Wieder zurück auf der Straße, senkte ich den Kopf und gab Gas, raste aus der Stadt hinaus, kaum belebte Landstraßen hinunter. Ich hielt ein paarmal an, um mich mithilfe des GPS-Geräts, das ich bei Jeffrey's erstanden hatte und entsorgen würde, bevor ich wieder nach Hause fuhr, zu orientieren.

Mein Verstand listete auf, was ich herausgefunden hatte. Travis und Woods arbeiteten irgendwie zusammen. Ich hätte mehr auf die Details achten und nicht einfach ausschließen sollen, dass Travis möglicherweise in der Sache mit drinhing. Er hatte gleich zugesagt, als ich ihm nach Michelles Entführung angeboten hatte, doch bei mir zu wohnen, etwa zur gleichen Zeit, als Nora die Diagnose bekam. Er hatte mich in dem Glauben gelassen, ihr Krebs sei der Grund, weshalb er zu mir zog, und ich hatte ihm das abgekauft. Alles.

Die ganze Zeit über hatte er dann alles mitbekommen wollen. Für mich gab es keinen Zweifel: Woods und er hatten diese Teilfotos geschickt, meinen Wagen zerkratzt, meine Mitgliedschaft bei Invicta gekündigt, Silikon in die Türschlösser gespritzt, meine Ausrüstung gestohlen. Allerdings hatte ich immer noch keine Ahnung, wie sie es angestellt hatten, in mein Onlinebankkonto zu gelangen und dort den Dauerauftrag für die Pflege meines Vaters zu löschen oder das Kundengespräch mit Jeffreys in meinem Terminkalender zu verschieben. Vielleicht waren das tatsächlich zufällige Ereignisse, oder Woods kannte Leute, die meinen Computer hacken konnten. Das – oder er hatte noch Informationen aus Michelle herausgepresst, bevor er sie umbrachte.

Die Bedrohungen, die von ihnen ausgingen, waren immer größer geworden. Verwirrenden Angriffen durch einen unsichtbaren Feind ausgesetzt zu sein, verunsicherte mich stark. Am Hochzeitstag die Sache mit dem Kleid inszenieren, die Nutte genau dann schicken, wenn Anjali sich bei mir aufhält. Mich dazu bringen, Michelle auszugraben, und dann Fotos von mir mit ihrer Leiche machen. Es so aussehen lassen, verdammt, als hätten sie meinen Hund aufgeschlitzt. Wenn man unterstellen durfte, dass Woods ein Killer war und Travis ein völlig prinzipienloser Geselle, musste ich ja wirklich dankbar sein, dass sie Roger am Leben gelassen hatten. Mein Schwager war ein verdammter Glückspilz. Hätte ich all das bereits gestern herausgefunden, hätte ich ihm bestimmt das ganze Fläschchen Fentanyl verabreicht.

Ich biss die Zähne zusammen und konzentrierte mich auf die Straße, fuhr langsamer, als ich mich meinem Ziel näherte. Links zweigte ein schmaler Weg ab, auf beiden Seiten flankiert von dichtem Buschwerk und Bäumen. Ich ließ das Motorrad stehen und beschloss, die restliche Strecke zu Fuß zu gehen. Kaum hatte ich mich auf den Weg gemacht, öffneten sich die Schleusen des Himmels, und eine wahre Sintflut ergoss sich über mich. Ich ignorierte es, ebenso den Geruch von feuchtem Laub, zog den Kragen meiner Jacke hoch und ging den Weg knapp hundert Meter weiter hinunter, bis mir ein altes Bauernhaus auffiel.

Das Gebäude war völlig verfallen. Ein riesiges Loch im Dach war nur notdürftig mit einer schwarzen Plastikplane abgedeckt worden, die im Wind flatterte, und die restlichen Schindeln wiesen Lücken auf, sodass manche Dachsparren zu sehen waren. Die Fensterscheiben, die man noch nicht mit Brettern zugenagelt hatte, waren fast alle zerbrochen, und was außen einmal eine feuerrote Holzverkleidung gewesen sein musste, hatte sich in ein eingestaubtes, abblätterndes Pink verwandelt. Die Veranda hatte auch schon bessere Tage gesehen, und der größte Teil des Geländers lag verrottend am Boden. Alles in allem ein ideales Versteck. Abbruchreif, verlassen, unscheinbar. Niemand käme auf die Idee, hier nachzuforschen. Niemand würde einen kommen und gehen sehen, insbesondere nicht nachts, in aller Stille. Sollte das Woods' Unterschlupf sein, der Ort, an dem er sich mit Travis getroffen hatte, um über ihr gemeinsames Vorgehen zu beraten, konnte man sie zu ihrer Wahl nur beglückwünschen.

Vor dem Haus waren zwar keine Fahrzeuge abgestellt, dennoch beschloss ich, mich von der Seite mit den wenigsten Fenstern zu nähern. Ich schlich mich von hinten an, suchte nach einem möglichst einfachen Zugang, duckte mich vor jedem Fenster, bis ich die Tür erreichte, die jedoch verschlossen war.

Ein verrosteter alter Hammer lag im Gras. Ich hob ihn auf und dachte, dass ich vielleicht weniger impulsiv hätte reagieren sollen. Dann wäre ich jetzt besser vorbereitet. Woods war ein Auftragskiller, höchstwahrscheinlich bewaffnet, aber meine Körperkraft, zumal mit dem Überraschungsmoment auf meiner Seite, würde hoffentlich ausreichen, ihn zu überwältigen, sollte er denn hier sein. Und der Hammer dürfte natürlich praktisch sein, um ihn zum Reden zu bringen. Ich wollte alle Einzelheiten erfahren, musste wissen, ob ich richtiglag. Anschließend würde ich ins Krankenhaus fahren und mir Travis ein für alle Mal vornehmen. Zur Hölle mit Noras Spende für wohltätige Zwecke.

Ich stand mucksmäuschenstill da, ließ mir Zeit und lauschte in das Haus hinein, ob etwas zu hören war oder sich etwas bewegte, aber da war nichts. Die einzigen Geräusche waren der Regen, das Rauschen des hohen Grases und das Krächzen der Krähen über mir.

Als ich die Hände an eine der dreckigen Fensterscheiben legte und hineinspähte, konnte ich einen quadratischen Raum erkennen. In einer Ecke stand ein Schaukelstuhl aus dunklem Holz, eine fleckige Matratze war gegen die linke Wand geschoben worden. Ich versuchte, das Fenster zu öffnen, aber es war verschlossen. Meine Jacke auszuziehen und die Scheibe einzudrücken, war auch keine Option, denn ich konnte nicht sicher sein, dass ich allein war. Ich wollte niemanden aufscheuchen, der sich drinnen aufhielt, nicht jetzt, wo ich kurz davor stand, auf Woods zu treffen und ihn endgültig zu erledigen.

Noch einmal hantierte ich an der Scheibe herum, die plötzlich nachgab und sich zur Seite bewegen ließ. Als das Loch groß genug war, schob ich meinen Körper, so schnell es ging, durch die Öffnung. Würde Woods jetzt hereinkommen, während ich noch zur Hälfte im Fensterrahmen steckte, dürfte er wohl kaum ein Schwätzchen mit mir halten und mich auf ein paar Jammie-Dodgers-Mürbeteigkekse einladen.

Einmal hineingelangt, wartete ich erst einmal ab, bis ich einen ersten Schritt tat, zuckte auch gleich zusammen, als die Bodendielen unter meinem Gewicht knarzten. Ich machte einen Rundgang durch das ganze Haus, nahm jedes Zimmer unter die Lupe, den Hammer immer griffbereit in der Hand, wenn ich vorsichtig eine Zimmertür aufdrückte. Ich weiß nicht mehr, wie lange ich für die ganze Tour brauchte, aber als ich wieder in den Raum mit der Matratze gelangte, wusste ich definitiv, dass ich der Einzige im Haus war.

Ich kniete mich hin, zog meine Motorradhandschuhe aus, um ein besseres Tastgefühl zu haben, und untersuchte die Gegenstände, die verstreut um die Matratze herum auf dem Boden lagen. Da waren Reinigungsmittel, einschließlich einer Flasche Bleichmittel, was mir seltsam vorkam, wo doch alles hier geradezu einer Einladung an sämtliche Nagetiere glich. In einer Pappschachtel fanden sich die Verpackungen von ein paar Granola-Riegeln, sonst aber nichts, auch nicht unter der Matratze. Irgendwo hatte ich gelesen, dass Serienmörder oftmals Gegenstände, die ihren Opfern gehört hatten, als Trophäen oder Souvenirs an sich nahmen. Haarlocken, Schmuck, Führerscheine. Einmal hatte ein Psychopath sogar die Augäpfel mitgenommen, ein anderer die Köpfe seiner Opfer. Keine Ahnung, ob Auftragskiller so etwas ebenfalls taten, hier jedenfalls fanden sich keine Anzeichen dafür.

Als ich mich langsam um die eigene Achse drehte und meinen Blick noch einmal über den gesamten Raum schweifen ließ, fiel mir eine Reisetasche auf – ein kleiner, dunkelgrüner

Handkoffer mit silbernen Zierleisten, der hinter dem Schaukelstuhl abgestellt war. Ich kniff die Augen zusammen und dachte, dass er mir irgendwie bekannt vorkam. Als ich näher heranging, sah ich einen Riss links vom Reißverschluss. Es war *mein* Koffer. Michelle wollte ihn wegwerfen, aber weil er noch voll funktionstüchtig war, hatte ich ihn wieder in den Abstellraum im Keller getan. Dort musste ihn sich Travis geholt haben.

Ich machte den Reißverschluss auf und warf einen Blick hinein, schob Jeans und T-Shirts beiseite. Als ich weiterwühlte, bekam meine Hand schließlich etwas anderes zu fassen. Einen Laptop. *Meinen* Laptop. Darunter die restlichen Wegwerfhandys aus dem Busbahnhof.

Ich fand ein weiteres Gerät, doch dieses Smartphone war nicht von mir. Ich schaltete es ein und versuchte herauszufinden, wem es gehörte. Es gab aber keine Mails oder Nachrichten, weder Kontakte noch ein Anrufprotokoll. Ich dachte schon, dass es vielleicht nie benutzt worden war, bis ich zufällig den Namen einer App sah, die mir schon einmal untergekommen war, als ich halbherzig nach Überwachungskameras gesucht hatte, um meiner Frau zu beweisen, dass ich die Hausaufgaben auch erledigte, die sie mir gegeben hatte.

Und tatsächlich: Als ich das Display berührte und es zum Leben erweckte, hatte ich direkt mein Wohnzimmer vor Augen. Eine verfluchte Kamera, genau an der Stelle installiert, wo ich es auch vermutet hatte. Eine weitere Kamera, vom »Dynamischen Duo« in der Diele versteckt, hatte präzise das Keypad der Alarmanlage im Visier. Selbst wenn ich Travis rausgeschmissen und die Zahlenkombination eine Million Mal geändert hätte, wären sie immer noch in der Lage gewesen, sich Zutritt zu verschaffen. Ich schaltete wieder ins Wohnzimmer hinüber – und mir stockte der Atem.

Eine Bewegung.

Aber nicht Roger, sondern ein Mensch. Groß, gelenkig, von Kopf bis Fuß schwarz gekleidet, eine Sturmmütze über den Kopf gezogen. Er tätschelte Roger den Kopf.

Woods war in meinem Haus. Statt auszurasten, brach ich in Gelächter aus. Er hatte keine Ahnung, dass diesmal *er* derjenige war, der beobachtet wurde.

Kapitel 42

Ich starrte auf den Bildschirm, sah Woods durch mein Wohnzimmer schleichen und verschwinden. Ich hätte am liebsten durchs Telefon gegriffen und ihn am Hals gepackt. Zweitbeste Lösung? Die Genugtuung verschieben. So schnell wie möglich nach Hause fahren. Hoffentlich bekam ich den gerissenen Scheißkerl noch zu fassen.

Bevor ich das Farmhaus fluchtartig auf dem Weg wieder verließ, auf dem ich gekommen war, legte ich alles wieder dorthin, wo ich es gefunden hatte, mit Ausnahme des Laptops, der Wegwerfhandys und des Telefons mit der Spyware. Bis Woods oder Travis, falls er sich denn erholte, wieder herkommen und bemerken würden, dass die Sachen nicht mehr da waren, würde ihnen nicht auffallen, dass jemand hiergewesen war. Vielleicht würden sie sich gegenseitig beschuldigen, die Gegenstände an sich genommen zu haben, die nützlich waren, um mich zu erpressen. Vielleicht würden sie sogar übereinander herfallen, wenn ich Glück hatte, und sich gegenseitig umbringen.

Ich kletterte durch das Fenster wieder hinaus, rannte zu meinem Motorrad und zerbrach mir gleichzeitig den Kopf darüber, wie ich die Situation retten und alles zu meinem Vorteil nutzen könnte. Auch wenn der Eindringling in mein Haus sich verdrückt hätte, wusste Travis, wer Woods war. Ich musste also dafür sorgen, dass er so schnell wie möglich wieder auf die Beine kam, damit er mich zu seinem Komplizen führte. Als Erstes würde ich Woods umbringen, was Travis entsetzen dürfte. Anschließend würde ich mich um meinen Schwager kümmern. Eine weitere Überdosis würde ihren Zweck erfüllen und wäre leicht zu bewerkstelligen. Und diesmal würde ich keinen Krankenwagen rufen.

Ein anonymer Hinweis würde die Komplizenschaft von Woods und Travis ans Licht bringen. Schnelligkeit war jetzt das Wichtigste, und alles würde wahrscheinlich geschehen, noch bevor Nora starb. Ich würde an ihrer Seite sein, wenn sie Tränen vergoss, sie trösten, wenn sie zu verstehen versuchte, warum ihr Sohn sich mit einem Verbrecher zusammengetan hatte, um Michelle zu entführen und Lösegeld zu erpressen, dann alles schiefging und seine Schwester gestorben war.

Nora würde ihn mit Sicherheit enterben und ihr gesamtes Vermögen dem Einzigen vermachen, der dafür noch infrage kam. Mir. Ich bezweifelte sehr, dass noch groß von Spenden für wohltätige Zwecke die Rede sein würde. Falls doch, würde ich dafür sorgen, dass es der kleinstmögliche Betrag wäre. Travis und Woods alles anzulasten, wäre jegliche, letztlich belanglose Summe wert, die mir durch die Lappen ginge.

Es würde ja auch niemanden mehr geben, der Noras letzten Willen anfechten könnte. Anjalis prüfendem Blick wäre ich auch nicht mehr ausgesetzt, sodass sich das Verfahren, Michelle für tot zu erklären, beschleunigen ließe. Mit anderen Worten: Es wurde alles immer besser. Eigentlich wollte ich so schnell wie möglich nach Hause zurück, um meine Pläne weiterzuverfolgen, doch erst musste ich noch den Laptop und die Wegwerfhandys loswerden. Sollte Woods noch im Haus sein, wenn ich zurückkam, und sollte ich ihn dann *rein zufällig* umbringen, konnte ich sie nicht gebrauchen. Sonst würden sie noch der Polizei in die Hände fallen.

Ich fuhr einen kleinen Umweg zum Sudbury-Stausee und warf die Geräte ins Wasser. Glücklich, dass man sie dort niemals finden würde, sprang ich wieder auf mein Motorrad und bretterte, sämtliche Geschwindigkeitsbegrenzungen ignorierend, die Straße hinunter bis nach Chelmswood.

In unserer Straße standen keine Fahrzeuge, die ich nicht kannte, aber es lag auf der Hand, dass Woods mehrfach bei mir zu Hause eingedrungen war, ohne gesehen zu werden, höchstwahrscheinlich hinten, durch den Garten, also steckte ich den Schlüssel ins Schloss und öffnete die Tür. Die Alarmanlage war eingeschaltet, ansonsten war nichts zu hören, außer natürlich Roger, der glücklich und unversehrt mit dem üblichen begeisterten Schwanzwedeln herangetrabt kam. Er war der schlechteste Wachhund, der mir je untergekommen ist. Wenn das hier alles vorbei wäre, würde ich mich darum kümmern, dass er in einer Hundeschule ein entsprechendes Training bekam.

Ich ging durchs Haus und überzeugte mich davon, dass wir allein waren. Als ich ins Wohnzimmer kam, sah ich einen weiteren orangefarbenen Umschlag auf dem Couchtisch liegen. Da ich mittlerweile wusste, dass Woods sie mir hinterließ, war die Wirkung auf mich deutlich geringer. Diesmal war es kein ganzes, partielles oder zerschnittenes Foto meiner Frau, sondern ein einzelnes, zusammengefaltetes Blatt Papier mit einer Telefonnummer.

Idiot. Ich, nicht er. Hätte ich eines meiner Wegwerfhandys

behalten, statt sie alle ins Wasser zu werfen, hätte ich Woods jetzt sofort anrufen können. Jetzt musste ich erst mal einen Laden finden, wo ich eines kaufen konnte. Es war mir egal. Jetzt, wo ich wusste, dass ich am längeren Hebel saß, wäre ich auf einem Einrad nackt bis zum Mars gefahren, um mir zu beschaffen, was ich brauchte.

Trocken und frisch umgezogen ging es nach draußen. Ich fuhr wieder los, dankbar, dass der Regen endlich nachgelassen hatte und die Sonne herausgekommen war. Ungefähr acht Kilometer von zu Hause entfernt erstand ich ein Wegwerfhandy, ging in ein Café, bestellte etwas zu trinken, lud das Gerät notdürftig auf und ging wieder. Draußen wählte ich die angegebene Nummer, ein Mann ging ran.

»Hallo, Lucas.« Seine Stimme war leise, klang blechern und leicht mechanisch. Wahrscheinlich lief alles über ein Interface an seinem Computer.

»Woods. Was wollen Sie?«

Er lachte auf. »Dein Geld. Drei Millionen in Kryptowährung.«

»Kommt nicht infrage. Wenn Sie mein Geld wollen, werden wir uns schon persönlich treffen müssen.«

»Du hast keine Wahl.«

»Und wenn doch?«

Ich wartete auf seine Antwort und dachte schon, er hätte aufgelegt, als er schließlich meinte, ich solle ihn in zwei Stunden wieder anrufen.

Ich reckte die Faust in die Luft. Ich würde Woods sagen, dass ich für das Geld meine Wegwerfhandys und den Laptop wiederhaben wollte. Er würde natürlich behaupten, er hätte sie nicht. Worauf ich ihm entgegenhalten würde, dass er Scheiße erzählte. Wenn er dann zum Farmhaus fuhr, um die Sachen zu holen, würde er mir in die Falle gehen.

Kapitel 43

Ich steckte das neue Handy ein und fuhr ein wenig näher an das Haus heran, bevor ich anhielt und mein reguläres Telefon herausholte. Ich hatte drei verpasste Anrufe von Nora. Eine heisere Stimme auf der Mailbox bat um sofortigen Rückruf.

»Wo steckst du?«, sagte sie gleich, als sie ranging. »Ich konnte dich nicht erreichen.«

»Tut mir echt leid. Ich musste erst mal verarbeiten, was mit Travis passiert ist, und den Kopf wieder klarkriegen. Dann war auch noch der Akku leer. Hast du mit dem Krankenhaus gesprochen? Ich wollte gerade hinfahren.«

»Alles unverändert«, erwiderte sie mit erstickter Stimme. »Er ist noch nicht wieder zu sich gekommen.«

»Sind Karina und Diane noch bei dir?«

»Nein, sie sind vor ein paar Minuten gegangen. Ich brauchte Zeit für mich.«

»Ich weiß gar nicht, was ich sagen soll«, säuselte ich. »Das ist alles meine Schuld.«

»Unsinn, du hast ihn gerettet«, sagte sie. »Niemand gibt dir irgendeine Schuld, Lucas. Aber was er getan hat, hat meine Pläne, wie mit seinem Geld verfahren werden soll, um einiges dringlicher gemacht. Ich kann nicht mehr länger warten und einfach zusehen, was er mit sich macht. Das geht nicht.«

»Schon okay, Nora. Das verstehe ich. Kann ich dir irgendwie helfen?«

Sie holte ein paarmal Luft. »Erinnerst du dich an Mr Danton?«

Wie hätte ich ihn vergessen können? Er hatte den verdammten Ehevertrag für Michelle und mich zusammengeschustert. Seine Fähigkeit, Verträge aufzusetzen, aus denen sich nicht einmal der große Houdini hätte herauswinden können, war legendär. Diesmal stand er jedoch auf meiner Seite.

»Aber natürlich«, bemerkte ich. »Guter Mann.«

»Er konnte ein paar Termine verschieben und wird ungefähr in einer halben Stunde hier sein, damit wir mein Testament durchgehen und die Vertretungsvollmacht aufsetzen können. Ich werde dann gleich unterschreiben, wenn es dir recht ist. Etwaige Spenden können wir dann auch besprechen. Ich weiß, das kommt jetzt sehr kurzfristig, aber ich möchte es gerne geregelt haben. Kannst du dabei sein und erst nachher zu Travis fahren?«

»Ich komme sofort zu dir«, antwortete ich und unterdrückte ein Grinsen.

Die Kälte nahm ich kaum wahr, als ich zu Nora fuhr, so dermaßen voller Euphorie war ich. Ich war drauf und dran, mehr Geld einzusacken, als ich mir je hätte träumen lassen. Das spürte ich, ja, ich schmeckte es geradezu. Es würde bald alles mir und Dad gehören.

Als ich Michelle in der Kunstgalerie kennengelernt hatte, dachte ich, dass ein paar Millionen schon drin sein könnten. Doch seit Gideons Tod und Noras Krebserkrankung und weil

Travis' Abgang kurz bevorstand, wettete ich, dass es eher zehnmal so viel sein würde. Schon bald würde ich tun und lassen können, was ich wollte, weil die Wartezeit, bis Michelle für tot erklärt würde, entfiele.

Jeffreys und Richard konnten mich mal. Auch wenn ich Dad gerade erst in einer neuen Einrichtung untergebracht hatte, würde ich ihn sofort in das allermodernste Pflegeheim verlegen lassen, wo sich nur die besten Ärzte um ihn kümmerten. Und wenn ich schon dabei wäre, würde ich Mittel und Wege finden, an Robert Downey jun. heranzukommen, und ihn davon überzeugen, meinem Vater einen Besuch abzustatten, am besten im Kostüm von *Iron Man* – Dad würde seine helle Freude daran haben. Ja, was soll's, vielleicht würde ich auch gleich alle Schauspieler aus dem Film engagieren. Und mit großer Diskretion würde ich dafür Sorge tragen, dass mein einzig verbliebenes Problem, Bobby, einer Lösung zugeführt wurde, dauerhaft.

Pünktlich traf ich bei Nora ein, aber in der Auffahrt stand sonst kein Fahrzeug. Typisch. Philippe Danton war ein wichtigtuerischer Großkotz. Ohne Zweifel würde er zu spät kommen und uns warten lassen, bevor er uns dann mit seiner Anwesenheit zu beehren geruhte.

Ich klingelte. Als niemand aufmachte und ich bemerkte, dass die Tür offen war, ging ich hinein und sprintete die Treppe hoch, nahm immer zwei Stufen auf einmal.

Auf dem Weg zu Noras Schlafzimmer verbannte ich das Lächeln aus meinem Gesicht und klopfte. Weil die Tür angelehnt war, linste ich zunächst geradeaus durch den Spalt, dann auch zur Seite. Ich erwartete, gut zugedeckt, meine Schwiegermutter zu sehen, doch ihr Bett war leer.

Als ich mich weiter nach vorne beugte, fiel mir auf, dass die Tür zum Bad geschlossen war. Das Geräusch fließenden Wassers und auch Stimmen drangen daraus hervor. Seltsam. Soviel ich wusste, hatte Nora einen Katheter. Und ich hatte immer gedacht, die Krankenschwestern würden sie morgens duschen. Es musste einen Notfall gegeben haben. Deshalb war auch niemand zur Haustür gekommen. Ich würde Dianes Kollegin ermahnen müssen, die Bude abzuschließen. Schließlich hätte jeder hier hereinspazieren und Nora ausrauben können.

Ich beschloss, besser unten in der Diele zu warten, bis meine Schwiegermutter ihre Toilette beendet hätte, und machte gerade Anstalten, den Raum zu verlassen, als ich hinter mir ein Knarren vernahm. Ich drehte mich um und erstarrte, als ich mich Anjali gegenübersah, die, wie es schien, ein Paar von Dianes Schuhen mit weichen Sohlen anhatte. Das verwirrte mich allerdings deutlich weniger als der Revolver in ihrer Hand.

»Detective«, sagte ich. »Schön, Sie zu sehen. Ich hab Sie gar nicht klingeln hören.«

»Das kommt daher, dass ich nicht geklingelt habe.«

Ihr Gesichtsausdruck war neutral, aber irgendetwas an ihrem Tonfall bewirkte Stirnrunzeln bei mir. Ich bemerkte die zusammengebissenen Zähne, und mit ihrem Revolver zielte sie direkt auf meine Brust. »Was ist los? Was machen Sie da?«

Anjali kniff die Augen halb zu, langsam und einen längeren Moment. »Ich weiß, dass Sie für Travis' Überdosis verantwortlich sind.«

Meine Füße fühlten sich an, als hätten sie Wurzeln geschlagen. Dicke, knorrige, krumme, die sofort die Schuhsohlen durchdrungen hatten und mich am Boden festhielten. Mein Puls beschleunigte sich, und mir gelang es nur mit Mühe, meine Stimme beherrscht genug klingen zu lassen. »Wovon reden Sie?«, zischelte ich.

»Außerdem weiß ich, was Sie mit Michelle gemacht haben. Sie haben einen Auftragskiller angeheuert, um sie zu beseitigen.«

Ich brauchte eine Nanosekunde, um zu reagieren und mich auf sie zu stürzen. Ich rammte ihr die Faust in den Bauch und schlug ihr die Waffe aus der Hand, die über den Boden davonschlitterte. Wir gingen zusammen in die Knie, aber ich kam schneller wieder hoch. Außerdem war ich stärker und drückte ihr mit beiden Händen den Hals zu. Die ganze Zeit über versuchte ich, darauf zu kommen, woher sie das wusste, ob sie Woods gefunden hatten, vielleicht auch Michelles Leiche, und wie sie das alles bis zu mir zurückverfolgt hatten. Ich lockerte meinen Griff ein wenig. Möglicherweise war *sie* Woods. Wäre das nicht die Ironie schlechthin?

Was sollte ich tun? Nora wusste nicht, dass Anjali hier war. Sie hatte sie nicht gesehen, offenkundig war die Ermittlerin erst kurz zuvor eingetroffen. Anjali grub mir ihre Fingernägel in die Hände. Ich antwortete, indem ich fester zudrückte, und sah zu, wie sich ihr Gesicht rot verfärbte, während ich überlegte, wie ich mich ihrer entledigen konnte.

Es heißt immer, dass Leute, die nichts mehr zu verlieren haben, am gefährlichsten sind. Stimmt nicht. Es sind diejenigen, die *alles* aufs Spiel setzen, nah dran sind, ihren Traum zu verwirklichen, und vor nichts mehr zurückschrecken, um es zu schaffen. Wie *ich*.

Ich riss Anjali, die um sich trat und sich wehrte, vom Boden hoch, doch als ich sie aus dem Raum schleifen wollte, um zu entscheiden, was ich mit ihr machte, spürte ich plötzlich etwa Hartes und Kaltes hinten am Kopf.

Anjalis Waffe.

Instinktiv ließ ich die Arme sinken. Anjali schwang herum und verpasste mir einen Schlag gegen den Kopf. Ich verlor das Gleichgewicht, und im Straucheln bekam ich zu Gesicht, wer da die Waffe in der Hand hielt. Mir blieb der Mund offen stehen.

»Überraschung!«, säuselte Michelle.

Mir verschlug es die Sprache. Ich konnte nur fassungslos meine Frau anstarren, die direkt vor mir stand. Sie sah unglaublich gut aus, trug enge schwarze Jeans, ein dazu passendes weißes Top und eine Bomberjacke, die ich aus ihrem Kleiderschrank in Erinnerung hatte. Gesund sah sie aus, das Haar nach hinten gekämmt, geschminkt im Gesicht, strahlend schöne Haut. Ganz und gar nicht so, wie ich mir jemanden vorstellte, den man einen Monat als Geisel festgehalten hatte.

Aber Moment mal. Sie war ja überhaupt nicht als Geisel festgehalten worden. Ich hatte doch ihre von Maden übersäte Leiche in der Erde liegen sehen. Weil sie *tot* war.

»Du machst einen verwirrten Eindruck, Liebling. Freust du dich gar nicht, mich zu sehen? Bist du denn nicht erleichtert?« Ihre Worte waren keineswegs hasserfüllt. Tatsächlich erschien sie so gelassen und abgeklärt, dass ich mich fragte, warum sie eigentlich noch eine Waffe auf mich richtete. Ich hob einen Fuß.

»Bleib, wo du bist«, sagte sie, noch immer mit sanfter Stimme.

Die Rädchen in meinem Kopf surrten und griffen ineinander, während ich in die Rolle meines Lebens schlüpfte und genau vor mir sah, was ich jetzt zu tun hatte, wie Keanu Reeves in *Matrix*. Alles andere, einschließlich der Aufklärung dessen, was zum Teufel hier eigentlich vor sich ging, würde warten müssen.

»Mein Gott, Michelle«, sagte ich. »Du bist es wirklich. Du lebst! Was ist passiert? Wo warst du? Ich bin fast durchgedreht.« Als sie nicht antwortete, wandte ich mich an Anjali. »Detective, helfen Sie ihr. Sie hat gerade so was wie einen psychotischen Filmriss. Sagen Sie ihr, sie soll den Revolver weglegen.«

Michelle lachte.

»Anjali, bitte«, fuhr ich fort. »Ich wollte Sie nicht angreifen. Sie werfen mir vor, Travis und meiner Frau wehgetan zu haben. Der Stress. Kein Schlaf. Dafür gibt es keine Entschuldigung …«

»Genug jetzt«, blaffte Michelle. »Wir. Wissen. Alles.«

»Wissen? Was denn, mein Schatz?«, entgegnete ich, während die Gedanken rasten. »Du hast schreckliche Dinge mitgemacht. Weißt du denn, wer dich entführt hat? Haben Sie dir wehgetan? Ich kann gar nicht glauben, dass du hier bist.«

»Setz dich«, befahl Michelle.

Als ich Anjali ansah, zuckte sie mit den Schultern. »Sie hat die Waffe. Ich schlage vor, dass Sie tun, was sie sagt.«

Ich überlegte, zur Tür zu rennen und abzuhauen, aber meine Frau machte schwer den Eindruck, als würde sie mir eine Kugel in den Kopf jagen, wenn ich nicht tat, was sie wollte. Also setzte ich mich und bereute es sofort wieder, als Anjali ein paar weiße Kabelbinder aus der Tasche zog.

»Was machen Sie …«

»Pst.« Michelle legte den Finger auf die Lippen, und im Nu hatte Anjali meine Arme am Stuhl befestigt und machte sich an meinen Füßen zu schaffen. Als sie fertig war, konnte ich gerade mal meine Fingerspitzen noch bewegen.

»Du hast versucht, mich umbringen zu lassen«, sagte meine Frau und gab Anjali den Revolver zurück. »Du hast meine Entführung organisiert.«

»Stimmt nicht. Das ist doch Wahnsinn. Niemals habe ich …«

»Spar dir das«, erwiderte Michelle zuckersüß. »Ich hab's ja auch auf die Rückseite der Fotos geschrieben: ›Ich weiß, was du getan hast.‹«

»Ich versteh nicht«, sagte ich, und es war die Wahrheit. Sie hatte die Fotos geschickt? Sie war das gewesen, die ganze Zeit? Sie hatte das alles gemacht? *Wie?*

»Hast du überhaupt eine Ahnung, wie das ist?«, fuhr Michelle fort und legte den Kopf schief. »Zusammengeschnürt hinten im Van eines Fremden zu liegen? Stundenlang festgehalten und dann mitten in der Nacht durch den Wald geführt zu werden, den eigenen Tod vor Augen? Dein Grab zu sehen und dir anhören zu müssen, wie dieser Mensch erklärt, du brauchtest dir keine Gedanken zu machen, er hätte Vorsorge getroffen, dass die Tiere nicht an dich herankämen?« Sie holte tief Luft und lächelte dann wieder. »Kannst du dir vorstellen, wie es ist, das zu hören und überhaupt nicht zu verstehen, warum? Womit hast du das verdient?«

»Ich habe mit deiner Entführung nichts zu tun. Ich hab ...«

»Ich habe ihn angefleht, mich laufen zu lassen«, erzählte Michelle weiter. »Geweint und ihn angefleht habe ich. Versprochen, dass ich niemandem etwas sagen würde, auch wenn ich sein Gesicht gesehen hätte. Und ich meinte das auch so, habe ihm gesagt, dass ich alles tun würde, wirklich *alles*, wenn er mich am Leben lassen würde. Dass er das nicht tun müsste. Ich einen wunderbaren Mann hätte, der mich liebte, und meine Familie am Boden zerstört wäre. Ich habe gefleht, gefleht und *gefleht*.« Sie hob die Hände. »Er hat sich geweigert. Selbst als ich ihm das Fünffache der Summe geboten habe, die er von seinem Auftraggeber bekäme, hat er Nein gesagt.«

»Ein Riesenfehler«, bemerkte Anjali. »Riesig, gigantisch.«

Michelle stieß ein Lachen aus. »Oh, er war geradezu vornehm in dieser Hinsicht. Offenbar war es nichts Persönliches. Er habe schließlich einen Ruf zu verlieren, meinte er. Ist das zu glauben? Einen *Ruf*?«

Anjali machte eine Bewegung mit der Hand. »Eine positive Arbeitseinstellung wird manchmal völlig überschätzt.«

Michelle wandte sich mir zu. »Bestimmt frisst dich das innerlich auf. Du fragst dich, wie ich da herausgekommen und wo ich gewesen bin, wie ich dich ausgetrickst habe.« Wieder lachte sie, doch diesmal klang es kalt und dumpf. »Pech für dich. Das ist nämlich leider keine Folge von *Scooby-Doo*. Eines verrate ich dir aber: Der Killer, den du auf mich angesetzt hattest, hatte panische Angst vor Katzen.«

»Ich weiß, hast du mir ja schon erzählt«, schaltete sich Anjali ein. »Finde ich immer noch bizarr. Wo Katzen doch so liebenswert sind.«

»Zu seiner Verteidigung muss man sagen, dass es wirklich nicht lustig ist, wenn ein Rotluchs von einem Baum auf dich herunterspringt«, erläuterte Michelle. »Ich war allerdings schon ein bisschen überrascht, dass ein skrupelloser Killer sich so schnell zu Tode erschrak.«

»Gut so, und gut auch, dass du das Arschloch dann gleich erschossen hast.«

Michelle deutete eine Verbeugung an. »Ein Drecksack weniger auf der Welt, obwohl er ganz fügsam war, als er dann langsam verblutete.« Wieder legte sie einen Finger an die Lippen. »Allerdings hatte er keinen Schimmer, wer mich tot sehen wollte. Er sagte nur, dass er ein Foto meiner Leiche mit drei ganz bestimmten Worten an eine Nummer schicken sollte, die er auf seinem Handy gespeichert hatte.«

»Wirklich geschickt von dir, dass du ihn noch zum Reden gebracht hast«, kommentierte Anjali.

»Oh, das ist wirklich erstaunlich, was er so alles erzählt hat, als ich ihm versprach, Hilfe zu holen. Und was er alles gestand, als ihm klar wurde, dass ich gelogen hatte und er sterben würde. Acht Leute hatte er nebenher umgebracht, im Hauptberuf war er Rechnungsprüfer bei einer Bank. Offenbar war ihm die Erregung lieber als das Geld, die Präzision, die es braucht, um die Grabstellen so in die Landschaft einzufügen, dass es nicht auffällt. Ist das nicht unglaublich?«

»Ja, in der Tat«, sagte Anjali. »Das wirkliche Leben ist merkwürdiger als jede erfundene Geschichte, glaub mir.«

Ich begriff, dass ich mit meiner Einschätzung, womit Woods wohl so seinen Lebensunterhalt verdiente, nur geringfügig danebengelegen hatte, aber ich sagte nichts. Offensichtlich hatte Anjali Michelle geholfen, Woods' Leichnam gut in Szene zu setzen. Die Handtasche, Schuhe und das Telefon entsprechend zu deponieren. Ihm die Yogahose und ein Shirt anzuziehen, das dem meiner Frau ähnelte. Abflussreiniger auf die Leiche zu gießen und ein paar Wochen zu warten, um sicherzugehen, dass die Leiche verwest und unkenntlich war, bis sie etwas unternahmen. Fast hätte ich ihnen Beifall geklatscht, aber ich verhielt mich ruhig, konzentrierte mich auf meine Gedanken und ließ das bizarre Geschwätz der beiden auf mich wirken, ließ sie mit mir spielen, bevor ich mich dazu aufraffte, etwas zu sagen.

»Ich habe absolut keine Ahnung, von wem oder wovon ihr da eigentlich redet.«

»Na ja, das ist nicht ganz richtig, oder?«, entgegnete mir Anjali. »Wir haben jede Menge Fotos von dir bei seiner Leiche, Lucas. Das reicht, um dich festzunageln.«

Ich wollte schon aufschreien, dass sie keine Beweise hätten, jedenfalls keine, die Bestand hätten, aber ich würde zunächst einmal gar nichts zugeben. Reine Einschüchterungstaktik. Sie wollten mir Angst machen, damit ich gestand, aber den Gefallen würde ich ihnen nicht tun.

In der Diele waren Schritte zu hören. Anjali musste Verstärkung angefordert haben. Ich war mir sicher, dass Michelle und sie auf ein Geständnis gehofft hatten, doch ich hatte den Mund gehalten. Vielleicht dauerte es ein oder zwei Tage, aber dann wäre ich wieder ein freier Mann. Leider nicht reicher, aber frei.

Als die Tür zum Schlafzimmer aufging, kamen allerdings keine Polizisten herein, sondern Karina, Nora und Diane, die von Kopf bis Fuß schwarz gekleidet war. Ich konnte mich nicht bremsen und wandte den Kopf dem Badezimmer zu, wo ich immer noch das Wasser laufen hörte und gedämpfte Stimmen.

Die Verwirrung musste wohl an meinem Gesichtsausdruck abzulesen gewesen sein, denn Nora kicherte, ging ins Bad und stellte das Wasser ab. Als sie wiederkam, hielt sie ein Smartphone in der Hand, tippte auf das Display – und die Stimmen verstummten. »Ein Ablenkungsmanöver«, bemerkte sie. »Ich denke mal, du hättest bei den True-Crime-Sendungen, die Michelle so gerne sieht, besser aufpassen sollen.«

Alle blickten mich wütend an, doch am meisten fiel mir Noras Gesicht auf. Nicht mehr bleich, sondern ein gesunder, rosafarbener Teint, und auch ihre Augen waren nicht mehr von dunklen Schatten umlagert. Sie war zwar noch immer spindeldürr, aber auf den Beinen, und sie bewegte sich auch wieder mit der gewohnten Grazie. In ihren Augen loderte ein Feuer, wie ich es seit einiger Zeit nicht mehr gesehen hatte. Was zum Teufel war hier los?

»Hat er irgendetwas zugegeben?«, wollte Diane wissen.

»Nee«, meinte Michelle.

»Verantwortung übernommen?« Das kam von Karina.

Anjali schnaubte. »Ich glaube, das hat er nicht im Repertoire.«

»Was ist mit Gideon?«, erkundigte sich Nora. »Hast du ihn gefragt?«

»Ich glaube, das hat eigentlich keinen Zweck«, sagte Michelle. »Keine von uns glaubt noch daran, dass es ein Zufall war an diesem Tag. Richtig?« Sie stellte sich hinter mich, schob ihre Hand in die Gesäßtasche meiner Jeans und zog mein Portemonnaie heraus. »Ich weiß schon, du glaubst, du wärst der Schlauesten einer, aber du warst nicht clever genug, den Peilsender zu finden, der als Bibliotheksausweis getarnt war.«

Mit zusammengebissenen Zähnen rief ich mir in Erinnerung, wie ich die Triumph abgesucht hatte und mächtig stolz auf mich gewesen war, dass ich alle mal wieder ausgetrickst hatte. Mein Portemonnaie! Von all den Gegenständen, die zu checken ich nicht für nötig befunden hatte, war er der einzige, den ich ständig bei mir trug, egal, wohin ich auch ging.

»Haben Sie dafür eine richterliche Vollmacht, Detective?«, fragte ich. »Das wird ein gefundenes Fressen für meinen Anwalt ...«

»Sieht so aus, als hätte er wirklich keinen Schimmer gehabt«, wunderte sich Karina und verschränkte die Arme. »Das überrascht mich nicht, denn Anjali ist wirklich ziemlich gewieft. Das genau hat mich zu ihr hingezogen, als wir uns auf der Safari kennengelernt haben.«

Ich bekam große Augen. »Ihr kennt euch?«

»Unsere Urlaubsromanze war der Grund, weshalb ich nach Boston gezogen bin«, erklärte Karina. »Hat dann doch nicht funktioniert. Dienstpläne können wirklich verdammt beschissen sein.«

»Also gut, meine Damen«, sagte Anjali und klatschte in die Hände wie eine Lehrerin, die ihre Schüler zur Ordnung ruft. »Jetzt mal los. Diane, hast du ...«

»Aber du bist doch krank.« Ich sah Nora an, und gleichzeitig drängten Tausende von Fragen in den Vordergrund, die ich dazu im Kopf hatte und die ihn fast zum Bersten brachten. Was ging hier vor? Und auf welche Art und Weise? »Der Arzt hat doch gesagt, dass dir nur noch wenige Wochen bleiben. Du wolltest, dass ich Travis' Geld verwalte. Philippe Danton wird jeden Moment hier sein. Das hättest du doch nicht gemacht, wenn du mir nicht getraut hättest, Nora. Ich schwöre, ich bin unschuldig. Das musst du mir glauben.«

Die fünf sahen erst mich an, dann sich gegenseitig und brachen in schallendes Gelächter aus.

»Du bist nicht der Einzige, der so tun kann, als wäre er etwas, was er nicht ist«, sagte Nora und wischte sich die Lachtränen aus dem Gesicht. »Du hast gesehen, was wir dir zu sehen vorgegeben haben. Karina hat mit ihren Make-up-Künsten nachgeholfen und ich mit einer strikten Flüssignahrungsdiät. Mann, was freue ich mich auf ein richtiges dickes Steak.«

»Ich will dich nicht unnötig auf die Folter spannen«, schaltete sich Michelle mit einem Grinsen, an Nora gewandt, ein. »Lucas mit dem Versprechen von Geld ganz verrückt zu machen, war deine Idee.« Sie sah mich an und lächelte. »Scheint so, als wäre die Gier dein Verderben gewesen, vor allem als du dann geglaubt hast, du bekämst alles.«

»Aber ... Travis«, stammelte ich. »Du wolltest doch, dass er bei mir wohnt. Das hättest du doch nicht getan, wenn du mich für schuldig gehalten hättest. Du vertraust mir.«

Zum ersten Mal, seit sie den Raum betreten hatte, wich der triumphierende Blick, und an seiner Stelle beherrschte nun ein schmerzvoller Ausdruck ihr Gesicht. »Es war ein Wagnis, das ich eingehen musste, und glaub mir, ihn anzulügen, ist mir nicht leichtgefallen. Aber wir konnten ihm ja auch nicht sagen, was los war und ...«

Michelle nahm ihre Hand. »Schon gut, Mom, er kommt wieder auf die Beine. Wir schicken ihn jetzt erst mal in eine Entziehungsklinik, versprochen.« Und zu mir gewandt sagte sie: »Wir haben versucht, ihn so weit zu bringen, dass er auszieht, aber er wollte nicht. Nicht einmal, dass wir dein Auto zerkratzt und dir Abführmittel ins Essen gemischt haben, war für dich Grund genug, ihn rauszuschmeißen.«

»Und ich war im Hintergrund ja auch für ihn da«, ergänzte Karina. »Wann immer es ging, hatte ich ein Auge auf ihn.«

»Ich hätte nicht gedacht, dass du meinem Sohn so übel mitspielen würdest«, sagte Nora leise. »Nicht, solange der Verlust des Geldes drohte. Jedenfalls hast du ihm die Überdosis verabreicht, oder?«

Ich presste die Lippen fest zusammen, reckte das Kinn nach vorne und sagte nichts.

»Wie fühlt sich das an?«, sagte Michelle. »Wenn man begreift, dass man belogen und zum Narren gehalten worden ist, manipuliert von den Menschen, von denen man geglaubt hat, dass sie einen lieben? Wenn alles, was dich ausmacht, verdreht und gegen dich verwendet wird? Sag's mir, wie fühlt sich das an, *Michael?*«

»Wie hast du ...?«

»Ich?« Sie drückte eine Hand auf die Brust. »Ich bin Galeristin. Ich hätte nicht gewusst, wo ich mit den Nachforschungen über deine Vergangenheit hätte anfangen sollen.«

»Ich habe das gemacht«, sagte Anjali. »Schon erstaunlich, was man so alles herausfinden kann, wenn man die richtigen Kontakte hat, auch jenseits des Atlantiks. Nicht immer rechtens, aber Sie scheinen ja auch nicht unbedingt ein Problem mit illegalen Machenschaften zu haben.«

Während ich sie so betrachtete, kehrte die alte Entschlossenheit zurück und erfasste jeden Quadratzentimeter meines Körpers. Ich sagte mir, dass sie keinerlei Beweise hatten, nichts auch nur entfernt Tragfähiges. Selbst die Namensänderung war etwas, das ich rechtfertigen konnte, und ansonsten – abstreiten, abstreiten, abstreiten und Kurs halten.

»Na dann, verhaftet mich doch«, verkündete ich. »Ihr verschwendet eure Zeit. Es widert mich an, dass ihr glaubt, ich hätte damit etwas zu tun. Ich bin unschuldig, und es gibt nicht den Hauch eines Beweises für auch nur eine einzige eurer Anschuldigungen.«

»Ist uns bewusst«, sagte Michelle, begleitet von einem tiefen Seufzer. »Du hast es schlau eingefädelt, und natürlich gehen wir jede Wette ein, dass du den Laptop und die Telefone, die wir dich haben finden lassen, inzwischen entsorgt hast.«

Ich lehnte mich zurück. »Macht mich los, denn ich habe nichts mehr zu sagen außer einem: Ich will einen Anwalt. Sagen Sie das Ihren Kollegen, wenn die hier eintreffen, Anjali.«

»Kollegen?«, wiederholte sie in gespielter Verwirrung. »Es scheint, als hätten Sie die Situation nicht ganz verstanden. Heute ist mein freier Tag.« Sie zwinkerte mir zu, ihre Lippen zuckten. »Ich bin nämlich eigentlich gar nicht hier.«

Ich runzelte die Stirn, ein Anflug von Panik kroch mir die Kehle hoch. »Was habt ihr …«

»Wir werden dir eine Lektion erteilen«, erklärte Michelle mit gütiger Stimme, sanft wie bei einem Wiegenlied. »Verstehst du, wir sind eben nicht wie du. Halten uns auch nicht für unbezwingbar. Wir verstehen Stärke zahlenmäßig, danach, was wir bewirken können, wenn wir zusammenarbeiten.«

Mein Herz begann zu rasen, als ich sah, wie Diane ein kleines schwarzes Etui aus der Tasche zog. Langsam und planvoll nahm sie fünf Spritzen heraus, die mit einer klaren Flüssigkeit gefüllt waren, und verteilte sie an die Frauen, eine für jede.

»Was ist das? Was habt ihr vor?« Ich bewegte meinen Kopf heftig hin und her, zerrte an den Fesseln, aber sie gaben nicht nach. War das Heroin? Oder Fentanyl? Wie auch immer, das war ihre Rache. Sie würden mich damit vollpumpen und sterben lassen.

»Ganz ruhig«, flötete Anjali. »Oder auch nicht. Dann tut's eben deutlich mehr weh.«

»Aber Sie sind doch Polizistin. Das können Sie nicht machen. Sie …«

»Jetzt hör mir mal gut zu, mein Schatz«, sagte Michelle, als sich alle, die Nadeln auf meinen Hals gerichtet, mit ihren Spritzen näherten. »Wir sind keine einsamen Wölfinnen. Wir jagen im Rudel. Und wenn du Jagd auf eine von uns machst« – die nächsten Worte sprachen sie im Chor und bohrten mir zugleich die Nadeln in die Haut –, »bekommst du unseren Zorn zu spüren.«

SAMSTAG

Kapitel 44

Angesichts dessen, was ich intus hatte, das muss ich zugeben, war ich ziemlich überrascht, dass ich nicht tot wieder aufwachte. Doch hier bin ich, in einer misslichen Lage, wie es scheint, obwohl der Tag noch jung ist. Der Raum, in dem ich mich, gänzlich allein, wiederfinde, ist vielleicht fünf Quadratmeter groß, hat eine verbeulte grüne Metalltür mit einem runden silbernen Knauf. Sie geht nach außen auf. Zweifellos eine Herangehensweise, um die Insassen, in diesem Fall mich, davon abzuhalten, sie aus den Angeln zu heben und einen Fluchtversuch zu unternehmen.

Der Geruch von verbranntem Kaffee hängt schwach in der Luft, obwohl mir niemand einen angeboten hat. Eine grelle Neonlampe, auf deren eierschalenfarbenem Schirm eine dicke Staubschicht liegt, hängt von der Decke herunter. Knapp außer Reichweite. Der Raum gleicht einem Gehäuse. Keine Fenster oder Einwegspiegel, die weiße Farbe auf der Ziegelwand ist abgewetzt und weist Spuren auf, ein wahlloses Muster aus schwarzgrauen Striemen und Schmutzflecken, in das sich gelegentlich auch etwas mischt, das man für eine Blutspur halten könnte.

Ich sitze auf einem unbequemen Klappstuhl aus Plastik, der meinen Hintern schweißnass werden lässt, vor einem Tisch aus Aluminium, der sich kalt anfühlt. Obszönitäten und irgendwelche Wörter, die in die Oberfläche geritzt worden sind, haben kurz Ablenkung geboten, aber jetzt habe ich sie alle schon dreimal angeschaut und bin gelangweilt.

Auf einem kleineren Tisch hinten im Raum steht ein alter Fernseher, eine Ausnahme von der Regel, denke ich mal, obwohl ich mir da nicht ganz sicher bin. Vielleicht gibt es irgendwelche neuen obskuren Regeln, die vorsehen, dass Häftlinge ein Recht auf Unterhaltung haben, aber ich kenne mich mit solchen Detailfragen nicht aus, weil man mich ja nie zuvor festgehalten, geschweige denn inhaftiert hat. Der Fernseher ist eingeschaltet, doch auf dem Bildschirm ist nur weißes Rauschen zu sehen, und ich kann die Fernbedienung nirgendwo sehen. Also gebe ich mir Mühe, das permanente schwarz-weiße Flackern zu ignorieren, was mir üble Kopfschmerzen bereitet.

Ich habe dem Drang widerstanden, aufzustehen und den Sender manuell einzustellen oder mit der Forderung, dass auf der Stelle jemand kommen solle, an die Tür zu hämmern und herumzuschreien, dass ich meine Rechte sehr wohl kenne. Ich bin ja nicht blöd, denn ich weiß natürlich, dass sie mich beobachten. Leicht zu erkennen an der Kamera ganz oben in der linken Ecke, deren kleines rotes Licht an ist und die jede meiner Bewegungen aufzeichnet.

Ich kann es kaum erwarten, endlich mit meinem Anwalt zu sprechen. Er dürfte wohl kaum erfreut über die Behandlung sein, die mir hier zuteilgeworden ist. Außerdem werde ich deutlich auf die zahlreichen Schläge hinweisen, mit denen mich die Polizei, allen voran Detective Anjali, diese Hexe, eingedeckt hat. Sie hat mich im Zustand der Bewusstlosigkeit hierhergeschafft. Auch bin ich bisher über meine Rechte nicht belehrt und Gott weiß wie lange einzeln festgehalten worden. Dem Druck in meiner Blase nach zu urteilen, den zu ignorieren ich ebenfalls fest entschlossen bin, war es jedenfalls mindestens über Nacht. Lediglich eine Flasche Wasser hat man mir gegeben, die ich aber nicht angerührt habe. Obwohl meine Kehle mittlerweile ausgetrocknet ist, steht sie noch immer vor mir auf dem Tisch.

Sie glauben wohl, dass es ihnen die Arbeit erleichtern wird, wenn sie mich hier so mir selbst überlassen. Dass ich dann schneller einknicke. Alles gestehe. Sie haben immer noch nicht begriffen, mit wem sie es hier zu tun haben. Die ganze Zeit, die sie mich hier so schmoren ließen, habe ich viel nachgedacht.

Ich lehne mich auf dem Klappstuhl zurück und strecke die Beine aus, ziehe den Hemdkragen hoch und versuche nicht zusammenzuzucken, als ich die Stellen streife, wo die Frauen mir ihre Nadeln reingejagt haben. Es ist mir egal, wenn ich hier noch eine Weile herumhänge. Eigentlich bin ich sogar dankbar für den Frieden und die Ruhe, für die Zeit, die sie mir lassen, in der ich immer wieder die Ereignisse der vergangenen Woche durchgehen kann. Jedes kleine Detail vergegenwärtige ich mir. Jeden Riss und jeden Spalt lasse ich Revue passieren. Denke an alles, was mich hierhergebracht hat. Wie ich die Wahrheit zurechtbiegen kann. Daran, dass niemand – *niemand* – beweisen kann, dass ich irgendwie damit zu tun hatte. Selbst wenn sie den Laptop und die Einweghandys aus dem Wasser fischen sollten, dürften sie funktionsuntüchtig sein, und ohne diese Geräte hätten sie nichts in der Hand.

Ich werde hier wieder rauskommen. Und ich wette, das wissen sie auch. Deshalb haben sie mit mir bisher noch nicht gesprochen. Anjali diskutiert da draußen wahrscheinlich mit ihrem Chef und versucht, ihn oder sie davon zu überzeugen, dass genug gegen mich vorliegt, um Anklage zu erheben. Dem ist aber nicht so.

Als Michelle und die vier anderen Verräterinnen mir ihre Nadeln unter die Haut gejagt haben, war ich mir sicher, dass ich sterben und man mich zu Woods ins Grab werfen würde. Ich bin froh, dass es nicht passiert ist. Mit diesem Schwachkopf zusammen hätte ich nicht in die Ewigkeit eingehen wollen. Er hatte eine einzige Aufgabe zu erfüllen. *Eine.* Und lässt sich von einem Tier ins Bockshorn jagen. Hätte es diesen Luchs nicht gegeben, wäre mein Plan aufgegangen, und darauf bin ich auch mächtig stolz.

Allmählich plagt mich die Neugier, und ich frage mich, auf welche Polizeistation sie mich wohl verfrachtet haben und wie Anjali erklären will, warum man mich nicht in ein Krankenhaus gebracht hat. Mein Nacken fühlt sich steif an, und auch wenn der dumpfe Nebel sich gelichtet hat, ist mein Körper weiterhin bleischwer von der Droge, die sie mir verabreicht haben. Ich hoffe, sie ist immer noch nachweisbar. Der Bluttest, den ich einfordern werde, ist ein weiterer Baustein meiner Verteidigungsstrategie. Ich grinse und murmele: »Das wird Sie Ihre Dienstmarke kosten, Detective.«

Der Fernseher flackert, und das Bild wird klar. Ich sitze kerzengerade und schaue hin. Es ist WHDH, der örtliche Nachrichtensender, der mich darüber informiert, dass es jetzt genau 10:02 Uhr vormittags ist. Samstag. Am unteren Bildschirmrand läuft der Nachrichtenticker, und ich sehe gerade noch die letzten paar Worte:

VERMISSTE FRAU UNVERSEHRT GEFUNDEN

Eine elegante Reporterin mit silbernem Haar, die ich schon kenne, erscheint auf dem Bildschirm. Ihre Augen werden immer größer, während sie mit tiefer, ernsthafter Stimme berichtet.

»Eine wirklich unglaubliche Geschichte und eine Geschichte von Mut und Widerstandskraft, wie man sie, ehrlich gesagt, sonst nur aus Hollywoodfilmen und nicht aus dem realen Leben kennt. Eine junge Frau, Michelle Ward-Forester, die vor mehr als einem Monat auf einem Parkplatz entführt wurde, wurde letzte Nacht unversehrt aufgefunden.« Sie fasst sich an den Hörstöpsel in ihrem Ohr. »Ich höre gerade, dass wir nun zur Pressekonferenz schalten. Hören Sie rein.«

Mir fällt regelrecht die Kinnlade herunter, als in der Übertragung nun ein anderer Raum mit einem langen Mahagonitisch erscheint, auf dem Mikrofone stehen, dahinter einige Stühle. Die Blicke des Publikums, so auch meine, sind auf den Tisch gerichtet. Anjali und ein weiterer Polizist, offenbar in leitender Position, den ich nicht kenne, sowie Michelle und Nora betreten den Raum und nehmen Platz. Ich verharre regungslos, bis der Polizeibeamte, den ich nicht kenne, Anjali grünes Licht gibt.

Anjali rückt sich das Mikrofon zurecht. »Gestern am späten Abend, gegen 23:15 Uhr, erschien Michelle Ward-Forester unversehrt und vor allem lebend auf dem Polizeirevier von Clinton, Massachusetts. Siebenunddreißig Tage nach ihrer Entführung und nachdem sie die letzten fünf Wochen gefesselt, geknebelt und mit verbundenen Augen festgehalten worden war, entkam sie aus einer bisher nicht näher benannten Örtlichkeit in der Umgebung von Clinton. Sie führte uns mit Erfolg zurück an diesen Tatort, den wir unverzüglich abgeriegelt und durchsucht haben. Ihr Entführer war nicht anwesend, aber wir konnten in großem Maßstab gerichtsverwertbares Beweismaterial sicherstellen.« Anjali machte eine Pause und blickte direkt in die Kamera. Sah direkt *mich* an.

Nicht näher benannte Örtlichkeit? Sie meint das verfallene Farmhaus. Michelle, Anjali oder wer auch immer dessen Koordinaten in Travis' Handy eingab – von Anfang an eine Falle, die man mir gestellt hat –, führte mich schnurstracks dorthin. Und ... *Mist.* Meine DNA ist dort überall zu finden. Auf der Flasche mit Bleichmittel etwa, die ich aufgehoben und eingehend untersucht habe und die, da bin ich mir mittlerweile sicher, aus unserem Fitnessraum zu Hause stammt. Natürlich habe ich auch die Schachtel mit den Müsliriegelverpackungen angefasst, die sie ziemlich sicher bei mir aus der Mülltonne gefischt hatten. Die üblichen Vorsichtsmaßnahmen hatte ich dieses Mal außer Acht gelassen. Hatte sogar meine Handschuhe ausgezogen, weil ich zu versessen darauf gewesen war, den Unterschlupf von Travis und Woods zu durchforschen, den die Bullen nur finden würden, wenn ich sie hinführte, hatte dort erst einmal aufgeräumt.

Scheiße!

Anjali fährt fort mit ihrer Darstellung. »Wir können bestätigen, dass Lucas Forester, der Ehemann von Mrs Ward-Forester, der Hauptverdächtige in diesem Fall ist.«

Die Journalisten bombardieren sie mit Fragen, doch Anjali hebt die Hand und wartet ab, bis der Tumult sich gelegt hat, bevor sie weiterspricht. »Mutmaßlich koordinierte er die Entführung seiner Frau vom Ausland aus und ließ sie am Leben, um von ihrer Familie Geld zu erpressen. Wir suchen noch nach seinem Komplizen, doch aufgrund der Informationen, die wir von Mrs Ward-Forester erhalten haben, gehen wir davon aus, dass Mr Forester den Mann, mit dem er zusammenarbeitete, getötet hat.«

Als deutlich wird, dass sie mir den Mord an Woods in die Schuhe schieben wollen, branden aus der Journalistenmeute weitere Fragen auf. Einer will den anderen übertönen.

»Wer ist der Komplize?«

»Wo ist Lucas Forester?«

»Was unternehmen Sie, um ihn zu finden?«

»Geht die Überdosis von Travis Ward auf Foresters Konto?«

Anjali bleibt ruhig, stoisch und konzentriert, während die Fragen auf sie einprasseln. Sie wartet, bis sich die Aufregung gelegt hat, und beugt sich vor. »Alles, was ich über Travis Ward zu sagen bereit bin, ist, dass wir von seiner vollständigen Genesung ausgehen. Der Komplize ist uns gegenwärtig noch unbekannt, auch wissen wir nicht, wo sich Mr Forester zurzeit aufhält, aber wir unternehmen jede erdenkliche Anstrengung, ihn ausfindig zu machen.«

Hä? Was redet sie da? Man hat mich doch festgenommen.

»Wollen Sie damit sagen, dass Forester Ihnen entwischt ist?«, erkundigt sich ein Journalist, der weit vorne sitzt.

Anjali kneift die Augen zusammen. »Wir glauben, dass er die Flucht ergriffen hat, als seine Frau entkam. Eine Großfahndung nach ihm ist eingeleitet worden, einschließlich Straßensperren. Busstationen und Bahnhöfe sind in Alarmbereitschaft.«

»Er hat also einen Vorsprung?«, ruft jemand anders.

»Ja, aber ich bin mir sicher, dass es nicht so bleiben wird.« Als Anjali einen Schluck Wasser trinkt, spüre ich, wie mir der Schweiß in einem Rinnsal den Rücken hinunterläuft, obwohl es im Raum eher kühl ist. Ganz besonders, als sie direkt in die Kamera schaut. »Diese Nachricht geht an Mr Forester. Machen Sie keinen Fehler. Wir *werden* Sie finden. Sie können sich nicht ewig verstecken.«

Sitze ich hier eigentlich im Beklopptentransport ins Irrenhaus, frage ich mich. Sie werden mich *finden?* Was meint sie denn bloß damit? Als ich es schließlich kapiere, stöhne ich auf. Sie werden mich hier, wo immer ich auch sein mag, eine Weile festhalten und verstecken, sodass es so aussieht, als wäre ich auf der Flucht und meine Schuld größer denn je, was die

Chancen auf einen klaren Schuldspruch erhöht, wenn man mich dann wundersamerweise findet.

Ohne den Laptop und die Wegwerfhandys brauchen sie so viele Beweise, wie sie überhaupt nur beschaffen können. Und sie haben, verdammt noch mal, auch wirklich an alles gedacht. An jedes noch so kleine Detail, mit dem sie mir den Mordversuch an Michelle und den vollendeten Mord an Woods anhängen können. Mir schwirrt der Kopf, während ich mir die Lügen zusammenspinne, die ich der Polizei auftischen werde, um eine Haftentlassung aus irgendeinem formalen Grund möglich zu machen.

Ich versuche, meine Bestürzung zu ignorieren und mich wieder auf den Fernseher zu konzentrieren. Ein Reporter will wissen, wie es Michelle geht. Sie ist mindestens so eine gute Schauspielerin wie Anjali, antwortet mit leiser, ängstlicher Stimme und klingt ganz und gar nicht nach der aufgeweckten, selbstsicheren Person, die ich kannte, oder auch nach der eiskalten Frau, als die sie sich gestern erwiesen hat. Sie trägt kein Make-up und zieht den Kopf ein, aber genau deswegen kann ich gerade an nichts anderes denken als daran, wie unglaublich gerissen sie doch ist. Das macht mich richtig an.

»Ich … komme zurande, im Moment«, sagt sie zögerlich und lässt den Kopf dabei ein wenig hängen. »Und ich bin froh, dass es vorbei ist.«

»Was können Sie uns über Ihren Mann sagen?«, fragt eine Reporterin. »Haben Sie vielleicht geahnt, was er vorhatte?«

Michelle schüttelt den Kopf und sagt leise: »Nein, ich habe gedacht, er liebt mich.«

»Nora, Nora! Wie fühlen Sie sich?«

Nora drückt Michelles Hand. »Ich bin über die Maßen dankbar, dass meine Tochter wieder zu Hause ist.«

»Stimmt es, dass Sie krank sind? Können Sie bestätigen, dass Sie Krebs haben?«

»Ja, aber am Ende hat die Behandlung doch gewirkt. Es ist ein Wunder!«

Ein Wunder, meine Fresse. Die Journalisten hauen immer neue Fragen raus, und eine findet meine volle Aufmerksamkeit.

»Michelle, haben Sie schon mit der Familie Ihres Mannes gesprochen?«

Meine Frau schüttelt den Kopf, senkt den Blick. »Nein, aber ich mache mir Sorgen, was das alles mit seinem Vater machen wird. Ihm geht es nicht gut. Er lebt in England, und er hat niemanden mehr. Ich werde mich um ihn kümmern müssen.«

Jegliche noch verbliebene Anziehungskraft verflüchtigt sich. »Dich um ihn kümmern? Was zum Teufel meinst du damit bloß, Michelle? Was wirst du mit meinem Vater machen?«

Keiner der versammelten Journalisten denkt auch nur entfernt daran, nachzuhaken, denn aus ihrer Sicht ist das nicht notwendig. Ich persönlich kann mich nicht entscheiden, ob es eine Drohung war oder nicht, ob sie ihm möglicherweise etwas antun wird, oder vielleicht auch Roger, dem Hund, den sie ja sowieso loswerden will. Mich weiter auf die Pressekonferenz zu konzentrieren, auf der Michelle von Anjali dann noch für ihre Tapferkeit gelobt wird und die Polizei in Clinton für ihr schnelles Eingreifen, kostet mich Mühe. Als auf dem Bildschirm wieder die regulären Nachrichten erscheinen, bald darauf gefolgt von weißem Rauschen, sitze ich nur schweigend da und stückle mir zusammen, wie sie es angestellt haben.

Nachdem Michelle Woods erschossen hatte, ging sie zu Nora, und zusammen heckten sie einen Plan aus, denjenigen ausfindig zu machen, der sie umzubringen versucht hatte. Wie gerne wäre ich doch bei ihren Beratungen eine Fliege an der Wand gewesen! Haben sie auf Anhieb mich verdächtigt? Und beschlossen, dass, wenn man die Überlegung anstellte, ob es ein x-beliebiger Fremder oder doch der Ehemann gewesen war, ein klarer Fall von Ockhams Rasiermesser dabei herauskam, dem zufolge die einfachere Erklärung höchstwahrscheinlich auch die richtige ist. War es die erste, vermeintlich verpfuschte Lösegeldübergabe, die sie auf den richtigen Weg brachte? Weil sie zu diesem Zeitpunkt wussten, dass Michelle eigentlich hätte tot sein sollen und Woods diese Forderung nicht gestellt haben konnte? Oder war es erst so weit, als sie Diane, Karina und Anjali einweihten und die Ermittlerin Nachforschungen über meinen Werdegang anstellte? Vielleicht waren sie auch schon Wochen zuvor auf meine Geräte in dem Schließfach in der Busstation gestoßen?

Für Diane als Krankenschwester war es ein Leichtes, Nora bei der Vortäuschung ihrer Krankheit behilflich zu sein, und Karina tat dann das Ihre, um meine Schwiegermutter in eine Krebspatientin im Endstadium zu verwandeln, sie mit jedem Tag kränker aussehen zu lassen. Rückblickend habe ich ja auch nie Ärzte zu Gesicht bekommen. Nicht ein einziges Mal habe ich je eine andere Pflegekraft gesehen. Immer hieß es, bald wäre Schichtwechsel, oder sie wären gerade gegangen. Und ihr *pièce de résistance*, der Tracker, listig als Bibliotheksausweis getarnt. Stets hatten sie genau gewusst, wo ich mich aufhielt, hatten sich abgewechselt bei den Einbrüchen in mein Haus, hatten Kleidungsstücke drapiert, in meinem Essen herumgepfuscht, die Umschläge platziert. Zusammen entwickelten sie eine Strategie und drückten bei mir die richtigen Knöpfe, auch nachdem ich das vermeintliche Grab meiner Frau aufgesucht hatte, selbst als sie schon dessen gewiss waren, was ich getan hatte.

Ich staune über den Einfallsreichtum, den außerordentlichen Einsatz und den hohen Grad an Zusammenarbeit, der erforderlich war, um das alles durchzuziehen. Im Vergleich dazu sind Danny Ocean und seine Truppe die reinsten Kindergärtner. Und bei dem Gedanken an Michelles Hinterhältigkeit flammt mein Zorn wieder auf, rotiert und verwandelt sich in etwas gänzlich anderes. Nicht in Begierde. Bestimmt nicht in Liebe. Sondern in Bewunderung.

Bei dem Geräusch von Schritten vor der Tür setze ich mich gerade hin. Die Pressekonferenz ist vorbei. Ich könnte mich im selben Gebäude befinden, es könnte Michelle sein, die mir einen Besuch abstattet, um mir ihre Schadenfreude zu demonstrieren, und es soll mir recht sein. Die Vorfreude darauf, sie wieder zu Gesicht zu bekommen, bringt mich fast um. Ich habe so viele Fragen, möchte, dass sie mir alles erzählt. Ich muss einfach ganz genau wissen, bis in alle Einzelheiten, wie sie mich reingelegt hat und ob meine Mutmaßungen richtig sind.

Ein Schlüssel wird ins Schloss gesteckt. Ich halte den Atem an, auch noch, als die Tür aufschwingt.

Es ist aber nicht Michelle.

Und auch nicht Anjali.

Bobby Boyle.

Mad Mel steht neben ihm. Sie haben weiße Overalls an, deren Reißverschluss bis zum Kinn hochgezogen ist. Unter Mels linkem Arm klemmt eine Rolle Plastikplane, in der behandschuhten Hand hält er eine elektrische Säge mit Verlängerungskabel. Ich starre sie mit offenem Mund an, als mir klar wird, dass meine Geschichte nun ein Ende finden wird – durch einen Mann, der, so hatte man mich früher einmal gewarnt, alle Formen von Gewalt gegen Frauen verabscheut und stets Wort hält.

Sie betreten den Raum, und Mel bückt sich bedächtig und legt sein Material auf dem Boden ab. Breitet es sorgfältig aus, lässt sich Zeit dabei.

Als Bobby das Wort an mich richtet, spricht er mit tiefer, kratziger Stimme. Die Aufregung ist spürbar.

»Hallo, Cundy«, sagt er. »Deine bessere Hälfte gratuliert nachträglich ganz herzlich zum Hochzeitstag.«

Vollidiot.

Danksagung

Niemals werde ich müde, zu betonen, wie einzigartig die Buch-Community ist. In mehr als herausfordernden Zeiten war sie mir ein Rettungsanker. Und deshalb ist es ein kaum zu überschätzendes Privileg, an dieser Stelle wunderbare Menschen nennen zu dürfen, denen meine grenzenlose Dankbarkeit gilt.

Zuallererst, wie immer: Danke an euch, liebe Leserinnen und Leser, ob ihr nun von Berufs wegen oder aus reinem Vergnügen lest, dafür, dass ihr diesen Roman gewählt und diese Reise mit mir gemacht habt. Ich hoffe, ihr hattet Spaß und werdet noch mehr von mir lesen wollen.

Dank an Carolyn Forde, meine großartige Agentin, die stets weiß, wo der Hammer hängt, und vor brillanten Anregungen und Ratschlägen nur so überschäumt, für deine Unterstützung und die Orientierung, ja, schlicht für alles.

Dank auch an Emily Ohanjanians, meine außerordentliche Lektorin – immer aufs Neue überraschst du mich mit deinen Erkenntnissen und der Fähigkeit, aus einem Manuskript noch viel mehr herauszuholen. Es ist eine Ehre, mit dir zusammenzuarbeiten und eine deiner Autorinnen zu sein.

Und nicht zuletzt Dank auch an das unglaubliche (und ich meine das *wirklich* so) Team bei Harlequin, HarperCollins, HTP und Mira, insbesondere an Cory Beatty, Peter Borcsok, Nicole Brebner, Audrey Bresar, Randy Chan, Jennifer Choi, Eden Church, Heather Connor, Monica Espinoza Chavez, Lia Ferrone, Emer Flounders, Heather Foy, Olivia Gissing, Miranda Indrigo, Amy Jones, Sean Kapitain, Linette Kim, Ana Luxton, Ashley MacDonald, Leo MacDonald, Lauren Morocco, Lindsey Reeder, Alice Tibbetts, aber auch an die anderen Kolleginnen dort: Ihr seid fantastisch, die Betreuung und Unterstützung durch euch bedeutet mir alles.

Ebenso gilt mein Dank HarperAudio, BeeAudio sowie Alex Wyndham (du könntest mir aus dem Telefonbuch vorlesen, ohne dass mir langweilig würde) für die tollen Audiofassungen meiner Romane. Nicht zu vergessen Brad und Britney von AudioShelf – ihr habt an Büchern einen Narren gefressen, zum Glück auch an meinen.

Ein riesengroßes Dankeschön auch an meinen Autorenkollegen Bruce Robert Coffin, einen pensionierten Detective Sergeant, der mir dabei geholfen hat, *wieder einmal* mit einem fiktionalen Mord davonzukommen, sowie an Ed Adach, seines Zeichens Gerichtsmediziner, der mir mit Freuden dabei behilflich war, den besagten Mord zu vertuschen. Mir ist bewusst, dass es bizarr klingt, wenn ich dankbar für Gespräche über Maden und Verwesung bin oder auch darüber, wie man die Polizei am besten austrickst. Bitte sagen Sie es nicht weiter.

Ein dickes Dankeschön geht an Drew Murray für die technische Beratung und doch ziemlich beunruhigende Gespräche über das Darknet. Deinetwegen lasse ich jetzt beim Schlafen immer ein Licht an. Aber keine Sorge, das wird schon wieder. Schönen Gruß auch an Steve Urszenyi und Morgan Hillier für die herausragende medizinische Beratung. Danke für alles, was ihr tut und getan habt, um die Euren vor Schaden zu bewahren. Ihr seid Helden. Ein Dankeschön nicht minder an Mark Bull für die Auffrischung meiner Kenntnisse in Sachen Personalwesen. Ich hoffe doch sehr, dass wir es in den nächsten zehn Jahren schaffen werden, uns einmal persönlich kennenzulernen.

Danken muss ich auch meiner lieben Freundin und Partnerin in Sachen fiktionale Verbrechen bei First Chapter Fun, Hank Philippi Ryan, für ihre Kommentare zu einer frühen Fassung des Romans – ich hoffe, du hattest Spaß bei deinem Cameo-Auftritt.

Drücken möchte ich die coole A.F. Brady, die mich auf ein paar Schwächen des Manuskripts hingewiesen hat (welche, wird mein Geheimnis bleiben), sowie PJ Vernon, der Sorge dafür getragen hat, dass ich alles richtig mache. Ebenso Sonica Soares und Candice Sawchuk für all ihre aufmunternden Kommentare und die Begeisterung hinsichtlich meines Werks.

All meinen Co-Autoren und Kumpels bei Grand Theft Auto sei herzlich zugewinkt, allen voran Sam Bailey, Karma Brown, Molly Fader, Jennifer Hillier, Natalie Jenner, Marissa Stapley und K.A. Tucker. Alles Liebe, seid umarmt.

Jeder einzelnen meiner Autorenfreundinnen von nah und fern möchte ich danken: Ich bin so dankbar für eure Freundschaft und kann es gar nicht abwarten, euch wiederzusehen (möglicherweise ist das ja auch bereits geschehen, wenn ihr das hier lest, weshalb ich mich gleich mal entschuldige, dass ich euch halb tot geknuddelt habe). Ihr macht aus unserer Community das, was sie ist – einen fantastischen Ort, den ich nie wieder verlassen möchte. Danke.

Dad, Joely, Simon, Michael & Oli – danke für eure unermüdliche Unterstützung. Meinen angeheirateten Familienmitgliedern Gilbert und Jeanette und meiner ganzen Sippe überall auf der Welt möchte ich dafür danken, dass sie meine Bücher lesen, Fotos von ihnen posten und darauf bestehen, dass ihre Freunde sie ebenfalls lesen. Liebe Grüße an Becki, meine BFF. Durch dick und dünn, in der Tat.

Und schließlich: Dank an Rob und unsere Söhne Leo, Matt und Lex, die mich immer zum Lachen bringen, komme, was da wolle, und die nicht einmal dann an meinen kreativen Fähigkeiten zweifelten, als ich es selber tat, dafür dass ihr da seid und es mit mir aushaltet, und das nicht nur, wenn ich in meine Schöpfungen *ab*tauche, sondern auch, wenn ich daraus wieder *auf*tauche und ihnen das Allerneueste über meine verrückten Recherchen berichte. Und Rob, als du 2009 vorgeschlagen hast, nach Kanada zu ziehen, war das eine der härtesten Entscheidungen, die wir als Paar jemals zu treffen hatten, aber heute muss ich dir dafür danken, dass du damit meine Karriere als Schriftstellerin angestoßen hast. Es war die richtige Entscheidung (sieh mal, jetzt hast du's sogar schwarz auf weiß). Ich liebe euch alle so sehr. Ihr seid mein Ein und Alles.

Erkennst du die wahre Gefahr?

Coveränderungen vorbehalten

T.M. Logan

The Catch – Sie sagt, er sei perfekt. Doch ich weiß, dass er lügt ...

Thriller

Aus dem Englischen von Sonja Rebernik-Heidegger
Piper Taschenbuch, 432 Seiten
ISBN 978-3-492-31868-6

Familienvater Ed lernt endlich den Verlobten seiner Tochter Abbie kennen. Auf den ersten Blick ist Ryan der perfekte Schwiegersohn. Doch irgendetwas stimmt nicht mit ihm, da ist sich Ed sicher. Aus Angst, seine Tochter könnte in die Fänge eines Psychopathen geraten, beginnt Ed, Ryans vermeintlich dunkle Vergangenheit aufzudecken – während er seine eigene verbirgt. Denn er erkennt ein Monster, wenn er es sieht ...

PIPER

Leseproben, E-Books und mehr unter **www.piper.de**